mother

坂元裕二

Sakamoto Yuji

河出書房新社

c o n t e n t s

characters

鈴原奈緒（35）
小学校教諭。鈴原家の養女だが、長女として育てられた

道木怜南（7）
奈緒の教え子。母とその恋人から虐待を受けている

望月葉菜（55）
奈緒の実の母

鈴原籐子（55）
奈緒の養母。会社経営者

鈴原芽衣（26）　鈴原家の次女
鈴原果歩（22）　鈴原家の三女
道木仁美（29）　怜南の母親。シングルマザー
浦上真人（30）　仁美の恋人
藤吉駿輔（33）　雑誌記者
藤吉健輔（38）　大学の准教授
加山圭吾（33）　芽衣の婚約者
木俣耕平（22）　果歩の幼なじみで恋人
柚川珠美（36）　葉菜の主治医

デザイン　坂野公一（welle design）

Mother

坂元裕二

Sakamoto Yuji

河出書房新社

Mother

第1話

○　夜の漁港

雪が降っている。

雪にまみれ、長く白い鳥の羽根《はね》が落ちている。

羽根を踏む作業靴《さぎょうぐつ》の足元。

作業靴の男が走っていく先には漁港があり、四方からライトが当てられた中、多くの漁師、青年団員が駆けずり回っている。

多くの車両、消防車、救急車が到着した。

海上に、巡視艇《じゅんしてい》が数隻浮かんでおり、サーチライトが海を照らし、捜索を行っている。

指揮所の消防隊員が無線連絡を行っており、海上保安官がその報《しら》せを受けている。

消防隊員「少女の服装は水色のマフラー！　赤いコート着用！」

海保官「了解！　水色のマフラー！　赤いコート！」

×　×　×

漁港事務所がある。

ストーブの前に座った女、道木《みちき》仁美《ひとみ》（29）。

虚《うつ》ろな目でストーブの火を見つめている。

慌ただしくドアが開けられ、雪崩《なだ》れ込んでくる五、六人の漁師、事務所職員、警官。

ずぶ濡れの漁師（後《ご》藤《とう》）、微動だにしない仁美の前に顔を寄せる。

後藤「あんた、母親だね？」

まったく表情の変わらない仁美。

後藤「確認してくれ（と、何か差し出す）」

仁美、無表情のまま、ゆっくりと視線を動かす。

ごみが付着し、ぐっしょりと濡れた毛糸の固まり。

水色のマフラーである。

後藤「どうだ⁉」

無表情の仁美。

後藤「見覚えはあるか⁉　どうなんだ⁉」

仁美、やがて小さく小さく頷《うなず》いて。

仁美「……怜《れ》南《な》のマフラーです」

後藤、無線を口元に当て、叫ぶ。

後藤「確認！　マフラーは遭難《そうなん》した女の子の持ち物だ！」

慌《あわ》ただしく事務所を出ていく後藤たち。

仁美「（無表情でストーブの火を見つめていて）……」

○　一ヶ月前、湖岸（早朝）

字幕、『一ヶ月前――』。

早朝のまだ明けきらない薄紫の空の下、寒々とした湖岸《こがん》にひとり立っている女、鈴《すず》原奈《はらな》緒《お》（35）。

頭上で鳥の羽ばたく音が聞こえた。

奈緒、腰に下げたカウンターを握りしめ。

空を見上げる。

空を渡っていく十数羽の鳥の群れ。

奈緒、素早くカウンターを打ち込んでいく。

鳥たちが通り過ぎていった。

手帳を出し、今日の日付に数を記録する。

○湖近くの通り

湖岸から戻ってきた奈緒、駐車してあった軽自動車に乗り込み、走りだす。

○漁港近くの通り

軽自動車で通り過ぎていく奈緒。

停泊した漁船があり、漁港事務所が見え、ここは冒頭シーンの漁港であることがわかる。

○室蘭円山《まるやま》小学校・構内

車の鍵をポケットにしまって、歩いてくる奈緒。

すれ違う生徒たちが、おはようございますと挨拶《あいさつ》するが、奈緒は小さく頷くだけで返す。

少し後ろをひとり登校してくる女子児童の姿がある。

首に巻いた水色のマフラーが見える。

男の声「濱田《はまだ》先生のご病気が治るまで、一組の担任をお願い出来ませんか？」

○同・理科室

白衣姿の奈緒に対峙《たいじ》している、教師の三浦《みうら》貴子《たかこ》（28）と学年主任の平越《ひらこし》。

奈緒「（困惑していて）いや、でもわたしは……」
平越「三学期だけですし、フォローしますから」
貴子「とにかく今日のところはこれを書かせてください」

と一枚の紙を奈緒の前に出す。

奈緒、見ると、作文課題として『天国のあひるさんへ』とある。

貴子「中庭で飼ってたあひるが先週死んじゃったんです。生徒たちに手紙を書かせてください」

奈緒「……（疑問がある）」

○　同・一年一組の教室

黒板に小さく癖《くせ》のある字で『天国のあひるさんへ』とお題が書かれてあり、生徒たちが手紙を書いている。

真剣で、泣きながら書いている生徒もいる。

教室を歩いて回っている奈緒。

特に感情もなく眺めていると、真っ白な紙を置いたまま何も書いていない女子生徒がいた。

道木怜南、七歳。

紙の端《はし》だけ折っては広げ、折っては広げしている。

奈緒、ボードに挟んだ座席表を見て名前を確認し。

奈緒「道木さん、よね？」
　顔を上げ、奈緒を見る怜南。
怜南「うん」
奈緒「あと十分しかないけど」
怜南「うん。えっと、これ、書かなきゃ駄目？」
奈緒「どうして？　書けない理由でもあるの？」
怜南「あひるは手紙読めないからよ？」
奈緒「……」
怜南「死んでるから手紙読めないでしょ？　あひるは字習ってなかったから読めないでしょ？」
奈緒「……」
生徒A「あひるさんがかわいそう！」
生徒B「道木さん、意地悪！」
　などと、口々にざわつきはじめる生徒たち。
奈緒「（生徒たちに）静かにして」
怜南「あとね……」
奈緒「何？」
怜南「天国ってある？」
奈緒「……」
怜南「土の中のこと？」
　黙り込む生徒たち、静まる教室。
奈緒「書きたくなかったら書かなくていいわ」
怜南「（え？と奈緒を見て）」
奈緒「住所が天国じゃ、郵便屋さんも困るわね」
　と呟《つぶや》くように言って、怜南の紙を取る。
怜南「！（と驚いたように、奈緒を見て）」
　また無表情になって教壇に戻る奈緒。
　怜南、嬉しそうに奈緒の後ろ姿を見送る。
怜南「（見ていて、何かに気付く）……」

○　同・職員室

　　　玲南の白い用紙を見ている貴子、奈緒に。

貴子「少し変わった子なんです。父親を早くに亡くしてるせいか、たまにわけのわからないこと言うんです」

平越「小さいくせに生意気だよね」

貴子「そういうこと思ってても言わないでください」

奈緒「（あひるの手紙の束を示し）これ、どうすれば？」

貴子「えーっと……（と、困って）」

奈緒「死んだあひるに読ませますか？」

○　同・職員室前の廊下

　　　奈緒、出てくると、下校途中の生徒たちの中から玲南が駆け寄ってきた。
　　　玲南、奈緒に向かって毛糸の帽子を差し出す。

奈緒「何？　落とし物だったら落とし物箱に……」

玲南「違うよ、先生に似合うと思うんだよね」

奈緒「わたしにかぶれってこと？」

玲南「そうそう」

奈緒「（息をつき）何で？」

玲南「さっき助けてくれたお礼よ（と、微笑《わら》う）」

奈緒「……わたしは別に助けてなんて」

　　　玲南、奈緒の手に帽子を持たせ、出ていった。
　　　水色のマフラーを出して首に巻いて、スキップするようにして歩いていく。

奈緒「……（帽子を見て、やれやれと息をつく）」

○　古いアパートメント・外（夕方）

　　　帰ってきた奈緒、階段を上がっていく。

○　同・奈緒の部屋

　　　部屋は綺麗《きれい》にしてあるが、飾り気はなく、本棚に学術書が並び、多くが渡り鳥の生態に関してのもの。
　　　奈緒、鞄《かばん》と毛糸の帽子を投げだし、髪を結んでいたゴムを外し、髪にブラシを入れる。
　　　ブラッシングしていて、ふと気付く。
　　　鏡の前に行き、後頭部の髪をかき分けてみると、五百円玉大の禿《はげ》がある。

奈緒「（顔をしかめ）え……」

　　　撫《な》でつけていて、ふと思い当たる。
　　　振り返り、床に投げ出された毛糸の帽子を

見る。

奈緒「……（そういうことか、と）」

○ 道木家の前

道木と表札のある小さな家。帰ってきた怜南、鍵を出し、入ろうとして気付く。紐《ひも》でくくられた童話や図鑑などの本が捨ててある。

怜南「！」

怜南、動揺して見つめていると、背後でドアが開き、仁美が出てきた。ぼさぼさの茶髪で、コンビニの店員の制服を着ている。

怜南「（本を示し）ママ、これ……」

仁美「（目を逸《そ》らし、よそ見しながら）いらないでしょ」

怜南「……うん、いらない。ママ、ただいま！（と、満面の笑顔になって）」

仁美「おかえり」

怜南、玄関を見ると、男物の踵《かかと》を踏んだスニーカーが置いてある。

怜南「（表情が曇って）……」

仁美、横目にそんな怜南を見て、気まずそうにしながらさっさと歩きだす。

怜南「（大きく手を振って）ママ、いってらっしゃい！」

見送った怜南、捨ててある動物図鑑に目をやる。

○ 古いアパートメント・奈緒の部屋

毛糸の帽子を被ってみている奈緒。窓に映して見るが、気に入らず、帽子を脱ぎ捨てる。

○ 道木家・部屋の中

後ろ手に動物図鑑を持った怜南、緊張して入ってくると、テレビの前に男、浦上真人《うらがみまさと》（30）がおり、ゲームをしている。

怜南「（笑顔になって）こんにちは、浦上さん」

怜南、窓際に行き、収納棚の上に置いてあったハムスターが一匹入った飼育箱を覗《のぞ》き込む。

怜南「ただいま、すず」

ひまわりの種をあげていて、収納ボックスにゲーム雑誌が詰まっているのに気付く。

怜南「……」
浦上の声「怜南ちゃん」
怜南「(びくっとして)……はい(と、笑顔で振り返る)」

○ 古いアパートメント・奈緒の部屋

適当に放り出されている毛糸の帽子。

奈緒、総菜を食べながら届いた郵便物を見ている。

ほとんどがダイレクトメールだが、封書があって、差出人は『加山圭吾《かやまけいご》　鈴原芽衣《めい》』と連名である。

鋏《はさみ》で封を切り、開けると、結婚式の招待状だ。

出席を消し、欠席に○をする。

鉛筆立てに長く白い鳥の羽根が差してある。

○ タイトル

○ 東京、住宅街のとある一軒家(日替わり)

○ 鈴原家・LDK

生活感の無い、現代的な造りの内装に高級な家具。

カウンターのあるダイニングがあり、その向こうにはモダンで綺麗なキッチンがある。

流しの横に置いたPCの仕事書類に目を通しながら、パスタを作っている女、鈴原籐子《とうこ》(55)。

味見していると、傍らに立つウエディングドレスを着た女、鈴原芽衣(26)。

籐子「ソース飛ぶわよ」
芽衣「(後ずさりしつつ)目立つ?　目立つと思う?」
妊娠四ヶ月の芽衣、腹が少し膨《ふく》らんでいる。
籐子「式までにもっと大きくなるわよ?」
籐子、パスタを持ってカウンターで食べはじめる。
芽衣「どうしよ、あっちのお義母《かあ》さん、ウチらが出来婚だってことまだ知らないんだよ?」
籐子「どうせバレるんだから言いなさいよ」
芽衣「安全日誤魔化して妊娠して強引に息子との結婚に持ち込んだって思われるだけよ!」
籐子「実際そうでしょ」
芽衣「実際そうだけど、そうだとしても……」
入ってくるリクルートスーツの鈴原果歩《かほ》(22)と、だらしない感じの木俣耕平《きまたこうへい》(22)。

果歩「ただいま。わ、美味しそう！」
　篠子の隣に座り、横から食べはじめる。
芽衣「あんた、内内定貰ったくせに何でまだリクルートスーツ着てんのよ」
果歩「この方がコンパでモテるし。お母さんのパスタ最高！」
篠子「駄目じゃないの、自分の彼女にコンパ行かせたら」
耕平「僕はいいんです」
篠子「わたしと結婚する？　バツイチで娘三人いるけど」
芽衣「あ、そうだ！」
　芽衣、置いてあった自分のバッグから何やら出してきて、全員の前に置く。
芽衣「奈緒姉に結婚式の招待状出したんだけどさ……」
　招待状の奈緒からの返信であり、欠席に◯印がある。
果歩「うわ、妹の結婚式に欠席⁉」
篠子「（表情が曇って）……」

◯　北海道、札幌畜産大学・研究室
　近代的な設備の整った研究室で、渡り鳥に関する研究ファイル、鳥の写真や剝製《はくせい》が飾ってある。
　奈緒、准教授《じゅんきょうじゅ》の男、藤吉健輔《ふじよしけんすけ》（38）にファイルを渡す。
奈緒「荻島《おぎしま》教授からお預かりしてきました」
健輔「室蘭大の研究室が閉鎖されたのは我々も驚きました」
　札幌畜産大と室蘭大による交流フィールドワークの記念マグカップが置いてある。
健輔「鈴原さん、今は？」
奈緒「小学校で教師をしています」
　奈緒、ふとＰＣの画面を見て。
奈緒「アルゴスシステム」
健輔「ええ、今オジロワシとオオハクチョウを追ってるんです」
　興味深そうに画面に見入っている奈緒。
健輔「（そんな奈緒を微笑んで見て）鈴原さん、ウチに来る気はありませんか？」
奈緒「え……」
健輔「あなたのような人が小学校の先生じゃ不本意でしょ。欠員が出たところだし、教授に話してみますよ」
奈緒「あ、ありがとうございます」

○　同・構内

学生たちが行き来する中、帰っていく奈緒。

携帯が鳴った。

着信画面を見ると、『母』と表示されている。

奈緒「（複雑な目で見て）……」

○　東京、鈴原家・ＬＤＫ

受話器を置く籐子、芽衣と果歩に首を振る。

芽衣「（顔をしかめ）何なの、あの人」

籐子「そんな言い方しないの。奈緒にも事情あるのよ」

耕平「（果歩に）お姉さんって俺、会ったことないよね？」

果歩「だって北海道行って十年以上経《た》つし、最近はお正月にも帰っても来てないもん」

芽衣「何が事情よ、あっちのお義母さん、ウチが三姉妹だって知ってるのに欠席なんかされたら……」

籐子「大丈夫、わたしからちゃんと話しとくから」

と言って、台所に行く。

芽衣「（表情が曇って、果歩に小声で）あんたが電話しな」

果歩「（察し）うん……気付いてた？」

芽衣「（頷き）奈緒姉が一番電話に出ないのは、お母さんがかけた時よ」

果歩「うん……そうだ、わたしたち、就活終わったしさ」

耕平「いや、俺はまだ内定ひとつも……」

果歩「今無いってことは終わったってことよ。四月になったら奈緒姉ちゃんとこ行ってみよ」

芽衣「うん、あんた、直接説得してきてよ」

台所で洗い物をしている籐子。

籐子「（心配そうにしていて）……」

○　室蘭、駅前（夜）

改札を抜けて出てくる奈緒。

風が冷たく、急ぎ足で帰ろうとした時、目に入る。

ハムスターの飼育箱を提《さ》げた怜南の姿。

郵便ポストの前に立っており、中を覗き込んだり、上から見たり下から見たりしている。

奈緒、何をしてるんだ？と思いながら時計を見ると、八時過ぎだ。

怪訝《けげん》に思ってるうちに、怜南は走っていっ

た。

奈緒「……？」

○　駅前商店街

ほとんどの店がシャッターを閉じた中、歩いてくる奈緒、喫茶店に入ろうとして気付く。

また怜南がいて、ここにもあった郵便ポストをまた観察している。

奈緒「(何をしているんだ？と)……」

奈緒、声をかけようかとも思うが、やはり止めて、店の中に入る。

郵便ポストを見ている怜南、残念そうにしている。

喫茶店の扉のベルのからんころんという音。

怜南「(あ！と振り返って)」

○　喫茶店

注文を終えた奈緒、バッグから先程の大学の資料を取りだし、見ようとすると。

コンコンと窓を叩《たた》く音。

見ると、窓の向こうに怜南が立っており、笑顔で手を振っている。

奈緒「(顔をしかめ)……」

怜南、窓から姿を消すと、店のドアから入ってきて。

怜南「からんころん」

とベルの音に合わせて言って、また閉めて。

怜南「からんころん」

とまた合わせて言って、奈緒の元に来て。

怜南「あの音好き」

向かいの席に座った怜南。

怜南「先生も好き？」

奈緒「(目を逸らし)……」

怜南「あ、そうだ」

と立って、奈緒の背後に回り込んで髪を覗き込み。

怜南「ちゃんと隠れてるかな」

奈緒「……八時過ぎよ？　わたし、これから食事なんだけど」

怜南、お財布を開け、五百円玉をテーブルに置く。

怜南「大丈夫、晩御飯のお金貰ってるの。(店員に)あのー、すいませーん」

奈緒「……(息をついて)」

××

店員が来て、奈緒にカレーライス、怜南にクリームソーダを置く。
嬉しそうにクリームソーダを見る怜南。

怜南「わたし、食べ物の中でクリームソーダが一番好きなの」
怜南、アイスを食べ、ソーダを飲む。
奈緒、資料を読みながらカレーを食べようとする。

奈緒「(しかし何やら気になっていて)……違うわ」
怜南「うん?」
奈緒「クリームソーダは食べ物じゃないわ」
怜南「何?」
奈緒「飲み物よ」
怜南「(ぷっと笑う)」
奈緒「何?」
怜南「(真似し)飲み物よ。(微笑って)先生って面白いね」
奈緒「(むっとし)何も面白くないわ」
怜南「先生、怒った?」
奈緒「別に怒ってません」
怜南「怒ってるみたいな顔してるよ」
奈緒「こういう顔なの」
怜南「眉毛《まゆげ》と眉毛がくっつきそう」
奈緒「(意識して)」
怜南「あ、離れた。先生って面白いね。すごく面白い」
奈緒「いい加減に……」
怜南「あのね先生、質問があるの」
奈緒「明日学校で……」
怜南「わたしのこと嫌いなのかな?」
奈緒「子供が嫌いなの」
怜南「(ぷっと笑う)」
奈緒「何なの?」
怜南「どうして小学校の先生になっちゃったの?」
奈緒「……なりたくてなったんじゃないわ」
怜南「(奈緒を見つめて)ふーん」
奈緒「(見透かされたような気がして)何よ」
怜南「先生にいいもの見せてあげる。わたしの宝物」
と言って、手提げバッグからシールがたくさん貼り付けてあるノートを出す。
怜南「好きなものノート」
奈緒「(無視し、資料を読もうとし)……」
怜南「まわるいす、まがってるさかみち、おふろばでるこえ、ねことめがあうこと」

　読みはじめた。
奈緒「（資料を読むが、気になって）……」
怜南「すずがひまわりのたねたべるところ、ゆきをふんづけるおと、よるのそらのくも、くりーむそーだ……好きなものを書くの。嫌いなものを書いちゃ駄目だよ？」
奈緒「……」
怜南「嫌いなもののことを考えちゃ駄目なの、好きなもののことをずっとずっと考えるの。わかった？」
奈緒「それがどうしたの？」
怜南「そしたらね、治ると思うよ（と、後頭部を示す）」
奈緒「（え、となり、むっとして）……」
怜南「先生の一番好きなものは何？」
奈緒「（息をつき）むくちなこども」
怜南「（微笑み）」
　怜南、指先でオッケーとジェスチャーし、クリームソーダのウエハースをハムスターにあげる。
　怜南の袖口から、腕に傷や痣《あざ》のようなものが見え、膝《ひざ》にも痣が見えた。
奈緒「（横目に見て気付き、え、となって）……」

○　外の通り
　店から出てくる奈緒と怜南。
　奈緒、郵便ポストがあるのを見て。
奈緒「あなた、さっき郵便ポスト見てたけど何かあるの？」
　怜南は理容室の方を見ていて。
怜南「あれ赤色と青色のくるくるしてるのあるでしょ？　あれね、よく見てるとね、一日に一回黄色が出るの。その時に願い事をしたらどんな願い事も叶《かな》うの」
奈緒「あー、そういうこと（と、白けてポストを見て）」
怜南「あとね、三平橋の傍《そば》の自動販売機。時々あったかいコーラが出るの。それも願い事が……」
奈緒「家はどっち？」
　怜南、小さなライトの付いたキーホルダーを持っており、地面を照らした。
　星形に光るが、たいして明るくない。
怜南「先生、おやすみなさい！」
　と星形のライトを照らし、さっさと行く怜南。
奈緒「ちょっと……（と、怪訝に思いながらも）」

息をつき、奈緒もまた背を向け、歩きだす。

○　道木家・外

星のライトをくるくる回しながら帰ってきた怜南。
家に着き、玄関脇を見ると、ごみ袋が置いてあり、怜南の洋服などが入っているのが見える。

怜南「……」

怜南、扉を開けると、中から漏《も》れてくるゲーム音。
足がすくむが、唇を噛《か》みながら中に入っていき、また扉が閉まる。

○　室蘭円山小学校・一年一組の教室（日替わり）

授業中の奈緒、生徒に教科書の音読をさせている。
ひとりが読み終え、次の席になるが、空いている。

奈緒「……道木さんは？」

女子生徒のひとりが手を挙げる。

生徒C「お手洗いで寝てました」

奈緒「え……」

○　同・保健室の前

保健室から出てきた貴子、奈緒に話している。

貴子「（深刻な顔をし）先生は道木さんのことで何かおかしなことに気付きませんでしたか？」

奈緒「ただの貧血じゃ……？」

貴子「栄養失調かもしれないって」

奈緒「え……」

貴子「身長や体重、発育の面でも平均を随分《ずいぶん》下回ってます」

奈緒「いや、でも……」

貴子「体中に幾つか痣や傷がありました」

奈緒「……」

○　同・保健室

カーテンに囲まれたベッドの中、横になっている怜南。
好きなもののノートを見ている。
カーテンが開き、入ってくる奈緒。

怜南「（微笑《ほほえ》みかけ）」

無表情のまま黙って傍《かたわ》らの椅子《いす》に腰掛ける奈緒。

怜南「（小声で）三浦先生は？」
奈緒「職員室に行かれたわ」
怜南「（安堵《あんど》し）何回も聞くのよ？　ママのこと好き？って。どうしてそんなこと聞くのかな」
奈緒「……何て答えたの？」
怜南「（微笑み）大好き。決まってるでしょ？」
奈緒「そう……（と、安堵）」
怜南「（奈緒を見つめ）ほっとした？」
奈緒「ん？」
怜南「明日はちゃんとお勉強します！」

○　同・一年一組の教室（日替わり、朝）

始業開始する奈緒。
起立礼着席の日直の声で生徒が座る。
奈緒、見ると、怜南の席が空いている。

○　同・職員室

デスクで用事をしている奈緒、顔を上げると、重々しい表情の貴子が平越と教頭の倉《くら》持《もち》に話をしており。
貴子「雪の日に自宅の玄関の前でしゃがみ込んでる道木さんを見た生徒がいました」
まずいなあという感じで頭を抱えている平越と倉持。
貴子「虐待《ぎゃくたい》の可能性があると思います。母親か、あるいは母親と交際してる男の人がいるらしいんですが……」
倉持「ま、そう結論を急がず、しっかり確認してください」
貴子「鈴原先生と一緒に道木さんの家に行ってきます」
奈緒「（え!?となって）……」

○　道木家・外

繰り返しインターフォンを押している貴子。
傍観《ぼうかん》している奈緒。
貴子「そっち見て貰えます？」
奈緒、仕方なく裏手に行き、覗き見る。
何の変哲もなく、また雨戸が閉まっている。
奈緒「特に何もありませんけど……」
貴子「道木さん！」
仁美と怜南が帰ってきた。
少し遅れて付いてきている怜南は眼帯をしている。
警戒する表情となる仁美、仁美に寄り添う怜南。

貴子「円山小学校の三浦です。怜南さんが登校されないので、どうしたのかと思いまして」
仁美「(俯《うつむ》いたまま) 風邪だと連絡したはずですが」
貴子「ええ。ただ……(怜南に) 目どうしたの?」
貴子、青い痣がはみ出して見える眼帯に手を伸ばす。
嫌そうに避《さ》ける怜南。
貴子「ごめん、痛かった?」
仁美、怜南の手を握って、優しく。
仁美「先生に説明しなさい」
怜南「ボールがぶつかりました」
仁美「公園でね、かわいそうにね、よしよし」
仁美、怜南の肩を抱き、頭を撫でてあげる。
甘えたように嬉しそうな怜南。
奈緒「(見ていて) ……」
貴子「怜南ちゃん、他にも怪我があるんです」
仁美「はい、知ってます。すぐに転ぶんです、この子」
貴子「あの、失礼ですが、ご同居なさってる男性の方がいると伺いました。その方、怜南ちゃんとは……」
仁美「(顔が険しくなり) 何なんですか……!?」
怜南「(遮るようにして、仁美の腕を引き) ママ! 肉まん冷めちゃうよ」
仁美、軽く会釈し、怜南を連れて家の中に入る。
奈緒に視線を送る怜南。
怜南「(肩をすくめ、参ったねという感じで微笑んで)」
家に入っていった仁美と怜南。
奈緒「(息をつき) ……」
貴子「ほっとしないでくださいね。あれはお芝居です。虐待されてる子供は何があっても親を庇《かば》うものなんです」
と言って先に歩きだす。
奈緒「(困惑し) ……ほっとなんて、別に……」
困惑する奈緒、ふと見ると、家の雨戸が少し開き、浦上がこちらの様子を見ていた。
目が合うと、すぐに閉められた。
奈緒「(嫌なものを感じ) ……」

○ 児童相談所 (夕方)

訪れた奈緒と貴子に応対し、淡々と調書を取っている職員 (内藤《ないとう》)。
貴子「あの母親はまだ若く、恋人を離したくないという思いが男の暴力に見て見ぬふりさせ、また時には荷担した。つまり……」

内藤「あの、随分とご内情をお調べになったようですが」

貴子「いえ、今の話は本に書いてあったことで……」

内藤「本、ですか（と苦笑して、調書を書くペンをおく）」

貴子「体中に怪我を……」

内藤「転んだだけだと言われたんですよね？　我々も調査しますが、学校さんも何か確証を持ってきて戴かないと」

貴子「はあ……」

奈緒「（傍観している）」

○　室蘭円山小学校・職員室（夜）

　話している貴子、平越、倉持、少し離れて傍観している奈緒。

平越「だって母親に甘えたりしてるんでしょ？」

貴子「頼る者が親しかいないからです、子供は媚《こ》びるしかないんです」

倉持「ま、とにかく相談所の言う通りにして、慎重にね」

　と言って、さっさと出ていく倉持と平越。

　貴子、納得いかない様子で奈緒の元に来て。

貴子「悔しいです。児童相談所も警察も先生方まで、どうして誰も彼女の親身になってあげないんでしょうか？」

奈緒「当たり前じゃ……」

貴子「はい？（と、険しい表情で）」

奈緒「いえ……」

貴子「明日もう一度相談所に行って……（思い出し）あ、駄目だわ、明日は用事が」

奈緒「（ほっとして）」

○　通り

　街灯の少ない通りを、ハムスターの飼育箱を持って、星形ライトを照らして見回しながら歩いている怜南。

　郵便ポストがあるのを見つけ、駆け寄っていく。

○　札幌畜産大学・廊下（日替わり）

　奈緒、健輔に論文を渡す。

健輔「今、教授を呼んできます。研究室で待っててください」

　と微笑み行く。

○　同・研究室

誰もいない中、デスクで待っている奈緒、ＰＣの画面に表示された渡り鳥のデータを見ている。

ふいに背後でドアが開く。

奈緒、はっとして立ち上がり、深々と会釈して。

奈緒「はじめまして、わたくし、以前室蘭大に……」

男の声が、くっくっくっと笑う。

奈緒、え？と思って顔を上げると、見知らぬ男、藤吉駿輔《しゅんすけ》（33）が立っている。

駿輔「（にやにやとし）ま、ま、座ってください」

と奈緒を座らせ、自分も隣に座る駿輔。

駿輔「あんたでしょ？　小学校の先生」

奈緒「え？　ええ……」

駿輔「さっき学生に聞いたよ、ウチの兄貴、あんたに惚《ほ》れてるんだって？」

奈緒「……はい？」

駿輔「（じっと奈緒を見て）意外に年食ってるよね？（と、屈託《くったく》なく笑って）」

奈緒「（何この人!?と）」

○　道木家・部屋の中

怜南、冷蔵庫を開ける。

缶ビールが何本かあるだけで、食べ物はない。

ふりかけの瓶の僅《わず》かに残ったのを口の中に入れる。

ふらふらと部屋に戻り、タンスの上に目をやると、海苔《のり》の缶がある。

怜南、椅子を持ってきて、洗面器のようなものを重ねて上に立つ。

足元がぐらぐら揺れるが、必死に手を伸ばす。

もう少しで手が届きかけた時、足元が崩れた。

倒れる怜南、背中を打ち、痛む。

小さく呻《うめ》き声をあげながら顔をあげて、気付く。

背中の下でゲームのＤＶＤが割れていた。

怜南、！となって慌てて引き出しを開け、ボンドを出してきて付けようとすると。

背後に立つ影。

怜南、気配を感じて振り返ると、浦上が立

っている。
浦上「(割れたDVDを取って) あーあ。駄目だなこれ、捨てなきゃ」
怜南「(ひきつった笑顔を作って)」

○ 札幌畜産大学・研究室

まだ二人で待っている奈緒と駿輔。
駿輔「遅いね兄貴、焼き鳥でも食いに行ってんのかな? (と、渡り鳥の剝製を見ながら笑って)」
奈緒の前のペットボトルを勝手に取って飲み、また返す駿輔。
奈緒「……」
駿輔「兄貴どう? 独身でしょ? 結婚とか考えないの? 興味ない? 堅いって言うか、男嫌いそうだもんね?」
奈緒「……」
席を立つ奈緒。
駿輔「あれ? どこ行くの? 傷付いた?」
出ていきかけた奈緒、振り返って睨《にら》みつけ。
奈緒「わたしは別に……!」
と怒鳴りかけた時、ドアが開いて、入ってくる健輔と教授。
奈緒「!」
健輔「(駿輔を見て) 何だ、まだいたのか? 早く帰れ」
駿輔「だってこの人がひとりでつまんなそうだったから」
奈緒「(怒りを堪《こら》え) ……」

○ 道木家・部屋の中 (夜)

夢中になってゲームをしている浦上。
廊下に黒いごみ袋が置いてある。
もぞもぞとゆっくり動いている。
子供の形で動いている。
玄関のドアが開き、コンビニの制服を着た仁美が疲れた様子で帰ってきた。
廊下のごみ袋に気付いて、ん?となって。
仁美「これ何……?」
浦上「ん? ごみだよ、ごみ (と、ゲームを続けたまま)」
仁美「こんなとこに……」
と言ってごみ袋を手にして気付く。
もぞもぞと動いている。
仁美、ひっと小さく声をあげ、思わず手を離す。
仁美「な、何……」

浦上「だからごみだってば」
　仁美、動くごみ袋の中に誰がいるのかを悟《さと》る。
仁美「まーくん、これ……」
浦上「（笑って）冗談《じょうだん》だよ」
仁美「ちょ、やめてよ、また変な噂立つじゃない……」
　とごみ袋の口を開けると、怜南が入っていた。
　怜南、仁美の顔を見て、微笑んで。
怜南「かくれんぼしてたら出られなくなっちゃって」
仁美「……」
　目を逸らす仁美、財布から五百円玉を出し、怜南の前に置く。
怜南「（受け取って見つめ、微笑み）いってきます！」

○　国道

　周囲には何もない町外れの国道を走る車内に、運転している健輔と助手席に奈緒。
健輔「今年もウトナイ湖は例年通りですか？」
奈緒「ええ、三万羽を超えています」
　奈緒、窓の外を見て、ふと気付く。
　車道脇に怜南の姿が見えた。
　郵便ポストの前に立っていて、覗き込んだりしている。
奈緒「⁉」
　走り続ける車。
健輔「教授も歓迎してましたし、おそらく来ていただくことになると思いますよ」
奈緒「（怜南のことを考え、葛藤《かっとう》していて）……」

×　×　×

　郵便ポストを見て、落胆した様子の怜南。手にはハムスターの飼育箱を提げている。諦《あきら》めたように歩き出そうとした時、走ってくる足音。
　怜南、振り返ると、走ってくる奈緒の姿。
怜南「（笑顔になって）先生！」
　奈緒、来て、険しい顔で。
奈緒「何してるのよ、こんなところで」
怜南「（郵便ポストを見て）あのね……」
奈緒「今度は何色の郵便ポストよ⁉　そんな青だか黄色だかのポストなんて見たことないし、そんなくだらないことで願い事が叶うわけないでしょ！」
怜南「（萎縮《いしゅく》し）……」
奈緒「……（言い過ぎたかと、息をつき）」

○　古いアパートメント・奈緒の部屋

携帯で話している奈緒。

奈緒「今ウチにいます……いえ、事情はわからないので本人に聞いてみてください……はい、お待ちしてます」

携帯を切って向き直ると、こたつに入っている怜南。じっと動かず、何かを見ている怜南。

奈緒「何か話したいことがあるなら、三浦先生に言って？」

じっと何かを見ている怜南。

奈緒「あなたのこと心配してくれてるし……何見てるの？」

怜南「これ、すずにあげてもいい？　すず、お腹すいてるの」

こたつの上に置いてあるお煎餅《せんべい》。

奈緒「すず？　（ハムスターを見て）あー、どうぞ」

煎餅を手にする怜南、半分に割り、飼育箱に入れる。

残った半分の煎餅をじっと見つめ。

怜南「残ったから食べよっかな……」

食べはじめる怜南、お腹をすかせたように慌てて食べている。

奈緒「（見て）……」

×　×　×

台所に立って料理をしている奈緒。

本棚の前に立って鳥の本を手にしている怜南。

怜南「図書室みたい」

奈緒「鳥の本しかないわ」

怜南「鳥の図書室だね」

奈緒、出来た料理をお盆に載せてこたつに運ぶ。

茶碗に盛ったごはんと卵焼きとお新香が二人分。

怜南、嬉しそうに見て、手伝って一緒に並べる。

向かい合って座る。

怜南「（手を合わせ）いただ……（と言いかけて、奈緒の顔を見る）」

奈緒「食べなさい」

怜南「いただきます！」

食べはじめる怜南。

怜南「先生、料理、上手だね！」

奈緒「これぐらい誰でも……」
怜南「わたしのママも料理上手なんだよ」
奈緒「（違和感があって）……あ、そう」
怜南「わたしが好きなものいっぱい作ってくれるんだよ」
奈緒「（嘘だと思う）……」
怜南「何でも作れるんだよねえ」
奈緒「何を作るの？（と、詰問口調で）」
怜南「ん……（と、困惑）」
奈緒「お母さんは何を作ってくれるの？」
怜南「えっと、スパゲティでしょ、それから……」
奈緒「何のスパゲティ？」
怜南「……あさりのでしょ、ミートソースでしょ、あとカルボナーラでしょ、あとほうれん草の……（と、必死）」
奈緒「（そんな怜南を見て、思わず）ごめん」
怜南「ほうれん草の……」
奈緒「もういいわ、わかった……良かったわね、お母さんが料理上手で」
怜南「うん。ねえ、先生のママも料理上手？　ママが料理上手だと、子供も料理上手になるんだよね？」
奈緒「……関係ないんじゃない」

怜南「ねえ、先生のママも美人？　どんな顔？　似てる？　髪の毛は長い？　短い？」
奈緒「忘れたわ」
怜南「ママの顔忘れたの!?」
奈緒「もう随分会ってないのよ」
怜南「どうして会わないの？」
奈緒「嫌いだからよ」
怜南「え……（と、驚いていて）」
奈緒「……早く食べて」
怜南「うん……」
食べる奈緒と怜南。
沈黙が続き、どこか萎縮したような怜南。
奈緒「（そんな怜南を見て）……ハムスターね」
怜南「うん、ハムスター……」
奈緒「……買って貰ったの？」
怜南「前に……」
奈緒「そう……」
また沈黙。
奈緒「……苦手なのよ、こういうの」
怜南「……？」
奈緒「わたしもいつもひとりで食べてるし、あなたみたいな子と何を話したらいいのか……」
怜南「好きなものの話をするんだよ」

奈緒「え……」
怜南「好きなものの話をすると楽しくなるの」
奈緒「……好きなものなんて、何も」
怜南「わたし、知ってるよ。先生の好きなもの見つけた」

と言って、鉛筆立てに差してある白い羽根を見る。

奈緒「……」

×　×　×

食事が終わり、流し台に洗った皿。
少し部屋を暗くし、こたつに入ってみかんを食べながら話している奈緒と怜南。

奈緒「何千キロ、時には何万キロって旅を続けてるのに、渡り鳥は道を間違えないの」
怜南「空の、道?」
奈緒「そう、目印なんてないし、地図もないのに、彼らはちゃんと目的地にたどり着く。ウトナイ湖にもね、アオジ、カッコウ、ツグミ」
怜南「ツグミ?」
奈緒「うん、夏にはアオアシシギ、シロチドリ」
怜南「シロチドリ」
奈緒「今だったら、ガン、カモ、ハクチョウ」
怜南「ガン、カモ、ハクチョウ」

奈緒、白い羽根を怜南に持たせ。

奈緒「シベリアから来た鳥の羽根よ」
怜南「シベリア……?」
奈緒「北東シベリアのベーリング海沿岸の湖や沼で生まれて、カムチャツカ半島から、オホーツク海を渡って三千五百キロ以上離れた、湖まで来た鳥」
怜南「この羽根で来たの? わたしも見たい、渡り鳥」

鳥の羽根を見つめる怜南。

奈緒「(そんな怜南を見つめ)……朝になったら見に行ってみる?」
怜南「見れるの?」
奈緒「車で行って、寒いけど毛布を持っていけば……」

奈緒、クロゼットを開け、用意をはじめる。

怜南「(ふっと不安になり)……ママ、心配しないかな?」
奈緒「え……」
怜南「また、今度、にしようかな」
奈緒「(我に返って)……そうね、そうしなさい」
怜南「ごめんなさい」
奈緒「何謝ってるのよ、わたしは別に……」

その時、部屋をノックする音が聞こえた。

貴子の声「鈴原先生？　三浦です」

奈緒「……（自嘲的《じちょうてき》に苦笑し）上着着なさい」

○　同・外

アパートを出て、歩いていく怜南と貴子。

貴子「貴子先生からもお母さんに謝ってあげるね」

頷く怜南、振り返ると、部屋の前で奈緒が見ていた。

無表情のまま、ドアを閉めて中に入った奈緒。

連れられていく怜南。

○　同・奈緒の部屋

戻ってきた奈緒、床に落ちている毛布をむなしく拾うと、怜南が好きなものノートを忘れている。

奈緒「（見つめ）……」

拾おうとすると、携帯が鳴った。

奈緒「（着信を見て出て）鈴原です。先程はありがとうございました……え……受け入れていただけるんですか？」

○　室蘭円山小学校・職員室（日替わり）

倉持に対し、頭を下げている奈緒。

倉持「良かったじゃないですか、本来の仕事に戻れて。丁度春休みに入りますし、そんなお気になさらなくとも」

奈緒「（また頭を下げて）」

○　同・教室

奈緒、帰宅しようとすると、向こうから怜南が来た。

怜南、奈緒に気付き、親しげに微笑みかけてきて。

怜南「先生、あのさ……！」

奈緒、目を逸らして。

奈緒「先生にあのさはやめなさい」

怜南「（え、となって）……うん」

奈緒「うんじゃないでしょ？」

怜南「……はい」

奈緒「……」

怜南「渡り鳥、を見に行く約束、なんですけど……」

奈緒「そんな約束してないわ」

怜南「……」

奈緒「わたし、この学校辞めて大学の研究室に戻ることになったの。あなたの相手はしてられない」
怜南「……」
奈緒「変な期待しないで」
怜南「……はい、わかりました（と、礼をし）」
歩きだす怜南。
奈緒「……（動揺があり）これからは三浦先生に相談しなさい。三浦先生ならちゃんと……！」
しかし答えず、行ってしまう怜南。
奈緒「……（後ろ髪引かれるものはあるが）」
奈緒もまた背を向け、離れていく二人。

○　道木家・外（夕方）

帰ってきた怜南、家に入ろうとして気付く。

玄関前にごみが捨てられた中に、飼育箱がある。

怜南、え!?となって、慌てて手に取って見ると、中にハムスターの姿はない。

怜南「すず!?」

前に浦上の運転する車が停まり、降りてきた仁美。

仁美、飼育箱を見ている怜南の後ろ姿を見て。

仁美「（気まずい感じで）……」

怜南「（飼育箱を見つめたまま）お母さん、すずは……？　すず、どこ行ったの……？」

仁美「……天国よ」

動かない怜南の後ろ姿。

仁美「天国で幸せに暮らしてるのよ」

動かない怜南の後ろ姿。

仁美「（苛《いら》立《だ》って）わたしのせいじゃないんだから……」

振り返った怜南。

怜南「（笑顔で）そうだね！　すずは天国に行ったんだね！」

○　室蘭円山小学校・職員室（日替わり）

平越と倉持が教師たちを集め、報告書を見ながら話をしている。
平越「昨日は二人でクッキーを焼いていたそうです。実に仲の良い母と娘だったと」
安堵の表情を浮かべる教師たち。
倉持「児童相談所としては虐待とみられている行為は確認出来なかったとのことです。ま、多少のしつけはあるかもしれませんが、深い愛情があってのことでしょう」

奈緒「（違う、と）……」
倉持「ですよね、三浦先生」
貴子「ええ、わたしもそう思います」
奈緒「!?（と、隣の貴子を見る）」

満足そうな貴子、机の上に置いた会議資料の下には結婚雑誌が置いてある。

奈緒「（そういうことか、と）……」

×　×　×

奈緒と貴子、二人になって。

貴子「（華やいだ表情で）あ、そうだ、鈴原先生にも披露宴に来てもらおうかな？　赴任先に招待状お送りして……」
奈緒「ほっとしてるんですか？」
貴子「はい？」
奈緒「いえ……（内心、困惑していて）」

○　図書館・閲覧室

机にたくさんの新聞を積み、読んでいる怜南。
記事をひとつひとつ見ていて、ふと目を止める。

怜南「……」

持参したノートに札幌の漢字を書きとめていると、図書館員が声をかけて。

館員「探し物、見つかった？」
怜南「はい。（記事中の札幌という文字を示し）この漢字、何て読むんですか？」

○　駅前商店街

奈緒、郵便ポストのある帰り道を歩いていると。
洋品店の中に浦上の姿が見えた。
子供服の売り場で女児の服を手にし、選んでいる。
フリル付きのワンピースに顔を寄せて、じっと見つめている浦上。
何か不気味な卑《いや》しいものを感じる奈緒。
ワンピースを手にし、店の奥に行く浦上。

奈緒「……（困惑）」

○　古びたアパート・奈緒の部屋（夕方）

札幌畜産大学の雇用通知書のようなものが届いている。
本棚から研究資料を出し、整理している奈緒。

ふと気付くと、怜南の好きなものノートがある。

奈緒、そのへんに放り置き、作業を続けようとするが、気になってノートを手にする。

表紙を見つめる。

怜南の声「好きなものノート」

○　道木家・部屋の中
コピーしてきた何かの新聞記事を見ている怜南。

玄関のドアが開く音がし、誰かが入ってきた。

怜南、察し、コピーをポケットに入れる。

怜南「(笑顔にして振り返って)こんにちは」

浦上、笑みを浮かべながら来て、包みを破って開け、買ってきたフリフリのワンピースを取りだす。

浦上「着てごらん」

怜南「……(得体の知れない恐怖を感じる)」

○　古びたアパート・奈緒の部屋
好きなものノートを開いてみる奈緒。

素直で大きな文字で一面に書き綴《つづ》られている。

読みはじめる奈緒。

怜南の声「まわるいす、まがってるさかみち、おふろばでるこえ、ねことめがあうこと」

○　道木家・部屋の中
貰ったワンピースを着て、立っている怜南。

湿った眼差《まなざ》しで眺めている浦上、ふいに立ち上がる。

びくっとする怜南の横を通り過ぎ、仁美の化粧道具のセットを引っかき回す。

口紅を手にし、ぐるっと回して出す。

浦上「(見つめ、そして怜南を見て)こっち来てごらん」

肩を震わせながら浦上の元に歩み寄る怜南。

怜南の声「すずがひまわりのたねたべるところ、ゆきをふんづけるおと、よるのそらのくも、くりーむそーだ」

○　古びたアパート・奈緒の部屋
好きなものノートを読んでいる奈緒。
怜南の声「かさがひらくおと、くれよんのしろ、わっくすがけのひ、えんとつのはしご、みかんぜりーにうかんでるみかん」

○　道木家・居間

浦上、怜南の肩を強く摑《つか》み、その唇に真っ赤な口紅を塗っている。

恐怖を感じながら、必死に堪えている怜南。

怜南の声「ころもがえ、あいこになんかいもなること、きれいにむけたくり、あめがふったみちのにおい、じてんしゃのうしろのおせき」

○　古びたアパート・奈緒の部屋

好きなものノートを読んでいる奈緒。

怜南の声「みみかき、つめきり、ふたつむすび、よしよしされること、ぎゅうっとされること、せっけんのこまーしゃるのおかあさん」

奈緒「……」

○　道木家・居間

真っ赤な口紅を塗られた怜南が震えている。

満足そうに見つめている浦上。

浦上、怜南の髪に手を伸ばそうとする、その時。

背後でがらっと戸が開く音。

怜南「(見て)ママ……!」

弁当の入ったレジ袋をぶら下げて立っている仁美。

怜南の唇、浦上の手に握られた口紅を見て、呆然《ぼうぜん》としている。

慌てて怜南から離れる浦上。

浦上「な、何だ、早く終わったんだな……」

怜南「ママ!」

安堵して仁美に向かって駆けだす怜南。

怜南、仁美の胸に飛び込もうとした時。

仁美、レジ袋を振り上げ、怜南の顔を打った。

倒れる怜南。

仁美「汚い!」

仁美、尚もレジ袋で倒れた怜南を叩く。

何度も何度も叩き、中の弁当がこぼれ、怜南の髪や体にも飛び散る。

仁美「汚い! 汚い! 汚い汚い汚い汚い!」

レジ袋が飛ぶ。

食材まみれになってうずくまったまま動かない怜南。

涙を流している仁美。

仁美「(涙で怜南を睨みつけ)……」

仁美、台所に行った。
浦上「お、おい、何怒ってんだよ、仁美？」
戻ってきた仁美、黒いごみ袋を持っている。
浦上「何してんだ？」
ごみ袋を手に、怜南を見下ろす仁美。
怜南、ゆっくりと顔を上げて仁美を見て。
怜南「ママ……？」

○ 同・家の前の通り（夜）

浦上の運転する車に乗り込んだ仁美。
浦上「いいのか？」
仁美「三十六号線のホテルでいいんじゃない、カラオケ出来るし」
浦上「じゃなくて……（と、外を気にして）」
仁美「早く出して」
走りだす二人の乗った車。
風が冷たく吹き付ける中、家の前のごみ捨て場に放置された黒いごみ袋が残っている。
ごろんと転がった。
車が走る車道の方へとごろごろ転がっていく。

○ 古びたアパート・奈緒の部屋

研究資料を集めてバッグに入れながら携帯に出ている奈緒。
奈緒「いえ、食事はまだです……はい、では駅に行きます。二十分後には……」
と言いかけて、好きなもののノートが目に入る。
奈緒「ごめんなさい、三十分後でもいいですか？」

○ 道木家の前の通り

軽自動車から降りてきた奈緒。
好きなもののノートを持っており、道木家の郵便受けに入れようとして、気付く。
空《から》の飼育箱が放り出されている。
奈緒「……」
室内は雨戸が閉まっており、見えない。
諦め、郵便受けに入れようとした時、背後を車が走り過ぎた。
振り返る奈緒、気付く。
車道の脇に黒いごみ袋が落ちている。
黒いごみ袋の中から浮かぶ、ぼんやりとした光。
ん？と目を凝らして見ると、光は星の形をしている。

奈緒、戸惑いながらも歩み寄り、ごみ袋に触れる。
奈緒「（何かを感じ、はっとして）！」
奈緒、慌ててごみ袋の結び目を摑み、寒さにかじかむ手で必死にほどく。
ほどけ、袋の口を開ける。
怜南が入っていた。
手に星形ライトを持っている。
髪と身体中に弁当のクズが付着している。
寒々しいワンピースに赤いコートで、唇には真っ赤な口紅が塗ってある。
奈緒「（呆然と）……」
眠っているのか、動かない怜南。

○ 古びたアパート・奈緒の部屋

置いてある携帯に着信があり、震動し続けている。
誰も出ず、止まった。
奈緒のベッドに横たわり、眠っている怜南。
傍らに座っている奈緒、寝顔を見つめていて、怜南の唇に付いた口紅を指先で拭《ぬぐ》い取ってあげる。
奈緒「（いたたまれない思いで）……」
ふっと目を開ける怜南。
力ない怜南の目、ぼんやり奈緒を見る。
奈緒「……何か飲む？」
怜南「（首を振る）」
奈緒「何か食べる？」
怜南「（首を振る）」
奈緒「……（突然込み上げてきて）どうしよう！」
怜南「……」
奈緒「ねえ⁉ どこか、どこか行きたいところはある⁉ 遊園地とか、動物園とか、デパートとか……」
怜南「札幌に行きたいです……」
奈緒「札幌？ 札幌ね、いいわよ、札幌のどこに行きたい？ 札幌に何かあるの？」
怜南「赤ちゃんポストです」
奈緒「……」
怜南「赤ちゃんポストに行きたいです」
奈緒「……」
怜南、ポケットからくしゃくしゃになった新聞記事のコピーを出して奈緒に見せる。
奈緒、見ると、札幌市の役所に赤ちゃんポストが設置されたとの見出し。
子供の命を守るために設置されたという記

事。
怜南「でもポストの写真が載ってないの。七歳でも入れるかな？　一〇四センチでも入れるかな？」
　奈緒の胸を衝《つ》く。
奈緒「（怜南を見つめ）……」
怜南「（もう何も言わず）……」
　静かに目を閉じ、再び眠りに就《つ》いた怜南。
　怜南の寝顔を見つめる奈緒。
奈緒「……（思いが込み上げてくる）」

○　海岸（日替わり、朝）

　寒空の下、大きな毛布を二人で肩からかけて、腰を降ろしている奈緒と怜南。
　海を見ている二人。
奈緒「（遠い視線で）……」
怜南「（奈緒を見て）先生、何考えてるの？」
奈緒「うん？　うん……あなたの好きなもののことよ」
怜南「わたしの好きなもののこと？」
奈緒「まわるいす、まがってるさかみち」
怜南「おふろばでるこえ、ねことめがあうこと」
奈緒「すずがひまわりのたねたべるところ、ゆきをふんづけるおと」
怜南「よるのそらのくも、くりーむそーだ……わたりどり」
奈緒「……（頷き）わたりどり」
　その時、頭上で聞こえる無数の羽音。
　はっとして見上げる奈緒と怜南。
　数百羽を超える渡り鳥の群れが羽ばたいていく。
　まばたきもせず、見上げる奈緒と怜南。
　海に向かって飛んでいく渡り鳥。
　次の瞬間、砂を蹴って、海に向かって走りだす怜南。
　怜南、手のひらで口元をおおって呼びかける。
怜南「怜南も連れてって！」
　見守る奈緒。
怜南「怜南も連れてって！」
　海を渡っていく鳥の群れが小さくなっていく。
奈緒「……」
　怜南の後ろ姿を見つめている奈緒。
　波打ち際に足元を浸し、見送り続けている怜南。
　波が弾けて、次の瞬間。

怜南、振り返って、奈緒の手が伸び、怜南を包んだ。
奈緒、怜南を抱きしめた。
怜南、え?と。
力強く抱きしめる奈緒。
怜南「ちゃんと数えた?　先生、数えてなかったでしょ?　駄目じゃない、ちゃんとお仕事しないと……」
奈緒「道木さん、聞いて」
怜南「ん……?」
奈緒「わたし、あなたを誘拐《ゆうかい》しようと思う」
きょとんとする怜南。
怜南「先生……牢屋《ろうや》に入れられない?」
奈緒「そうね、入れられるかもね」
怜南「牢屋は石で出来てるんだよ?　冷たくて暗くて、ねずみが出るの。お風呂にも入れないの」
奈緒「そうね」
怜南「駄目だよ!」
奈緒「駄目なことしか出来ないの」
怜南「……」
奈緒「間違ってるかもしれない。あなたをもっと悲しい目に遭わせるかもしれない。でも……」
怜南「……?」

奈緒「わたし、あなたの……あなたのお母さんになろうと思う」
怜南「!(と、奈緒を見て)」
奈緒「あなたと二人で生きていこうと思う」
怜南「先生……」
奈緒「先生じゃ駄目」
怜南「え……」
奈緒「四月一日、わかる?」
怜南「あさって」
奈緒「嘘をついてもいい日なの」
怜南「うん」
奈緒「嘘をつくの。この町を出て、誰もわたしとあなたを知らない場所に行くの。そこでは、わたしはあなたのお母さんで、あなたはわたしの娘」
怜南「……」
奈緒「絶対に誰にも知られちゃいけない。一生嘘をつき続けなきゃいけない。言える?　一生、これから先一生、誰にも知られないように、わたしのこと、お母さんって、嘘言える?」
怜南「……」
奈緒「怜南?　お母さんって言える?」
少しずつ怜南の目に涙が浮かぶ。
目に一杯の涙がたまって、怜南、言う。

怜南「お母さん」
奈緒「……」
怜南「怜南のお母さん」
奈緒「……」
　　怜南、奈緒にしがみつく。
　　奈緒の腕の中、嗚咽《おえつ》し、泣きじゃくる怜南。
　　すべての思いが溢《あふ》れるように。
怜南「お母さん……お母さん……怜南のお母さん！」
　　痛いほどに奈緒の腕を摑み、肩を摑み、必死にしがみつく怜南。
　　強く抱きしめる奈緒。
奈緒「（涙を流し、そして顔をあげて）あなたは捨てられたんじゃない。あなたが捨てるの」

○　古びたアパート・外（日替わり）
　　階段を降りてくる奈緒。
　　軽自動車に乗り込み、出かけていく。

○　漁港
　　漁師たちが慌ただしく動き回っており、作業している。
　　歩いてくる奈緒、見回していて、海に突きだした埠頭《ふとう》を見る。
　　思案するように見据える。

○　中古車販売店
　　軽自動車を売り、その代金を受け取っている奈緒。

○　不動産屋
　　解約手続きの印鑑を押している奈緒。
奈緒「部屋の荷物が残ってます。代金を置いていきますので、処分してください。全部です」

○　靴店
　　女児用の靴を見ている奈緒。
　　可愛い靴があって手にするが、思い直し、置く。
　　男児用の地味な靴を手にし、かかっている男の子用の帽子も手にし、レジに向かう。

○　古びたアパート・奈緒の部屋
　　ほとんどの荷物が整理され、がらんとした部屋で、雇用通知書を見ながら携帯で話している奈緒。

奈緒「ええ、せっかくのお話なんですが……（遮るように）ごめんなさい、失礼します」

と一方的に切る奈緒。

通知書を破ってごみ袋に入れる。

置いてあった潮汐表を広げ、室蘭の時間帯別の水位を見据える。

奈緒「（強い眼差し）」

○　道木家・部屋の中

仁美、コンビニの制服を着ながら奥の部屋を窺《うかが》う。

怜南が何やら洋服を出したり、荷物を詰めている。

仁美、財布から五百円玉を出しかけて思い直し、千円札二枚を置く。

仁美「飼いたいならまた飼っていいわよ、ハムスター」

と声をかけ、制服のボタンを留めていると、鏡台に映り込む怜南の肩から下の姿。

赤いコートに水色のマフラー。

怜南の声「海、行ってくる」

仁美「あんた、聞いてんの、ハムスター……」

しかし鏡の中の怜南は背を向け、出ていった。

振り返ると、二千円は残されたままで、既に怜南の姿も消えている。

仁美「何よ、人がせっかく……」

○　漁港・埠頭近辺

海がひどく荒れている。

漁船で作業をしている漁師の後藤。

船から降りて歩き出そうとすると、埠頭の突端に怜南が歩いているのが見えた。

両手を広げ、足取り軽く跳ねている。

後藤「おい、何してんだ⁉　今日は海が荒いんだ！　落っこったら津軽まで流されっぞ！」

振り返った怜南、後藤を見て頷き、突端から離れた。

後藤、安堵の苦笑を浮かべ、背を向けて歩き出す。

埠頭に立つ怜南に向かって強く吹く風。

上着のポケットに入れてあった白い鳥の羽根が舞った。

○　同・漁港事務所

入ってきた後藤、ストーブ周辺でコーヒーを飲んでいる職員に声をかけ。

後藤「主任の予報はアテにならんな。雪になりそうだ」

などと言ってロープを用意し、また出ていく。

○同・埠頭付近

事務所から出てきた後藤、漁船に戻り、ロープを引こうとして、ふと気付く。

さっきまで立っていた怜南の姿がない。

怜南の好きなもののノートが放り出されており、風にめくれている。

後藤、予感があり、突端に向かう。

徐々に急ぎ足になり、突端まで来て、見ると。

手袋が落ちている。

外海の海面を見ると、もうひとつの手袋も落ちている。

後藤「お、おーい！　誰か！　誰か来てくれ！（と、叫ぶ）」

雪が降ってきた。

○道路

草むらの中、怜南の手元が男の子用の靴を履き、肩にリュックを背負い、髪を入れ込むようにして野球帽を被る。

奈緒の手元がバッグを持ち、怜南に貰った毛糸の帽子を目深《まぶか》に被る。

次の瞬間、雪が降りはじめた誰もいない広い道路へと、草むらより出てきた奈緒と怜南。

怜南は野球帽を目深に被り、上着から靴まで男児用の服を着ている。

奈緒もまた怜南から貰った毛糸の帽子を被っている。

雪が強まる中、足を踏み出し、歩きだす奈緒と怜南。

雪に煙るバス停に向かって、黙々と歩いていく二人。

○古びたアパート・廊下（夕方）

外にレンタカーが停まっており、欠伸《あくび》をしている耕平。

階段を上がってくる果歩、手帳の住所を見ながら。

果歩「えーっと……」

部屋を見つけ、前に立つと、扉が開いてい

た。

あれ？と思って室内を覗き込み、呆然とする。

果歩「え……奈緒姉ちゃん？」

室内は引っ越した後らしく、本などが紐でくくって置いてある以外、ほとんど空になっている。

○札幌駅・駅前（夜）

駅前のバス停にバスが到着し、降りてくる客たちの中、帽子を被った奈緒と怜南の姿がある。

声「今日昼過ぎ、絵鞆《えとも》漁港で行方不明となった女の子は目撃者の情報、発見されたマフラーなどから……」

○同・構内

奈緒と怜南、行き交う人の雑踏を黙々と歩く。

声「道木怜南さん七歳と判明。懸命な捜索活動が続いていますが、依然として発見されていません」

ふいに足を止める怜南。

奈緒、ん？と怜南の視線を追うと、待合室があって、テレビが設置されている。

ニュース番組が放送されており、テロップが『七歳女児、海で行方不明！』と出ている。

声「捜索開始から三時間以上経過、現場海域の水温も五度を下回っており、怜南さんの安否が心配されます」

ぎゅっと手を握り合う奈緒と怜南。

○同・ホーム

切符を握りしめ、歩いてくる奈緒と怜南。

夜行列車が停車しており、アナウンスが聞こえている。

声「十七時十二分発北斗星は間もなく発車致します」

二人、列車の乗降口に行きかけて。

奈緒「駅弁食べる？（時計を見て）走って買ってくるわ」

○同・売店付近

弁当とお茶を二つずつ買っている奈緒。

受け取り、また急ぎ足で戻ろうとすると、背後から声がかかった。

男の声「先生！」
　びくっとする奈緒。
　ゆっくり振り返ると、歩み寄ってきたのは、
　駿輔だ。
奈緒「(内心、！となるが抑え、会釈し)……」
駿輔「あーやっぱり先生だ。どこか行くところ？」
奈緒「ええ、急に用事が出来て、あの」
駿輔「おひとり？　俺もこれから……」
奈緒「すいません、時間がないので」
駿輔「あ、じゃあ名刺だけでも」
　と言って奈緒に渡す。
　奈緒、受け取り、礼をして急ぎ足で行く。
駿輔「またね！」
　奈緒が持っている弁当とお茶は二つある。
駿輔「(無表情で見つめ)……」
　するとその時、携帯が鳴った。
駿輔「(出て)お疲れっす……はい？　海難事故？」

○同・ホーム

　急ぎ足で来る奈緒、名刺を見ると、『週刊
　サプライズ　記者　藤吉駿輔』とある。
奈緒「(え、となって)……」
　奈緒、困惑していると。
怜南の声「お母さん！」
　列車の前で待っている怜南。
　発車のベルが鳴っている。
　慌てて駆け寄る奈緒、怜南の手を取り、列
　車に乗り込もうとする。
　足を踏み入れかけて、ふと止まる奈緒。
奈緒「(怜南を見、問いかけ)」
怜南「(見返し、受け入れ)」
奈緒「(頷き)」
　乗り込む奈緒と怜南。
　扉が閉まった。
　走りだす列車、駅を出ていく。

○走る夜行列車

　夜の中を走る列車の、車内。
　対面式の座席に並んで座り、奈緒、怜南の
　帽子を脱がせる。
　バッグからブラシを取りだし、ぼさぼさに
　なった怜南の髪を梳《す》かしはじめる。
　前髪をあげると、額に傷跡が残っている。
　奈緒、丹念にブラッシングする。
　嬉しそうな怜南。
怜南「お母さんもお母さんのお母さんに髪の毛して貰

った？」

奈緒「そうね、して貰ったわ」

怜南「じゃあ、どうして嫌いになっちゃったの？」

奈緒「（首を振って）感謝してるのよ。ただ、こうして髪を梳かして貰うたび思ってた、スイマセンスイマセンて」

怜南「スイマセン……？」

奈緒「おかしいでしょ、お母さんにそんな風に思うなんて」

怜南「どうしてそんな風に思うの？」

奈緒「うん……」

　奈緒、遠い目をして。

奈緒「わたしは拾われた子だから」

怜南「……」

奈緒「本当のお母さんに、捨てられた子だからよ」

○　東京、商店街のペットショップ前

　鳥籠《とりかご》の中に二羽のセキセイインコ。

　籠にぶつかるほど顔を近づけ、じっと見入っている女、望月葉菜《もちづきはな》（55）。

葉菜「（チュッチュッと舌を鳴らして）」

　ここは小さなペットショップの店先であり、初老の夫婦（原田茂利《はらだしげとし》、政恵《まさえ》）が営んでいる。

葉菜「この子たち、つがい？」

茂利「ああ」

葉菜「じゃ飼うなら二匹いっぺんじゃないとね」

政恵「葉菜ちゃん、今日はもう店閉めたの？」

葉菜「村田《むらた》のお爺ちゃんが今さっき……あ！（インコに舌を鳴らして）またね」

　と言って走りだす。

　茂利、苦笑して葉菜の足元を政恵に示す。

　葉菜の履いているサンダルは右と左で違うものだ。

○　商店街〜スミレ理髪店・外

　走ってくる葉菜、店に入っていく。

葉菜「お爺ちゃん、ごめんごめん！」

○　走る夜行列車の車内

奈緒「名前考えなくちゃね」

怜南「名前は、お母さんが付けるものじゃない？」

奈緒「そっか、そうね。うん……」

　奈緒、ふと思う。

奈緒「……つぐみ。継美《つぐみ》なんてどう？」

怜南「渡り鳥」

奈緒「うん、駄目？」

怜南「ううん、継美、継美がいい」

怜南は継美となる。

また隣に座ってきた継美の肩を抱き、奈緒、愛《いと》しげに頬《ほお》を寄せる。

奈緒「継美（と、微笑んで）」

第1話終わり

Mother

第2話

○ 走る夜行列車・寝台車（早朝）

夜が明けはじめた中、走っている。
寝台車両、個室のベッドの中に奈緒が横になっている。
眠れない様子、目を開けている。
もう片方のベッドのカーテンの隙間から眠る継美が見える。
見つめる奈緒。

○ 室蘭、漁港近くの道路

前夜に比べれば静かだが、まだ人も車両も出入りし、報道陣の姿もある漁港前の通り。少し離れた場所でその様子を見守りながら
携帯で話している駿輔。

駿輔「間もなく捜索再開するようです……いや、助からないでしょう……了解です、遭難した女の子の母親から涙のコメントを取ってきますよ」

○ 走る夜行列車・寝台車

朝の風景の中を走る夜行列車。
カーテンが開き、目を覚ました奈緒が出てくる。
眠そうに立ち上がり、声をかける。

奈緒「道木さ……（言い直し）継美？　朝よ？　起きて」

返事が無く、カーテンを開けてみる。
リュックだけ置いてあり、継美の姿がない。

奈緒「……⁉」

○ 同・通路

奈緒、見回し歩いてくるが、継美の姿はない。
隣の車両に移動しようと連絡通路に出ると、継美の後ろ姿があった。同い年ぐらいの男の子と携帯ゲーム機で遊んでいる。

奈緒「！」

継美、振り返って、奈緒に気付き。

継美「おはよう、先生！」

奈緒「（周囲を警戒し）こっち来なさい」

○ 同・客車前～客車中

客車前に来て、継美の腕を引っ張ってくる
奈緒。

奈緒「どうして勝手にいなくなるの⁉　心配するでし

よ！」

継美「あのね、この電車ね、レストランがあるの。お店の人にご飯はどこで作るんですかって聞いたら……」

奈緒「（遮り）あなた、わかってないの？」

継美「ん？」

奈緒「わたしたちは逃げてるの。こんなところで下手に顔を覚えられたり、誰かと話して嘘がバレたりしたら……」

車両のドアが開き、客が通る。

慌てて黙り、道を空ける奈緒。

奈緒「……（客が行ったのを確かめ）ほとぼりが冷めるまでおとなしくしてて」

継美「ほとぼり？」

奈緒「（何と答えればいいのか）……」

継美「みんながわたしのこと忘れるまで？」

奈緒「……そうよ」

継美「わかった、がんばるね（と、微笑み頷く）」

奈緒「……」

○　同・寝台車

食堂車の乗務員が今朝の新聞を運んできた。

個室に戻ってきた奈緒と継美。

入るなり奈緒、貰ってきた新聞を開く。

社会面の下段あたりに、『室蘭小一女児海で行方不明』の記事があった。

奈緒「……」

文面に目を通す奈緒、動揺して。

継美「先生、大丈夫？」

奈緒「先生じゃないでしょ、お母さん……」

その時、外から声がして。

男の子の声「怜南ちゃん！」

奈緒「⁉」

個室の外、先程の男の子が継美を探している。

男の子「怜南ちゃん？　怜南ちゃん、遊ぼ⁉」

激しく動揺する奈緒。

奈緒「……（窓の外を見ると）」

列車が駅に入り、停車した。

○　宇都宮駅・ホーム

荷物を持って降りてくる、深く帽子を被った奈緒と継美、ホームを歩きだす。

周囲を見ると、売店に先程の新聞が並んでおり、通行人が新聞を持っている。

携帯で話しながら歩いている人と目が合う。

頭上を見ると、監視カメラがある。

奈緒「（動揺し）……」

急ぎ足の奈緒、もたもたした感じで遅れている継美。

奈緒「急ぎましょ」

継美の手を強く引く。

足がもつれそうになりながら付いていく継美。

○ 駅周辺

行き過ぎる人々の話し声が、足音がこだまする中、駅から出てきた奈緒と継美。

奈緒「（警戒しながら、継美に）いい？　わたしはお母さんであなたは継美、親子のフリをするの。わかった？」

継美「うん、わかったよ」

奈緒、路線図の紙を見ながらバス停を見回して。

奈緒「東京行きのバスがあるはずなんだけど」

継美「東京行くの？」

奈緒「逃げるなら都会の方がいいし」

継美「お母さんのお母さんのところ？」

奈緒「（首を振り）貯金があるから、しばらくはホテルにでも泊まって、その先は……また考える」

奈緒、見回して、バス停を見つける。

出発しようとしているバスがある。

奈緒「走って！」

継美「お母さんさ」

奈緒「何」

継美「トイレ行きたくない？」

奈緒「急いでるのよ」

継美「そう（と、お腹を押さえている）」

奈緒「（見て、気付き）したいの!?」

継美「うんち」

奈緒「（バスを見て焦《あせ》って）どうしてさっきしておかなかったの!?」

○ 公衆トイレの前〜中

継美の手を引いて走ってくる奈緒。

奈緒「（時計を見ながら）しておいで」

慌てて中に飛び込んでいく継美。

奈緒、傍らにバッグを置き、路線図に書かれた時刻を見ようとすると、出てきた継美。

継美「お母さん」

奈緒「何？」

継美「トイレットペーパーがないの」

奈緒、息をつき、バッグからポケットティッシュを出し、継美に渡す。
しかし動かない継美。

奈緒「何⁉」
継美「鍵が壊れてるの」
奈緒、仕方なく継美と共に中に入る。
奈緒はバッグを置いたままだ。

×　×　×

個室の前に立って苛立ちながら待っている奈緒。
流す音がし、出てくる継美。

継美「（満面の笑顔で）」
奈緒「良かったわね……」
奈緒、継美と共に外に出て、はっと気付く。
さっき置いたバッグがなくなっている。

奈緒「⁉（と、見回して）」

○　通り

継美の手を強引に引っ張って、周囲を見回しながら走り回る奈緒。

○　裏通り

通りに奈緒のバッグと財布などが投げ捨てられている。
走ってくる奈緒と継美、気付く。
慌てて拾い上げ、財布の中を見る。
札入れは空で、カードホルダーも空だ。
小銭入れに幾らかと折り畳んだ千円札があるのみ。
中古車屋の封筒を開けてみるが、これも空。

奈緒「嘘……」
立ち尽くす奈緒。

継美「（そんな奈緒を見て心配そうに）お母さん……？」
奈緒「（呆然と）……」

○　タイトル

○　室蘭円山小学校・廊下

見回しながら歩いてくる駿輔。
平越と教師たちが慌ただしく行き交ってるのを見ながら進む。

○　同・一年一組の教室

怜南が座っていた席の傍らに立っている貴

子。

貴子「（思い詰めた表情でいて）……」

扉が開き、入ってくる駿輔。

貴子「……はい？」

駿輔、勝手に入ってきて、壁に貼ってある生徒たちの絵を見て。

駿輔「道木怜南さんが描いた絵はどれかなあ？」

貴子「（びくっとし）……マスコミの方ですか？　でしたら職員室に行って問い合わせて……」

駿輔、聞いておらず、勝手にデジカメで撮影し。

駿輔「怜南さんの写真とかありません？（と言いながら、黒板を見て）」

『たんにん　すずはらなお』とあるのが見えた。

駿輔「（え？と思って）鈴原奈緒……？　もしかして以前大学の研究室に勤めてた？」

貴子「鈴原先生はもう退職されました。取材は……」

するとその時前後のドアが同時に開いて、それぞれに顔を出す果歩と耕平。

果歩・耕平「あのー」

貴子「はい？」

果歩「鈴原奈緒先生はいますか？」

駿輔「（え？と果歩を見て）」

果歩「妹なんですけど？」

○　宇都宮、公園

公園の隅のベンチに腰掛けている奈緒と継美。

男児用の靴を脱いでベンチに腰掛け、菓子パンを食べている継美。

黙ってコーヒーを飲んでいる奈緒。

継美「お巡りさんに届けないの？」

奈緒「届けたって住所も書けないのよ。監視カメラにはあなたと一緒に映ってるだろうし……（と、苦笑）」

奈緒「（自嘲的に笑って）何してるんだろ、わたし。今更後戻り出来ないし……（と、頭を抱え考え）」

継美「（不安そうに見て）……」

奈緒「（考え）……（顔を上げて）行くよ」

と立ち上がる。

継美「どこに？」

奈緒「靴履いて」

慌てて靴を履く継美。

○　道路

走ってくるバスの車内、奈緒と継美が乗っている。

継美「桃の家?」

奈緒「(頷き) わたしが昔預けられてた児童養護施設」

継美「(どきっとして)……」

奈緒「(そんな継美を見ておらず) 言っても三十年も前だけどね。五歳で捨てられて、七歳で東京の家に里子に出されるまで二年くらい施設にいたの。東京に行った後も手紙くれてたし、まだあの人もいると思う」

継美「あの人?」

奈緒「桃子《ももこ》さん。桃の家を作った人。こんなに太っててね、何かって言うとわたしたちにご飯食べなさいご飯食べなさいって言うの。手なんかグローブみたいに大きくて……」

× × ×

回想フラッシュバック。

無表情でご飯を食べている六歳頃の奈緒。

頭の上に載せられる大きな手。

桃子の声「おおきくなあれ、おおきくなあれ……」

嫌そうに避ける六歳頃の奈緒。

× × ×

奈緒「おおきくなあれ、おおきくなあれって、このおばさん、わたしたちを太らせて売り飛ばす気に違いないって思った(と、笑って)」

継美「(不安になって)……」

奈緒「冗談よ?」

継美「うん、わかってるよ、はは(と、笑って)」

奈緒「大丈夫、ボランティアでやってたし、わたしの娘だって言えば一晩ぐらい泊まらせてくれる」

継美「うん」

奈緒「大丈夫。あなたを預かって貰えればわたしも自由に動けるし、今後のことはそれから考えるわ」

継美「うん……」

○ **桃の家・前**

歩いてきた奈緒と継美、正面に建つ家を見る。

奈緒「(怪訝そうに)……」

広い庭のある大きな一軒家だが、ひどく古びて、廃屋のようだ。

ひどく色褪《いろあ》せた『もものいえ』と書かれた手作りの表札が落ちている。

奈緒「（拾い上げて、見て）……」

○　桃の家・庭

入ってくる奈緒と継美。

庭は手入れされた様子がなく、雑草が伸び放題になっている。

奈緒と継美、不安に感じながら庭を進むと、錆《さ》びた子供用ブランコに痩《や》せた老婆が腰掛けていた。

奈緒「（え？と見て）……」
継美「こんにちは！」
俯き、虚ろな様子の老婆は応えない。
奈緒「あの、スイマセン……？」
しかし老婆の反応はまったくない。
継美、老婆の足元に古いゼンマイ仕掛けのブリキのねずみの玩具が落ちているのを見つけた。
拾って、ゼンマイを巻く。
かたかたと動きだした。
継美「あ、動いたよ」
顔をあげ、ブリキのねずみを見る老婆。
老婆「チュースケ……」
奈緒「（老婆の顔を見て、まさか、と）……」
継美「チュースケ？　このねずみ、チュースケって言うの？」
老婆「（頷き）うん」
継美「はい、どうぞ（と、老婆に渡す）」
老婆「ありがとう、お姉ちゃん（と、継美に言う）」
継美「えー、（奈緒に）お姉ちゃんだって！」
奈緒「（ある推測が浮かび、老婆を見て）……あの、お年はお幾つ、ですか？」
老婆「六歳」
奈緒「！」
継美「六歳⁉」
奈緒「（状況を察し）……桃子さん……」
継美「桃子さん⁉　全然太ってないじゃん！」
虚ろにブリキのねずみを見ている、野《の》本《もと》桃子（79）。
奈緒「（呆然と見つめ）……」

○　室蘭、古びたアパート・奈緒の部屋（夕方）

果歩と耕平、訪れており、ほとんど空になった部屋に残った、紐でくくられた本などを見ている。

携帯をしまいながら戻ってくる駿輔。

駿輔「兄貴と連絡取れたよ。君のお姉さん、大学に戻る話突然断ってきたそうだ」
果歩「え……」
駿輔「駅で会った時もバタバタしてたし、何か急に東京に帰らなきゃいけない事情でも出来たんじゃないの？（見回し）生徒の写真とか絵とか置いてないかな？」
果歩「でもお姉ちゃん、東京の家には帰ってないんです」
駿輔「あ、そう……（と、ふと思い返す）」

×　×　×

回想フラッシュバック。
駅で出会った奈緒の、手に提げていた二つの弁当。

×　×　×

駿輔「（何だったんだ？と）……」
残された荷物を見ながら思案する駿輔。
耕平「（果歩に）何かあったのかもよ？　警察届けたら？」
果歩「嘘、どうしよう……届ける？　届けちゃう？」
駿輔「いや、もう少し待ったら？（と、ある思いの中で）」
果歩「へ？」
駿輔「事情があるかもしれないよ。一緒に探してあげよう」
果歩「はあ……」
駿輔「（渡り鳥の本を見つつ、疑念があって）」

○　桃の家・台所〜居間

台所に立っている奈緒、冷蔵庫に貼られた訪問介護のパンフレットを見ている。
今日のところは『休』となっている。
奈緒「……」
居間に行く。
子供用の絵本や玩具、子供たちの描いた絵が幾つか放置されており、施設だった頃の名残《なごり》がある。
テーブルの下に入って、ブリキのねずみを大事そうに見ている桃子と、そんな桃子を不思議そうに見ている継美。
継美「桃子さん、どうしちゃったの？」
奈緒「うんとおばあさんになっちゃったのよ……ここに泊めて貰いましょ」
継美「お母さんも一緒に？」
奈緒「何か食べるもの作るから、遊んであげてて」

継美「うん！（と、嬉しそうにして）」
　継美、桃子と同じようにテーブルの下に入る。
継美「桃子さん、遊ぼ？」
　桃子、継美を見つめ、そしてブリキのねずみを差し出す。
継美「貸してくれるの？　ありがとう」
　ブリキのねずみを走らせて遊ぶ継美と桃子。
奈緒「（少し淋しげに微笑んで見つめ）」

×　×　×

　夜になり、晩ご飯を食べている奈緒、継美、桃子。
　背を丸め、ぼそぼそと食べてる桃子の小さな手。
奈緒「（見つめ）……」
継美「桃子さん、食べ物は何が好き？　わたしはいちご」
桃子「ごりら」
継美「ごりら、食べるの⁉」
桃子「のこぎり」
継美「のこぎり食べたらお腹切れるよ！」
奈緒「（気付き）継美、桃子さんはしりとりしてるのよ」
継美「しりとり？」
桃子「りきし」
継美「ほんとだ。しりとり好きなんだ。じゃあ、し、しらさぎ。ぎだよ、ぎ」
桃子「ぎんやんま」
継美「ま、ま、まりもっこり」
桃子「（継美をじっと見つめて）」
継美「りだよ、り」
　ふいに桃子、継美の頬に手を伸ばし、付いていたご飯粒を取り、食べた。
継美「（笑って、奈緒に）お母さん、桃子ちゃんがわたしのご飯粒食べた！（と、楽しげ）」
奈緒「（微笑み）」

○　同・寝室

　布団で眠りについている桃子の寝顔を見ている奈緒。

　ふと気付くと、棚に養護日誌が並んでいる。随分と古いものもあり、端の方に目をやると、一九八〇年頃のものがある。

　抜き出してみると、古く色褪せてボロボロのノート。

開いてみると、その日その日の食事の時間、献立がびっしりと記録してある。
当時預かっていた子供たちの身長、体重も書かれてあり、奈緒の名前もあった。
奈緒、ぱらぱらとめくってみると、献立の下に追記された一文。
『今日、奈緒が言った。「わたしはお母さんにはならないの」』
見つめる奈緒。

六歳の奈緒の声「わたしはお母さんにはならないの」

×　×　×

回想、桃の家。
庭に腰掛け、六歳の頃の奈緒と話している桃子。

奈緒「子供がかわいそうだから。生まれるのはかわいそうだから、絶対にお母さんにはならないの」

桃子「（悲しげに奈緒を見つめて）」

×　×　×

奈緒の言葉が記してあり、最後にひと言『この子のために何もしてあげられないのか……』とあり、少しインクが滲《にじ》んでいる。

奈緒「（眠る桃子を見やって）……」

○**同・居間**

奈緒、入ってくると、膝を抱えた継美の後ろ姿がテレビを見ている。

奈緒「あなたもお風呂入ってそろそろ……」

ニュースが放送されており、室蘭の道木家が映し出されている。
女性記者がカメラに向かって話している。

記者「怜南さんの行方はわからないまま、明日からの捜索規模は縮小される模様です。安否を気遣うお母様は悲しみに暮れる表情を浮かべ、無事の帰りを祈るようにしていました」

警察官に導かれて家に入っていく仁美の姿が映る。
照明を向けられてこちらを振り返り、その虚ろな表情が見える。
じっと見入っている継美の後ろ姿。

奈緒「……」

奈緒、リモコンを取ってテレビを消して。

奈緒「（継美の後ろ姿を見据え）……ママに会いたい？　会いたいの？」

継美「……」

奈緒「大丈夫なんだから、我慢しなくていいんだから……」

継美「間違ってる。今の人、間違ってるよ」

奈緒「え？」

継美「怜南ちゃんのママは祈ってない。怜南ちゃんの帰りを祈ってないよ」

奈緒「……」

継美「(微笑み) 変なこと言うね。お風呂入ってくるね！」

と風呂場に向かった。

奈緒「……」

○ 東京、スミレ理髪店・外景 (日替わり、朝)

○ 同・店内

洗濯したばかりの理髪カバーやタオルを店内の棚に丁寧にしまっている葉菜。

鏡を拭き、ふと自分を見ると、寝癖がついていて、直していると。

扉が開き、入ってくる老人、多田平三《ただへいぞう》 (80)。

葉菜「あら、多田さん」

多田「いいかな？」

葉菜「どうぞどうぞ、座って座って」

多田、椅子に座り、新聞の社会面を広げる。

多田「物騒な世の中になったもんだよ」

葉菜「ん？」

多田「三十代女性の身元不明の遺体だって」

葉菜「怖いね。(櫛《くし》を手にし) いつもの感じでいいですか？」

○ 鈴原家・LDK

芽衣、欠伸をしながら起きてくると。

出社の支度をしてスーツに着替えながら、携帯で話している籐子。

籐子「気を付けるのよ。はい、じゃあね (と、切る)」

芽衣「果歩？」

籐子「奈緒、学校辞めてたのよ」

芽衣「は!? ウチの姉は学校の教師ですってあっちのお義母さんに言ってあるんですけど？」

籐子「おととい奈緒が東京行きの列車に乗ったところを見た人がいるらしいの」

芽衣「じゃ、とっくに着いてる頃じゃん。友達んちにでも寄ってんじゃないの？」

籐子「奈緒の友達？」

芽衣「いないか。ウチしか行くアテないよね……」

籐子「(ふと思い当たることがあって) ……」

芽衣「ん?」
籐子「(首を振り)どこに行ったのかしら……(と、心配)」

○　桃の家・庭

奈緒、庭に出てくると、継美と桃子がしゃがんで雑草の花を摘《つ》んで集めたりして楽しげだ。

桃子「はるじおん、せんだんぐさ、ねこじゃらし」
継美「ねこじゃらし知ってる!」
奈緒「(微笑み、見つめていて)継美」
継美「お母さん!」

継美、奈緒の元に来る。

奈緒「お腹すいたよね……」
継美「お腹すいた!」
奈緒「冷蔵庫がもう空なのよ……」

継美、ポケットから何か取りだし、奈緒に見せる。

ピザショップの無料サービス券だ。

継美「郵便のところに入ってたの」
奈緒「やったじゃない、助かる」
継美「(自慢げに微笑み)あのね、お花一杯咲いてるところがあるんだって。桃子さんと行ってきていい?」
奈緒「(迷うが)……帽子忘れないで」
継美「うん!」

継美、ポケットにねじ込んであった帽子を目深に被り、桃子の元に行き、誘う。

二人して手を繋ぎ、裏口から出かけていった。

奈緒「ピザ注文しとくから、お昼までに帰ってくるのよ!」

微笑んで見送った奈緒、サービス券を見ながら室内に戻ろうとした時。

男の声「野本さん?　野本の婆ちゃん?」

と表の方から声が聞こえる。

はっとする奈緒、裏口から出ようとすると、間に合わず、入ってきた年輩の男(内村《うちむら》)。

制服の警察官である。

内村「(奈緒を見て)あれ?」
奈緒「(動揺し)……」

○　通り

ゆっくり歩いている桃子、振り返ると、靴を履き直したりして遅れている継美。

継美「ごめんごめん、今行くね」

特に何も思わない様子で継美のもとへ歩いていく桃子。

○　桃の家・居間

立ち話している奈緒と内村。

内村「山本さん」
奈緒「はい……（と、必死に動揺を抑えていて）」
内村「婆ちゃん喜んだでしょ？　ここで預かってた子の子供なら孫みたいなものだしね」
奈緒「あの、何かありましたらまたこちらから……」

しかし内村は椅子に腰掛ける。

内村「十年前に旦那さんに先立たれてね、ここの施設も閉めざるをえなかった。ここじゃ広過ぎるし不便だから、周りも引っ越しを勧めたんだけど、婆ちゃん、頑として動かなかった……」
奈緒「（早く出て行ってくれないかと）……」
内村「何でかわかる？　おたくみたいな子らのためだよ」
奈緒「はい……？」
内村「ここで育った子たちには故郷がない。ここで育った子供たちにとっては、ここが故郷で、わたしが親代わりだ。あの子たちが正月や盆に帰ってこられるように、わたしはここに住み続ける、って。婆ちゃん、言ってた」
奈緒「……」

内村、席を立って。

内村「ま、それも今日でおしまいだ。ここじゃヘルパーの人手もないし、役所が迎えに来て、婆ちゃんにはこの家を出て貰うらしい」
奈緒「（え、と）……」

○　同・台所〜居間

摘んできた花を両手に持って、勝手口より入ってくる継美と桃子。

継美「お母さん、ただいま！　ピザ来た⁉」

居間に入ると、自分のと継美の荷物を用意し、出かける支度をしている奈緒。
奈緒、継美にリュックを差し出す。

継美「……？」

奈緒、花を見つめる桃子を横目に見ながら。

奈緒「ここを出るわ」
継美「お買い物……？」
奈緒「（首を振り）行きましょ」
継美「……桃子さん、今日は一緒にお風呂に入ろうねって」
奈緒「この家は借地権が切れたの。早く出ていかないと、あなたの顔を見られてしまうわ」
継美「桃子さんも一緒のお布団で寝ようねって」
奈緒「桃子さんもここを出ることになるのよ」
継美「どこに行くの？」
奈緒「一年は市が用意した施設に入るそうよ。その後は自分で住むところを探すことに……」
継美「駄目だよ、桃子さん、まだ六歳なのにお家探せないよ」
奈緒「……誰かが何とかするわ。さ、行くわよ」
自分のバッグを持って出ていこうとする奈緒。
しかし継美は来ず、桃子の元に行き。
継美「桃子さんもお荷物用意して。一緒に行こ？」
奈緒「⁉」
ただ花を見続けている桃子。
継美「桃子さん、立って」
奈緒「何言ってるの、そんなこと出来るわけ……」
継美「ね、桃子さん、桃子さんも継美とお母さんと一緒の方がいいよね？」
奈緒「わがまま言わないで」
継美「わがままじゃないもん」
奈緒「何度言えばわかるの？　わたしたちは逃げてるのよ？　これ以上年寄りを連れて行けるわけないでしょ？」
継美「行けるよ」
奈緒「は？　あなたに何がわかるの？　ただ付いてきてるだけのあなたにわたしの苦労がわかるわけないでしょ？」
継美「わかるもん」
奈緒「わかってないわ！　誰のためにこんなことになってると思ってるの⁉」
継美「……」
奈緒「お金盗まれたのだって途中で電車降りたのだって、だいたいわたしは大学に戻ることが決まってたのに、それを、それを全部捨てて、こんな犯罪まで犯して、あなたのために我慢して……」
継美「先生」
奈緒「お母さんでしょ」
継美「先生。我慢しなくていいよ」
奈緒「え……」
継美「わたしも置いてって」
奈緒「……」
継美「怜南も置いてって」
奈緒「……何言ってんの？」
継美「大丈夫だからここに来たんでしょ？」
奈緒「え……」

継美「大丈夫、大丈夫」
奈緒「……」

×　×　×

回想フラッシュバック。
奈緒「大丈夫。あなたを預かって貰えればわたしも自由に動けるし」
奈緒「大丈夫なのよ？　我慢しなくていいのよ？」
奈緒「大丈夫」

×　×　×

奈緒「……（首を振って）無理よ、ここに残っても、役所の人が来て一緒にあなたも連れて行かれるだけよ」
継美「先生のことは内緒にする。怜南ひとりで来たって言う」
奈緒「そうじゃなくて、そういうことじゃなくて……」
ふっと立ち上がる桃子。
継美「桃子さん」
桃子「お庭」
とぽつり言って、出ていく。
継美もまた自分の花を持って、出ていこうとする。
奈緒「継美……！」
継美、止まって、振り返って。
継美「無理しないで」
と言って、桃子を追って部屋を出ていった。
奈緒「（絶句し）……」

○　同・家の外

出てくる奈緒。
庭から聞こえる継美と桃子の声。
継美の声「スコップ貸して。こっちは全部黄色のお花にしよ？」
桃子の声「こっちは全部黄色のお花」
背を向け、歩きだす奈緒。
奈緒「（疲れきった）……」

○　室蘭、道木家周辺の道路

果歩たちの車が停まっており、車内に果歩、耕平。
果歩「（後部座席に）あの、何してるんですか？」
後部座席に駿輔がおり、窓の外を見ている。
道木家があり、その周辺に報道陣が数人集まっている。

果歩「わたしたち、遭難した子じゃなくて、お姉ちゃん探してるんですけど?」
駿輔「(道木家を見ながら)お姉さん、担任だったんだ。生徒が行方不明だって聞いたら普通駆けつけるんじゃない?」
果歩「そっか」
駿輔「普通はそうでしょ、普通はね(と、ある疑念の中で)」
駿輔、ふと気付く。
道木家のベランダのカーテンが少し開き、仁美が外の様子を窺い見ている。
駿輔「(仁美の顔を見つめ)……」

○ 道路

ぽつんとバス停のベンチに座っている奈緒。

バスが走ってきて、停車し、乗降口の扉が開く。

立ち上がって見つめ、奈緒、思わず乗り込もうとした時、後ろから走る足音が聞こえてきた。

奈緒、はっとして振り返るが、見知らぬ男の子。

奈緒「(落胆)……」

男の子、近隣の家に入り、玄関にいた母に。

男の子「ママ、お腹すいた」

母親「お昼の時間過ぎてるもんね。すぐ支度するわ」

見ていた奈緒、時計を見ると、二時過ぎだ。

奈緒「(あ、と)……」

思い出し、ポケットを探り、中に入れてあったピザの無料サービス券を出す。

持ってきてしまった。

奈緒「(しまった、と見つめ)……」

○ 別の道路

走って引き返している奈緒。

○ 桃の家・庭

走って戻ってきた奈緒、庭に入ってくる。

先程継美と桃子が摘んできた花が植えてある。

奈緒「継美? 継美!?」

○ 同・居間~台所

入ってきた奈緒。

奈緒「継美!? お腹すいたでしょ!? お母さん、今お昼ご飯用意するから! 継美!? (と言って、気付く)」

テーブルの上にお皿が二つあった。
米粒が少し付いており、梅干しの種が残っている。

奈緒「(え、と)……」
台所から物音が聞こえた。
奈緒、⁉と思って台所に行くと、エプロンをかけた桃子の姿。
落とした炊飯器の釜からこぼれて床に散らばった米を拾い集めようとしている桃子。

奈緒「桃子さん」
米粒を集め続ける桃子。

奈緒「桃子さんが継美にお昼ご飯作ってくれたの？」
米を入れた釜を流しに置き、水を入れて、研ぎはじめる桃子。

奈緒「わたし、やるから……」

桃子「健太、浩貴、真実、香奈子、おかわりしなさい」

奈緒「(え、と)……」

桃子「遠慮しないでたくさんおかわりするのよ。子供はね、大きくなるのが仕事なのよ」
桃子、瘦せた手を宙に持ち上げ。

桃子「おおきくなあれ、おおきくなあれ……」

奈緒「……桃子さん、奈緒です」
振り返る桃子、奈緒のことをじっと見つめる。
少し首を傾《かし》げ、そして気付いたように微笑んで。

桃子「奈緒ちゃん、おかえり」

奈緒「え……」

桃子「ほらほら、外から帰ったら手を洗いなさい」

奈緒「……」

○同・居間

奈緒、桃子を椅子に座らせる。

奈緒「継美は？　継美、どこに行ったか知らない？」

桃子「つ、ぐ、み……？」

奈緒「誰かに連れて行かれたりしてない？」

桃子「み、み、みみずく」

奈緒「……」
動揺し、腰掛けて頭を抱え、ひとり問う奈緒。

奈緒「……どうすれば良かったの？」

桃子「……」

奈緒「わたしだって精一杯やってるつもりなのに、あの子のために母親役やってるつもりなのに……」

桃子「……」
奈緒「これ以上何をどうすれば……!?」
桃子「(聞き取れない声で) じゅうろくてんご……16.5……」
奈緒「もうシリトリはいいの」
桃子、奈緒を真っ直ぐ見つめて。
桃子「16.5」
奈緒「え? 16.5?」
桃子「16.5のお靴を買ってあげて」
奈緒「靴? 継美の靴? 靴なら買ったばかりで……」
桃子「継美ちゃんの足にぴったりの靴」
奈緒「(え、と) サイズ、合ってないの……?」
桃子「継美ちゃん、足が痛いの、痛くて歩けないの」
奈緒「(驚き) ……嘘、そんなことわたしには一言も、(首を振って) 桃子さん、あの子のことわかってない、あの子、言いたいことがあれば言うし……」
桃子「奈緒ちゃんもそうだったよ」
奈緒「え……?」
桃子「奈緒ちゃんも桃の家に来た時、お菓子我慢したでしょ」
奈緒「……」
桃子「テレビ我慢したでしょ」
奈緒「……」
桃子「ほんとのお母さん我慢したでしょ」
奈緒「……」
桃子「どうしてだった?」
奈緒「……一度捨てられたから」
桃子「……」
奈緒「またもう一度捨てられるのが怖いから」
奈緒、首を振って。
奈緒「でも、わたしは我慢なんかしてなかったわ。だって桃子さん、全部わかってくれてたから……健太、浩貴、真実、香奈子、わたし、あの時いたみんなの靴のサイズも全部わかってたから……」
桃子「(微笑み) 16.5」
奈緒「……」

○ 花の咲いている広場

足を引きずって歩いている継美、野の花を見つけては摘んでいると。
奈緒の声「ねえ!」
継美、え?と振り返ると、歩いてくる奈緒。手に買い物袋を提げている。
継美「……」
奈緒、さらに歩み寄ろうとすると、背を向

けて花を摘む継美。
奈緒「何してんの？」
継美「桃子さんとお花畑作るの。お花屋さんになって桃子さんと暮らすの」
奈緒「……継美」
継美「……」
奈緒「継美」
継美「……」
奈緒「返事してよ」
継美「……はいはい（と、振り返ると）」
奈緒、買い物袋から女児用の、可愛い装飾の付いた赤い靴を取りだす。
奈緒「履いてみて」
継美「……お母さん、選んだの？」
奈緒「似合うと思うんだけど」
継美、奈緒の元に来る。
奈緒「座って」
しゃがんで、自分の膝を出す奈緒。
継美、奈緒の膝に腰掛ける。
奈緒、後ろから継美を抱きかかえる姿勢で、継美の靴を脱がせる。
新しい靴を履かせる。
継美「16.5だ！」
立ち上がり、歩いてみる継美、ジャンプしたりして。
奈緒「どうかな？」
継美、くるっとターンして、ポーズを取って。
継美「（微笑み）バレリーナみたい？」
奈緒「（微笑み、頷く）」
継美「またお金減っちゃったね」
奈緒「お花畑でお金稼がなきゃね」
継美「（え、と奈緒を見て）」
奈緒「桃子さんと一緒に暮らそ？」
継美「いいの⁉」
奈緒「何とかするわ。あの家が無理なら今度は桃子さんも誘拐しちゃお？」
継美「（微笑み）うん、誘拐する！」
奈緒「（微笑み）」

○　桃の家・外の通り（夕方）
歩いてくる奈緒と継美、家に帰ろうとして気付く。
老人介護センターのバンが停車している。
奈緒「！」

○　同・裏庭～台所～廊下

物音立てぬよう勝手口から入ってくる奈緒と継美。
覗き込むと、居間に内村と役所の職員たちが桃子の肩を抱き、連れていこうとしている。

奈緒「（焦って）……」

○　同・玄関

内村と役所の職員たちに連れられて桃子、家を出ていこうとすると。
奥の方でかたかたかたと物音が聞こえた。
ん？という顔をする内村と職員たち。

桃子「チュースケ！」
と言って、奥の部屋へと戻っていく。

職員「野本さん！」

内村「おもちゃでしょ。取りに行かせてやってください」

○　同・廊下～物置部屋

歩いてくる桃子、落ちていたブリキのねずみを拾い上げ、傍らの部屋の戸を振り返り見る。

桃子「（ぽかんと見て）……」
戸は少し開いており、中は物置部屋となっている。
埃《ほこり》をかぶった荷物の間に身を潜ませ、リュックを抱えて息を殺している奈緒と継美。
桃子がブリキのねずみに向かって話しかける。

桃子「チュースケ」
奈緒たちに桃子の声が聞こえた。
少し開いた戸の隙間から桃子が少し見える。

奈緒・継美「……！」
継美、思わず外に出ようとする。

桃子「外に出ちゃ駄目よ」
奈緒、継美を抱きしめ、止める。

桃子「怖いおじさんがいっぱいいるからね、バイバイね」

継美「嫌だ……」

桃子「ありがとうね、継美ちゃん」

継美「嫌だ……」

桃子「一緒に遊ぶの楽しかったよ。お花嬉しかったよ。たくさん嬉しかったよ。だから、バイバイね」

継美「……」

桃子「奈緒ちゃん。奈緒ちゃん、ありがとね」
奈緒「(首を振り) わたしは何も……あんなにお世話になったのに、何もしてあげられなかった……」
桃子「奈緒ちゃんがお母さんになった」
奈緒「……」
桃子「奈緒ちゃんがお母さんになった」
奈緒「……」

×　×　×

回想フラッシュバック。
お母さんにはなりたくないと言った六歳の奈緒を悲しく見つめる桃子。

×　×　×

奈緒「……」
桃子「奈緒ちゃんがお母さんになった」
奈緒「(継美を見て) ……(桃子を見て、頷き) なれたよ。桃子さんのおかげでなれたの」
桃子「ありがとね、ありがとね」
奈緒「(頷き) わたしも桃子さんみたいになるわ」
桃子「(安堵したように微笑む)」
物置部屋のドア越しに聞こえる、桃子が歩いていき、遠ざかっていく足音。

奈緒「……」
継美「……」
継美、立ち上がり、ドアを開けて外に出る。
桃子の姿は既になく、ブリキのねずみが置いてある。
拾い上げ、見つめる継美。
奈緒「(そんな継美を見つめて) ……」
継美の元に行こうとして立ち上がり、ふと気付く。
傍らの棚に並んだ、何十個もの箱。
どれにも名前が書いてあり、健太の名のものもある。
奈緒、健太の名の箱を開けてみると、『入居時所有物一覧表』と書かれた書類。
葉書や写真や書類、母子手帳、ヘソの緒の入った桐の箱が入っている。
葉書は、『健太を宜しくお願いします』などと書かれた母からのものだ。
奈緒、振り返って棚に並んだ他の箱も見て。
奈緒「……」

○　同・居間(夜)

雨戸が閉めてある。

奈緒、ランタンに火を点ける。

ぼわあっと灯る火を見つめる継美。

継美「わあ、（振り返って）お母さん、影すごい！」
壁に映った継美の影。

奈緒「（微笑み）今晩はここに泊まって、明日出発しましょ。布団敷いてくるね」
と言って、隣の部屋に行こうとすると。

継美「お母さん、見て」

柱を示している継美。

奈緒、何だろう?と思って見ると、ちょうど継美の目線のあたりに、たくさんの傷がある。

子供たちの名前が書き添えられている。

奈緒「あ……」

継美「あった！」
傷のひとつ『なお　7さい』とあった。

奈緒「……（照れたように微笑む）」

継美「お母さんもここに背中くっつけたんだね」

継美、柱に背中をくっつける。

奈緒、ボールペンを取ってきて、継美の頭にティッシュの箱を載せる。

定規代わりにして、線を引く。

離れる継美、線の位置を見る。

継美「お母さんのよりずっと低いね……（と、淋しげ）」
奈緒、ふと自分の手のひらを見つめ、そして継美の頭の上に載せる。

奈緒「おおきくなあれ、おおきくなあれ……」

継美「（くすぐったそうに、嬉しそうにして）」

奈緒「おおきくなあれ……」

○　同・寝室

ひとつの布団に並んで寝ている奈緒と継美。

眠る継美の寝顔を見て、ふと起きだす奈緒、少し険しい表情で寝室を出ていく。

○　同・物置部屋

棚の上に並んだ箱をひとつひとつ丁寧に取りだし、脇に置いている奈緒。

奥の方まで探し、見ると、あった。

奈緒の名が書かれた箱。


奈緒「（緊張し）……」

奈緒、棚から箱を取りだし、床に置く。

恐る恐る手を伸ばし、ゆっくりと箱の蓋《ふた》を開ける。

目を閉じている奈緒、決心するように目を

開け、箱の中を見る。

奈緒「(え、と)……」

何やら折れ目の残った、色褪せた紙。

裏返してみても、何も書かれていない。

落胆し、肩を落とす奈緒。

奈緒「……」

○　室蘭、道木家周辺の道路

車が停まっており、車内で果歩が携帯で話している。

果歩「奈緒姉ちゃんから連絡ない？　こっちも全然……」

後部座席の駿輔は窓の外を見ている。

道木家前の報道陣の姿はなくなっている。

果歩「うん、東京帰る。じゃあね（と携帯を切って、駿輔に）ということなんでわたしたちはもう……」

駿輔「静かに」

果歩「え？」

道木家のドアが静かに開き、出てくる仁美、周囲を警戒して見回しながら歩いていく。

駿輔「(仁美の横顔を見据え)……」

○　ひと気のない通り〜スナックの前

周囲を警戒しながら歩いてくる仁美。

町はずれに建つ小さなスナックの前に来る。

営業はしていない店のドアを叩き、待つ仁美。

道路を隔てた先に徐行してきて停まった果歩と耕平の車があり、車内から仁美の様子を見ている駿輔。

果歩「こんなのお姉ちゃんと関係ないじゃないですか」

駿輔「(仁美を見ていて)……」

耕平「大体よくないと思いますよ、子供が行方不明になって心配してるお母さんから取材しようなんて……」

駿輔「心配？　娘が行方不明だってのに、こんな時間に口紅塗り直して出かける女が？」

果歩・耕平「え……」

スナックのドアが開き、浦上が出てきた。

笑みを浮かべる仁美。

浦上、仁美の肩を抱いて素早く中に入らせ、周囲を警戒しながらドアを閉めた。

駿輔「……（目が鋭くなって）」

○ 小さなバス停（日替わり、朝）

帽子を被って荷物を持って歩いてくる奈緒と継美。

奈緒「東京は久し振り。とにかく実家でお金借りて……」

継美が見上げて何かを見ている。

奈緒も視線を追ってみると、屋根に鳥の巣がある。

奈緒「燕《つばめ》の巣ね」

継美「お母さんはどうして鳥が好きになったの？」

奈緒「どうしてかな、子供の頃からずっと好きだった気がする……」

○ 東京、大学病院・外景

○ 同・検査室前の廊下

スリッパの音をペタペタ鳴らしながら出てくる検査着姿の葉菜、深々と頭を下げて。

葉菜「どうもありがとうございました！」

と顔を上げると、既にドアは閉まっている。

葉菜、歩きだそうとすると、向こうから来る医師・柚川珠美《ゆずかわたまみ》（36）。

葉菜「あ、先生！　今終わりました！」

珠美「（むすっとした感じで）トイレ行きました？」

葉菜「ええ、行きましたけど、今日は特にあれしてたり……」

珠美「じゃなくて（と、足元を示す）」

葉菜、見ると、トイレ用のスリッパを履いていた。

葉菜「あ……ごめんなさい！　履き替えてきます！」

珠美「望月さん」

葉菜「はい？」

珠美「あなた、わかってるんですよね、自分の体のこと」

葉菜「（笑顔で）はい、わかってます」

珠美「（納得いかないが）じゃ、いいや」

と言って、行く。

葉菜「ありがとうございました！」

○ 商店街のペットショップ

リスの水を換えたりしている政恵、見ると、吊るしてある鳥籠のセキセイインコを見ている葉菜。

政恵「葉菜ちゃん、そんな毎日見に来るなら買ってあげてよ」

葉菜「この子、何歳ぐらいまで生きるのかしら?」
政恵「ウチの子は長生きするわよ」
葉菜「そお、長生きなの。また来るね（と、チュッチュッと舌を鳴らし）」

○　スミレ理髪店・店内

店内の拭き掃除をしている葉菜。
病院で貰ってきた封筒が置いてあり、避けて、その下を拭き掃除していると、店の電話が鳴った。

葉菜「（出て）はい、スミレ理髪店……（相手の声を聞き）あ、あ、ど、どうもご無沙汰しております!」
と頭を下げて。
葉菜「はい、はい、はい、いえ、変わりありません……（表情が曇り）え……ここに、ですか?（首を振り）いえ、来ておりません……も、勿論です、電話したことも会ったことも、……はい、はい、はい……わかりました……」
と普段と変わらず話し、このまま電話を切る雰囲気があるが、ふと新聞棚を見て、何か思って。
葉菜「……あの、今からお会い出来ませんか?（と、静かな表情で言う）」

× × ×

上着を着ながら、店を出ていく葉菜。
先程葉菜が見ていた新聞棚が散乱している。

○　喫茶店

入ってくる葉菜、店内を見ると、奥の席に篠子の姿。
眼鏡をかけ、書類に目を通している篠子。
葉菜、慌てて篠子の元に行き、頭を下げる。

葉菜「遅くなりました!」
篠子「いいのいいの、目通したいものがあったから早く来たの」
葉菜「はい、ごめんなさい」
葉菜、座って、ありふれたクッキーなどを差し出す。
葉菜「ごめんなさい、お仕事中に。あの、これ、つまらないものですが」
篠子「ありがとう。でも気遣わないで」
葉菜「はい」
篠子「はいって言って、あなた、毎回持って来るもの」

葉菜「はい」

籐子「(苦笑し) それでね」

葉菜「はい (と、身を乗り出して)」

籐子「勿論約束は守ってくれてるわよね?」

葉菜「勿論です」

籐子「奈緒のことはあなたとわたしだけの秘密。ウチの他の子たちも実の姉だと思ってるの」

葉菜「はい、奈緒さんにはちょっとも会いに行ったり、ちょっとも見に行ったりしてません」

籐子「ならいいの。ひょっとしてそっちに、と思っただけだから」

葉菜「そうですか (と相づちしつつ、問う顔で)」

籐子「電話で言ったように、奈緒とね、連絡が取れないの」

葉菜「そうですか」

籐子「電話しても出ないし、ううん、そういうことは前からたまにあったの。ただ、今回は何の連絡もないまま引っ越してて」

葉菜「そうですか」

籐子「まあ、しっかりしてる子だから特に心配してるわけではないんだけど」

葉菜「そうですよね」

籐子「ま、あなたにイチイチ報告することじゃないし、わざわざ来て貰うようなことでもなかったかな」

葉菜「(微笑み)」

籐子「で、何かわたしに用事あった?」

葉菜、バッグの中をごそごそとし、何やら新聞の切り抜きを取りだした。

籐子、ん?と受け取って、見ると、北海道で身元不明の三十代の女性の遺体が見つかった事件。

籐子「……何これ?」

葉菜「もしかして、と思って」

籐子「(苦笑し) まさか!」

葉菜「(笑って) そうですよね」

籐子「ちゃんと列車に乗ったところを見た人がいるの。今頃東京のどこかにいるはずなの」

葉菜「そうですか」

呆れたように切り抜きを返す籐子。

籐子「そんなもの見せて、わたしを驚かせようと思った?」

葉菜「えへへ」

○ 大通り

歩いてくる帽子を被った奈緒と継美。

奈緒「お母さん、お婆ちゃんの会社に行ってくる、このへんで待ってられる?」

継美「うん、いいよ」

×　×　×

喫茶店から出てくる葉菜と篠子。

会社へと戻る篠子に深々と会釈して見送って、歩きだす葉菜。

普段と変わらず、歩く。

しかし通行人とぶつかる。

葉菜「ごめんなさい」
と言って、また淡々と歩く。

×　×　×

歩いてくる奈緒と継美。

通り沿いの玩具店があり、覗き込む継美。

継美「ここで待ってる」

奈緒「うん。（見回し、継美の帽子を深く被らせながら）三十分もかからないから」

ぬいぐるみを抱え、その手を振る継美。

微笑み、歩きだす奈緒。

×　×　×

淡々と歩いてくる葉菜。

交番が見える。

なんとなく見ながら歩き続ける。

買い物客でごった返す雑踏《ざっとう》の中を進み、歩道橋の階段を上がる。

橋の上を進むと、ふっと向こうから歩いてくる奈緒。

篠子に会うために少し厳しい表情の奈緒。

他の通行人にまぎれ、見え隠れする。

葉菜、特に表情が変わらないまま、淡々と進む。

徐々に近付く奈緒と葉菜。

奈緒は考え事をしており、葉菜もまた特に奈緒のことを見ていないまま。

至近距離ですれ違った二人。

互いに振り返ることもなく、離れていく距離。

葉菜は歩道橋の階段を降りていった。

○　裏通り

電話ボックスに手をついて、肩で息をしている葉菜。

強く握りしめていた新聞の切り抜きが地面に落ちる。

抑えていた感情が一気に込み上げる。

葉菜「良かった……！　良かった……！　奈緒……！」

安堵の思いで足の力が抜け、しゃがみ込む葉菜。

○　**大通り**

篠子の携帯に電話をかけている奈緒、相手が出て。

奈緒「もしもし、奈緒です……今、近くにいます……はい、じゃあ、これから行きます」

と切って、歩いていると。

継美の声「お母さん！」

道路の反対側、玩具店前で手を振っている継美。

奈緒も微笑み、手を振り返す。

二人が笑顔で手を振り合うのを、少し離れたところから見ていた、葉菜。

葉菜、奈緒に手を振る継美の存在に。

葉菜「(驚いていて)」

継美「(笑顔で)」

奈緒「(笑顔で)」

第2話終わり

Mother

第3話

○　玩具店・店内

　葉菜、商品を手にしつつ横目で窺い見る。
　継美がパズル玩具をあれこれ試している。
　帽子を被っており、顔がよく見えない。
　葉菜、顔を見ようとしていると、継美、移動しはじめ、こっちに来る。
　慌てて後ずさりし、隠れようとすると、背後に積み上げられていた商品を背中で押してしまう。

葉菜「あ……！」
　葉菜、崩れ落ちた商品を慌てて拾っていると、手が伸びて、継美が拾ってくれる。

継美「大丈夫？」

葉菜「（内心どきっとして）……はい、大丈夫です」
　葉菜と継美、二人で元に戻し、積み終わる。

葉菜「ありがとうございます」

継美「（葉菜を見て）座って」
　葉菜、何だろう？と思いながらしゃがむ。
　継美、手を伸ばし、葉菜の首筋に手を回す。

葉菜「な、何ですか……⁉」
　継美、手を戻し、葉菜に見せる。
　クリーニングのタグだ。

葉菜「あ……嫌だ（と、照れて）」

継美「（微笑って）ウッカリさんだね」

葉菜「（思わず微笑って）そう、ウッカリさんなんです」
　継美、踵を返し、またパズル玩具のところに戻る。

葉菜「（微笑み見送って）……」
　立ち去ろうとすると、店内アナウンスがあり、本日棚卸《たなおろ》しのため間もなく閉店となりますと。
　戸惑っている様子の継美。

葉菜「（継美を見て、心配し）……」

○　オフィスビル・ロビー

　奈緒、緊張した面もちで入ってくると。

籐子の声「奈緒！」
　見ると、籐子が興奮した様子で来る。

奈緒「（淡々と会釈し、顔をあげると）」
　籐子、奈緒を抱きしめた。

奈緒「（え、と）……」
　周囲に人が通る中、構わず、籐子、力強く奈緒を抱きしめていて。

籐子「（目を潤ませ）痩せたわね……」

奈緒「どうかな……（と、困惑）」

○　同・社長室

小さくなって応接ソファーに座っている奈緒。
籐子、デスクの引き出しを閉めてきて、奈緒に封筒を差し出す。

籐子「（明るい感じで）足りるかな？」

奈緒「ごめんなさい、すぐに（と、受け取ろうとすると）」

籐子「謝るなら貸さないわよ」

奈緒「（え、と）……」

籐子「親なんだから当たり前でしょって顔しなさい」
と奈緒の手を取り、封筒をぎゅっと握らせる。

奈緒「（頭を下げ）」

○　玩具店・前

店のシャッターが閉じられている。
店員に何やら聞いている継美を、少し離れたところから心配そうに見ている葉菜。
継美、店員から紙とペンを借り、地面に置き、何やら書いている。
書き終わると、店のシャッターに紙を挟み、さっさと走っていく継美。

葉菜「（え？　え？と焦って）……」
葉菜、継美を気にしつつ、シャッターの前に行き、見ると、紙は配布している店の地図。
継美の文字で『お母さんへ　としょかんのところにいってるよ　つぐみ』とあり、すぐ近くの図書館に丸印がしてある。

葉菜「（感心し、継美の行った方を振り返り見て）」

○　籐子の会社・社長室

話している奈緒と籐子。

籐子「どこに住むか決まったら教えて頂戴。じゃあね」
と立ち上がって行きかけて、振り返り。

籐子「本当は超怒ってるんだから。超心配してるんだから」

奈緒「……」

籐子「あなたの部屋、そのままにしてあるの」

奈緒「……（頷く）」

○　図書館・閲覧室
　　机に座って、動物図鑑を読んでいる継美。
奈緒の声「継美」
　　振り返ると、継美の伝言メモを手にした奈緒が来た。
継美「お母さん」
奈緒「(安堵し) あーびっくりした」
継美「あのさ、棚卸しって何?」
奈緒「棚卸し?　お店のお片づけみたいなものかな。お店の前で待ってて良かったのに」
継美「(小声で) 子供がひとりでいたらお巡りさんに話しかけられちゃうでしょ?」
奈緒「……そっか、そうね」
　　歩きだす二人。
奈緒「(伝言メモを見て) 上手に書けたね……」
　　背後で本棚から本が崩れ落ちる音。
　　振り返ると、本が大量に床に落ちているが誰もいない。
　　首を傾げながら出ていく奈緒と継美。
　　本棚の裏にいた葉菜、二人が行ったのを見届けて。
葉菜「(安堵しつつ、名残惜しく) ……」

○　同・外
　　図書館から出てきた奈緒と継美。
継美「(持っている動物図鑑を示し) 継美が困ってたら、ウッカリさんが図書カード書いてくれたの」
奈緒「ウッカリさん?」
継美「あのね、ウッカリしてるおばさんなの」

○　同・閲覧室
　　落とした本を拾っている葉菜。
葉菜「…… (奈緒たちのことを思い、小さな笑みが浮かぶ)」

○　大通り
　　手を繋ぎ、笑顔で話しながら歩いていく奈緒と継美。

○　タイトル

○　寂れたビジネスホテル・外景 (日替わり、朝)

○　同・部屋
　　近隣の物音が聞こえるような、薄汚れた部

屋。
奈緒、買ってきたパン屋の袋を開け、継美に渡す。
奈緒「（鼻をすすりつつ）昨夜寒かったでしょ？（窓を閉め直しながら）隙間風が入るのよね……」
継美「いただきます！（と、食べはじめる）」
奈緒、一緒に買ってきた数紙の朝刊を広げる。
社会面を指先で辿《たど》りながらチェックする。
奈緒「（安堵し）どこにも載ってないわ」
継美「全然!?（と、嬉しそうに）」
奈緒「あれから三日経ってるし、北海道で起こった事故なんて、東京じゃ関心ないのね」
継美「良かったね（と、微笑む）」
奈緒「……食べ終わったら住むところ探しに行こ」

○　産婦人科病院・診療室
産婦人科医と話している芽衣。
産婦人科医「紹介状書くから、精密検査してきてくれる？」
芽衣「え？　何か問題あるんですか？」
産婦人科医「問題ってほどじゃないの。エコー診断だけじゃ不明な点があったから」
芽衣「ふーん（と、面倒くさいなあと）」

○　同・外
病院から出てくる芽衣、他の妊婦たちと微笑みを交わしながら、携帯をかけていて。
芽衣「果歩？　寝てた？　奈緒姉のことなんだけど……」

○　古い木造アパート
日の当たらない薄汚れたアパートの前、不動産屋の従業員に案内されて来た奈緒と継美。

従業員「日当たりは抜群ですよ。駅からは少し離れますがね」

中に入ろうとして、奈緒、振り返って気付く。

目の前に交番がある。

奈緒「……（従業員に）スイマセン、やっぱりここは」

○　小さな不動産屋
物件の図面を見て選んだ奈緒、また別の従業員に。

奈緒「これとこれと、こちらの内見をしたいんですが」
従業員、奈緒の隣で動物図鑑を読んでいる継美を見て。
従業員「お子さんとお二人ねえ……（と、顔をしかめて）」
奈緒「（ここも駄目か、と）」

○　図書館・出入り口
歩いてくる奈緒と継美。
奈緒「ここで待ってられる？」
継美「待ってられる。お母さん、お仕事見つかる？」
奈緒「大丈夫、前から誘われてるところがあるから（と、大学教授の名刺を見て）」

○　同・閲覧室
継美、児童書の本棚を眺めていて、気付く。
本棚の本を見ていた葉菜。
待っていた葉菜、偶然かのように振る舞って。
継美「ウッカリさん！」
葉菜「あら、継美ちゃん。こんにちは」

○　大学院・構内
歩いてくる奈緒と研究員。
研究生「島崎教授だったら、もう何年も前に退官されましたよ」
奈緒「そうですか……」
立ち去っていく研究員。
どうしようかと思案していて、ふと見ると、傍らの売店の棚に求人情報誌が置いてある。
奈緒「（手に取り、めくってみて）……」

○　図書館・閲覧室
向かい合って座り、動物図鑑を見ながら色鉛筆で絵を描いている継美を見ている葉菜。
葉菜「継美ちゃんはお絵描きが好きなんですか？」
継美「お絵描きだけじゃないよ。まわるいすでしょ、まがってるさかみちでしょ、おふろばで出る声でしょ、一杯ある」
葉菜「そうですか」
継美「ウッカリさんは？　ウッカリさんが好きなものは？」
葉菜「わたしですか？　そうですね……逆上がりかな」

継美「逆上がり？」
葉菜「うん、正確に言うと、逆上がりで見える景色。地面とお空がぐるんとひっくり返るのが好きです」
継美「（興味を持ち）ふーん、継美、逆上がり出来ないの」
葉菜「そうですか。（ふと思って）じゃ、隣の公園でウッカリさんと練習してみましょうか？」

○ 自動車修理工場の事務所

履歴書を提出し、作業着の社長の面接を受けている奈緒。

社長「三十五ねえ。大学出だし、そういう人にお茶汲《ちゃく》み頼むわけにもいかないしねえ……（と、渋面）」
奈緒「何でもします（と、頭を下げる）」

○ 公園

継美の見守る中、鉄棒の前に立っている葉菜。

葉菜「……や！」
と叫んで、ぐるんと逆上がりした。
継美「すごい！」
葉菜「やってみますか？（と、譲って）」

鉄棒の前に立ち、逆上がりしようとする継美。

葉菜「足を、たん！って」
継美「たん！」
地面を蹴って回ろうとする継美。
しかし上手く出来ない。
葉菜「うんうん、じゃ今度は、ざさ！って」
継美「ざさ！」
継美、回ろうとするが、また失敗。
葉菜「あー！（と、残念がって）じゃあ、ざさ！ってなって、びよーんって！」

○ 通り～公園（夕方）

落胆した様子で歩いてくる奈緒、図書館に向かおうとすると、傍らの公園から声が聞こえてくる。

継美の声「びよーん！」
奈緒、ん？と見ると、鉄棒の前に継美の姿があり、傍らに葉菜がいる。
奈緒「（誰？と思いつつ）継美！」
と声をかけ、歩み寄っていく。
継美を補助しようとしてた葉菜、奈緒に気付き。

葉菜「！（と、焦って継美に）ごめんね、おばちゃん帰るね」
継美、奈緒の元に駆け寄っていく。
奈緒「ごめんごめん、遅くなって」
継美「あのね、ウッカリさんに逆上がり教えてもらってたの」
奈緒、見ると、既に帰ろうとしている葉菜。
奈緒「（会釈し）ありがとうございました」
葉菜「（会釈し）いえ。失礼します」
すれ違う奈緒と葉菜。
継美「（後ろ姿に）またね、ウッカリさん！」
お辞儀をして帰っていく。
奈緒「（なんとなく葉菜の後ろ姿を見送って）」
ふと見上げると、小雨が降ってきた。

○ ビジネスホテル・ロビー（夜）

外は雨が降っており、駆け込んでくる奈緒と継美。
継美は奈緒の上着を頭から被っているが、奈緒はかなり濡れている。
奈緒「大丈夫？　濡れてない？」
継美「お母さんの方が濡れてるじゃない」
などと言いながらフロントに行こうとすると。
エレベーターのドアが開き、出てくる芽衣と果歩。
互いに気付き、！となる。
果歩「奈緒姉ちゃん！」
と駆け寄ってきて、奈緒の手を取って喜ぶ。
奈緒「（困惑し）……」
果歩「やっと会えた！　お母さんに聞いてきたの。ねえ、何で家帰って来ないの⁉」
奈緒「う、うん……」
奈緒を見据えながらゆっくり近付いてくる芽衣。
芽衣「老けた？」
奈緒「太った？」
芽衣「（継美を見て）それ、何？」
奈緒、諦めて、息をつき。
奈緒「娘よ」

○ 室蘭、浦上のスナック・店内

カウンターの中に浦上、止まり木に座っている仁美。
仁美、グラスのビールをひと息で飲み干す。
浦上「役所から連絡は？」

仁美「そろそろ準備したらどうかって」
浦上「準備？」
仁美「葬式でしょ、怜南の」
浦上「まだ遺体も見つかってないのに」
仁美「こっちから言い出して欲しいのよ、もう結構ですって」
と言ってグラスを出し、もう一杯注いでと。
浦上「警察は？　バレてないかな？」
仁美「何が？」
浦上「だから……自殺だってことがさ」
仁美、グラスに自分でビールを注ぐ。
浦上「絶対自殺だよ……よく飲んでられるな」
仁美「喉が渇いてしょうがないのよ（と、ぐいぐい飲んで）」
浦上、そんな仁美に臆しながらカウンターから出て。
浦上「買い出し行ってくる」
仁美「わたしに関わるの面倒くさくなったんでしょ？」
逃げるように出ていく浦上。
仁美「（虚ろな表情で）……」
背後でまた扉が開く音がする。
仁美「（感極まったように）わたしだって怖くて怖くて……」
と振り返ると、入ってきたのは駿輔だった。
仁美「……⁉」
駿輔「（微笑み、会釈）」

○東京、ビジネスホテル・売店

自販機でジュースを買っている果歩と継美。
果歩、背伸びして帽子の下の顔が見えた継美を見て。
果歩「ほんとだ、奈緒姉ちゃんに似てる」
継美「（微笑って）はい！」

○同・部屋

奈緒が返信した芽衣の結婚式の招待状が置いてある。

欠席のところに丸印がある。

横目に見ながらバスタオルで髪を拭いている奈緒。

足を組んでベッドに腰掛けている芽衣。

芽衣「相手の家さ、全国に何千とか何万とかいる茶道何とか流の偉い人なの。こっちはただでさえ母子家庭で肩身狭いのに、長女が披露宴欠席なんてなったらわたし、屋根裏に住まわされるかもしれないんです」

奈緒「お姉ちゃん、行かない方がいいんじゃない？
　母子家庭だし」

芽衣「父親は？」

奈緒「……室蘭の研究室で一緒だった人よ」

芽衣「不倫だった？」

奈緒「（苦笑し）色々あるのよ」

芽衣「奈緒姉は男と色々あるタイプじゃないじゃん。
　別れたのに何で産んだわけ？　間に合わなかった
　の？」

奈緒「産みたかったからよ」

芽衣「は？　子供が欲しいなんて思う人だっけ？」

奈緒「自分だって（と、芽衣のお腹を見る）」

芽衣「色々あるのよ」

奈緒「あんたは色々あるタイプだもんね」

芽衣「ふーん、だから家帰って来なかったのか……」

　扉が開き、ジュースを持って入ってくる果
　歩と継美。

芽衣「お母さんに私生児産んだなんて言えないもんね
　……」

奈緒「（遮るように、継美たちに）おかえり」

　継美、奈緒と芽衣にジュースを渡して。

芽衣「（奈緒と継美を見比べて）あんまり似てないね」

奈緒・継美「（どきっと）」

果歩「似てるよ、輪郭《りんかく》とか耳の形とか」

芽衣「耳の形？　あー似てるかあ」

　果歩の携帯が鳴る。

果歩「（着信画面を見て）お母さん」

奈緒「……」

芽衣「（果歩に）わたしと買い物してるって」

果歩「お母さんに隠し事なんて出来ないよ……（緊張
　しながら出て）はい……芽衣姉ちゃんと一緒に買
　い物してる、プレゼントしてくれるって言うから
　さ」

芽衣「（睨み）」

果歩「うん、じゃ、帰るね（と、切って、芽衣に）晩
　御飯の用意してるって」

芽衣「（奈緒に）お母さん、ショック受けると思うな」

奈緒「……時期見て話すから」

　芽衣と果歩、立ち上がって、出ていこうと
　する。

　果歩、ふと振り返って。

果歩「継美ちゃんさ、学校あそこだったでしょ？　奈
　緒姉ちゃんが先生してた、円山小学校？」

継美「（奈緒を見て）」

奈緒「学区が違ったから」

果歩「わたし、奈緒姉ちゃん探してあの学校行ったんだよ？　知ってる？　海で溺《おぼ》れちゃった子がいてさ……」
奈緒・継美「（どきっとして）……」
芽衣「何してんの、行くよ」
果歩「待って！　バイバイ！」
　帰っていった芽衣と果歩。
継美「（ふうと息をつき）……」
奈緒「（継美の頭に手をやって）……」

○　室蘭、道木家・玄関
　玄関に立ってひどく乱雑な室内を見回している駿輔。
　児童相談所の名刺が置いてある。
　こっそりとデジカメを出し、名刺を撮影する。
　仁美が部屋の奥から戻ってきて。
仁美「（不安げに）これでいいですか？」
　と怜南の写真を手渡す。
駿輔「（怜南の顔を確認し）早めに返却します」
仁美「返さなくて結構です。それより……」
駿輔「わかってます、男のところに入り浸ってるなんて記事、書いたりしませんよ」
仁美「入り浸ってなんか……」
　駿輔、男物の靴下が落ちているのを見る。
仁美「（その視線に気付き）……！」
　慌てて拾って、しまう。
駿輔「気を付けた方がいいですよ、妙な疑い持たれますから」
仁美「疑いって……」
駿輔「（仁美の表情を窺いながら）ほら、よくあるじゃないですか、男が出来ると子供が面倒になって……」
仁美「（動揺し）……」
駿輔「（見届け、微笑み）どうも」
　と出ていこうとする。
仁美「（安堵して）」
駿輔「（ふいに振り返り）娘さんに何があったんでしょうね」
仁美「……事故ですよ」
駿輔「（頷き）無事をお祈りしています」
　と言って、出ていく駿輔。
　慌てて浦上の荷物を片付けはじめる仁美。
仁美「（しかし手を止め、焦燥感）……」

○　同・外の通り
出てきた駿輔、怜南の写真を見ながら思い返す。
×　×　×
回想フラッシュバック。
駅で会った奈緒が持っていた二つの弁当。
×　×　×
手帳の中、果歩が書いた鈴原家の東京の住所がある。
駿輔「(見て)……」

○　東京、ビジネスホテル・部屋
大人用浴衣《ゆかた》の裾《すそ》を絞って着ている継美、ベッドに入る。
求人情報誌を読んでいる奈緒。
継美「似てるって言われたね」
奈緒「(ため息ついていて)……ん？」
継美「耳」
奈緒「あ、うん、耳」
継美「似てきたのかなあ(と、照れたように)」
奈緒、継美の傍らに行き、毛布をかけてあげる。
奈緒「ごめんね。偉そうなこと言って連れ出したくせに……」
継美「(首を振る)」
奈緒「毎日公園でご飯食べさせてるし」
継美「遠足みたい」
奈緒「パジャマも買ってあげてないし」
継美「(浴衣を広げ)七五三みたい」
奈緒「(微笑み)」
継美「おやすみ、お母さん(と、目を閉じる)」
奈緒「(継美の髪を撫で、耳を見つめて)……」
奈緒、窓の隙間風を気にして、ぎゅっとカーテンを閉め、またデスクに戻る。
求人情報誌を読み、印を付けたりする。
奈緒「(不安)……(咳《せ》き込んで)」

○　東京、大学病院・診察室(日替わり、朝)
診察を受けている葉菜。
珠美、ＣＴの結果を見ていて。
珠美「……ご家族は？」
葉菜「あ、はい」
珠美「遠い親戚でも構わないんですけど」

葉菜「ごめんなさい（と、首を振る）」
珠美「家族もいない、入院する気もないで、これからどうするんです？」
葉菜「（首を傾げ）わたしはこのままで……」
珠美「別にわたしも信じてるわけじゃないですけど、生き甲斐《がい》があるだけで三ヶ月が半年になったり、半年が一年になる患者さんもいるそうなんですよ？」
葉菜「そうなんですかあ」
珠美「（苦笑し）じゃなくて生き甲斐。わかります？」
葉菜「……（微笑み首を傾げて）」

○　公園

入ってくる葉菜、覗き込むと、ひとりきり鉄棒で逆上がりの練習をしてる継美の姿。
葉菜「（見守って）……」
継美、失敗し、地面に手を付いて転ぶ。
擦《す》りむいて少し血の出た手のひらを見ていると。
葉菜「大丈夫⁉（と、心配して）」
と走ってきた葉菜が体を起こしてくれる。
継美「ウッカリさん（と、微笑み）」

○　繁華街

パチンコ店の求人募集の貼り紙を見ている奈緒。
三十五歳以下の但し書きがある。
奈緒「（咳き込んでいて）……」

○　図書館・閲覧室

絆創膏を貼った手で色鉛筆で絵を描いている継美と、隣に座って見ている葉菜。
黒色が短くて、持ち辛そうだ。
葉菜、バッグから『粗品　スミレ理髪店』と印字されたボールペンを出して。
葉菜「これじゃ変ですか？」
首を振る継美、ボールペンで塗りはじめる。
葉菜「継美ちゃん、何色が好きなんですか？」
継美「水色！」
葉菜、ケースの中の色鉛筆を見る。
葉菜「水色、ないのね……」
色鉛筆の一本一本にネームシールが貼ってあるが、黒マジックペンで消されている。
ひとつだけ文字が残っているものがあった。かすかに見える、『み※※れな』。

葉菜「み、れな……？」
継美「（びくっとして）……」
葉菜「れなちゃんって子に貰ったんですか？」
継美「（小さく頷き）……」
葉菜「だから水色がないんですね……（ふと思って）」

○　文房具店

葉菜、ばら売りの色鉛筆の中から水色を手にして。
葉菜「（微笑んで）」

○　図書館・閲覧室

葉菜、水色の色鉛筆を持って戻ってくると、継美の姿がない。
慌てて見回すと、本棚のところに奈緒と継美の姿。
葉菜「（安堵し）」
本棚を見ている奈緒と継美。
継美「（棚の上を示し）お母さん、あれ！」
奈緒「（咳き込みつつ、本を手にし）これ？」
奈緒が取って継美に渡したのは星座の本。
継美「継美ね、八月三日だから獅子座。お母さん、何座？」
奈緒「何座かなあ」
継美「誕生日でわかるんだよ？」
奈緒「（微笑って）お母さん、誕生日がわからないの」
色鉛筆を渡そうと思って来ていた葉菜、本棚の反対側で話を聞き、立ち止まる。
葉菜「……」
奈緒「施設の人が決めてくれた誕生日はあるけど、本当のは忘れちゃった。だから星座もわからない」
継美「ふーん、本当のお母さんに会えるといいのにね」
奈緒「（苦笑し）会ったら困る」
継美「どうして？」
奈緒「どんな顔なのかもわからないし、わたしもどんな顔したらいいのかわからないし……」
葉菜「……」
葉菜、テーブルの元に戻り、継美の色鉛筆の中に水色を置き、立ち去っていく。
奈緒と継美、テーブルに戻ろうとすると、物音。
見ると、ワゴンに積んであった本を崩してしまい、あたふたしている葉菜。
継美「まただよお」
焦って本を拾う葉菜。

奈緒、傍らに行って、葉菜と一緒に拾う。

葉菜「あ……（と、動揺して）」

奈緒「いつも娘と遊んでいただいて」

葉菜「（伏し目がちに）いえ」

奈緒「お近くなんですか……（と、咳き込んで）」

葉菜「（え？と顔をあげて）お風邪、ですか？」

奈緒「いえ、たいしたこと……」

葉菜「熱は？（と、心配）」

奈緒「（首を振り）大丈夫です」

本を元に戻し終えた。

葉菜「どうも申し訳ありませんでした。失礼します」

奈緒「（継美に）ウッカリさんに遊んで貰ったお礼……（と言いかけて、葉菜に）あ、ごめんなさい、わたしまで」

葉菜「（首を振り）ウッカリさんで結構です」

継美「ウッカリさん、また明日ね」

微笑み、帰っていく葉菜。

葉菜「（奈緒がまた咳き込んでるのを聞き、心配していて）」

○　ビジネスホテル・部屋（夜）

帰ってきている奈緒と継美。

奈緒、咳き込みながら求人情報誌を見ていると。

継美「水色！」

継美、ケースに入っていた水色の色鉛筆を見つけて。

継美「何で増えたのかな⁉（と、驚いている）」

奈緒、ケースを見ると、ボールペンが混ざっており。

奈緒「（あーと気付き）ウッカリさんよ」

継美「（うんと頷き）また明日も会えるかな。お母さん、逆上がり出来るまでお仕事見つからないでね」

奈緒「（苦笑し、なにげにボールペンを見て）」

○　鈴原家・奈緒の元の部屋

鳥の本があり、地味だが、今も綺麗にしてある。

佇《たたず》み、淋しげに部屋を見つめている籐子。

○　同・ＬＤＫ

籐子、戻ってくると、食事している芽衣、果歩、耕平。

芽衣「心配し過ぎ、奈緒姉も大人なんだから放っときなよ」

篠子「どうして帰って来ないんだと思う？」
芽衣・果歩「（目を逸らして）さあ……」
耕平「なんか隠し事でもあるんじゃないすか？」
篠子「隠し事!?」
耕平「例えばですね……」
果歩「あんた、何当たり前な顔して人んちでご飯食べてんの」
芽衣「何その髪型、かっこいいと思ってんの？　苛々《いらいら》するわ」
耕平「え……」
篠子「（考え込んでおり）……」
芽衣・果歩「（顔を見合わせ、まずいなあと）……」

○　スミレ理容室・店内（日替わり、朝）

葉菜、開店の支度をしていると、扉が開く音がして。

葉菜「いらっしゃいませ（と、見ると）」
入ってきたのは、出勤前の篠子だった。
篠子「（微笑み）おはよう（と、店内を見回す）」
葉菜「あ……どうぞどうぞ！」
篠子「（変化のないのを見届け安堵し）奈緒が戻ってきたの」
葉菜「あ……そうですか」
篠子「別に心配はしてないでしょうけど、一応報告と思って」
葉菜「ありがとうございます。あ、あの、今お茶を……」
篠子「いいの、じゃ」
と言って出ていきかけて。
篠子「（振り返って）心配しないでね？（と、念を押す）」
葉菜「（意図を察し）はい、わたしは赤の他人です」

○　図書館・前

本日閉館日の貼り紙を前にして立っている奈緒と継美。
奈緒「ホテルで待ってて？　夕方には帰れるから」
歩きだす奈緒。
鼻をすすり、奈緒を追いかけていく継美。

○　通り

路上で求人雑誌を読みながら携帯をかけている奈緒。
奈緒「情報誌を見たのですが……そうですか（と、落胆）」

○　ビジネスホテル・部屋

机に向かって絵を描いている継美。
咳が繰り返し出て、苦しそうだ。

○ 清掃会社・事務所

雇用担当社員からの面接を受けている奈緒。

奈緒「雇っていただけるんですか⁉」
担当「そこのダンボールにユニフォーム入ってるから、(書類を差し出し) ここ行ってきて。着替えは便所ね」
奈緒「あ、あの、今からですか？」
担当「無理？　無理なら……」
奈緒「いえ！」

○ ビジネスホテル・部屋

氷を入れたアイスペールを抱えて入ってくる継美。
机の上に濡れたタオルを敷き、氷をくるむ。
額に載せて、毛布にくるまり、ベッドに横たわった。
水漏れが続き、窓からは隙間風が吹き込んでいる。

○ オフィスビルのトイレ

個室の中、清掃会社の作業着に着替えながら携帯をかけている奈緒。

奈緒「もしもし継美？」
返事がない。

奈緒「継美？」
継美の声「うん」
奈緒「お母さん、お仕事見つかったよ」
継美の声「本当⁉　やったあ！」
奈緒「(微笑み) お母さん、今日からもう働かなきゃいけなくなったの。八時まで。待ってられる？」
黙っている継美。

奈緒「遅くなるけど大丈夫？」
継美の声「うん、待ってる」
奈緒「ご飯買って帰るから」
誰かが扉を開けようとする。

奈緒「(外に) 今出ます。(携帯に) じゃあね」
と言って携帯を切り、荷物を抱えて外に出る。

○ ビジネスホテル・部屋

受話器を置き、ベッドに倒れ込んでいる継美。
ふいにドアが開き、誰かが入ってきた。

継美、慌てて起きあがって見ると、掃除機を抱えたアジア人の清掃員。
ワゴン車を押してきて、外国語で部屋から出てくれとまくしたてる清掃員。
呆然としている継美。

○オフィスビル・廊下

作業着を着て、窓ガラスを掃除している奈緒。
会社員たちが奈緒を邪魔そうにし、通る。
足跡でまた汚れてしまった床を黙々と拭く奈緒。

○スミレ理髪店・店内（夕方）

多田の爪にやすりをかけている葉菜。
多田「葉菜さん、今日は元気ないね？」
葉菜「そうですか？」
多田「このところ元気そうだったから余計そう見えるのかな。趣味でも見つけたのかと思ってたよ」
葉菜「趣味なんて、わたしは……」
店の電話が鳴る。
葉菜「（受話器を取って）はい、スミレ理髪店です……もしもし？　もしもし？　もしもーし？」
継美の声「ウッカリさん？」
葉菜「（え!?となって）継美ちゃんですか……？」
継美の声「うん。ウッカリさん？」
葉菜「そうですよ、ウッカリさんですよ」
継美の声「あのね、今から遊びに行ってもいい？」
葉菜「え……ここに？」
継美の声「うん、遊びに行ってもいい？」
葉菜「（嬉しいが、困惑し）……ごめんなさい、お仕事中なの。ウッカリさん、今日は遊べないんです」
黙っている継美。
葉菜「継美ちゃん？　聞こえますか？」
継美の声「うん、わかった、じゃあね」
葉菜「じゃあ……（ふと気付き）ちょっと待って、継美ちゃん、声どうしたの？　（予感がし）今どこにいるの？」

○街角

行き過ぎる人々の足の向こう、公衆電話の前に座り込んでいる継美の姿。
受話器と、スミレ理髪店の電話番号が書かれたボールペンを握りしめている。
継美「ウッカリさん、水色ありがとう……」

○ ビジネスホテル・廊下〜部屋（夜）

買ってきたお弁当を持って走ってくる奈緒、息を切らして鍵を開け、部屋に入る。

奈緒「ごめん、遅くなって……！」

灯りが消えている。

奈緒「え……継美!?」

電話のフロントからの伝言ランプが点滅している。

○ スミレ理髪店・店内

扉を開け、飛び込んでくる奈緒。

既に閉店後で誰もいない。

奈緒「（動揺しており）すいません!?　すいません!?」

奥の階段を降りてくる葉菜が顔を出して。

葉菜「（指先でしーっとして、その指で二階を示す）」

○ 同・階段〜二階の部屋

駆け上がってくる奈緒、部屋の戸があり、開けようとするが、開かない。

奈緒「鍵が！　鍵が！」

葉菜、後から来て戸を摑んで。

葉菜「コツがあるの」

と軽く持ち上げ気味にして戸を開けた。

古びて、最低限の家財道具しかない質素な部屋。

布団が敷いてあり、眠っている継美。

奈緒「継美……！」

葉菜「さっき病院から帰ってきて寝たところ。大丈夫です、肺炎にはなってませんから」

奈緒「（ほっとして）」

葉菜「ただ注射をしてませんし、薬も最低限のものしかあげてません。継美ちゃん、アレルギーはあります？」

奈緒「（え、と）……」

葉菜「お母さんに確認してからと思って。どうですか？」

奈緒「（困惑し）もう少し様子をみてみます……」

葉菜「はい。あと、保険証と母子手帳、今持ってます？」

奈緒「あ……明日にでも持っていきます（と、困惑）」

○ 同・台所前の食卓

隣室との間を襖《ふすま》を閉める葉菜、立ったままの奈緒に。

葉菜「ごめんなさいね、座布団汚くて」

首を振り、腰掛ける奈緒。

葉菜「（お茶の支度をはじめながら）今晩はここで寝かせてあげた方がいいと思います」
奈緒「（後悔の思いが込み上げて）……申し訳ありませんでした、わたしが駄目なばっかりにご迷惑かけて」
葉菜「迷惑じゃありませんよ、迷惑なんて」
奈緒「……継美はどうしてあなたには具合悪いこと話したんでしょうか？」
葉菜「あ、いえ、継美ちゃんは何も言ってなかったけど、なんとなくわかったので……」
奈緒「なんとなく……そうですよね、なんとなくわからなきゃ駄目なんですよね、母親だったら……」
葉菜「あの、全然わたしは本当たまたまで、継美ちゃんは泣き言とか言う子じゃないみたいだから、気付かないのも当然でしょうし……」
奈緒「言わないんじゃないです、言えないんです」
葉菜「え……」
奈緒「わたし、無理させてるから……北海道から引っ越してきたばかりで、隙間風が入るようなホテル暮らしだったし、まともなもの食べさせてないし……」
葉菜「ホテル暮らし……ご実家とかは？」
奈緒「（首を振り）迷惑かけたくないんで」
葉菜「……」

葉菜、奈緒の前に座り、お茶を出す。

奈緒「ありがとうございます」
葉菜「お母さんなら迷惑かけてもいいんじゃないですか？　ホテルよりずっと安心するはずですよ？」
奈緒「……」

お茶を飲む奈緒、湯飲みを置いて。

奈緒「（自嘲的に微笑って）わたし、里子なんです」
葉菜「……」
奈緒「五歳の時に実の母に捨てられちゃって」
葉菜「（動揺するが、必死に平静を装って）そう……」
奈緒「と言っても、当時のことはほとんどおぼえてないんです。嫌な思い出を忘れるのは得意で」
葉菜「そう……」
奈緒「どうして捨てられたのか、自分がどこで生まれたのか、誕生日さえおぼえてないし、何より一番おぼえてないのが、母の顔で（と、苦笑）」
葉菜「……そうなの」
奈緒「笑っちゃうんですけど、自分の誕生日もわからないっていうのは、なんていうか、なんか生きてる気もしないっていうか……」
葉菜「……あなたはちゃんと生きてるわ」

奈緒「（苦笑）」
葉菜「本当よ」
奈緒「でも多分、決めたんだと思います。生きるために、心は殺そうって」
葉菜「……」
奈緒「あの日……（ふと気付き）ごめんなさい、こんな話」
葉菜「（首を振り）」
奈緒「人に話したことないんですけど、なんか……」
（と、葉菜を見て）」
葉菜「……わたしで良ければ」
奈緒「（どこかで嬉しく感じ）……わたし、決めたんだと思うんです。あの日、母に捨てられた日……」
奈緒、自分の手のひらを見ながら。
奈緒「頭じゃなくて、この手が決めたんだと思うんです……」

○ 回想
繋がれた手と手。

国道沿いの通りを歩いている五歳の奈緒と、その手を握って引いている二十五歳の母
（顔は見えない）。

奈緒の声「多分ちょうど今頃の季節。幾つかの電車を乗り継いで、母はわたしを連れて出かけました」

×　×　×

遊具の小さなコーヒーカップなどに乗っている奈緒と母。

奈緒の声「デパートの屋上にちょっとした遊園地があって、母はわたしに、好きなものに好きなだけ乗りなさいと言いました」

はしゃぐ奈緒の笑顔を見ている母。

○ スミレ理髪店・台所の横の食卓
話している奈緒、静かに聞いている葉菜。
奈緒「楽しかった。すごく。すごく楽しかった」
葉菜「そう……」
奈緒「ひとつ下の階の食堂に行って、母は好きなものを食べなさいと言いました」

○ 回想
デパートの食堂を訪れた五歳の奈緒と二十五歳の母。

ウインドウの向こうにサンプルのお子さまランチがあるのを見る奈緒。

女の子用に紙人形の着せ替えセットが付い

ている。

奈緒の声「わたしはお子さまランチを注文しました。おまけの着せ替えセットが欲しかったからです」

テーブルに着いた奈緒の前にお子さまランチ。

しかしおまけに付いていたのは男の子用。

泣いている奈緒。

奈緒の声「だけど、多分切らしてたんでしょうね、おまけは男の子用の玩具で、わたしはひどく泣きました」

○ **スミレ理髪店・台所の横の食卓**

話している奈緒、静かに聞いている葉菜。

奈緒「母はわたしの機嫌を直そうとして洋服を買ってくれました。それでもわたしは泣きやみません。随分と困ったと思います。あの日母はわたしに楽しい思い出を残そうとしてたし、泣いてるわたしを捨てるのは気分的に嫌だったんでしょう」

葉菜「……」

○ **回想**

日が暮れはじめた土手を手を繋いで歩いてくる五歳の奈緒と二十五歳の母。

奈緒はまだ泣いている。

奈緒の声「茜色《あかねいろ》の夕日が工場の煙突の向こうにありました。母が急にふっとその場にしゃがんで、お母さん、わたしが声をかけると、手に何か握らされました」

奈緒の手に持たされた、綿毛のような種のたんぽぽ。

奈緒の声「たんぽぽの種でした」

母の口元がふうと息を吐くと、たんぽぽの種がふわあっと舞い上がり、飛んでいく。

奈緒の顔に笑顔が浮かんだ。

奈緒の声「ひゅっと母の小さな息づかいにたんぽぽの種が舞い上がって、わたしはようやく泣き止み、笑いました」

奈緒、息を吹きかけ、たんぽぽの種を飛ばす。

奈緒の声「それから母は次から次へたんぽぽの種を見つけてきて、わたし、そのたびに嬉しくて笑いました」

○ **スミレ理髪店・台所の横の食卓**

話している奈緒、静かに聞いている葉菜。

奈緒「よくわかってなかったんです。笑ったらその時が合図なんだって。笑ったら、母はいなくなるんだって。母はわたしの笑顔を見て、そして手を握りました……」

葉菜「……」

○　回想

奈緒、種を飛ばし終え、母に手を差し出す。
母はその手を両手で握りしめた。

奈緒の声「わたし、言いました。手じゃないよ。たんぽぽの種。たんぽぽの種ちょうだい」

頷き、母がゆっくりとゆっくりと手を離す。
代わりにたんぽぽの種が手渡された。

奈緒の声「新しいたんぽぽを貰うと、わたしは夢中になって種を飛ばしはじめて……」

奈緒、夢中になって飛ばし続ける。
無くなって、振り返る。
母の姿が無く、ぽかんとする奈緒。

奈緒の声「気が付くと、母はいなくなってました」

×　×　×

夜になって、交番の椅子に座っている奈緒。
警察官が電話で話していて。

警察官「おそらく捨て子でしょうな。ええ、どこにも母親の姿はありませんし……」

奈緒「たんぽぽだよ」

警察官「あ？　何だ？」

奈緒「お母さんはたんぽぽの種を取りに行ったの」

困った様子の警察官。
種のなくなったたんぽぽの茎をじっと見ている奈緒。

奈緒の声「どうして泣き止んでしまったんだろ。どうして手を離してしまったんだろ。あの時笑ったりしなければ母はわたしを捨てなかったんじゃ……」

○　スミレ理髪店・台所の横の食卓

話している奈緒、静かに聞いている葉菜。

奈緒「母の顔も背格好も忘れたけど、あの時の母の手の感触だけは、どうしてか、今もおぼえてて、街ですれ違う人の手を見ると……想像……想像、してしまうんです」

言葉に詰まる奈緒。
必死に涙を堪えている。

葉菜「（辛く、見つめ）……」

奈緒「この人なんじゃないか、さっきの人なんじゃないか、顔はわからないけど、ひとり、またひとり、何十人、何百人、何千人何万人と誰かの手を握るうちに、いつか、いつか母の手に出会えるんじゃないかって……」

葉菜「……（自分の手を意識し）」

奈緒「この手が母の手なんだって、気付くんじゃないかって、そんな、馬鹿な想像して……」

目に溜まった涙を乱暴に袖で拭う奈緒。

奈緒「（苦笑し）スイマセン、なんか」

葉菜「ううん……」

奈緒「ウッカリさん、話しやすくて……（ふと気付き）あ、ごめんなさい、また……（と、問う）」

葉菜「（微笑み）継美ちゃん、どうかしら。わたし、下の片付けしてきますね……」

階段の方に行く葉菜。

奈緒、継美の眠る隣室に入ろうとした時。

葉菜「会いたいって、思うことある？」

奈緒「はい？」

葉菜「その、実のお母さん」

奈緒「（考え）……」

葉菜「いつか会えるって……」

奈緒「無償の愛って、どう思います？」

葉菜「無償の、愛？」

奈緒「よく言うじゃないですか、親は子に無償の愛を捧げるって。わたし、あれ逆だと思うんです」

葉菜「逆……」

奈緒「小さな子が親に向ける愛が無償の愛だと思います」

葉菜「……」

奈緒「子供は何があっても、たとえ殺されそうになっても、捨てられても、親のことを愛してる。何があっても」

葉菜「（頷き）……」

奈緒「だから親も何があっても、子供を離しちゃいけないはずなんです」

葉菜「……」

奈緒「それを裏切った人に会いたいとは、思いません」

葉菜「……（頷き）そうね、そうよね」

葉菜、懸命に明るくして。

葉菜「ねえ、継美ちゃんのためにも、ご実家のお母さんのところに帰るのが一番いいんじゃないかしら？」

奈緒「……」

葉菜「あなたを一番愛してるのはその方だと思いますよ」

と言って、店の方に降りていく。

奈緒「（葉菜の言葉を受け止めて）……」
　奈緒、ふと横を見ると、電気料金のお知らせ葉書があり、『望月葉菜』と名前がある。

○同・店内

奈緒「（ふーんと見て）」

　降りてきた葉菜、ドアを閉める。

　必死に堪えていた思いが込み上げてくる。

　理髪用の洗面台に向かって、蛇口を目一杯ひねる。

　手のひらに水をすくい、顔を洗う。

　何度も何度も洗って、顔をあげ、水に濡らして誤魔化して、くしゃくしゃになった表情。

○同・二階の部屋

　傍らに腰掛けている奈緒、寝顔を見つめていると、静かに目を開ける継美。
奈緒「継美……」
継美「お母さん、何のお仕事になった？」
奈緒「（微笑み）お掃除のお仕事よ」
　奈緒、継美の額に手をあてて安堵し、隣に寄り添うようにして寝て。
奈緒「ねえ継美、お母さんのお母さんちに住もうか？」

○道路（日替わり）

　走るタクシーの車内、籐子が乗っており、傍らには料理の入ったタッパーが置いてある。

　携帯が鳴って、着信画面を見ながら。

籐子「（出て）芽衣？　何？　お母さん、今から奈緒のところに行く途中なのよ。何か用？」

○鈴原家・ＬＤＫ

　芽衣、携帯で話していて。

芽衣「ううん、後でいい……うん、はーい（と、切って）」

　携帯を投げ出し、ソファーに寝転がる。

　虚ろな目で、手は膨らんだ腹に触れている。

　テーブルの上に置かれた大学病院の産婦人科の封筒からはみ出した書類に、『要精密検査』の赤い文字。

○道路～コンビニ前

　走るタクシーの車内の籐子、窓の外を見て

いると、葉菜の店のある商店街の看板が見える。
見ていると、コンビニの前に奈緒の姿。

篠子「え……」

×　×　×

コンビニ前で買った新聞数紙に目を通している奈緒。
社会面の中、下段に『室蘭海難事故小一女児　捜索断念』の小さなベタ記事がある。

奈緒「……」

○　**スミレ理容室・前**

帰ろうとしている奈緒と継美を見送っている葉菜。
奈緒は朝刊を持っている。

葉菜「(見て) あら、ウチにあったのに」

奈緒「はい?」

葉菜「新聞。さっき買いに行ったの、新聞だったんですね」

奈緒「……ありがとうございました」

葉菜「良かったですね、お熱下がって……」
葉菜、継美の目深に被った帽子が気になって。

葉菜「(浅くして) これじゃ転んじゃいますよ」

継美「いいの (と、元に戻して)」
手を繋いで帰っていく奈緒と継美。

葉菜「(微笑み、見送って)」
店に入っていった葉菜。
帰っていく奈緒と継美の後ろ姿を見つめる、脇道に呆然と立っていた篠子。

篠子「(混乱し) ⁉」

○　**同・店内**

葉菜、朝刊の隅をホチキスで留めている。
社会面の記事に怜南の捜索断念の記事が出ているが、特に見ることもなく畳もうとすると、扉が開く。

葉菜「いらっしゃいま…… (と、振り返り見ると)」
険しい表情の篠子が立っている。

葉菜「あ……」
篠子、手を振り上げ、ひっぱたこうとする。

葉菜「(避けず) ……」

篠子「……」
篠子、振り上げた手を下ろし、自分の脚を打つ。

籐子「(必死に自制し)……名乗ったの?」
葉菜「(首を振って)……」
籐子「(安堵し)一緒にいた女の子は……いいわ、そんなことは本人に聞くから」
葉菜「ごめんなさ……」
籐子「あなたにあの子と会う資格があるの?」
葉菜「……(首を振る)」
籐子「二度と会わないで」
葉菜「……(顔をあげて)はい、もう会いません」
籐子「……(息をつき)」

籐子、踵を返し、店を出ていこうとする。

葉菜「ただ……!」

立ち止まる籐子。

葉菜「ひとつ、ひとつだけお願いがあります。あの子に、奈緒に教えてあげて欲しいことがあります」
籐子「……?」
葉菜「あの子の星座は、水瓶座です」
籐子「……」
葉菜「一九七五年一月三一日、それが、奈緒の誕生日です」
籐子「……」
葉菜「(頭を下げ)どうかお願い……」
籐子「(遮り)今更そんなこと教えられるわけないでしょ」

と言い捨て、店を出ていった。

葉菜「……」

○ 道路〜公園

奈緒と継美、歩いてくると、道路脇に公園がある。

奈緒「(鉄棒を見て)病み上がりなんだから、まだ……」
継美「一回だけ!」

○ スミレ理容室・店内

座り込んでいた葉菜、息をついて立ち上がる。
落ちていた新聞紙を拾って棚に置こうとして、目に入る『室蘭海難事故小一女児　捜索断念』の記事。
女児の名前として、『道木怜南(7)』とある。
かすかに記憶があり、気になって首を傾げる。
閉じて棚に置いた時に、ふいに思い出す。

× × ×

回想フラッシュバック。

継美の色鉛筆にあった、『み※※れな』の文字。

× × ×

葉菜、はっとして再び新聞を開き、記事を見る。

小さな記事の文中に『室蘭で海に転落し、行方不明になっていた』『怜南ちゃんのものと見られる水色のマフラーが発見されたものの』などとある。

葉菜「(見据え、急速に浮かび上がる予感)」

○ 公園

奈緒が見守る中、鉄棒に向かう継美。

継美、身構え、力強く地面を蹴り上げる。

○ スミレ理容室・店内

新聞を見ている葉菜。

文中にある『室蘭』『道木怜南』『(7)』『水色』の文字が立て続けに目に飛び込んでくる。

○ 公園

奈緒が見守る中、継美の体が回転していく。

地面と空がひっくり返っていく。

○ スミレ理容室・店内

以下、回想フラッシュバックし。

継美、好きな色を聞かれ、「水色!」と。

継美にアレルギーはあるかと聞いた時の奈緒の困惑した様子。

買ってきた新聞を持っていた奈緒。

帽子を目深に被っていた継美。

× × ×

新聞を見ている葉菜。

葉菜「(息を呑《の》んで)」

○ 公園

継美の体が鉄棒をぐるっと回転し、地面に着地した。

はっとして振り返る継美。

驚いている奈緒。

継美「回った⁉」
奈緒「回った！」

○　スミレ理容室

葉菜、新聞を見ながら、疑念と混乱の中で。

葉菜「⁉（と、動揺しはじめて）」

○　鈴原家近くの道路

機嫌良く歩いてくる奈緒と継美。
嬉しくて仕方なく横断歩道を走って渡る継美。

奈緒「走らないの！」
奈緒もまた渡ろうとすると、赤信号になる。

奈緒「（手で合図し、そこで待っててと）」
目の前をタクシーが通り、そのまま行き過ぎるかと思いきや、急停車した。
横目に見つつ、青信号になって渡ろうとすると。

駿輔の声「先生」
びくっとし、立ち止まる奈緒。
タクシーのドアが開き、降りてくる男の足元。
奈緒、ゆっくりと振り返る。
駿輔だ。

奈緒「（動揺を抑え）……」
駿輔「（微笑み）またお会いしましたね」
奈緒、横断歩道の向こうの継美を意識しながら。

奈緒「（必死に動揺を隠し、目礼）……」

第3話終わり

Mother

第4話

○　鈴原家近くの道路～店の中

奈緒、横断歩道を渡ろうとすると。

駿輔の声「先生」

びくっとし、立ち止まる奈緒。

タクシーのドアが開き、降りてくる男の足元。

奈緒、ゆっくりと振り返る。

駿輔だ。

奈緒「(動揺を抑え)……」

駿輔「(微笑み)またお会いしましたね」

奈緒、横断歩道の向こうの継美を意識しながら。

奈緒「(必死に動揺を隠し、目礼)……」

駿輔「今あなたのご実家に行こうとしてたところです。妹さんからお聞きになってませんか？　室蘭で随分とお世話になったんですよ」

奈緒「そうですか……」

奈緒、継美を見て、目線で警告する。

横断歩道の向こう側の継美。

継美「(奈緒と駿輔の様子を見ていて)……」

駿輔、奈緒の視線に気付いて、ん?と振り返ると。

既に継美の姿は消えている。

駿輔「(ん?と思いつつ、奈緒に)どうしました?」

奈緒「コンタクト、落としてしまって」

×　×　×

通り沿いにあった店の中に入り、棚の裏などに身を潜ませている継美。

×　×　×

しゃがんで探している駿輔。

駿輔「無いなあ」

奈緒「結構です、まったく見えないわけじゃないんで」

駿輔「(探しながら)可哀想なことになりましたよね。ほら、先生のクラスだった女の子」

奈緒「(内心、!と)……」

駿輔「結局行方不明のまま捜索中止だって。(顔を上げ、奈緒を見て)学校から何か連絡ありました?」

奈緒「いえ、担任をしてたのは僅《わず》かな期間でしたし、正直言って顔と名前も一致しない子で……」

駿輔「あ、ありましたよ、コンタクト」

奈緒「(え!?と)」

駿輔、奈緒の目の前に指先を持っていきかけて。

駿輔「あ、違った、ごみだ（と、微笑う）」

奈緒「……」

駿輔「お帰りの途中ですよね？　なんでしたら僕が手を貸しましょう（と、手を取ろうとする）」

奈緒「（思わず避けて）……あの、今日は妹がいませんし、母の具合が悪いので」

駿輔「そうですか……（微笑み）では、またあらためて」

と言って、立ち去る駿輔。

奈緒「（安堵しつつ、警戒し）……」

帰っていく駿輔。

駿輔「（疑念が強まっていて）……」

○　鈴原家・玄関

果歩が扉を開けると、立っている奈緒と継美。

果歩「（リビングの方に）お母さん！　奈緒姉ちゃん！」

出てくる籐子と芽衣。

籐子、奈緒を見てはっとして、そして継美を見て。

籐子「（困惑）……」

奈緒「こんにち……」

籐子「ただいまでしょ」

奈緒「ただいま」

籐子「おかえり。（継美に、困惑の残る笑顔で）どうぞ」

○　同・芽衣と果歩の部屋

おとなしく座っている継美を見て、話す芽衣と果歩。

芽衣「奈緒姉が相談しないで何でも決めちゃうのはいつものことだし」

果歩「でも子供だよ？　今度こそお母さん怒るんじゃない？」

○　同・ＬＤＫ

籐子、ティーサーバーに紅茶の葉を入れながら。

籐子「お母さん、北海道で何があったのかは聞かないわ」

奈緒、背を伸ばし、棚のカップを取ろうとしている。

奈緒「（手前のカップを示し）これでいいんだけど？」

篠子「それはお客さん用でしょ。奈緒は真面目だし、お相手の人ともそれなりの事情があったんだと思うの」

奈緒、ようやく取れて、置く。

篠子「だけど、何で今まで黙ってたの？」
奈緒「心配かけるかなって思って……」
篠子「教えてくれない方がよっぽど……（と怒りかけるが、抑え）母親って、簡単になれるものじゃないのよ？」
奈緒「（内心、え、と）……」
篠子「痛い思いして産んで、おっぱい飲ませて、夜泣きしたらだっこしておしめ替えて、そういう積み重ねの中で母親の自覚が生まれるものなの。それをあなた……」
奈緒「（まさかバレているのかと緊張し）……」
篠子「ま、そんなことあなたは承知でしょうけど、孫も同じ。子育ての手伝いしながら孫への愛情が生まれるの。いきなり七歳の子供連れてきたって……（と、ため息）」
奈緒「すいません……（と、駄目なのかと）」

芽衣と果歩が継美を連れて入ってきた。

果歩「ジュース飲むって」

篠子、入れかけの紅茶を置き、継美の元に行く。

奈緒「（緊張し）……」

篠子、継美の前にしゃがんで目線を合わせ。

篠子「（少し険しい顔で）継美、ちゃん？　お願いがあるの」
継美「何？」
篠子「おばあちゃんて呼んでくれるかしら？」
奈緒「……！」
継美「はい、おばあちゃん」
篠子「（微笑んで）」

篠子、継美を抱きしめ、頬ずりする。

篠子「やだ、ほっぺた、ぷくぷくしてる」
奈緒「（安堵）」

○図書館・閲覧室

机の上にたくさんの新聞を積み重ねて、四月二日の新聞を開く葉菜。
社会面を探すと、小さな記事で室蘭の海で女児が行方不明の記事がある。
道木怜南の名前があり、目を通す。
葉菜、次の新聞を開くが、これも小さな記事。
次々と新聞を開き、目を通す。

×　×　×

カウンターに行き、図書館員に問い合わせる葉菜。

葉菜「すいません、地方の新聞は置いてませんか、北海道とか室蘭とか……」

×　×　×

日が暮れてきた中、また新たに持ってきた北海道の道南地方の地方紙を開き、読む葉菜。

室蘭で女児遭難の大きめの記事があった。白黒の写真が載っており、小さな楕円《だえん》に囲まれ、薄らぼけた画像の女の子。

道木怜南さん（7）とあるが、継美である。

葉菜、力が抜けて椅子の背にもたれて。

葉菜「……（深い深い息を吐く）」

○　鈴原家・奈緒と継美の部屋（夜）

二人でシーツを取り替え、二つの枕にカバーをはめる奈緒と籐子。

籐子「不思議よ、人が住んでる部屋より住んでない部屋の方が汚れるのよね。毎日手入れしてないと、あっと言うまにすさんできちゃって」

出来上がった。

籐子「（満足そうに見て）人の部屋になったわね」

奈緒「すいません。部屋が見つかるまでお世話になります」

籐子「見つかるまでってあなた、ずっと住むんじゃないの？」

奈緒「迷惑かけちゃうし、ずっとってわけには……」

籐子「何なの、迷惑って！（と、思わず声が大きくなって）」

奈緒「……」

籐子、大声を反省し、ふうとベッドに腰を下ろし。

籐子「ごめんね、奈緒」

奈緒「え……？」

籐子「お母さん、奈緒も芽衣も果歩も同じように育ててきたつもりだった」

奈緒「わかってる。お母さんには感謝してるし……」

籐子「芽衣や果歩はわたしに感謝なんて言葉使わないわ」

奈緒「……」

籐子「甘えることは恥ずかしいことじゃないの。愛された記憶があるから甘えられるんだもん。でしよ？　お母さんに甘えていいの。わたしはあなたのたったひとりの母親なんだから」
奈緒「……（頷き）はい」
篠子「大歓迎に決まってるじゃないの。あんなに可愛い孫までいて、何が迷惑だって言うの？」
奈緒「（答えられず）……」
　ふいに扉が開いて、果歩が顔を出し、びくっとして口を噤《つぐ》む奈緒と篠子。
果歩「何話してたの？　あの子、寝ちゃったよ」

○同・ＬＤＫ

　奈緒、ソファーで眠っている継美の肩に手をやり。
奈緒「継美？（と、起こそうとする）」
　篠子、それを制して、継美を抱きあげる。
篠子「寝かせてあげなさい」
　と奈緒の胸に預ける。
　受け止める奈緒、継美の重みを感じ、だっこする。
奈緒「……」
篠子「何よ、はじめてだっこしたみたいな顔して」
奈緒「最近重くなったから……」
　継美の髪の裏の額にかさぶたがあるのが見えて。
篠子「あら、これどうしちゃったの？」
奈緒「……鉄棒でぶつけちゃって（と、微笑んで）」
　芽衣と果歩、そんな奈緒を見て。
果歩「なんか奈緒姉、ちょっと感じ変わったね」
奈緒「え……」
果歩「柔らかくなった。（芽衣に）前は、ね？」
芽衣「心にジャックナイフ持ってたからね」
奈緒「ジャ……やめてよ（と、苦笑して）」
芽衣「ほら、前はこんな風に笑わなかったし」
篠子「奈緒は母親になったってことよ」
奈緒「（そうなのかなと）……」
　ふと気付くと、継美は奈緒の手を握っている。
奈緒「（あ、と何か感じて）……」

○同・奈緒と継美の部屋

　奈緒、継美をベッドに寝かせ、バッグの中の荷物を机に出していて、手帳から何か落ちる。

　見ると、折れ目の残った紙だ。

奈緒「……」

机に投げ出して置き、継美を見つめてふと思う。

×　×　×

回想フラッシュバック。

篠子「母親って、簡単になれるものじゃないのよ？」

×　×　×

奈緒「（継美の寝顔を見つめ）……」

○　タイトル

○　鈴原家・前の通り（日替わり）

奈緒と継美、両手に資源ごみを抱えて出てくる。

ごみ捨て場に捨てようとしていると、ランドセルを背負った小学生たちが登校してくる。

ごみを持った継美の横を楽しげに通り過ぎる。

継美「（見つめていて）……」

奈緒「（そんな継美を見て）……」

×　×　×

回想フラッシュバック。

桃の家の物置部屋にて、奈緒、箱の中から見つけた、折れ目が残って色褪せた紙。

×　×　×

奈緒、紙の縦横斜めに入った折れ目を見つめる。

机に向かい、両面を見比べながら、折ってみる。

元の折り目を再現し、形作ろうとする。

前に進んでは、後戻りし、試行錯誤しながら折り進めていく。

なかなか上手くはいかない。

はっと気付き、素早く折り、形を成しはじめた。

最後の山線をひっくり返して折る。

出来上がった。

手のひらの上に載った、紙飛行機。

少し形が変わっており、尾翼《びよく》などに特徴がある。

奈緒「……？」

○　同・ＬＤＫ

朝の支度で芽衣、果歩、篠子が行ったり来たりしている中、朝ご飯を食べている奈緒と継美。

芽衣「奈緒姉も継美ちゃんも今晩お願いね」
奈緒「婚約者の人だっけ？」
芽衣「シングルマザーだってことバレないようにしてね」

続いて篠子が来て、振り返って。

篠子「ねえ、継美ちゃんの学校どうするの？　越してきたばかりで手続き間に合ってないんでしょ？」
奈緒「うん……」
継美「継美、お母さんに勉強教えて貰うよ」
篠子「(笑って)そうね、でも学校は勉強だけじゃないの。お友達を作って、社会の仲間入りするための第一歩なの」
奈緒「……うん、ちゃんとする」

篠子、行きかけて、また振り返って。

篠子「あなた、仕事行った後、継美ちゃん、どうするの？」
奈緒「ひとりで待ってられるよね？」
継美「ウッカリさんのところに行きたい」
篠子「ウッカリさん？」
奈緒「継美の遊び相手になってくれてる人がいて」
篠子「(はっとして)……！」
奈緒「継美のこと可愛がってくれてるし……」
篠子「果歩、継美ちゃんと一日遊んであげて」
果歩「いいよ」
篠子「他人なんかに預けちゃ駄目よ。田舎と違うんだからおかしな人もいるの(と、険しい表情で)」
奈緒「(怪訝に思いつつ)うん……(果歩に)ごめんね」

○　オフィスビル・喫煙室

吸い殻の入った灰皿を取り替えている奈緒。
取り替え中なのに吸い殻を捨てていく社員。
奈緒、吸い殻を取り、汚れた灰皿の台を拭く。

○　区役所・学務課(夕方)

仕事帰りに立ち寄った奈緒、配布されているパンフレットを見ている。
小学校転入のために必要な書類として、『在学証明書』『教科書給与証明書』『入学通知書』などが書かれてある。

奈緒「(困惑)……」

○　鈴原家・LDK(夜)

継美と耕平が七並べをしている。

耕平「継美ちゃん、ここの十持ってるでしょ?　出してよ」

継美「どうしようかなあ(と、悪戯っぽく微笑って)」

芽衣の婚約者・加山圭吾(33)が訪れており、芽衣がビールを注いでいる。

笑顔で、女らしく振る舞っている芽衣。

芽衣「圭吾さん、疲れたでしょう?」

圭吾「ああ、課長が使えないから、全部俺が背負わされて」

芽衣「期待されてるのよ。(酒のつまみを示し)これ、作ったんだけど、どうかな?　美味しい?」

台所に立っている奈緒、籐子、果歩、聞いており。

果歩「お母さんと奈緒姉ちゃんが作ったのに。圭吾さんに芽衣姉ちゃんがレースクイーンだった時の写真見せたら驚くかな」

背後に、冷蔵庫からビールを出していた芽衣がいて。

芽衣「殺すよ」

果歩「冗談だよ」

圭吾「芽衣ちゃん(と、呼んでいる)」

芽衣「はーい!」

と笑顔で戻っていく。

籐子「継美ちゃん、好き嫌いある?」

奈緒「(わからないが)ううん」

×　×　×

鍋を囲んで、奈緒、継美、籐子、芽衣、果歩、耕平、圭吾、乾杯!とグラスを重ね合わせる。

籐子「(ひと息に飲んで、ぷはあと息を吐く)」

継美「(真似してジュースを飲んで、ぷはあと息を吐く)」

籐子「いい飲みっぷりですね、継美ちゃん。たくさん食べてね」

継美、食べようとすると、大きなシイタケ。

継美「……(目を閉じ、食べようとする)」

籐子「あら、シイタケ嫌い?　(怪訝そうに奈緒に)あなた、好き嫌い無いって言ったじゃないの」

奈緒「何でも食べさせないといけないし……」

圭吾「(継美に)お父さん、今日はお仕事?」

奈緒と継美、どきっ!と。

芽衣「（素早く入り）かわいそうなの、お父さん、銀行関係なんだけど、単身赴任で、ね」
圭吾「（奈緒と継美を見て）娘は父親に似るんだよな。（芽衣のお腹を見て）おまえはどっち似かな？」
芽衣「（一瞬表情が曇るが）きっと圭吾さん似よ」
圭吾「（芽衣のお腹を見て、嬉しそうに）早く出て来いよ」
芽衣「（困惑）……」
奈緒「（芽衣のそんな様子に気付き）……？」

×　×　×

圭吾と耕平が帰った後、台所で洗い物をしている奈緒とそれを手伝っている継美。
籐子が来て。
籐子「継美ちゃん、お手伝い偉いね。ね、ね、ちょっと来て」
奈緒と継美、ん？と。

○同・ＬＤＫ

奈緒、果歩、籐子が見守る中、新品のランドセルを背負った継美。
果歩「可愛い！」
籐子「似合ってるわよ！」
奈緒「（困惑）……」
継美「（やはり困惑しており、奈緒を見て）」
奈緒「（大丈夫よと微笑んで）ありがとうは？」
継美「（微笑み、籐子に）ありがとう、おばあちゃん」
廊下を通り際にその様子を見ている芽衣。
籐子「ほら！　ここにポケットが付いてるのよ！」
芽衣「（白けた表情で見ていて）」
行き過ぎていく芽衣。
籐子「（奈緒に）届けは出した？」
奈緒「う、うん、出す……」

○同・ＬＤＫ

芽衣、冷蔵庫から缶ビールを出していると、入ってきた籐子が横から取り上げて。
籐子「よしなさい、お腹に悪いわよ」
芽衣「やっとひと息ついたのに……」
籐子「（自分に注ぎながら）何か隠してるのかしら？」
芽衣「（どきっとして）え……」
籐子「奈緒」
芽衣「（表情曇り）あー。隠してんじゃないの、不倫とか」
籐子「不倫ならまだいいけど、借金で夜逃げしたとか。まだ学校の届けも出してないみたいだし……」

芽衣「本人に聞いてみればいいじゃない」
篠子「下手なこと聞いて、また出ていかれたりしたら……」
芽衣「出ていきたい人は出ていけばいいと思うけど」
篠子「何言ってんのよ、奈緒は……」
芽衣「奈緒奈緒奈緒奈緒奈緒、うるさいなあ」
篠子「え……」

○　同・奈緒と継美の部屋

奈緒、心配そうにランドセルを見ている継美を見て。

奈緒「大丈夫、お母さんが何とかする」
継美「返さなくていいの？」
奈緒「（頷き）継美のランドセルだよ」
継美「（嬉しく微笑み）東京の学校も二年生になったら九九やるのかな」
奈緒「うん、習うと思うよ」
継美「二六、十二でしょ？（と、自慢げ）」
奈緒「あ、出来るじゃない」
継美「二の段までは言えるの。三の段は無理かな」
奈緒「じゃ、学校で先生に教えて貰お」
嬉しそうにランドセルを見つめる継美。
奈緒「（継美を見つめ、何とかしなくてはと）……」

するとその時、芽衣！と篠子が怒鳴る声がした。

奈緒「（え？と振り返って）」

○　同・LDK

奈緒と果歩、何事かと思って来ると、篠子が大学病院の産婦人科の封筒から出した書類を見ていて。

篠子「（芽衣に）どういうこと？」
芽衣「そういうこと（と、行こうとする）」
篠子「ちょっと、芽衣！」
果歩「どうしたの？」
篠子「（戸惑って）……」
芽衣「別に、ちょっと子供駄目かもしれなくてさ（と、自嘲的に微笑って）」
奈緒と果歩、⁉と。
篠子「違うでしょ？　疾患があるかもしれないって言われただけでしょ？　精密検査受けて……」
芽衣「もういいって」
篠子「もういいわけないでしょ」
芽衣「いいじゃん、孫は奈緒姉が連れてきたんだし、こっちの方は別にどうだって……」
篠子「芽衣！」

芽衣「何よ」
　　　簾子、芽衣のお腹に手をあてて。
簾子「聞こえちゃうでしょ」
芽衣「(え、と)……」
簾子「聞いてるんだから。どうだって、なんて……」
芽衣「……」
簾子「お母さん一緒に病院行くからきちんと精密検査
　受けなさい」
芽衣「……わかったよ」
　　　と面倒そうにし、部屋を出ていく芽衣。
奈緒「(芽衣を見送り、心配そうな簾子を見て)……」

○　同・芽衣の部屋
　　　扉のところに立っている奈緒、PCでウエ
　　　ディングドレスを見たりしている芽衣に。
奈緒「芽衣、ごめんね……わたしが急に帰ってきて、
　お母さん、バタバタさせたから……」
芽衣「(PCを見たまま)あとはよろしくね」
奈緒「え?」
芽衣「お母さん、奈緒姉が帰ってきて嬉しそうだし、
　もうわたしには用無いだろうし」
奈緒「そんなこと……」
芽衣「自覚ない? お母さん、昔から奈緒姉のこと一
　番大事にしてたでしょ。怒られたことないでし
　ょ? わたしなんかしょっちゅう……」
　　　奈緒、前に出て。
奈緒「違う。それ、違うよ。お母さんがわたしより芽
　衣を叱《しか》るのは……」
芽衣「(苦笑し、奈緒を見て)子供なんか別にいいの」
奈緒「本当にそう思ってるの?」
芽衣「奈緒姉、知ってるでしょ? わたしが子供の頃
　からお人形とかぬいぐるみ好きだったことがあっ
　た?」
奈緒「……」
芽衣「ま、駄目なら駄目で、向こうの実家に子供出来
　たこと言わずに済むし……結構ツイてんのかも
　な」
奈緒「……」

○　同・前の通り(日替わり、朝)
　　　奈緒と果歩が見守る中、タクシーに乗る簾
　　　子と芽衣。
簾子「(芽衣に)足元気を付けなさい。寒くない?
　(奈緒と果歩に)連絡するから」
　　　簾子と芽衣を乗せて走りだすタクシー。
　　　タクシーが通り過ぎた脇道に立っていた、

駿輔。
乗っている籐子と芽衣を見て、また家に視線を戻す。
駿輔「(奈緒と果歩を見据え)……」
出かける奈緒、果歩に。
奈緒「ごめんね、果歩」
果歩「はいはい、何回も謝んなくても子守ぐらいするよ」
奈緒「(頭を下げ)行ってきます」
歩き出す奈緒を、脇道より見ている駿輔。
家の中に入っていく果歩を見て、奈緒を見て、奈緒の後に付いていこうとした時。
継美の声「お母さん！」
駿輔、振り返ると、鈴原家から出てくる継美。
お弁当箱を持っていて、奈緒の元に駆け寄る。
継美「お昼ご飯いらないの？」
奈緒「(苦笑し)いる。ありがとう、継美」
継美「行ってらっしゃい！」
奈緒「行ってきます！」
奈緒はまた歩きだし、継美は家に戻っていく。
二人の様子をデジカメで撮影していた駿輔。
胸ポケットから、仁美から預かった怜南の写真を出し、継美と見比べて。
駿輔「(遂に見つけた、と)……」

○ スミレ理髪店・二階の部屋
電話の前に座っている葉菜。

傍らには怜南の行方不明の記事のコピーがある。

奈緒が残していった『鈴原奈緒』と書かれた携帯番号のメモを手にしていて、受話器を見て、取ろうとしてやめ、また取ろうとしてやめる。

葉菜「(葛藤していて)……」

○ ファミリーレストラン・店内
果歩、紙に九九の一覧表を書いてみせて。
果歩「こんな感じ？」
継美「ありがとう(と、九九を見て)」
果歩の携帯が鳴った。
果歩「(着信を見て)お母さんだ。(継美に)食べてて」
と言って、携帯を持って店の外に出ていく。

　継美、九九の一覧表を見ながら食事をしていると、誰かが前に座った。
　駿輔だ。
駿輔「（微笑み）継美ちゃんだ、鈴原継美ちゃんでしょ？」
継美「（不安だが、思わず）はい……」
駿輔「（自分を示し）お母さんの友達」
継美「はい……おばさん、呼んできます」
　と席を立とうとすると。
駿輔「今日学校は？」
継美「……！」
駿輔「二年生だよね？　どうして学校行ってないの？」
継美「（動揺し）えっと……引っ越したので……」
駿輔「（九九の一覧表を見ながら）ふーん、困ったね。義務教育なのに九九もおぼえられないと、継美ちゃんのお母さん、警察に捕まっちゃうよ」
継美「！（と、心配し）」
駿輔「どうしよう？　警察に言いに行ってきていいかな？」
継美「（首を振る）」
駿輔「じゃあ、こうしようか？　僕の質問に正直に答えてくれたら警察に言わない。わかった？」
継美「……（頷く）」
　駿輔、窓の外を見ると、通りの方でまだ果歩が電話して話し込んでいるのが見え。
駿輔「お母さんの名前は？」
継美「鈴原奈緒です」
駿輔「本当に？　嘘つきは閻魔《えんま》様《さま》に舌切られるよ？」
継美「……本当です」
駿輔「あ、そう。じゃあ、この人は誰か知ってる？」
　駿輔、何枚かのプリントされた写真の一枚を見せる。
　室蘭のスナックを出入りしてる浦上の写真だ。
継美「（見て、静止し）……」
駿輔「（継美を観察し）どうかな……？」
継美「……知らない人です（と、おびえており）」
駿輔「（観察し）じゃあ、この人は？」
　駿輔、次の写真を継美に見せる。
　仁美の写真だ。
継美「……」
駿輔「この人は誰？」
継美「……知らない人です」
駿輔「この人はね、道木怜南ちゃんって子のお母さん。道木怜南ちゃん、知ってる？」

継美「（動揺し）……」
駿輔「俺ね、このお母さんにも会ったし、怜南ちゃんのお家に学校の先生とか、児童相談所わかる？　そういう人が出入りしてたことも知ってるんだ……怜南ちゃん、お母さんたちに何されてたんだろうね？」
継美「（おびえ、震えて）……」
駿輔「（観察し、確信して）じゃあ、怜南ちゃんは今どこにいるのかな？」
継美「……」
駿輔「誰か悪い人に無理矢理連れて行かれて……」
継美「（首を振る）」
駿輔「何？」
継美「怜南ちゃんは……」
駿輔「怜南ちゃんは？」
継美「海で溺れて死にました」
駿輔「……！」
継美「海で溺れて……」
駿輔「あ、そう。そうなんだ。わかったわかった……」
問い詰め過ぎたかと反省している駿輔。
駿輔「じゃあ、俺と会ったこと、お母さんに言っておいてくれるかな？　また会いに行くって」
と言って、行こうとした時。

果歩の声「あれー！」
果歩が戻ってきて、駿輔に気付いている。
駿輔、はっとして立ち上がり、握手の手を差し出し。
駿輔「あーどうも」
果歩「どうしたんですか？」
駿輔「いや、北海道のお礼に伺おうと思ったら、偶然。（継美を示し）お子さん？」
果歩「違いますよ、姉の子供ですよ」
目を伏せたまま席を立つ継美。
果歩「どこ行くの？　おしっこ？」
頷く継美、伏し目がちのまま行く。
駿輔「（見送りつつ、果歩に）お姉さん、会えたんだ？」

○　道路

逃げるようにして走ってくる継美。
向こうから警察官が来て、はっとして踵を返し、道路の方に行く。
赤信号でどきどきしながら待つ。
青になって、継美、再び走りだす。
左折車が来ている。
継美、気付かず、飛び出そうとした時。

継美　腕を掴まれた。
　引き止めたのは、葉菜。
継美「（ぽかんと見て）……」
葉菜「継美ちゃん？　どうしました？」
　次の瞬間、継美の目から涙がぼろぼろあふれ出す。
葉菜「え……」
　継美、葉菜の胸にすがりつき、涙を流す。
葉菜「継美ちゃん……⁉」

○　ファミリーレストランの前〜道路
　半泣きになって動揺し、携帯で話している果歩。
果歩「ごめん、見つからないの……！」
　以下、公園で携帯で話している清掃ユニフォーム姿の奈緒とカットバックする。
　奈緒の膝の上に、さっきまで食べていたサンドイッチや読んでいたフリースクールなどの学校資料がたくさん積んである。
奈緒「今行くから。何があったの？」
果歩「わかんない、急に。室蘭で知り合った記者の人と会って、話し込んじゃってたから……」
奈緒「！」
果歩「警察に行ってくる！」
奈緒「……大丈夫、わたしが行くから家で待ってて。お願い」
　と携帯を切って、学校資料をバッグに詰めて出発しようとすると、また携帯が鳴りだした。
奈緒「（慌てて）見つかった⁉」
葉菜の声「はい、今継美ちゃんと一緒です」
奈緒「え……」

○　スミレ理髪店・二階の部屋
　葉菜、継美の前にジュースを置いて。
葉菜「すぐにお母さん、来てくれるから。お菓子食べる？」
継美「（小さく頷き）……」
　まだショックから立ち直っていない様子の継美。
　葉菜、心配しながら台所に行く。
　残った継美、置きっぱなしになっていた新聞記事のコピーに気付き、手にする。
　怜南の写真入りの行方不明の記事。
継美「……！」
　驚き、ジュースの入ったグラスを倒してし

まう継美。

台所で倒れた音を聞いた葉菜、見ると。

立ち上がり、部屋を出ていこうとしている継美。

葉菜「継美ちゃん……？」

継美の手には新聞記事のコピーが握られている。

葉菜「！（と、しまったと）」

戸を開け、出ていこうとする継美。

葉菜「待って、継美ちゃん！」

立ち止まる継美。

葉菜「ウッカリさん、あなたの味方ですよ。味方わかる？　あなたとお母さんを信じてる人」

継美「……嘘つきでも？」

葉菜「（頷き）嘘つきでも信じるのが味方よ」

継美「警察の人に教えない？」

葉菜「……」

葉菜、継美の元に行き、肩を抱く。

葉菜「継美ちゃん、お母さんのこと、好きなんですね」

継美「（頷き）好き」

葉菜「世界中で何番目に好きですか？」

継美、指を一本出す。

葉菜「（微笑み）そう、お母さんだもんね、一番よね。警察になんか言ったりしませんよ」

×　×　×

継美、ジュースとお菓子を食べていると、葉菜に連れられた奈緒が入ってきた。

奈緒「継美！」

継美「お母さん！」

継美、飛び込み、受け止める奈緒。

葉菜「（抱き合う二人を見て）……」

奈緒「（葉菜に）継美、一体どこで迷子になって……」

葉菜、奈緒の元に来て、持っていたものを見せる。

怜南の新聞記事のコピーだ。

奈緒「！」

葉菜「（奈緒を見て、頷く）」

奈緒「……失礼します」

と顔を逸らし、継美の手を引いて部屋を出ていく。

葉菜「……（込み上げてくる思い）」

○　**通り**

手を繋いで急ぎ足で歩いてきた奈緒と継美。

奈緒「（葛藤していて）……」
継美「ウッカリさん、味方だって」
奈緒「……」
　奈緒、決心し、継美に向き合って告げる。
奈緒「やっぱりもうここにはいられないかもしれない。東京、離れよう」
継美「……（顔をあげて）また夜の電車に乗れるの？」
奈緒「……（頷き）ごめんね、せっかくランドセル貰ったのにね、楽しみにしてたのにね」
　奈緒、継美の手を引き、また歩きだそうとした時。
　背後から走ってくる足音。
　振り返ると、葉菜が追いかけてきた。
奈緒「……⁉」
　追いついた葉菜、二人の前に来て。
葉菜「（息を切らせて、首を振り）待って……」
奈緒「（警戒して見据え）……」
葉菜「（微笑み）わたし、あなたと継美ちゃんの……（と、味方であると伝えようとすると）」
奈緒「望月さん。わたしたちのことは忘れてください」
葉菜「え……」
奈緒「わたしたちとは会わなかったことにしてください」
葉菜「……これからどうするの？」
奈緒「どこか遠くの場所に行きます」
葉菜「ご実家のままじゃ駄目なの？」
奈緒「学校に行かせてないことを怪しまれてます。わたしたちのことに気付いてる雑誌の記者もいます。このままだと母や妹たちまで巻き込んで……」
葉菜「でも……」
奈緒「お世話になりました。もしどこかの街で捕まってもあなたのことは絶対に言いません」
葉菜「（首を振り）待って、自棄《やけ》になっちゃ駄目。まだ何か出来ることがあるはずよ」
奈緒「（顔をしかめ）はい？」
葉菜「わたしも協力します」
奈緒「……新聞見たんですよね？　わたし、この子を誘拐したんですよ？」
葉菜「（頷き）協力します」
奈緒「（苦笑混じりに）協力……？　何でそんなこと言うんですか？　あなたに何がわかるんですか？」
葉菜「（首を振り）わからなかった……」
奈緒「おかしいです。どうして見ず知らずのあなたが犯罪に手を貸すようなことそんな簡単に……」

葉菜「（答えられず）……」

奈緒「（継美に）行くよ」

奈緒、継美の手を引き、行こうとすると。

葉菜「学校には行けるわ！」

奈緒「（え、と）……」

葉菜「駄目よ。逃げてるだけじゃ、どこにも行けないの」

奈緒「……」

葉菜「逃げずにとどまる方法を考えるの。普通の生活を手に入れる方法を考えるの」

奈緒「（振り返り、葉菜を見る）」

葉菜「（奈緒を諭すような、強いまなざし）」

奈緒「……そんなことわかってる。わかってるけど……こんな状況で普通の生活なんて……」

葉菜「学校には行けます」

奈緒「（信じがたく、しかし知りたい）……!?」

○　鈴原家・ＬＤＫ（夜）

帰ってきた奈緒と継美を出迎えた籐子と果歩。

果歩「本当ごめんね」

奈緒「（大丈夫よと首を振り）それより……（と、見る）」

気楽な様子でテレビを見ている芽衣。

籐子「結果は来週」

奈緒「そう……（と、心配そうに芽衣を見ていると）」

籐子「あなた、今日役所行ったの？」

奈緒「うん……（と、首を振り）」

籐子「お母さん、代わりに行ってきてあげようか？」

奈緒「大丈夫（と、焦っていて）」

継美「（そんな様子を見ていて）……」

○　同・奈緒と継美の部屋

寝間着に着替えた奈緒、入ってくると、薄明かりの中、ベッドに入って何かの紙を読んでいる継美。

奈緒「暗いところで字読むと目悪くなるよ」

奈緒、ベッドに入る。

奈緒「（重い表情で天井を見つめていて）……」

継美「お母さん、聞いて聞いて」

奈緒「うん？」

継美「三一が三。三二が六」

奈緒「（え、と）……」

継美「三三が九。三四、十二。三五……三五、十五」

奈緒「おぼえたの……？」

枕元に置いてある先程の紙は、九九の一覧表だ。

継美「あのさ、継美、大丈夫だと思うよ。学校行かなくても、いいんじゃない？」

奈緒「……！」

継美「三六、十、八。三七……三七……二十一。三八、二十……二十……（と、必死になって）おかしいな、さっきは九まで言えたのに……（と、困惑）」

奈緒、思わず継美を抱きしめる。

継美「三八……三八……」

奈緒「（辛く、首を振り）いいの。いいの、継美……」

×　×　×

眠っている継美。

起きていて、継美のランドセルを見ている奈緒。

葉菜の声「学校には行けます」

奈緒「……（思い返して）」

×　×　×

回想フラッシュバック。

葉菜が奈緒に話した続き。

葉菜「義務教育期間中の子供を学校に行かせることは何よりも優先されるの。身分を明かさなくても、同居証明書さえ提出すれば継美ちゃんが学校に行くことは可能なのよ」

これまでになく理路整然とまくしたてた葉菜。

×　×　×

奈緒「……（決心して）」

奈緒、携帯を手にし、スミレ理髪店のボールペンを見ながらかけはじめた。

○スミレ理髪店・二階の部屋（日替わり）

食卓に向かい合っている奈緒と葉菜。

奈緒「継美の本当の名前は、道木怜南です」

葉菜「はい」

奈緒「あの子は母親とその恋人から……虐待を受けていました」

葉菜「（悲痛な思いで）……」

葉菜、思わず両手で顔を覆う。

奈緒「今はほとんど消えましたが、わたしがあの子に会った頃は、体中に殴られた傷や火傷《やけど》の跡があって……」

葉菜「（腑《ふ》に落ち）あなた、継美ちゃんを助けたのね」

奈緒「(首を振って) わたしはずっとただの傍観者でした。世の中には虐待をする人と虐待を受ける人がいて、その何倍もの傍観者たちがいて、わたしもそんな見て見ぬふりをするひとりでした。夜中に子供の悲鳴が聞こえても、顔をしかめはしても、決して足を踏み込んだりしない、そんなひとりだったんです……」
葉菜「じゃ、どうして……」
奈緒「わかりません。ほんの偶然だったのかもしれない。ほんの偶然がなかったら、今頃あの子は……」

× × ×

回想フラッシュバック。
道路でごみ袋の中に入れられていた怜南。

× × ×

奈緒「今頃あの子は、死んでました」
葉菜「……!」
奈緒「だからと言って、わたしのしたことが許されるとは思ってません。傍観者が犯罪者になっただけです」
葉菜「(首を振り) 法律とか規則じゃ守れないものだってあるもの。あなたはそれを……」
奈緒「でも何も出来ないんです……!」
葉菜「……」
奈緒「わたしは自分のことしか考えないで生きてきたから、人のために何かしたことなんてなかったから、逃げるしか出来ないんです……!」
俯く奈緒。
葉菜「(見つめ、頷き) 学校に行かせてあげましょ?」
奈緒「(顔を上げて、葉菜を見て)」
葉菜「その前にひとつだけ教えて?」
奈緒「……?」
葉菜「吊り橋の恋って知ってる? 吊り橋を二人で渡ると、危険を分け合ったせいで心まで通じ合ったような気になるの」
奈緒「はい……」
葉菜「だけどいったん吊り橋を渡り終えてしまうと、さっきまでの感情は消えてしまうの」
奈緒「(首を振り) 違います」
葉菜「今はただ夢中になっているだけで、いつか面倒になって放り出してしまうんじゃ……」
奈緒「わたしは、わたしの母のようにはなりません」
葉菜「……」
奈緒「確かにはじめはただ夢中でただ必死で、気がつ

いたらあの子の母親役になろうと決めて、列車に
乗り込んでました……でも今は違います」
葉菜「どう違うの？」
奈緒「母親役じゃなく、母親になろうと思ってます。
まだ十日程度だし、気のせいかもしれないけど、
でも、この前継美の手を握ってて気付いたんです
……」

×　×　×

回想フラッシュバック。
眠る継美を抱き上げた時、継美が奈緒の手
を握った。
奈緒「（あ、と何か感じて）……」

×　×　×

奈緒「あの子の手、少し大きくなりました」
葉菜「……」
奈緒「体重も少し増えました。大きくなった分は、わ
たしが継美の母親だった分です。子供が大きくな
る、ただそんな当たり前なことが、嬉しかった
……もうあの手を離す気はありません」
葉菜「そう……そう……」
奈緒「あの子を学校に行かせてあげたい……！」

葉菜、そんな奈緒を見つめ、心を決めて、
表情が一変して強くなって。
葉菜「いい？　義務教育期間中の児童の就学を認める
ことはすべてに優先されるの。例えば、父親の暴
力や借金、そんな事情で住民票を動かせない人の
ための特例があって、身分を明かさなくても学校
に行けるの」
奈緒「（呆気《あっけ》に取られ、怪訝に感じ）あなた、どうし
てそんなこと知ってるんですか？」
葉菜「（内心動揺するが）お客さんから聞いたことが
あるの」
奈緒「……（尚更怪訝に感じながらも）本当に何も証
明がいらないんですか？」
葉菜「（頷き）その子を保護した人の身元、居住地を
あきらかにして、同居証明書さえ発行されれば」
奈緒「同居証明書……（表情曇って首を振って）わた
しの身元が調べられたら……」
葉菜「わたしが継美ちゃんの保護者になります」
奈緒「え……」
葉菜「わたしだったらこの区で十年以上納税してるし
……」
奈緒「そんなことしたらあなたが……！」
葉菜「今晩聞いた事情は忘れます。わたしはただ継美

ちゃんを学校に行かせてあげたい。あなたと同じ気持ちなの」

奈緒「(葛藤し)……」

葉菜「これが何よりの、そしてたったひとつの方法なの」

奈緒「……」

○　鈴原家・ＬＤＫ〜廊下(夜)

家中の灯りが消えており、寝静まった様子。

部屋から出てくる奈緒、静かに扉を閉めて、物音を立てぬように洗面所に向かう。

○　同・洗面所

奈緒、扉を締め、鏡の前に立つ。

鏡に映った自分の顔。

×　×　×

回想フラッシュバック。

奈緒と葉菜が話した続き、二人は顔を突き合わせて、内容を詰めていて。

奈緒「何の証拠もないのに、説明だけで役所の人は信じてくれるんでしょうか？」

葉菜「(確信はなく)出来るだけ話を合わせて、一生懸命説明するしかないわね」

奈緒「(不安)……」

×　×　×

洗面台にタオルを用意して、右目の周辺に沿って指先でなぞる奈緒。

×　×　×

回想フラッシュバック。

室蘭の喫茶店で見た、笑顔で話す継美の手首の痛々しい傷跡。

×　×　×

奈緒、拳《こぶし》を握りしめ、唇を噛みしめた。

奈緒「(覚悟の眼差しとなって)」

○　区役所・外(日替わり、朝)

葉菜、待っていると、奈緒と継美が来た。

継美「おはよう、ウッカリさん」

葉菜「おはようございます。(奈緒を見て)おはよ……」

左目に眼帯をしている奈緒。

葉菜「目、どうしたんですか？」

奈緒「（苦笑し）ものもらいです。よろしくお願いします」
葉菜「はい。行きましょう」
緊張した面もちで中に入っていく三人。

○同・学務課

カウンターの中の職員に住民票などの書類を提出している葉菜と継美と、後ろに控えて俯いている奈緒。
葉菜「昨日お電話しました望月と申します」

○同・応接室

書類に目を通している草間《くさま》に向かい合って座っている葉菜と継美、そして俯いている奈緒。
草間「（葉菜に）望月さんご自身は、（奈緒を見て）お母様とはどのようなご関係で？」
葉菜「幼なじみの娘です。昔からよく知っていて」
草間「（奈緒に）お母様はその元旦那さんから逃げていらっしゃるため、身分を明かすわけにはいかない？」
奈緒「（俯いていて）……」
葉菜「はい。以前にも住民票を移したせいで、見つけられたことがあるんです」
草間「その代わりに望月さんが保護者になられる？」
葉菜「はい。子供の身の危険を第一に考えてのことです」
草間「なるほど。（継美に）お父さん、怖かった？」
継美「（萎縮《いしゅく》し）……」
草間「お母さんが叩かれてるの見たことある？」
継美「（おびえながら小さく頷き）……」
奈緒「（継美を心配し）……」
草間「君自身は？　叩かれたこととか……」
葉菜「（遮り）すいません、思い出させるような質問は……」
草間「そういうわけにはいきません。この処置はあくまで特例ですから、しっかりとした確認が必要なんです」
葉菜「……」
奈緒「……」
草間「（継美に）具体的にお父さんに何をされたのか話してくれないと学校には行けないよ？　お父さんはお家で暴力を振るったのかな？」
継美「（震えながら）……お腹を叩くのと、手を……」
奈緒、継美を制すように手を差し伸べる。
奈緒、継美を立たせ。

奈緒「（俯いたまま）失礼します」
　と継美を連れて、部屋を出ていってしまう。
葉菜「（心配し）……」
草間「（ため息をつき）これじゃ許可出せませんね。母親の身分も明かせない、状況もわからないじゃ、どの程度危険だったかわかりませんし……」
葉菜「お願いします、あの子は学校に行きたがって……」
草間「警察に届けを出した上で、正式なルートで就学されることをおすすめ……」
葉菜「それは出来ないんです。何とかこちらで……」
　再び入ってくる奈緒。
草間「お母様ね、今回は申し訳ないけど……」
　腰掛けた奈緒、眼帯を外し、顔を上げた。目のまわりに殴られたような大きな痣。目は充血し、周囲は青黒く、痛々しい様《さま》。
葉菜「！」
草間「！」
奈緒「（傷を草間に見えるようにして）」
葉菜「（奈緒の考えを察し）その夫に殴られた跡です」
草間「（痛ましそうに顔をしかめ）……」
葉菜「（頭を下げ）お願いします」
奈緒「（頭を下げて）」

○　同・外

　継美と抱き合っている眼帯をしている奈緒。
継美「学校行けるの？」
奈緒「行けるよ、行けるんだよ」
　役所で貰ってきた書類を手にしている葉菜。
葉菜「（微笑み、抱き合う二人を見守っていて）」

○　公園

　滑り台をしたりして遊んでいる継美を、ベンチに腰掛けて眺めている奈緒と葉菜。
葉菜「（奈緒の眼帯を見て）驚いた……痛む？」
奈緒「（微笑み）こんなことしか出来なくて……」
葉菜「（首を振って、奈緒を見つめ）……」
奈緒「ありがとうございました。望月さんのおかげで……あ、おかげなんて言っちゃいけませんね。あなたを巻き込んだことになってしまう」
葉菜「ううん、そうよ、ひとりだと思わないで」
奈緒「え……？」
葉菜「わたしはあなたの、共犯者よ（と、微笑む）」
奈緒「……！」
　奈緒、葉菜の笑顔を見て、ふいにある予感が浮かぶ。

奈緒「（葉菜の手を見つめ、高まるある予感）……」
葉菜「（視線に気付き、手を隠し）どうしたの？」
奈緒「（ある予感の中で）……わたしと継美のことに気付いた時どうして通報しようと思わなかったんですか？」
葉菜「それは、事情を聞いたし……」
奈緒「事情を話したのは後です。あの新聞記事を見た時点で通報してもおかしくなかったはずです」
葉菜「だって、親しくなってたし……」
奈緒「人の子供を誘拐して逃げた犯罪者なんですよ？」
葉菜「だから……（と、言葉に詰まって）」
奈緒「だから何ですか？」
葉菜「（困惑）……」
するとその時、滑り台の上から継美が呼びかけて。
継美「お母さん、見て見て！」
奈緒「（葉菜が気になりながらも）はい！」
奈緒、継美の元に行きかけて、振り返ると。
既に帰っていっている葉菜の後ろ姿。
奈緒「（疑問を感じながら見送って）……」

○小学校・校門前（日替わり、朝）

小学生たちが登校していく中、まだ眼帯をしている奈緒と継美が登校してきた。
継美「いってきます！」
奈緒に手を振って、登校していく継美。
奈緒「いってらっしゃい！（と、嬉しく見送って）」

○大学病院・産婦人科診察室

子供をあやすためだろうか、机の上に可愛い感じの人形が置いてある。
芽衣はそれをぼんやり見ている。
医師（外村《そとむら》）が険しい顔つきで超音波検査による結果を説明しているのを聞いている籐子。
外村「本来心臓には心房《しんぼう》と心室《しんしつ》という二つの部屋が左右に一組ずつあります。しかし鈴原さんのお腹の赤ちゃんの心臓には中央の壁がなく、ひとつの心室しかありません」
籐子「（ショックを受けていて）はい……」
芽衣は聞いているのか聞いていないのか。
芽衣「（人形を見ていて）……」
外村「手術で治ることもありますし、生後一ヶ月で亡くなることもある」
籐子「！」

外村「今回の妊娠を見送る選択肢がないわけではありません。現在妊娠二十週。中絶が可能なのは残り二週間です。勿論、赤ちゃんの命を第一に考えるとすれば、最終的にお子さんの体重増加を待って、フォンタン手術と呼ばれる手術を行います」
篠子「(同意して強く頷き)難しい手術なんですか?」
外村「生まれてみないことには。とにかく、お父様ともご相談していただいて……」
　芽衣、ぼんやりと人形を見つめたまま。
芽衣「相談の必要はありません」
外村「はい?」
芽衣「(外村を見て)中絶します」
篠子「!」
芽衣「残り二週間ですよね?　手術の日程決めてください」
　席を立って、さっさと出ていく芽衣。
篠子「芽衣!?」
○　小学校・通り〜校門前(夕方)
　生徒たちが下校する中、仕事を終えた奈緒、継美を迎えに来た時。
　通りの傍らに立ってる駿輔の姿が見えた。
奈緒「!」
　駿輔、奈緒に気付き、歩み寄ってくる。
駿輔「(微笑み)この学校に何か用ですか?」
奈緒「(強く見据え)白々しいこと言わないでください。用があるならあの子じゃなくて、わたしに直接……」
駿輔「今日、道木怜南ちゃんの葬儀があったそうですよ」
奈緒「!」
○　室蘭、葬儀場
　簡素な祭壇があり、供花が手向《たむ》けられている。

　葬儀後でがらんとした中、ぽつんと座っている仁美の姿があり、その手には位牌《いはい》と骨《こつ》壺《つぼ》がある。

仁美「(虚ろな目で見ている)」

　祭壇に飾られた、黒枠の怜南の写真。
○　小学校・校庭
　誰もいなくなった校庭でひとり地面に絵を描いたりして遊んでいる継美。

葉菜の声「継美ちゃん」

　継美、顔をあげると、校庭脇に立っている

葉菜。
継美「ウッカリさん！」
葉菜「お母さんは？　区役所から書類が届いたから渡
しに来たんですけど」

○　喫茶店

向かい合って座っている奈緒と駿輔。
奈緒「（駿輔を睨むようにしていて）」
駿輔「そんな顔で見ないでくださいよ。これじゃどっ
ちが犯罪者かわからないな（と、苦笑）」
奈緒「何が目的なんですか？」
駿輔「俺はあなたを尊敬してるんですよ」
奈緒「……？」
駿輔「室蘭のあの家を取材してすぐにわかりました。
虐待の現場や親の顔は何度も見たことがありまし
たからね。（顔をしかめ）ひどいもんだ。警察や
児童相談所が書類を回してるうちに子供が死んだ
ケースなんて、そこら中にある。俺はね、あなた
は金目当てに誘拐する人だとは思えない。考えら
れるとしたら……」
奈緒「何が言いたいんですか？」
駿輔「俺も想像したことがあるんですよ。こんな絶望
的な状況で子供を救えるとしたら、それは、親元
から逃がしてやることだって」
奈緒「……」

○　小学校・校庭

腰掛けた葉菜と継美、二人で何かを折って
いる。
駿輔の声「だけど、そんなこと誰にも出来ない。せい
ぜい頭の中の想像でとどめておくんです」

○　喫茶店

向かい合って座っている奈緒と駿輔。
駿輔「ところが鈴原さん、あなたはそれを実行してし
まった」
奈緒「……」
駿輔「今はまだ片田舎で起こった小さな事故に過ぎな
い。しかしあなたのしたことが明るみに出れば、
マスコミは一斉に食いつく。道木怜南の写真が出
回る。そうなったらもう逃げ切れるものじゃない。
あなたの経歴、過去の恋愛、家族ひとりひとりの
趣味趣向に至るまで調べ上げられ、あなたたちは
全国民の前に裸で晒《さら》される」
奈緒「（恐怖を感じ）……」
駿輔「あなたは刑務所に入れば済むかもしれない。し

かしあの子は違うよ。好奇の目に晒され、やがて
あの家に帰されるか施設に入れられ、生涯……」

奈緒「わたしにどうしろと言うんですか⁉」

駿輔「（微笑み）あなたは何もしなくて構わない。ただ、この人にちょっとお願いすればいいんだ」

と言って、持っていた雑誌のページを開いて置く。

グラビアページで、注目される女性経営者として、籐子が紹介されている。

奈緒「！」

駿輔「お母さん、一千万円用意してと（と、微笑む）」

奈緒「⁉」

○ **病院近くの通り**

走る籐子、無表情で歩いていた芽衣を追いかけて。

籐子「芽衣……！」

籐子、芽衣の腕を取って。

籐子「結論出すのはまだ早いわ。圭吾さんにも相談して……」

芽衣「（苦笑し）わかってないな、そんな話、今したら破談に決まってるじゃん」

籐子「だけど、子供の命に関わることなんだから……」

芽衣「大げさだよ。まだ命ってほどのもんじゃないでしょ（と、遠い目で）」

籐子「（愕然《がくぜん》と）……」

○ 小学校・校庭

まだ動揺を残したまま歩いてくる奈緒。

見ると、校庭に継美の姿はない。

奈緒、え⁉となって見回していると。

継美の声「お母さん！　こっちこっち！」

声がして、振り返ると、校舎の二階の階段踊り場あたりに継美の姿。

葉菜に抱きあげてもらって、顔を出している。

継美「お母さん、行くよ！」

奈緒「え……？」

継美、空に向かって何かを放った。

ふわっと舞って、風に乗る、紙飛行機。

奈緒に向かって、ふわふわと飛んでくる。

奈緒、飛んでくる紙飛行機を見つめ、手を上げて取ろうとする。

紙飛行機の形が見えてきた。

奈緒「……（ふっと気付き、え？と）」

手を上げたまま止まってしまった奈緒の真横を紙飛行機は通り過ぎ、背後の地面に落ちた。
奈緒、振り返り、落ちている紙飛行機を見る。

×　×　×

回想フラッシュバック。
桃の家から持ってきた紙を元通りに折り上げた奈緒。
紙飛行機。

×　×　×

あの特徴的な紙飛行機とまったく同じ紙飛行機。

奈緒「(見つめ)……」
継美「お母さん！」
ゆっくり振り返り、二階にいる葉菜と継美を見る。
親しげに笑っている葉菜と継美。
奈緒「(混乱し)……!?」

第4話終わり

Mother

第5話

○　小学校・校庭

継美、奈緒に向かって紙飛行機を投げた。
奈緒、飛んでくる紙飛行機を見つめ、手を上げて取ろうとする。
紙飛行機の形が見えてきた。

奈緒「……（ふっと気付き、え?と）」

手を上げたまま止まってしまった奈緒の真横を紙飛行機は通り過ぎ、背後の地面に落ちた。
奈緒、振り返り、落ちている紙飛行機を見る。

×　×　×

回想フラッシュバック。
桃の家から持ってきた紙を元通りに折り上げた奈緒。
紙飛行機。

×　×　×

あの特徴的な紙飛行機とまったく同じ紙飛行機。

奈緒「（見つめ）……」

ゆっくり振り返り、二階にいる葉菜と継美を見る。
親しげに笑っている葉菜と継美。

奈緒「（混乱し）……!?」

奈緒、落ちた紙飛行機を拾い上げ、見つめていると、駆け寄ってくる葉菜と継美。
継美、背を向けたままの奈緒に。

継美「すごいでしょ? ウッカリさんが折ったんだよ?」

背を向けたままの奈緒。

継美「お母さん?」

奈緒「……帰るよ、継美」

継美「さっきはあっちからあっちまで飛んで……」

奈緒「帰るよ!（と、声を荒らげ）」

びくっとし、奈緒の元に行く継美。

葉菜「……?」

奈緒、継美の手を引き、行こうとすると。

葉菜「（持っていた学校の書類に気付き）あ、待って、役所からこれが……」

葉菜、奈緒の腕に手をやると、奈緒、葉菜のその手を振り払った。

葉菜「!?」

落ちた封筒。

奈緒「……」
葉菜「ごめんなさい……」
と落ちた封筒を拾って、奈緒に渡す。
奈緒の手の中にある紙飛行機。
葉菜「（はっと気付いて）……」
奈緒「（顔をあげ、葉菜を見る）」
葉菜「（しまった、と）！」
奈緒「（確信し）……」
葉菜「（奈緒を見て）……」
奈緒「（葉菜を見て）……（目を逸らして）」
奈緒、持っていた紙飛行機を握り潰し、捨てる。
継美「（あ、と見て）……」
葉菜「（何か言いたいが言葉にならず）」
奈緒「（目を逸らしたまま）失礼します」
奈緒、さっさと歩きだす。
継美「ウッカリさん、またね」
と、困惑しながら奈緒に付いていく継美。
見送る葉菜、二人の姿が消えると、力が抜けて。
葉菜「（後悔）……」

○　鈴原家・ＬＤＫ（夜）

台所でパエリアを作っている奈緒と籐子。
食卓のお菓子を取って芽衣が二階へと上がっていくのを心配そうに見ている籐子。
籐子「（明るくし）すぐ出来るから食べ過ぎないのよ？　（奈緒に）これ、去年バルセロナ行った時に買った鍋なのよ。飛行機で持ち込みにして、大変だったの……」
などと言いながら鍋の食材を混ぜたりしている。
奈緒「（横顔を見つめ）……お母さん」
籐子「うん？」
奈緒「わたしね……」
籐子「何よ？」
奈緒「わたしを捨てた人に会ったよ」
籐子「（無表情）……」
奈緒「あの人、何にも言わないから、騙《だま》されちゃった」
籐子「パプリカ取って」
奈緒「はい（と、渡して）」
籐子「（調理しながら）その目の怪我は何か関係あるの？」
奈緒「え……違うよ、作業中にぶつけたって言ったじゃない」

籐子「（調理しながら）気のせいよ」
奈緒「え？」
籐子「そんな人、とっくにこの世にいないもの」
奈緒「……」
籐子「もういない人だもの」
　奈緒、一見穏やかな籐子の横顔を見ながら。
奈緒「うん、わかってる（と、微笑んで）」

×　×　×

　回想フラッシュバック。
葉菜「ご実家のお母さんのところに帰るのが一番いいんじゃないかしら？」

×　×　×

　奈緒、籐子が作る鍋を覗き込んで。
奈緒「わー、綺麗な色になったね」

○　スミレ理髪店・二階の部屋
　薄暗い部屋で、ご飯と味噌汁と切り干し大根などをひとり食べている葉菜。

○　鈴原家・ＬＤＫ
　食卓に並んだパエリアなどの凝った料理を食べている奈緒、継美、芽衣、果歩、籐子。
　楽しく食事をして。
奈緒「（笑っていて）」

×　×　×

　回想フラッシュバック。
葉菜「あなたを一番愛してるのはその方だと思いますよ」

×　×　×

奈緒「（笑顔のまま、心によぎる感情はあって）……」

○　タイトル

○　室蘭、道木家・部屋の中
　浦上、入ってくると、薄暗い中にぽつんと座っている仁美の姿がある。
浦上「（顔をしかめ、電気を点けて）……電気点けろよ」
仁美「ねえ、ラーメン食べ行こ？」
浦上「今日葬儀だったんだぞ、それらしくしとけよ」
仁美「それらしくって？」
浦上「だから、娘を事故で亡くした母親の顔」

仁美「娘を事故で亡くした母親の顔……（想像し、ぷっと噴き出して笑って）どんな顔？」
浦上「（引いて）ま、いいよ、何でも……」
と出ていこうとする。
仁美「葬儀に児童相談所の人が来たの」
浦上「何か言われたのか……？」
仁美「（首を振り）お互い静かにしてましょって感じ。あの人たちも色々不都合なんじゃないの」
浦上「あの教師は？　何回も来てた女教師いたろ、二人」
仁美「ひとりは来てた。相談所と同じ感じだったよ」
浦上「もうひとりは？　ほら、あの美人の……」
仁美「（浦上のそんな言い草に、見て）……」
浦上「いや……」
仁美「（嫌悪感を出し）あの女は元々関わりたくないって感じだったたし、怜南のこともよく知らなかったと思う」
浦上「そっか……じゃ別に今更告発したりしないよな」
と言って、避けるようにしてさっさと出ていく。
仁美「……」
部屋に戻る仁美、置いてあった骨壺と位牌を片付けようとして、ダンボールが目に止まる。
開けると、中にはビニール袋に入れられた怜南のマフラーや、手袋が入っている。
怜南の好きなものノートも入っていた。
仁美「（ぱらぱらと目を通し）……」
最後のページを開くと、『わたりどり』とある。
仁美「……（疑問が浮かび、顔をしかめる）」

○　東京、鈴原家・芽衣の部屋（日替わり、朝）
籐子、テーブルにヨーグルトとフルーツを置きながら、まだベッドで布団を被っている芽衣を見て。
籐子「……」

×　×　×

回想フラッシュバック。
医師からの検査結果を聞いた芽衣と籐子。
外村「鈴原さんのお腹の赤ちゃんの心臓には，ひとつの心室しかありません」

×　×　×

篠子「……（さりげなく）昨夜眠れた？　お母さん、もう一度病院に行って説明聞いてこようと思うんだけど」
芽衣「何のために？」
篠子「何のためって……」
芽衣、ベッドから這《は》いだしてきて。
芽衣「ウエディングドレス、採寸し直さなきゃね」
芽衣、ヨーグルトの蓋を剝《は》がし、ぺろっと舐《な》めて。
芽衣「手術したら、ウエストだいぶ細くなるでしょ」
篠子「（困惑しながらも）もう、お行儀悪いんだから」

○　同・ＬＤＫ

奈緒、登校する継美の髪にブラッシングしている。
眼帯は外してるが、まだ痣が残っている奈緒。
出勤の支度をした篠子、置いてあった新聞を開き。
篠子「あら、何、この新聞？（二階に）果歩⁉　今日の新聞どこ置いたの⁉」
と新聞を置き、二階に上がっていく。
奈緒、その新聞を見ると、日付に四月二日とある。
奈緒「……！」
開いてみると、片隅に怜南の記事が載っている。
奈緒「⁉（と、動揺していると）」
戻ってくる果歩と篠子。
果歩「さっき取ってきて、そこに置いたって」
篠子「だからその新聞が古いのよ」
奈緒「……」
家の電話が鳴った。
果歩「（出て）はい……もしもし？　もしもし？」
篠子「ファックスじゃないの？」
果歩「ぴーって言わないし」
篠子「（時計を見て）じゃ、芽衣のことよろしくね」
と言って慌てて出ていく。
奈緒、怪訝そうに受話器を置く果歩と新聞を見て。
奈緒「（まさかと思う）……」

×　×　×

回想フラッシュバック。
駿輔、雑誌のグラビアの篠子を見せて。
駿輔「お母さん、一千万円用意してと」

奈緒「……」

×××

○ 道路

登校している奈緒と継美。

継美「さやかちゃんはね、はやぶさが出来るの」
奈緒「はやぶさ？」
継美「二重飛びでケンケンしながらクロス飛びするの」
奈緒「あー、こういうやつだ？（と、真似してみせて）」

などと楽しげに歩いていると。

継美「（ふいに何かに気付いて、顔が強ばって）」

立ち止まる継美。

奈緒「どうしたの？（と、継美の視線を追って見ると）」

歩み寄ってきた駿輔。

奈緒「！」

駿輔、しゃがんで継美の目線になって。

駿輔「学校行けるようになったんだ？ 良かったね（と、継美の頭を撫でる）」
継美「（萎縮し）……」

奈緒、継美を守るように自分の元に引き寄せて。

奈緒「（駿輔を睨みつけて）」
駿輔「（苦笑し）またそんな目で見る」

歩きだす奈緒と継美、付いて歩く駿輔。

駿輔「もうすぐだね、母の日。お母さんにカーネーションあげたりするのかな？ こっちのお母さんに」
継美「……」
奈緒「（睨み）家にあんな新聞投げ込むのやめてください」
駿輔「勿論やめますよ、あなたが約束守ってくれたら」
奈緒「一千万なんてお金、用意出来ません」
駿輔「だからお母さんに……」
奈緒「母に迷惑かけるわけには……」
駿輔「逮捕されたらもっと迷惑かかるよ？ あなたのお母さんは加害者家族なんだから」
奈緒「……！」

奈緒、萎縮している継美を気にし。

奈緒「後にしてください」

と行こうとすると、駿輔、携帯を取りだして。

駿輔「えーっと、一、一、〇（と、ボタンを押す）」
奈緒「⁉」
駿輔「（携帯に）あ、もしもし、ちょっとお伝えしたいことがあるんですが……」
奈緒、駿輔の携帯を奪おうとする。
しかし駿輔、上に掲げて避けて、逃げる。
躓《つまず》き、転ぶ奈緒。
奈緒に駆け寄る継美。
駿輔「実は室蘭で起こった女子児童の海難事故に関してなんですけど……（と、言いながら奈緒を見る）」
奈緒「（やめて、と懇願する）」
駿輔「（微笑み）」
駿輔、携帯の音声をスピーカーにして聞かせる。
天気予報だった。
奈緒「……」
駿輔、倒れている奈緒に手を差し伸べる。
避ける奈緒の手首を掴んで立たせる駿輔。
駿輔「（奈緒に顔を寄せ）俺はあなたに共感してる。出来れば警察に通報なんてしたくない。本当だよ」
奈緒「だったら……」
駿輔「それとこれは別。俺も色々困ってるんだ。とりあえず母の日までに一千万用意しようか？」
奈緒「……」
継美「（聞いていて）……」
駿輔「娘にカーネーション貰うための値段だと思えば、安いもんでしょ？」
奈緒の肩をポンと叩き、歩いていく駿輔。
継美「（心配そうに奈緒を見て）お母さん……」
奈緒「（首を振り、微笑み）大丈夫、大丈夫だから……」

〇　オフィスビル・廊下

清掃作業をしている奈緒。
奈緒「（どうすればいいのかと悩んでおり）……」

〇　通学路

学校が終わって下校する継美、バス停の方に行きかけてふと立ち止まる。
踵を返し、反対方向へと走っていく。

〇　スミレ理髪店・洗濯場

二階から降りてくる葉菜、店に行こうとすると、勝手口の戸が開いており、顔を出している継美。

葉菜「継美ちゃん……どうしたの？　ひとり？」

継美「……」

葉菜「入ってきたら？　ジュース飲む？」

継美「（首を振る）」

葉菜、何となく状況を察し。

葉菜「（淋しいが、微笑み）ウッカリさんね、継美ちゃんのこと大好きよ。でももうここには来ない方がいいかもね」

継美「……」

葉菜「待ってて、今バス停まで送ってってあげる」

と店に行こうとすると。

継美「お母さん、お財布なくなったの」

葉菜「え？」

継美「前にね、継美が急にトイレ行きたいって言ったから、泥棒にお財布盗まれたの」

葉菜「え……（と、心配し）お金がいるの？」

継美「継美がトイレに行きたいって言ったから……」

葉菜「……」

○　金融業者・店内

金融業者の男と話している奈緒。

業者「（奈緒が提出した書類を見ていて）清掃の派遣ね、たいして出せないよ？」

奈緒「（落胆し）……」

○　鈴原家・玄関〜ＬＤＫ（夜）

帰ってきた奈緒を出迎えている継美。

継美、奈緒のバッグを持っていこうとすると、奈緒、引き止めて。

奈緒「継美。朝会った人のことは心配しなくていいから。お母さんがちゃんとするから」

継美「うん」

二人、リビングに入っていくと、果歩と耕平がいて。

果歩「おかえり。今日ね、鰻《うなぎ》だよ。（耕平に）じゃ、竹五つと、梅ひとつね」

継美「梅？」

果歩「継美ちゃんは竹、梅はこのお兄さん」

耕平「はい、梅のお兄さんだよ（と、電話しはじめる）」

奈緒、見ると、台所の灯りが消えている。

果歩「お母さん、芽衣姉ちゃんと話してる」

奈緒「そう……（と、心配して）」

○　同・芽衣の部屋

寝転がって披露宴の引き出物リストを見ている芽衣に、話しかけている篠子。

篠子「手術、再来週の月曜日でどうかって」

芽衣「(リストを見ていて) うわ、切子《きりこ》、高っ」

篠子「(リストを取り上げて) ねえ、少しでもお腹の子に気持ちがあるなら……」

芽衣「お母さん、わたしに生きるか死ぬかわかんない子供を産めって言うんだ?」

篠子「(反論出来ず、心配し) ……」

芽衣「何?」

篠子「辛くないの? 本当に辛くないの?」

芽衣「…… (目を逸らし) 少しはね」

篠子「少し?」

芽衣「(細かく頷き) 美容院行ったばかりなのに、雨降っちゃったよ程度には (と泣き声になる)」

こみ上げてきて泣きだす芽衣の肩を抱く篠子。

篠子「ばかね……」

○　同・LDK

奈緒、継美、果歩、耕平、到着した出前を並べていると、篠子が戻ってきて。

奈緒「お母さん、芽衣、何て…… (と、聞こうとすると)」

家の電話が鳴って、果歩が出る。

果歩「もしもし? もしもし? もしもーし?」

篠子「また? 何なのかしらね?」

奈緒「(不安) ……」

○　駿輔のアパートメント・室内

仕事の資料が大量に放置され、雑然とした室内。

携帯が置いてあるデスクで、何かのヒーローもののフィギュアが付いたボトルキャップを手の中で転がし、見つめている駿輔。

×　×　×

回想フラッシュバック。

少し若い駿輔の手に渡されるボトルキャップ。

手渡したのは五歳ぐらいの男の子だ。

男の子「大人になったら変身出来る?」

駿輔「(微笑み) おお、出来るよ」

駿輔「(悲しげな表情で)……」

× × ×

○ 小学校・校門前(日替わり、朝)

登校する継美を見送る、ようやく痣が消えた奈緒。

奈緒「(笑顔で見送って)」

踵を返し、振り返って気付く。

葉菜が立っている。

奈緒「(笑顔が消えて)……」

葉菜「(会釈)」

奈緒「(無表情で目を逸らし)」

葉菜に構わず歩きだす奈緒。

付いてくる葉菜、無視して歩く奈緒の前に立つ。

葉菜「あの……」

しかし奈緒、無視し、通り過ぎようとすると。

葉菜「ねえ、これ……!」

葉菜、奈緒の手を取り、手拭いの包みを握らせた。

奈緒「……?」

葉菜「(奈緒を見て、頷き)」

立ち去る葉菜。

奈緒、包みを開いてみると、中には預金通帳と印鑑。

奈緒「(え、と)……」

振り返り見ると、歩いていく葉菜。

睨むように見て、追う奈緒。

○ 公園あたり

葉菜に背を向けて立っている奈緒。

奈緒、通帳と印鑑を見て。

奈緒「意味がわかりませんから」

葉菜「いいの」

奈緒「何がいいんでしょう?」

葉菜「いらないものだし、多分ちっとも足りないし……」

奈緒「継美が話したんですか?」

葉菜「何の役にも立たないかもしれないけど……」

奈緒、継美に心配かけたことを悔いて。

奈緒「(息をつき)……」

振り返った奈緒、葉菜から目を逸らしたまま、通帳の包みを持たせようとする。

なかなか持とうとしない葉菜。

葉菜「いいの、これは元々……！」
　奈緒、なかなか持とうとしない葉菜の手を掴む。
奈緒「（その手の感触に、どきっとして）……！」
　奈緒、気持ちが揺れるのを振り払い、葉菜の手に押しつけ、離れる。
葉菜「でも……！」
奈緒「学校のことではお世話になったと思ってます。継美に心配かけたことも反省してます……でももう、あなたには関係ありませんから」
葉菜「（頷き）」
奈緒「関係ない人にこんなことされるおぼえありませんから」
葉菜「（頷き）」
奈緒「これ以上、わたしと継美に関わるのは……」
葉菜「わかってます」
奈緒「（思わず葉菜を見て）わかってるなら！」
葉菜「はい」
奈緒「（また目を逸らし）他人なんです」
葉菜「はい」
奈緒「違いますか!?」
葉菜「（首を振り）違わないわ」
奈緒「……」
　奈緒、背を向け、急ぎ足で行こうとすると。
葉菜「じゃあ！　じゃあ、ここに捨てます！」
　奈緒、え？と思って振り返ると。
　葉菜、公園備え付けのごみ箱の傍らにいて、通帳の入った包みを投げ込んだ。
奈緒「!?」
葉菜「捨てました」
　葉菜、礼をし、さっさと走り去る。
奈緒「ちょっと……ちょっと、何してるんですか!?」
　出ていってしまった葉菜。
　奈緒、ごみ箱の元に行き、見ると、捨てられた包み。
奈緒「（困惑し）……」
　奈緒、気になるが、背を向けて歩きだす。
　するとその時、ごみ箱に歩み寄り、包みに手を伸ばす何者か。
　奈緒、気配を感じて振り返ると、包みを開けて通帳を開いて見ている駿輔。
奈緒「!?」
駿輔「（奈緒を見て、何？と問いかけて）」

○　スミレ理髪店・店内
　少し具合悪そうな葉菜、入ってくると、待

合いの椅子に腰掛けている珠美。
葉菜「先生……！」
珠美「（無愛想に会釈し）近くまで来たんで」
葉菜「どうぞ座ってください」
珠美「望月さん、どうして病院に来ないんですか？」
葉菜「あ、スイマセン、今、お茶を……」
珠美「別に謝らなくていいんです、あなたの問題だし」
奥に行きかけた葉菜、椅子に手をついて立ち止まる。
立っていられず、理髪道具を床に落としながらしゃがみ込んだ。
珠美「え……」

○ 裏通り

通帳を持って歩いてくる駿輔、後を追ってくる奈緒。
奈緒「返してください」
駿輔「ここで話しましょうか？」
駿輔、ラブホテルを見て言った。
奈緒「（駿輔を睨んで）……」

○ ラブホテル・部屋の中

扉の前に立っている奈緒、奥のベッドに腰掛けて通帳を眺めている駿輔。
駿輔「（興味深そうに見て）ふーん。（表紙を見て）望月葉菜さん。この人、誰？　母親に借金を頼めない理由と関係あるの？」
奈緒「（項垂《うなだ》れて）……」
駿輔「そんなんであの子守れんのか？（と、強く）」
奈緒「え……」
駿輔「（また苦笑し）あんたには一千万なんて金は無理だったか。これで手を打とう」
奈緒「……！」
駿輔「あんたとあの子のことは誰にも言わないよ」
奈緒「（迷うが）……本当ですか？」
駿輔「ああ。借金の返済に充《あ》てさせて貰うよ。いいね？」
奈緒「（仕方なく）はい……」
奈緒、部屋を出ていこうとする。
駿輔「待ってよ。見てみなよ、これ、面白い口座だよ？」
と言って、通帳を投げだす。
奈緒「（え、と）……」
奈緒、迷うが気になって歩み寄り、通帳を手に取る。

駿輔「定期預金」
望月葉菜名義の定期預金だ。
開いてみると、残高は二〇四万円である。
駿輔「二〇四万。あのおばさん、貧乏そうに見えて結構貯めてたんだな。入金のところ見てみな」
毎月一日に一万円ずつ振り込んである記録がある。
駿輔「毎月一万円ずつ。二〇四万てことは、十七年か。十七年かけてコツコツ貯めた貯金だよ」
奈緒「……」

× × ×

回想フラッシュバック。
葉菜「いいの、これは元々……！」

× × ×

奈緒「(まさか、と思って動揺し)……」
駿輔「助けられたね」
と奈緒の手から通帳を取って、行こうとする。
奈緒「待って」
奈緒、駿輔の腕を掴んだ。
駿輔「はい？」
奈緒「返してください」
駿輔「は？　あんた、今いいって言ったじゃない」
奈緒「返してください！」
駿輔「もう遅いよ」
奈緒、駿輔の上着を掴み、通帳を取ろうとする。
しかし駿輔、逆に奈緒をはねのけ、ベッドに押し倒し、覆い被さる。
奈緒「！」
駿輔「(奈緒を見据え) 勝手な女だね」
と奈緒の腕を取り、力ずくで押さえつける。
抵抗する奈緒。
激しく揉《も》み合う奈緒と駿輔。
奈緒、必死に手を伸ばし、枕元にあったガラス製の灰皿を掴んだ。
振りあげ、駿輔の肩を打った。
呻き声をあげ、倒れ込む駿輔。
起きあがった奈緒、転がり落ちた駿輔に尚も灰皿を振りあげる。
駿輔「(肩を痛めながら) やってみろよ……俺の口を塞《ふさ》いでしまえば、あんたとあの子は、晴れて親子になれる」
奈緒「……」

駿輔「ただし今度は人殺しだよ、お母さん（と、微笑む）」

奈緒「……」

奈緒の手から灰皿が離れ、床に落ちる。
奈緒、膝からくずおれて、床にしゃがんで。

駿輔「（息をつき）……あのおばさん、あんたの何？」

奈緒「……お金は何とかします。通帳は返してください」

駿輔「何で？　あのおばさん、あんたのためにって……」

奈緒「そんなもの使うくらいなら、死んだ方がましです！」

駿輔「！（となって、必死な面持ちの奈緒を見つめ）」

駿輔、通帳と印鑑を出し、奈緒の前に放りだす。
奈緒、すぐさま通帳を掴み、しまう。

奈緒「お金はこの次……」

駿輔「もういいよ」

奈緒「え……」

駿輔「認めたくなかっただけなのかもしれない。あんたのやり方を……なあ、他に方法はあると思わなかったのか？　迷わなかったのか？」

奈緒「……？（何故そんな話をするんだろう、と）」

苦笑する駿輔、ポケットからボトルキャップを取りだし、手の中で転がしながら。

駿輔「言ったろ、児童虐待の取材したことがあるって。その中の一件で妙に俺になついてくる子供がいてさ、（キャップ見せ）くれたんだ、僕のヒーローだって」

奈緒「（真顔の駿輔に、聞き入って）……」

駿輔「明らかに虐待を受けてた。父親を追及したら、そんなに言うなら子供を一千万で売ってやるって言われた」

奈緒「……」

駿輔「（自嘲的に微笑いながら）子供は子供でどんなに話しても、お父さんは悪くないお父さんは悪くないの一点張り、俺も躊躇《ためら》ってしまった……」

奈緒「その子……」

駿輔「死んだよ」

奈緒「……！」

駿輔「父親に腹蹴られて、内臓……（と、言葉に詰まる）」

×　×　×

回想フラッシュバック。
廊下を走ってくる駿輔、霊安室に飛び込む。
寝台の上にシートが被せられた遺体があり、

男の子の小さな手が見えている。
ボトルキャップ付き飲料水が何本も入ったコンビニの袋を提げて、愕然と立ち尽くす駿輔。

× × ×

駿輔「……（込み上げるものを自嘲的に笑って誤魔化し）俺はヒーローになってやれなかった。あんたと違って、見殺しにしたんだ」
奈緒「（首を振り）……」
駿輔「あんたが今歩いてる道は、俺が逃げた道だよ。俺はその道の先に何があるのか見てみたい。（興奮して）その先にはありえたかもしれない景色があって、そこでは俺はあいつを連れて……」
苦笑し、そこで口を閉じる駿輔。
奈緒「（見つめ）……」
駿輔、ボトルキャップをポケットにしまって。
駿輔「（微笑み）いつか、あんたとあの子を書けるときが来たらさ、金は印税として、そのときに貰うわ」
奈緒「……」

○ 道路

奈緒、歩いてくると、保険会社のコンパニオンが母の日キャンペーンとして、通行人にカーネーションを一輪ずつ配っている。
コンパニオン「カーネーションお配りしてまーす」
奈緒にカーネーションが渡された。
奈緒「あ……（と、返そうとするが）」
コンパニオンは既に別の通行人に配っている。
奈緒「……」

○ スミレ理髪店・前の通り～店内

店の前に立つ奈緒、深呼吸する。
意を決し、ゆっくりと扉を開けて、店の中に入る。
誰もおらず、床に理髪道具などが散乱している。
奈緒「……？」

○ 鈴原家・廊下～奈緒と継美の部屋

帰ってきた籐子、クリーニングした服を持っており、部屋に入っていく。

ソファに座っている継美。

継美「おばあちゃん……」

籐子「ん……？」

継美「つぐみにお金貸してくれる？」

籐子「……へ？」

○　**スミレ理髪店・二階の部屋**

階段を上がってくる奈緒、見回すが、誰もいない。

怪訝に思いながら食卓に通帳の包みを置き、出ていこうとして、気付く。

少し開いた戸の向こうの隣室で、眠っている葉菜。

布団を敷き、横たわっている。

奈緒「……」

奈緒、通帳の包みを持って隣室に入る。

よく眠っている葉菜。

奈緒、傍らに座り、包みを枕元に置く。

葉菜の寝息が聞こえた。

奈緒、葉菜の寝顔を間近に見る。

奈緒「(見つめてしまう)……」

葉菜が軽く寝返りをした。

はっとして、思わず身を引く奈緒。

しかし起きる様子はない。

寝顔を見つめ、やがて小さな小さな声で呟く。

奈緒「どうして……？」

自分では気付かぬまま、布団から出た葉菜の手に、自分の手を寄せる。

奈緒「どうして捨てたの……？」

奈緒の手が、眠る葉菜の手に触れる。

はっとして我に返り、手を離す奈緒。

奈緒「……(自嘲的に苦笑し)」

奈緒、立ち上がろうとした時、葉菜が目を覚ました。

奈緒「！」

葉菜「はい……？(と寝惚《ねぼ》けながら見て)」

奈緒、思わず後ろに下がって、戸にぶつかる。

出ていこうとして、置いてあるバッグを拾う。

差し込んであったカーネーションが落ちる。

葉菜「(奈緒に気付き)あ……ごめんなさい、寝ちゃって」

葉菜、起き出して、慌てた様子で髪を直したり、服を直したりしながら。

葉菜「えっと……」
奈緒「(通帳の包みを指差し) そこ、そこに置きました」
葉菜「(見て) あ……」
奈緒、出ていこうとする。
葉菜、通帳の包みを手にし。
葉菜「鈴原さん……!」
ふっと立ち止まる奈緒。
奈緒「……鈴原、さん」
葉菜「……」
奈緒「……何ですか?」
葉菜「どうしても受け取ってくれませんか?」
奈緒「……」
葉菜、落ちていたカーネーションに気付き、拾う。
奈緒「わたしが一番嫌いな花です」
葉菜「……」
奈緒「毎年この季節が来るたびに、目を背《そむ》けてきた花です」
葉菜「……」
奈緒「どうしてかわかりますよね? この間、あなたに全部話してしまったから、わかりますよね?」
葉菜「(受け止め、頷く) ……」

奈緒「(高ぶってきて) 笑ってたんですか? わたしの話聞きながら、嘲笑《あざわら》ってたんですか?」
葉菜「(首を振り)」
奈緒「(思わず声をあげ) 自分の捨てた子供が……!(と言いかけた時)」
誰かが背後から入ってきて、奈緒の前に立った。
篠子だ。
奈緒「!」
葉菜「!」
篠子「(険しい表情で) ……」
奈緒の手の中にあるカーネーション。
葉菜の手の中にある通帳。
篠子「(察し) ……」
葉菜「鈴原さん、ごめんなさ……!」
篠子、葉菜の頬をひっぱたいた。
奈緒「!」
葉菜「(耐えて)」
篠子「そんなもので、そんなお金で母親になったつもり!?」
篠子、葉菜の腕を乱暴に掴んで。
篠子「お金なんかであなたがこの子にした罪が消えると思ってるの!?」

激しく揺さぶる。
葉菜「(首を振っていて)」
篠子「そんなことでこの三十年を……わたしと奈緒の三十年を壊さないで！」
葉菜「(首を振っていて)」
奈緒「！」
奈緒、二人の間に割って入って、篠子を抱きしめ。
奈緒「(篠子に)お母さん！」
篠子「……」
葉菜「……」
奈緒「いいの！　もういいの！　知らない人だから」
篠子「……」
葉菜「……」
奈緒「知らない人だから！」
篠子「……(落ち着き、頷き)ええ、帰りましょ」
奈緒「(頷き)」
篠子、奈緒の肩を抱いて導き、部屋を出ていく。
ひとり残った葉菜。
床に落ちているカーネーションを拾い上げると、踏まれて潰れている。
葉菜「……(こみ上げる思いを必死に耐える)」
これでいいんだと思って顔をあげると、買い物袋を提げた珠美が階段を上がってくる。
葉菜「……」
珠美、恐縮したような困惑したような。
珠美「あの、いや、そんな、立ち聞きするつもりなかったんですけど、下にいたら声聞こえちゃって……」
葉菜「(微笑んで)そう……」

○　屋台(夜)

会社帰りの中高年たちが飲んでいる屋台。
少し離れた脇にビールケースがテーブルと椅子の代わりに置いてあり、生ビールの大ジョッキを飲んでいる奈緒と篠子。
篠子「(ぷはあと息を吐いて)あー美味しい。よく来るのよ、内緒でひとりで」
奈緒「(微笑み)そう」
篠子「果歩がお風呂入れてくれてるんでしょ？　あんたもたまには息抜きしないと。(おでんを示し)ほら、熱いうちに食べなさい、カラシ付けて」
奈緒「うん」
篠子、飲み食いしながら明るく。
篠子「ちょっと前から気付いてたのよ、あなたと継美ちゃんがあの人のところに出入りしてたこと」
奈緒「……（申し訳なく思い、俯き）」
篠子「いいのよ、お母さんも隠してたもん、あの人のこと知ってるって……どこで調べてきたのか、ある日突然家に訪ねて来てね」
奈緒「……いつ？」
篠子「いつだと思う？」
奈緒「小学校……」
篠子「（首を振る）」
奈緒「中学校？」
篠子「（首を振り）お母さんね、ずっと怖かったのよ。あなたを引き取って以来ずっと、いつか誰かが迎えに来るんじゃないかって。わたしが本当の母親ですって。怖かった。だってこんなに可愛い子なんだもん、母親なら放っとくはずがないって。だけど、いつまで経っても迎えは来なかった。ほっとして、すっかり忘れてた頃、あの人が来た。あなたが高校卒業して、北海道に行っていた頃よ」
奈緒「……」
篠子「今更何よって思ったわ」
奈緒「（頷き）……」
篠子「どういうつもりか、菓子折なんか持ってきてさ、何を求めるわけでもなくじっと座ってるの。何の用？って聞いたら、遠くからでいいので奈緒のことを見たいって」
奈緒「……」
篠子「お母さん、もう東京にはいませんって言って帰って貰ったわ……駄目だったかな？」
奈緒「……（首を振る）」
篠子「お母さんね、言ったの、奈緒は幸せです。幸せになりましたって。ウチの子たちは美人三姉妹で有名なんです。仲のいい家族なんです。そう言ってあなたが笑ってる写真を一枚渡したの。親切心じゃない。奈緒が幸せになった証拠を見せてやりたかったの……本当はそんな自信、まるで無かったのにね」
奈緒「（首を振り）わたしは幸せ……」
篠子「苦労したわ、あなたが笑ってる写真見つけるの」
奈緒「……」
篠子「いつも思ってた。わたしがこの子の母親で良かったのかな。あなたとはじめて出会った時からずっと思ってた」
奈緒「……」

○　回想

施設で若い頃の籐子が七歳の奈緒と話している。
籐子があやとりを見せたりして親しげに話しかけるが、奈緒は無表情だ。

籐子の声「この子には脱走癖がありますって脅されたの。人と目も合わさない。返事もしない。一番無口で、一番心を閉ざした子だって」

○ 屋台

話している奈緒と籐子。

籐子「里親になるなら明るく元気な子がいいんじゃないかって、施設の人もお父さんも反対したの」
奈緒「(苦笑し) その通りだよ」
籐子「だけどその時にはもう決めちゃってたの、奈緒を連れて帰ろうって」
奈緒「どうして……?」
籐子「どうしてなんてないわよ。母親も子供も選んだり選ばれたりするものじゃないもの。出会っちゃうものだもの」
奈緒「……」
籐子「だけど後悔しなかったって言ったら嘘になるかな。奈緒は家に来てからも何回も家出したんだから。あなた、おぼえてる? 家出していつも必ず行ってたところ」
奈緒「(首を傾げ) ……」
籐子「東京タワーよ」
奈緒「……?」

○ 回想

東京タワーの展望台に来た七歳の奈緒。

籐子の声「あなたはいつも東京タワーの展望台にいて」

双眼鏡の前に来て、お金を入れ、覗きはじめる奈緒。

籐子の声「お母さんを探してた」

○ 屋台

話している奈緒と籐子。

籐子「おやつ買うためにお小遣いあげても全部双眼鏡のために隠し持ってたのよ、あなた。ウチに来て半年経ってもあなたの心にあるのはずっと双眼鏡。そばにいるわたしのことなんてまるで見てなかった」
奈緒「ごめん……」
籐子「だからね、わたしも考えを変えたの。この子がそれを望むならとことん付き合おうって」

奈緒「……」

○　回想

手を繋いで東京タワーへと向かう七歳の奈緒と篠子。

篠子の声「毎日あなたを連れて東京タワーに行ったの」

展望台で双眼鏡を覗いている奈緒の横に立ち、たくさん持った百円玉を入れていく篠子。

篠子の声「日が暮れるまであなたは双眼鏡を覗き続けた」

覗き続けている奈緒を見て、少し疲れた様子の篠子。

ふいに、あ！と声を出す奈緒。

篠子「どうしたの？　何か見えたの？　お母さん？」

奈緒、篠子を見て、興奮した様子で頷く。

篠子、その奈緒の顔を見て、はっとして。

篠子「替わって！」

篠子、奈緒に替わって覗き込んで。

篠子「どこ⁉　どんなところにいた⁉」

×　×　×

奈緒を連れて土手のあたりを走っている篠子。

篠子「何か目印あった？　どんな恰好してた？」

必死に探している篠子、靴のヒールが折れて、手に持って走る。

篠子の声「わたし、必死だった」

必死に走る篠子を見ている奈緒。

転んでしまう篠子。

膝を擦りむいてしまった。

痛みを堪え、また歩きだす篠子。

篠子の声「無口で心を閉ざした奈緒が、双眼鏡の向こうにお母さんを見つけた時はじめて、わたしを見てくれたの」

展望台で興奮した様子で篠子を見て頷いた奈緒。

篠子の声「わたしに心を開いてくれた気がしたの」

必死に歩く篠子を見つめている奈緒。

×　×　×

日が暮れてきた中、歩いてくる奈緒と篠子。

篠子の声「大丈夫よ、またお母さん探しましょ」

篠子、ポケットから残った百円玉数枚を出し、奈緒の手に握らせる。

受け取って、百円玉を見つめる奈緒。

籐子の声「双眼鏡覗くためのお小遣いをあげると、あなた、急に走りだしたの。どこに行くのかと思ったら……」

戻ってきた奈緒、籐子に何かを差し出す。

見ると、絆創膏だ。

籐子、え?となって見ると、奈緒は籐子の膝の擦り傷を見ていた。

籐子の声「わたしのために絆創膏買ってきてくれた」

思わず涙が流れる籐子、きょとんとしている奈緒を抱きしめる。

籐子の声「あの日が最後の東京タワーだった」

○　屋台

話している奈緒と籐子。

籐子「その日あなた、はじめて言ってくれたの。ただいまって。嬉しかった。奈緒がただいまって言ってくれた。わたし、お母さんになれるかもって思った（と、涙ぐむ）」

奈緒「（籐子を見つめ、涙ぐむ）」

籐子「その時決めたの。世界中でこの子の母親はわたしひとりなんだって」

奈緒「（頷き）」

籐子「たとえ奈緒の、奈緒の心の中の母親が誰であろうと……」

籐子の目から涙が流れる。

奈緒「（首を振り）お母さんだよ。わたしのお母さんはお母さんだよ」

奈緒も涙を流す。

籐子「ありがとう……（苦笑し）嫌だ、カラシ付け過ぎちゃったわね……奈緒も」

奈緒「うん、付け過ぎた……」

籐子、手元の雑巾《ぞうきん》で涙を拭いて。

奈緒「お母さん、それ雑巾」

籐子「嘘、嫌だ」

奈緒「もう」

籐子「どうすんのよ、こんな顔じゃ外歩けないじゃないの」

籐子、奈緒の肩をぎゅっと引き寄せる。

籐子「（微笑んで）」

奈緒「（微笑んで）」

○　鈴原家・奈緒と継美の部屋

奈緒、入ってくると、継美はベッドに寝ており、見ると、机の上に継美の作ったカーネーションと描いた奈緒の似顔絵がある。

学校で母の日のために描いたもので、『おかあさん、ありがとう』と書き添えられている。
奈緒、嬉しく見つめていて、気付く。
継美の棚の上に、葉菜の紙飛行機が元通り折り直して置いてある。
奈緒「（はっとして、見て）……」
継美の声「お母さん」
振り返ると、継美が目を覚ましている。
奈緒「継美……」
奈緒、ベッドに入り、継美の胸に手を置く。
奈緒「継美にいっぱい心配かけちゃったね……でももう大丈夫、お母さん、忘れられると思う」
継美「（奈緒を見ていて）……」
奈緒「ずっと、忘れたかったことがあった。でも今やっと忘れられる気がする。おばあちゃんのおかげ。継美のおかげよ。これからはこの家が、お母さんと継美の家……（自嘲的に微笑って）お母さん、何言ってるかわかんないね」
継美「（首を振って）継美、わかるよ」
奈緒「わかる？」
継美「継美も忘れるよ」
奈緒「（はっとして）……」
継美「お母さんのおかげだよ」
奈緒、継美の手を握りしめ、継美、握り返して。
奈緒「（安らぎを感じて）大事大事」
継美「大事大事」

○　同・ＬＤＫ（日替わり）

継美、奈緒の顔の横に、昨日の絵を並べたりして、果歩と耕平に見せている。
果歩「さすが娘が描くと、奈緒姉ちゃんも優しい人に見えるね」
奈緒「（継美に）お母さん、優しいよね？」
継美「うん、大体優しい」
一同、笑って。
果歩「あ、そうだ。耕平くん、はやぶさ出来るってよ」
継美「本当⁉」
耕平「教えてあげるよ、日曜だし暇だから」
外に出ていく耕平と継美。
果歩「平日だって暇じゃん」
家の電話が鳴って、果歩、出る。
果歩「はい、もしもし……（またかという顔になって）」

呆れたように受話器を置く果歩。

果歩「警察に相談した方がいいかなあ？」

奈緒「（怪訝に感じ）……？」

芽衣が降りてきて。

芽衣「お母さんは？」

果歩「大福の行列並びに行った」

芽衣「奈緒姉さ、わたしの披露宴で着るドレス持ってる？」

奈緒「ううん」

○　室蘭、道木家・部屋の中

切った携帯を見つめている仁美。

手元にはメモがあり、鈴原奈緒という名前と電話番号が書かれてある。

仁美「（思い詰めたような様子で）……ねえ、マーくん？」

奥の部屋で何やら荷物をまとめている浦上。

仁美「あの美人の教師、怜南と仲良かったみたいなの。よく二人で会ってたらしいの」

好きなものノートに書かれた『わたりどり』の文字。

怜南が残していった本に交ざって鳥に関する本。

仁美「まだ怜南の事故のこと知らないんじゃないかなって思うの。だから警察に言ってないだけだと思うの。だからね、もし知られたら……」

自分の荷物をまとめた大きなバッグを抱え、慌てて出ていく浦上。

仁美「（呆然と）……ひとりにしないでよ！」

○　東京、鈴原家・芽衣の部屋

クロゼットの服が大量に引っ張り出されており、姿見の前で奈緒にドレスを合わせている芽衣。

芽衣「うーん、ここんとこ余るよね……」

同じくドレスを合わせている果歩。

芽衣「ちょっと、あんたはスーツでいいでしょ」

果歩「だって圭吾さんのお友達とか来るんでしょ？」

居心地悪そうな奈緒、ドレスを戻していて、気付く。

小物入れの中、赤ん坊のエコー写真がある。

奈緒「……！」

芽衣「金持ちの馬鹿しかいないよ？　わたしみたいに打算で相手選ぶならいいけどさ」

果歩「どう？（と芽衣にドレスを見せる）」

芽衣「さあ」

果歩「さあって！」
奈緒「……芽衣？」
芽衣「何？　これなんかどう？　結構背中開いてるけど……」
奈緒「わたし、ずっとこの家離れてたし、芽衣のいいお姉ちゃんじゃなかったし、言う資格ないんだけど……」
芽衣「ん？」
奈緒「お姉ちゃんは、芽衣のこと、打算的だとか思わない。気が強いとも思わない」
芽衣「何よ……」
奈緒「芽衣は昔から男の子とばかり遊んでたし、強がってばかりいたけど、でも本当は泣き虫で、怖がりで……他に誰もいない時は、ひとりでお母さんごっこしてた」
芽衣「……（と、俯いて）」
奈緒「ねえ、きっと、本当の芽衣はウチの誰よりも……」
芽衣「昨日さ、はじめて動いた」
奈緒「え……」
芽衣「（お腹を見て）お腹ん中で、はじめて動いた……（と、涙がひとつ落ちる）」
果歩「……！」
奈緒「……！」

○　同・ＬＤＫ

継美と耕平、縄跳びを終えて戻ってくると、電話が鳴っている。
耕平「あ、縄跳び置いてきちゃった。継美ちゃん、電話」
と言って、また外に戻っていった。
継美、いいのかな？と見回しつつ、受話器を取って。
継美「はい、もしもし」
返事はないようだ。
継美「もしもし……もしもし……？」
仁美の声「あなた、誰……？」
継美「（え、と）……」
仁美の声「誰……？　誰なの……？」
継美「……」
仁美の声「怜南……？」
継美「！」
仁美の声「怜南⁉」
継美「……」
買い物袋を抱えた籐子が入ってきた。
籐子、電話に出ている継美の後ろ姿を見て、微笑み、代わってあげようとした時。

継美「(呆然と) ママ……」

籐子「(え、となって) ……継美ちゃん?」

継美、はっとして振り返って、籐子を見て。

継美「!」

慌てて受話器を置く継美。

籐子「継美ちゃん……?　ママって……?」

継美「(硬直し) ……」

○　室蘭、道木家・部屋の中

切れた携帯を手にした仁美。

仁美「(呆然と) 怜南……?」

○　鈴原家・LDK

奈緒、芽衣、果歩、部屋に入ってくると。受話器を置いたまま凍り付いたような継美と、混乱してる籐子が向かい合っている。奈緒たち、ん?と思っていると、籐子、継美に問う。

籐子「ママって?　ママって、誰?」

息を呑む奈緒。

奈緒「!?　(と、激しく動揺して)」

置いてある、母の日に継美がくれた奈緒の絵。

第5話終わり

Mother

第6話

○　鈴原家・ＬＤＫ
受話器を取った継美。
仁美の声「怜南……？」
継美「！」
仁美の声「怜南⁉」
継美「……」
買い物袋を抱えた籐子が入ってきた。
籐子、電話に出ている継美の後ろ姿を見て、微笑《ほほえ》み、代わってあげようとした時。
継美「（呆然と）ママ……」
籐子「（え、となって）……継美ちゃん？」
継美、はっとして振り返って、籐子を見て。
継美「！」
慌てて受話器を置く継美。
籐子「継美ちゃん……？　ママって……？」
継美「（硬直し）……」
普段着に着替えた奈緒、芽衣、果歩、部屋に入ってくると。
籐子「ママって？　ママって、誰？」
息を呑《の》む奈緒。
奈緒「⁉（と、激しく動揺して）」
呆然《ぼうぜん》と立ち尽くしている継美。
奈緒、咄嗟《とっさ》に継美の元に行き、肩を抱く。
震えている継美を抱きしめる奈緒。
籐子、奈緒のそんな様子に尚更怪訝《けげん》に感じて。
籐子「継美ちゃん、おばあちゃんにお話しして……」
と言いながら継美の手を取ろうとすると。
奈緒、継美を庇《かば》うようにして、籐子から離した。
籐子「⁉（と、驚いて）奈緒……？」
奈緒「（必死に継美を抱きしめて）……」

○　室蘭、道木家・部屋の中
コンビニの制服姿の仁美、切られた携帯を手に。
仁美「（呆然と）怜南……？」
置いてある怜南の好きなもののノートが目に入り、手にしようとすると、インターフォンが鳴った。
仁美「……マーくん⁉」
急いで玄関に向かう仁美、扉を開けると、立っている警官と刑事らしき二人組の男。
仁美「……！」

○ 東京、鈴原家・奈緒と継美の部屋

奈緒と果歩に連れられて入ってくる継美。

奈緒「お母さん、すぐに戻ってくるから」

継美「(ぽかんとしていて)……」

奈緒「継美?」

継美「(笑顔になって)うん、いいよ」

奈緒「(しかし心配で)……」

継美「漢字の書き取りしてるね」

奈緒「……(頷《うなず》き)すぐ戻ってくるから」

奈緒、継美を頭を撫《な》で、部屋を出ていく。

果歩も出ていきかけて、ふと立ち止まる。

果歩「(あれ?と、ある思いがよぎって)」

振り返り、ノートを開けている継美の横顔を見て、何か思い出すようにして。

果歩「(ふっとあることに思い当たり、顔をしかめる)」

継美、振り返り、果歩のその顔を見る。

継美に対しておびえるような果歩の顔。

継美「(見て)……」

○ 同・LDK

戻ってきた奈緒を待っていた籐子。

奈緒「……」

籐子「……」

芽衣、食卓の方から見守っていて。

芽衣「(苦笑し)正直に言えばいいんじゃないの? 奈緒姉の子供じゃなかったんでしょ?」

奈緒「(内心動揺し)……」

籐子「(奈緒の表情を窺《うかが》い見て)……」

芽衣「なんかおかしいと思ってたんだよ、奈緒姉が子供作るとは思えなかったし」

籐子「どうして自分の子供じゃない子と一緒にいるの」

芽衣「わたしに聞かないでよ」

籐子「……(奈緒に)そうなの?」

奈緒「(俯《うつむ》いたまま)継美はわたしの子供です」

奈緒、継美が描いた奈緒の絵を手にして。

籐子「顔を見て答えなさい」

果歩、二階から降りてきて。

果歩「奈緒姉ちゃん……?」

籐子「あなたはいいから継美ちゃんと一緒に……」

果歩「あの女の子も七歳だったよね?」

奈緒「(内心、え!?と)……」

果歩「室蘭で行方不明になった子」

奈緒「(激しく動揺し)……」

篠子「何の話？」

果歩「わたしと耕平が室蘭行った時のこと。奈緒姉のクラスの女の子が行方不明になったって大騒ぎなってて……」

篠子「何の話をしてるの？」

果歩「女の子が行方不明になったのと同じ日に奈緒姉が引っ越してて……」

篠子「今何でそんな話をするのって聞いてるの」

果歩「何でって……（奈緒を見る）」

奈緒「……」

芽衣「（苦笑し）それじゃまるで……（と言いかけて、その考えにすぐに笑顔が消えて）」

篠子「（嫌な予感が高まって）……奈緒？」

奈緒「出ていきます」

篠子「え……？」

奈緒「お母さんたちは何も知らなかったことにしてください」

芽衣、果歩、篠子、ますます疑惑が高まって。

奈緒、二階に行こうとすると、腕を摑《つか》まれた。

持っていた継美の絵が真っ二つに裂《さ》けてしまう。

奈緒「！」

腕を摑んだ篠子、絵が破れたことにはっとしながらも奈緒を睨《にら》みつけて。

篠子「母親を馬鹿にするのもいい加減にしなさい」

奈緒「！」

篠子「あなた……あなた、一体何をしたの⁉」

奈緒「……」

○　同・奈緒と継美の部屋

奈緒！と怒鳴った篠子の声が聞こえ、びくっとする継美、漢字の書き取りの手を止める。

○　室蘭、道木家・部屋の中

話している仁美と、警官と刑事二人。

刑事A「何をどうというわけではないんですが、遺体が発見されないと手続き上色々面倒がございますし」

仁美「はい……」

刑事A「お母さんはどう考えてます？　娘さんはどうしてあの日漁港に行ったんでしょう？」

仁美「（え、と）……わかりません」

刑事A「以前はご同居されてる男性がいらしたそうで

すが？」

仁美「（内心動揺しながら、首を傾《かし》げ）……」

刑事A「浦上真人《うらがみまさと》さんのことです」

仁美「……！」

もうひとりの刑事が仁美の表情を注意深く見ていて。

刑事B「浦上さんは娘さんと仲良くしてたんですかね？」

仁美「（絶句し）……」

×　×　×

仁美、震える手で携帯をかけている。

留守電になり、メッセージが終わらないうちから。

仁美「マーくん⁉　何で電話出てくれないのよ⁉　警察の人が来たんだよ。どうしよう⁉　ねえ、どうしたら……⁉」

床に置いてあった骨壺《こつつぼ》を蹴《け》ってしまう。

壁に当たって、割れる。

骨壺の中は空《から》だった。

仁美「（見て）……」

×　×　×

回想フラッシュバック。

仁美、鈴原家に電話し、向こうから聞こえた声。

継美の声「ママ……」

×　×　×

仁美「怜南……（疑念）」

仁美、携帯を切って、置いてあった怜南の好きなものノートを手に取り、開く。

仁美「（虚《うつ》ろに読みはじめる）……」

○　東京、鈴原家・ＬＤＫ

対峙《たいじ》している奈緒と籐子。

籐子「（自分を落ち着かせ）誤解がね、誤解があるならちゃんと説明してくれなきゃ」

奈緒「継美を連れて出ていきます。わたしたちはここには来なかったことに……」

芽衣「（苦笑し）出ていく出ていくって、知らないで済むはずないし。家から犯罪者が出たんなら」

奈緒「……！」

籐子「芽衣（と、咎《とが》めながらも動揺していて）」

芽衣「お母さん、会社経営してるんだよ？　果歩も内定決まったばかりだよ？　このまま出ていかれて、逮捕されて、わたしたちは何も知りませんでした で済むと思う？ わたし、明日手術なんですけど？」

奈緒「……」

篠子「奈緒⁉（と、問いつめて）」

奈緒、痛恨の思いで、二つに破れた絵を見つめ。

奈緒「あの子は……継美は……」

息を呑み、奈緒の言葉を待つ芽衣、果歩、篠子。

奈緒「わたしの子じゃありません」

○ 同・奈緒と継美の部屋

継美、漢字ノートに向かったままじっとしている。

× × ×

回想フラッシュ。

室蘭の漁港近く、雪が降る中、旅立つ奈緒と継美。

バス停でバスを待っている二人。

× × ×

継美、漢字ノートを見つめ、書き込みはじめる。

何やら思い浮かべるようにしながら、枠外に『ぺんぎんのかんばん』と書いた。

○ 同・LDK

継美の絵を見つめながら、告白する奈緒。

奈緒「継美は、わたしが誘拐《ゆうかい》してきた、教え子です」

凍り付く芽衣、果歩、篠子。

果歩「……」

芽衣「……」

篠子「……」

奈緒「……」

○ タイトル

○ スミレ理髪店・二階の部屋

葉菜、訪れて食卓に座っている珠美にお茶を出す。

珠美「入院なさる気があるなら、今です」

葉菜「（明るい調子で）でも、お店があるし……」

珠美「（息をつき）怖くないんですか？」

葉菜「はい？」

珠美「こんなところにひとり暮らしで、万一のことがあっても誰も見つけてくれる人がいないようだし……このまま病院に行かず、投薬も受けず、誰の助けも借りず、もし今再発したら……保《も》って三週間です」
葉菜「（薄く微笑み）はい」
珠美「……質問を変えます。淋しくないんですか？」
葉菜「……（微笑みながら首を傾げて）」
珠美「無神経な質問してるのはわかってます。お節介な人間は大嫌いです。するのもされるのも嫌いです。だけどあなたみたいに生きることに未練ない人見てると、ウーッてなるんです。医者だからって、全員が人の死に慣れてるわけじゃないんです！」
　興奮してまくしたて、お茶をひと息に飲む珠美。
葉菜「（珠美を見つめ）……」
珠美「……お邪魔しました」
　立ち上がり、出ていこうとする珠美。
葉菜「入院、しようかしら」
珠美「本当ですか……!?」
葉菜「だって先生、ウーッてなっちゃうんでしょ？」

○公園（夕方）
　夕飯の買い物袋を抱えた奈緒、ブランコをしている継美を見つめている。
奈緒「（心配していて）……継美？」
継美「（漕ぎながら）うん？」
奈緒「電話の声、本当にそうだった？」
継美「……（頷く）」
奈緒「そう……（と、不安）」
　漕ぐのをやめて、奈緒を見ている継美。
奈緒「（首を振り）大丈夫よ……」

○鈴原家・ＬＤＫ（夜）
　肩を落とし、呆然と腰掛けている籐子。
　芽衣と果歩が来て、地方新聞のニュース記事をプリントしたものを見せる。
　怜南の記事が載《の》っている。
籐子「（ぼんやりと見つめ）……」
芽衣「あの子、本当は道木怜南って言うの」
果歩「母親は、道木仁美」
芽衣「虐待してた人」
籐子「（悲痛）……」
果歩「奈緒姉ちゃん、放っとけなかったんだよ……」

芽衣「警察か児童相談所に任せればいいことじゃない」
果歩「でも結局親元に帰されて、虐待が悪化することもあるでしょ？……」
芽衣「あんた、奈緒姉が正しいと思ってるんだ？　このままかくまうわけ？」
果歩「（おびえ）かくまうっていうか……あー、芽衣姉ちゃんも大変なのに、何でこんな時に……」
芽衣「しょうがないでしょ、家族なんだし、順番付けたら奈緒姉から何とかしなきゃね（と、冷めた口振りで）」
　呆然と聞いていた篠子、はっとして。
篠子「（芽衣を見て）もうよしなさい。奈緒とあの子のことはお母さんが何とかする。さっき奈緒に言ったように、今まで通り普通にしてなさい」
　扉が開き、帰ってきた奈緒と継美。
継美「ただいま！」
　びくっとし、新聞記事を隠し、継美を怖れるような表情を垣間《かいま》見せる芽衣、果歩、篠子。
継美「（見て）……」
篠子「おかえりなさい」
果歩「おかえり」
芽衣「おかえり」
　作り笑顔がわかる。
奈緒「ただいま……」

× × ×

　台所に立って味噌汁を注いでいる奈緒、食卓で夕ご飯を食べている継美、芽衣、果歩、篠子。
篠子「継美ちゃん、学校で今何が流行ってるの？」
継美「うーん、シールとか」
篠子「そう、シール……」
芽衣「……果歩、マヨネーズ取って」
　継美のすぐ横にあるのに果歩に言う。
　果歩、手を伸ばそうとしたが、先に継美が取った。
　あ、となって手を引っ込める果歩。
　継美も思わず手を引っ込めてしまう。
　果歩、再びマヨネーズを取って、芽衣に渡す。
篠子「継美ちゃん、お勉強は何が好き？」
継美「国語と図工」
篠子「そう……」
　味噌汁を持って戻ってくる奈緒。

奈緒「（おかしな空気を感じていて）……」

○　同・奈緒と継美の部屋

破れた絵をテープで貼っている奈緒。
机に向かって漢字の書き取りノートを書いている継美。

奈緒「宿題、まだ終わらない？」
継美「もうちょっと」
奈緒「そ（テープを貼った絵を見つめて）頑張って描いてくれたのに、ごめんね」
継美「また描くからいいよ（と、書き取りを続ける）」
奈緒「（心配そうに見つめ）……」

奈緒、継美の後ろに行き、抱きしめる。

奈緒「心配しなくていいのよ。おばあちゃんも、芽衣ちゃんも果歩ちゃんも継美のこと好きだから」
継美「お母さん」
奈緒「何？」
継美「書き取り出来ないよ」
奈緒「ごめんごめん」

○　同・ＬＤＫ

奈緒、入ってくると、食卓に籐子がひとりおり、継美用のコップを見たりしている。

奈緒「お母さん、芽衣のことなんだけど……」
籐子「芽衣のことはあなたが考えることじゃないわ」
奈緒「……はい」

籐子、継美のコップを見つめながら。

籐子「奈緒。継美ちゃんは元の家に帰しましょう」
奈緒「……！」

○　同・奈緒と継美の部屋

漢字書き取りノートに書き込んでいる継美。
漢字ではなく、『ぺんぎんのかんばん』と書いた枠外の白地に『まっすぐのエスカレーター』『エプロンのおねえさん』などの言葉を幾《いく》つも幾つも書き連ねている。
何やら思い浮かべるようにしながら。

○　同・ＬＤＫ

話している奈緒と籐子。

籐子「お母さん、奈緒は冷静にものを考えられる子だと思ってた。今でもそう思ってる。もう一度考え直すの。確かに世の中にはかわいそうな子たちが大勢いるわ。幾ら正義感があっても、そんな子たちひとりひとりは助けられるわけもないでしょ。あなたきっと、継美ちゃんの中に自分を見たのよ。

奈緒　だから同情したの」
篠子「……」
奈緒「あなたはもう間に合わないと思ってるかもしれないけど、今からだって何とかなるかもしれない。方法はあるよ。例えば継美ちゃんを……」
篠子「お母さん、ごめん」
奈緒「ごめんとかじゃなくて……」
篠子「わたし、自分がしたことが正しいなんて思ってない。間違ったことをしたの、馬鹿なことをしたの。勿論《もちろん》正義感なんかじゃないし、同情でもない」
奈緒「……じゃ、何？　何なのよ？」
篠子「あの子のお母さんになろうと思ったの」
奈緒「……」
篠子「あの子が愛《いと》しかったの。虐待のことは言い訳で、継美と一緒にいたかっただけなのかもしれないの」
奈緒「（驚いて）馬鹿なこと言わないで、それじゃ、それこそあなたはただの人さらいよ」
篠子「（頷く）」
奈緒「（絶句し）……」
篠子「お母さん、わたしの戸籍《こせき》を外してください」
奈緒「！」
篠子「やっぱりここに帰ってきちゃいけなかった。この家に迷惑かけちゃいけなかった……」
奈緒「わたしは迷惑がどうとかそんな話をしてるんじゃないの。あなたを守るための話を……」
篠子「わたしにはお母さんに守って貰う資格がないの。わたしは、他人なんだから」
奈緒「（顔を歪《ゆが》め）奈緒……」
篠子「戸籍を外してこの家を出ます。家族関係じゃなければ、世間に鈴原の名前が出ないし、隠し通せると思うの」

○　同・奈緒と継美の部屋

漢字ノートの枠外に書き続ける継美、『うたうおうだんほどう』、『あおいろのでんしゃ』『キディランド』。

○　同・ＬＤＫ

話している奈緒と篠子。

篠子「わたしたちを裏切るの？」
奈緒「……！」
篠子「果歩はあなたのことが大好きよ。小さな頃からお姉ちゃんお姉ちゃんって言って、今でもあなたのこと庇おうとしてる」

奈緒「（動揺し）……」
篠子「芽衣だってそう。ああ見えて一番気が弱くて、一番泣き虫なくせに、あなたのために自分を後回しにしてる。一番甘えたい時なのに後回しにしてる」
奈緒「……」
篠子「あなたはわたしの娘よ。三十年間育ててきた娘よ。それでも家族よりあの子を取るって言うなら、奈緒、あなた、人でなしよ」
奈緒「……！」
篠子「継美ちゃん……道木怜南ちゃんを元の家に帰しなさい」
奈緒「……」

○ 同・奈緒と継美の部屋

既に数ページにわたって枠外は文字で埋まっている。
鉛筆を手に、思い浮かべるようにしている継美、思い至って、『28ばん』と書く。

継美「（微笑んで）」

○ 同・廊下〜奈緒と継美の部屋

動揺を残した奈緒、部屋に入ってくる。
奈緒、眠っている様子の継美を横目に見ながら、机の上の漢字ノートを開いて見る。
枠外に『ぺんぎんのかんばん』などの言葉。

奈緒「……？」
継美「教科書入れたよ」
奈緒「あ、起きてたの……宿題は？」
継美「終わった」
奈緒「（漢字ノートを示し）好きなもの書いてたの？」
継美「（微笑む）」

心配する奈緒、ベッドに入って。

奈緒「お母さん、継美を離したりしないからね」
継美「……」
奈緒「どんなことがあっても離したりしないからね」
継美「（微笑み）おやすみ（と、目を閉じる）」
奈緒「だいじだいじ（と、頭を撫でながら見つめ）……」

○ 駿輔のアパート・室内

デスクに向かってノートを広げ、入手してきた奈緒の戸籍謄本《こせきとうほん》を見ている。
奈緒が養女だとする記述がある。
取材メモの中、『望月葉菜』と書いてあり、『城西信用金庫北沢支店』とある。

支店名に線を引く。

○　鈴原家・家の前の通り（日替わり、朝）

登校する継美を、通りまで出て見送ってい
る奈緒。

奈緒「（封筒を渡し）はい、給食費」

継美、封筒の中を見て、チェックする。

奈緒「ちゃんと入ってるわよ。忘れ物ない？」

継美「あ、漢字ノート！」

奈緒、取りに戻ろうとして気付く。

奈緒「今日月曜日よ、国語はないじゃない」

継美「うん……（と、気がかり）」

奈緒「いるの？」

継美「……いってきます！」

と歩きだす継美。

奈緒「いってらっしゃい！」

家の中に戻っていった奈緒。

振り返って奈緒の後ろ姿を見ていた継美。

継美「（見送るような笑みを浮かべて）……」

○　大学病院・廊下

簡単なバッグを持って歩いてくる葉菜と珠
美。

珠美「（書類を渡して）緊急時の連絡先です。何かあ
った時に来ていただく方の名前を書いてくださ
い」

葉菜「特には」

珠美「この間の女性は？」

葉菜「（首を振って）必要ありません」

珠美「……何か欲しいものとかあったら、わたしに言
ってください。（目を伏せ）家族みたいなものだ
と思って」

葉菜「（頷き）はい、お世話になります」

○　喫茶店

籐子と芽衣、入ってきて。

芽衣「何よ、直接病院行くんじゃないの？」

籐子に促《うなが》されて奥に行くと、座っていた圭
吾。

芽衣「……！（と籐子を見て、ため息をつき）」

芽衣と籐子、圭吾の前に座って。

芽衣「昔からやるの、騙《だま》されて歯医者連れていかれた
り……」

圭吾「（微笑み）お腹の子の病気、お母さんに聞いた
よ」

芽衣「そう……」

圭吾「驚いた。どうして僕に相談してくれなかったんだ。これは二人の問題なんだから、二人で解決すべきだよ」
芽衣「！（と、驚きながらも、嬉しく圭吾を見て）」
篠子「（嬉しく頷き、芽衣に）だから言ったじゃない」
芽衣「うん」
圭吾「でもまあ、結果として君の判断は正しいと思うよ」
芽衣「（え、と）……」
篠子「（え、と）……」
圭吾「わざわざそんな苦労背負い込んでくる命を産む必要はないよ」
芽衣「……」
篠子「……」

○　鈴原家・廊下～奈緒と継美の部屋

奈緒、部屋に入っていく。
机の上は片付いており、服も綺麗《きれい》に畳《たた》んである。
漢字ノートが置いてある。
奈緒、開いてみると、継美が書き連ねていた言葉。
何ページにもわたって、枠外をずーっと繋《つな》がっている。

奈緒「……」

×　×　×

回想フラッシュバック。
室蘭の喫茶店にて。

継美「好きなものノート」

×　×　×

奈緒「（何か不安なものを感じ）……」
ふと気付くと、ベッドの上の寝巻きの下に封筒が置いてある。
継美の文字で『おかあさんへ』と書いてある。

奈緒「!?」
開いてみると、中には継美からの手紙。

○　繁華街

ランドセルを背負って歩く継美、周囲を見回している。
何かを見つけ、その方向へと走りだす。

継美の声「おかあさんへ」

○　鈴原家・奈緒と継美の部屋

　奈緒、継美からの手紙を読みはじめる。

継美の声「だいすき。おかあさん。つぐみがかいた手がみだよ。よんでね。しおりもつくったよ。はさんでね。おかあさん、よむのすきでしょ」

　手作りの、奈緒と継美の似顔絵が描かれたしおりが添えられている。

継美の声「おかあさん、いっつもごはんつくってくれたのうれしかったよ」

×　×　×

　回想イメージ。

　机に向かって、奈緒への手紙を書いている継美。

継美の声「このあいだのいっしょにぎょうざつくったのおもしろかったよ。ぎょうざのつくりかたおぼえたよ。こんどはこながかおにつかないようにするよ」

×　×　×

　継美からの手紙を読んでいる奈緒。

継美の声「おふろに入ったときにあわだらけになったのびっくりしたね。ソフトクリームやさんごっこみたいだったね。かみのけ、じぶんであらえるようになったよ」

×　×　×

　回想イメージ。

　机に向かって、奈緒への手紙を書いている継美。

継美の声「しょうてんがいでおかいものするのたのしかったよ。おかいものできるようになったよ。２６０円のものをかうときは３００円わたすよ。おつりは40円だよ。おさいふは一かい一かいしまうよ」

×　×　×

　継美からの手紙を読んでいる奈緒。

継美の声「学校いくのうれしかったよ。おともだちはゆきのちゃんとさやかちゃんとりなちゃんができたよ。そうじのときはおかあさんのおしごととおんなじだからたのしかったよ。あとかたづけもそうじもできるよ」

×　×　×

回想イメージ。
机に向かって、奈緒への手紙を書いている継美。

継美の声「いろいろできるよ。でんしゃのきっぷひとりでかえるよ。しんごうはさせつしゃにきをつけてわたるよ」

× × ×

継美からの手紙を読んでいる奈緒。

継美の声「よるねるのひとりでねられるよ。こわいゆめはみないよ。ひとりでだいじょうぶだよ」

× × ×

回想イメージ。
机に向かって、奈緒への手紙を書いている継美。

継美の声「つぐみはおとなになったらおかあさんみたいなかみがたにするよ。おけしょうするよ。ようふくきるよ。おかあさんみたいにやさしくなるよ。つよくなるよ。たくさんなるよ」

奈緒「(涙を流し、首を振って)……」

○ **道路**

ランドセルを背負って歩いている継美。
見回し、何かを見つけて、またその方向へ進む。

継美の声「おかあさん、ありがとう。おかあさんなってくれたのありがとう」

○ **鈴原家・奈緒と継美の部屋**

涙を流し、継美からの手紙を読んでいる奈緒。

継美の声「おかあさん。だいすき。おかあさん。ずっとだいすき。だいじだいじ。すずはらつぐみ」

奈緒、顔をあげて。

奈緒「!」

出ていきかけ、机の上の漢字ノートを振り返り見る。

奈緒「……(気になる)」

○ **同・家の前の通り**

漢字ノートを持って飛びだしてくる奈緒、走る。

○ **大学病院産婦人科・更衣室**

看護師が手術用の服を芽衣に渡して。

看護師「こちらに着替えてください」
受け取り、更衣室に入ってカーテンを閉める芽衣。
待っている篠子。
芽衣「どんな人なんだろうね？」
更衣室の中、着替えながら芽衣が言う。
篠子「何？　誰が？」
芽衣「道木仁美って人」
篠子「……何よ、急に」
芽衣「もしかしたら、わたしに似てるのかもなって」
篠子「え……」
芽衣「きっとわたしみたいな女なんだろうな。自己中心的で、子供に愛情向けられなくて……そんな女はさ、はじめから母親になんかならなきゃいいんだよね……」
篠子「芽衣はそんな子じゃないわ」
芽衣「……じゃあ、何で？　何で怖いの？　何で不安なの？」
篠子「母親だからよ」
芽衣「……」
篠子「あなたはもうその子の母親になってるからよ」
芽衣「……」
着替えを落とす芽衣、しゃがみ込む。

篠子、しゃがんでいる芽衣の足元を見て、歩み寄って、カーテンを開けると。
芽衣「（涙を流している）」
篠子、思わず芽衣を抱きしめる。
芽衣「……わたし、駄目駄目だからさあ。こんな母親、嫌じゃないかなあ」
ただ抱きしめている篠子。
芽衣「こんな母親で、許してくれるかなあ……こんな母親でも、好きになってくれるかなあ……ねえ」
芽衣、お腹に手をあてて。
芽衣「会ってみたいな……会いたいな……！」
篠子「（頷く、何度も頷く）」
芽衣「（涙を流して）」
篠子「……（決意の強い眼差《まなざ》し）」
篠子、涙を流す芽衣を抱きしめながら。

○　スミレ理髪店・店の前（夕方）

店の前に『暫《しばら》くお休みします　店主』との貼り紙があり、店内は薄暗い。
前に立っていて、名刺をドアに挟む駿輔。
立ち去ろうとすると、奈緒が走ってきた。
奈緒「（駿輔に気付き）！」
駿輔「（微笑み）誰もいませんよ」

血相を変えた奈緒、確認し、また行こうとする。

駿輔「（察し）あの子、いなくなったのか？」

奈緒「（はっとし）……どこに行ったかわからないの！」

急ぎ足で行く奈緒、追いかけていく駿輔。

後方に多田がおり、立ち去る奈緒と駿輔を見ていた。

多田「……」

○　鈴原家・廊下〜奈緒と継美の部屋

廊下を来る芽衣。

果歩「奈緒姉ちゃん？　お母さんから電話あって……」

奈緒と継美の部屋に入るが、いない。

ん？と思って見ると、床に落ちている継美の手紙。

果歩「……？」

○　公園

入ってきて、継美の姿を探して周囲を見回す奈緒。

付いてくる駿輔。

駿輔「あんただって薄々わかってるはずだよ。今のままこのままずっと一緒になんていられるはずない」

しかし探し続ける奈緒。

駿輔、奈緒の腕を摑んで。

駿輔「これ以上行ったら、心中だよ」

奈緒「……！」

奈緒の手から漢字ノートが落ちた。

駿輔、拾って。

駿輔「あんた、もう十分やった、十分母親代わりしたよ」

と言いながら漢字ノートを開いて見る。

継美が書いた『ぺんぎんのかんばん』『まっすぐのエスカレーター』などの言葉。

何ページにもわたって、枠外をずーっと繫がっている。

駿輔「何……？」

奈緒「好きなものノート」

駿輔「好きなものノート？」

奈緒、駿輔の手から取って、見つめながら。

奈緒「室蘭で出会った頃によく書いてたの。好きなもののことを考えるんだって、好きなもののことを考えると楽しくなるんだって……」

駿輔「逃避、か……」
奈緒「あの子、わたしといても同じように……」
言いかけて、ふと気付く。
書き連ねられた言葉の中に『あおいろのでんしゃ』『なみのもようのバス』『きいろのでんしゃ』。
奈緒「（ん？と思う）……」
駿輔「結局あんたのしたことは無駄だったってことだよ。あんたといても、あの子は現実逃避を続けて……」
奈緒「違う……」
駿輔「あ？」
奈緒「これは好きなものノートじゃない……」
駿輔「何？」
奈緒「帰り道」
駿輔「帰り道……？」
奈緒「室蘭への帰り道」
駿輔「……!?」
奈緒「わたしと継美が歩いてきた道」
漢字ノートに書かれた『あおいろのでんしゃ』。

×　×　×

回想フラッシュバック。
札幌より夜行列車に乗り込む奈緒と継美。
継美の声「あおいろのでんしゃ」

×　×　×

漢字ノートに書かれた『なみのもようのバス』。

×　×　×

回想フラッシュバック。
桃の家を後にし、乗り込もうとしたバス。
継美の声「なみのもようのバス」

×　×　×

漢字ノートに書かれた『まっすぐのエスカレーター』。

×　×　×

回想フラッシュバック。
奈緒と共に動く歩道に乗って嬉《うれ》しそうな継美。
継美の声「まっすぐのエスカレーター」

×　×　×

漢字ノートに書かれた『手つないだかいだん』『52かいだてのビル』。

×　×　×

回想フラッシュバック。

駅の急な階段を手を繋いで降りる奈緒と継美。

新宿の高層ビルの高さを数えている継美。

継美の声「手つないだかいだん、52かいだてのビル」

×　×　×

漢字ノートに書かれた『みどりいろのでんしゃ』『キディランド』『おこってるみたいなマネキンにんぎょう』。

×　×　×

回想フラッシュバック。

山手線の走るのを背にして歩いてくる奈緒と継美。

表参道のキディランドに立ち寄る奈緒と継美。

ウインドウに並んでるマネキンを見ている継美。

継美の声「みどりいろのでんしゃ、キディランド、おこってるみたいなマネキンにんぎょう」

×　×　×

漢字ノートに書かれた『ぺんぎんのかんばん』『さかみち』『ほどうきょう』『ころんだところ』。

×　×　×

回想フラッシュバック。

駅のSuicaの看板の前を通る奈緒と継美。

坂道、歩道橋を歩く奈緒と継美。

道路で転んだ継美を起こしてあげる奈緒。

継美の声「ぺんぎんのかんばん、さかみち、ほどうきょう、ころんだところ」

×　×　×

奈緒、漢字ノートを見ていて。

奈緒「継美は家に来る途中に通った道や風景を思い出してたの。迷わないように目印を思い出してたの

「……継美は今、室蘭に帰ろうとしてるの」

× × ×

回想フラッシュバック。
室蘭、雪の降るバス停でバスを待っている奈緒と継美。

× × ×

奈緒「あの子が心配してたのは自分のことじゃなかった。わたしのことだった……！」

○ **新宿バスターミナル**

給食費の袋を手にし、新宿の階段をのぼっている継美。

継美の声「お母さん、継美は怜南に戻るよ」

○ **公園**

走りだす奈緒、追う駿輔、公園の外に出る。
駿輔の車が停めてある脇で、奈緒を止める駿輔。

駿輔「放っとけばいい。本人が帰ろうとしてるなら、あんたに縛《しば》り付けておく権利はないはずだ」
奈緒「違うの！　嘘しか言えないの！」
駿輔「え……」
奈緒「あの子は嘘でしか本当のことが言えないの！」

駿輔、必死な形相《ぎょうそう》の奈緒を見つめ、その思いを確認し、漢字ノートを取り、『28ばん』の文字を見る。

駿輔「（文字を示し）二十八番て？」
奈緒「多分、宇都宮から乗ってきたバスの降り口」
駿輔「同じ番号に乗ったって帰れないよ……新宿か？」
奈緒「新宿バスターミナル」
駿輔「乗って！」

駿輔、車のドアを開けて。

○ **新宿バスターミナル**

28番の降車専用のバス停で、困った様子の継美。

○ **新宿バスターミナル**

駿輔の車から降りてくる奈緒、ターミナルに向かう。
番号を追って進み、28番を見つけた。
しかし周辺に継美の姿はない。
奈緒、見回し、走る。

○　新宿高層ビル街

高いビルを見上げ、数える。
ふいに誰かの手でポンと肩を叩かれる。

継美「（ん？と振り返って）」

○　新宿高層ビル街

走ってくる奈緒。
見回していて、通りの向こうに見えた継美。

奈緒「継美……！」

奈緒、駆け寄って、気付く。
継美は婦人警官に連れられていた。

奈緒「！」

奈緒、慌てて駆け寄って。

継美「（奈緒に気付いて）……」

奈緒「（見つめ）……」

職員、奈緒に気付いて。

職員「（継美に）お母さん？」

継美「……」

答えようとしない継美。
奈緒、え!?となって。

奈緒「……」

継美「……」

無言で見つめ合う奈緒と継美。
怪訝そうにしている婦人警官、継美に声をかけようとした時。

継美「お母さん……」

奈緒「……」

継美「お母さん！」

奈緒「継美！」

継美、奈緒の胸に飛び込む。
きつく抱きしめる奈緒。

奈緒「（涙を流し）馬鹿！」

継美「（涙を流し）」

奈緒「馬鹿！　馬鹿！」

継美「（涙を流し）」

奈緒「家なんてなくていいの。誰もいなくていいの。ここが帰るところ。継美とお母さん、二人でいるところが、帰るところなの……二人でいよ」

抱き合う奈緒と継美。
少し離れたところから見ていた駿輔、奈緒と継美の写真を撮り、立ち去る。

駿輔「（安堵の思いはあって）」

○　鈴原家・ＬＤＫ

継美から奈緒への手紙を読んでいる籐子。

隣で見守っている果歩。

篠子「（表情なく）……」

果歩「お母さん、継美ちゃん、ウチに置いてあげよ？　あんなにいい子なんだもん。守ってあげようよ？　本当の親子じゃないけど、でも……」

篠子、薄く微笑み、手紙を置き。

篠子「（首を振り）あの二人はもう本当の親子よ。もう離れられないわ」

篠子、二階へと行く。

果歩「（微笑み）じゃあ……」

×　×　×

帰ってきた奈緒と継美を出迎えた果歩。

果歩「継美ちゃん、お腹すいてない？」

篠子が降りてきた。

篠子「（奈緒と継美が手を繋いでいるのを見）……」

奈緒「ただいま」

篠子「おかえり。（継美に微笑み）継美ちゃん、おかえり」

継美「ただいま、おばあちゃん」

篠子、食卓に座る。

奈緒、継美をソファーに座らせ、篠子の前に行く。

奈緒「お母さん。もう少しの間だけ甘えさせてください」

篠子「（奈緒をじっと見つめ）……」

奈緒「わたし、ずっとお母さんのいい娘じゃなかったし、今も心配かけてます。でも、お願いします。もう少しだけ、わたしと継美の生活が落ち着くまでの間だけ、ここにいさせてください」

と頭を下げる。

篠子「……」

果歩「奈緒姉ちゃん、そんなのやめなよ。お母さん、わかってるって。ね、お母さん、いいよね？」

篠子、バッグから何かを取りだし、奈緒の前に置く。

奈緒、見ると、養子離縁届とある。

奈緒「……」

既に篠子の名前は書いてあり、印鑑も押してある。

奈緒、篠子の目を見つめ。

奈緒「（全てを受け止め）……はい、今書きます」

篠子「（思いを押し殺し）……」

果歩「何？　何なの？」

篠子「書き終わったら、すぐに出ていって。わたしたちは何も知らなかったことにするわ」

奈緒「はい」
果歩「え？　何言ってんの？　奈緒姉ちゃん、出ていっちゃ駄目だよ。家にいなよ」
奈緒「もういいの、果歩」
果歩「違う違う。違うって。お母さん、今日色々あったから、芽衣姉ちゃんのこととかあったから……」
籐子「あなた、二階に行ってなさい」
果歩「嫌だよ、急に出ていけなんて……」
籐子「あなたと芽衣のためなの。お母さん、あなたたちを守らなきゃいけないの。母親として芽衣と果歩を守らなきゃいけないの」
果歩「だったら奈緒姉ちゃんも守ってよ！　おかしいよ、三姉妹じゃない！　何で奈緒姉ちゃんだけ見捨てんのさ！」

と食卓に来て、養子離縁届を見た。

果歩「……何これ？　養子って何？」

するとその時、芽衣が降りてきて。

籐子「芽衣、あなたは部屋で寝てなさい」
芽衣「うるさくて、寝れないよ」

芽衣、果歩が持ってる離縁届を取って、見て。

芽衣「……」

芽衣、奈緒と籐子を見る。

芽衣「（苦笑し）どういうこと……？」
奈緒「お母さん、話すね。（芽衣と果歩に）お姉ちゃんさ、お姉ちゃんじゃないの。お母さんの娘じゃないの」
果歩「何言ってんの、娘だよ、家族だよ。そりゃずっと離れて暮らしてたけど、家族だよ！」
奈緒「（首を振り）芽衣と果歩が産まれる前に施設から引き取られて、養子にして貰ったの」
果歩「え……」
芽衣「（力が抜け）……」

芽衣、背を向けてその場を離れ、階段あたりに座る。

果歩「嘘だよ！　嘘ばっかり！」
芽衣「果歩、うるさい！（と、苛立《いらだ》って）」

奈緒、離縁届を前に置き、籐子を見て。

奈緒「鈴原、でいいのかな」
籐子「いいそうよ。（別の印鑑を出し）これ使いなさい」

奈緒、離縁届にサインしはじめる。

果歩「駄目、奈緒姉ちゃん、そんなの書いちゃ駄目……！」

しかし書き続ける奈緒。

果歩「書いちゃ駄目！」
芽衣「うるさい！（と、リモコンなどを床に投げる）」
果歩「奈緒姉ちゃんがいなかったら家族じゃないよ。ひとり見捨てたら、家族ごと捨てたのと同じだよ！」

しかし奈緒、サインした。

奈緒「ちょっと曲がっちゃった……（と、苦笑）」

印鑑を手にして。

奈緒「朱肉……」

朱肉を持ったままの籐子。

奈緒「お母さん、朱肉……」
籐子「え、ええ……」

籐子、朱肉を置く。
奈緒、朱肉を付け、印鑑を押した。
奈緒、離縁届を前に出し、籐子、受け取った。

果歩「嫌だよ！」
芽衣「（がっくりとうなだれて）……」

奈緒、立ち上がって、継美を見る。

奈緒「（頷く）」
継美「（頷く）」

立ち上がり、奈緒の元に行く継美。
奈緒、果歩の元に行き、指先で果歩の涙を拭《ぬぐ》って。

奈緒「嘘ついててごめんね」
果歩「（首を振って）……」
奈緒「お姉ちゃん、本当のお姉ちゃんじゃなかったけど、優しくて素直な果歩のこと好きよ」
果歩「……」

奈緒、芽衣の元に行き、お腹を見て。

奈緒「ごめんね」
芽衣「謝んなくても。追い出すのはこっちだし……」
奈緒「芽衣ならきっといいお母さんになれるよ」
芽衣「らしくないこと言ってさ……（と、涙ぐみ）」
奈緒「お互い様（と、微笑み）」

継美、背を向けている籐子に向かって。

継美「ランドセル、貰っていいですか？」
籐子「……あなたのものよ」

奈緒、背を向けたままの籐子に向かって頭を下げて、継美も一緒に頭を下げて。

奈緒「（涙を堪《こら》えて）ありがとうございました！」

○　道路

荷物一式を持って、黙々と歩いていく奈緒と継美。
悲壮感《ひそうかん》と、そしてそれを振り払う強い眼差

し。

○　大学病院・大部屋（日替わり）

果物を持って入ってくる多田、患者たちのベッドの間を通り、奥の葉菜の元に行く。
半身起こして編み物をしている葉菜。

葉菜「（気付き、微笑み）多田さん」
多田「退屈じゃないかい」
葉菜「意外と楽しいですよ、お友達も出来ました」
多田「うん、少し休んだ方がいい。（ふと思い出し）あんたを尋ねてきてた女性を見かけたよ。三十半ばの」
葉菜「あ……はい」
多田「何か随分《ずいぶん》と慌ててたようだ、男性も一緒だった」

多田、駿輔の名刺を置く。

葉菜「（編み物しつつ横目に見て）そうですか」
多田「あの女性、ひょっとして……（知っている様子で）」
葉菜「（微笑み、肯定）」

○　ファミレスあたり

話している駿輔と果歩。

駿輔「ふーん、お姉さん、追い出されたんだ？」
果歩「わたしは納得いってません……」
駿輔「ま、逮捕された時の負担は減らした方がいいよ」
果歩「逮捕……わたし、奈緒姉ちゃんたちを助けたいんです」
駿輔「（苦笑し）いやいや、俺を巻き込まないでくれよ……」

駿輔の携帯が鳴った。

駿輔「（出て）はい……どなた？　はい？　声小さくて聞こえないんですけど……え（と、表情が曇《くも》って）」
果歩「（どうしたんだろう？と）」

○　待ち合わせ場所（夜）

誰かを待っている様子の駿輔と果歩。
誰かが二人の元に近付いてくる。
仁美だ。
手ぶらでサンダル履きで、コンビニの制服を着ている。
ポケットには怜南の好きなものノート。
虚ろな眼差し。

駿輔「（会釈しつつ、果歩に）お姉さんに知らせてあげな」

○　ビジネスホテル・客室

以前宿泊していた部屋である。
仕事から帰ってきた奈緒、勉強をしていた継美の前にお弁当の袋を置き。

奈緒「今日ね、不動産屋さん行ってきたの。学校の近くで借りられそうよ。お風呂はないけど」

継美「前より早く見つかったね」

奈緒「（微笑み）そりゃお母さんも強くなったしね」
携帯が鳴り、着信画面を見ると、果歩からだ。

奈緒「（迷いながら出て）はい……」

○　大学病院・ロビー

歩いてくる珠美、公衆電話の横に毛糸の玉が置いてあるのに気付く。
苦笑し、毛糸を手にしてふと見ると、電話機の上に駿輔の名刺が置いてあった。

○　ビジネスホテル・客室

浴室に入り、携帯を手に呆然としている奈緒。

果歩の声「道木仁美さんが東京に来たの」
扉の外、心配している継美。

継美「お母さん、どうしたの？」
奈緒、はっとして、外に出て、継美を抱きしめる。

奈緒「（首を振り）……」

継美「（異変を感じ）お母さん……？」
ふいにインターフォンが鳴った。

奈緒「！（と、緊張が走って）」

○　大学病院・大部屋

就寝前、毛糸の玉を持って入ってくる珠美。
奥の葉菜のベッドに行き、パーテーションを開けながら、毛糸の玉と駿輔の名刺を出して。

珠美「これ、公衆電話のとこに……（と、見ると）」
葉菜の姿はなく、荷物も消えている。

珠美「……!?」

○　ビジネスホテル・客室

寝転がって、継美が奈緒に宛てて書いた手紙を見ながら話している奈緒と継美。
継美、手紙の少しにじんでいるところを示

して。

継美「ここ」
奈緒「少し泣いちゃったの」
継美「悲しかった？」
奈緒「うん。でもね、今は嬉しいよ。継美がお母さんに書いてくれた手紙だもん。宝物にする」
継美「あのね、お母さんもお手紙書いて。そしたら継美も宝物にするから」
奈緒「うん、書くね」
継美「習ってない漢字はふりがなするんだよ」
奈緒「うん、するね」
継美「♪　お母さんからお手紙着いた」
奈緒「♪　継美ちゃんたら読まずに食べた」

二人、笑って。

奈緒・継美「♪　仕方がないからお手紙書いた〜　さっきの手紙の……」

ふいにドアを激しくノックする音。

奈緒「……？」

奈緒、慎重にドアを開けると、立っていた葉菜。

奈緒「⁉」
葉菜「継美ちゃんは？」
奈緒「何ですか？」
葉菜「一緒に来て」

奈緒の横をすり抜け、室内に入っていく葉菜。

継美「ウッカリさん！」
葉菜「継美ちゃん、荷物はこれだけ？」

奈緒と継美の荷物をまとめはじめる葉菜。

奈緒「何してるんですか！　やめてください……」
葉菜「いいから一緒に来て！」

奈緒を見据え、激しく強い口調で言った葉菜。

奈緒「⁉」
葉菜「わたしが守ります」
奈緒「え……」

葉菜、継美を見て、奈緒を見て。

葉菜「あなたたちは、わたしが守ります」
奈緒「……⁉」

第6話終わり

Mother

第7話

○　ビジネスホテル・客室（夜）

奈緒、慎重にドアを開けると、立っていた葉菜。

奈緒「⁉」
葉菜「継美ちゃんは？」
奈緒「何ですか？」
葉菜「一緒に来て」

奈緒の横をすり抜け、室内に入っていく葉菜。

継美「ウッカリさん！」
葉菜「継美ちゃん、荷物はこれだけ？」

奈緒と継美の荷物をまとめはじめる葉菜。

奈緒「何してるんですか！　やめてください……」
葉菜「いいから一緒に来て！」

奈緒を見据え、激しく強い口調で言った葉菜。

奈緒「⁉」
葉菜「わたしが守ります」
奈緒「え……」

葉菜、継美を見て、奈緒を見て。

葉菜「あなたたちは、わたしが守ります」
奈緒「……⁉」
葉菜「わたしたち、三人で暮らすのよ」
奈緒「……」

○　駿輔のアパート・外

待っている耕平、野良猫に声をかけたりしていて。

○　同・玄関～室内

訪れた果歩の応対をしている駿輔。

駿輔「お姉さん、追い出された？」
果歩「電話でもお話ししましたけど、わたし、奈緒姉ちゃんたちを助けたいんです」
駿輔「それは散髪屋さんがやってくれるんじゃないの？」
果歩「散髪屋さん？」
駿輔「さっき電話があって……」

奥から物音が聞こえる。

果歩「あ、ごめんなさい、お客さ……（と、気付く）」

部屋の奥にいるのは仁美だ。

果歩「（あれ？と）……」
駿輔「（その通りだと頷き）入れば？」

ポータブルレコーダーをポケットにしまう駿輔に促され、果歩も緊張しつつ入る。

待っていた仁美。

仁美「(果歩を警戒《けいかい》して見て)?」

駿輔「アシスタントです」

果歩「あの人……(と駿輔を見る)」

駿輔「(頷く)」

果歩「何でここにいるんですか? まさか、家の電話番号教えたの、あなただったんですか?」

駿輔「ちがうよ。虐待のことを告発されるのを怖がって、調べまわったんじゃないの? 学校に問い合わせて聞いたんだって」

果歩、置いてあった怜南の好きなものノートに気付き、手にしようとする。

しかし仁美、取り上げて。

仁美「怜南はどこにいるんですか?」

駿輔「(平静を装って)葬儀は終わったと聞きましたが?」

仁美「鈴原って教師の家に電話したら怜南が出たんです」

駿輔「(微笑《わら》って)それは思い過ごし……」

仁美「思い過ごしじゃありません!」

駿輔「……ま、仮にそういうことがあったとして」

仁美「あったんです! 怜南はあの女と一緒に……」

駿輔「(遮《さえぎ》って)あなた、どうしたいんですか?」

仁美「え……」

駿輔「どうして東京に来たんですか?」

仁美「(きょとんと)……」

○ ビジネスホテル・客室

葉菜が見守る中、奈緒、継美の手を取って話している。

継美「どうしたの?」

奈緒「今ね、東京にいるそうなの」

継美「ママが……?」

奈緒「うん」

継美「……(ドアを見て)ウッカリさん、鍵締めた?」

葉菜「(頷き)締まってるよ」

奈緒「(継美を見つめ)……」

葉菜「藤吉さんという記者の方、言ってたわ。鈴原さんの家を出たのね」

奈緒「あなたには関係……」

葉菜「一番大事なものだけ選ぶの」

奈緒「(え、と)……」

葉菜「大事なものは継美ちゃん。ウチに来たからと言って、あなたに許されたなんて思いませんから」

奈緒「……」

葉菜「ひとりより二人の方がいいの。家はあった方がいいの。あなたがいない間、継美ちゃんは誰が見るの?」
奈緒「(困惑し) それは……(と、継美を見ると)」
　継美はカーテンを閉めようとしている。
　背を伸ばして、必死に隙間を押さえている。
奈緒「(見つめ)……」

○　駿輔のアパート・室内

　話している駿輔と果歩と仁美。
駿輔「鈴原奈緒を探してどうするんです?　警察に通報する?　まずいんじゃありませんか?　あなたが娘にしてたことが発覚して……」
仁美「わたしは何もしてません……!」
駿輔「何もしないで、ただ見てた?」
仁美「……」
駿輔「東京に来たのだって別に娘さんに会いたかったわけじゃないのではありませんか?　虐待の事実を通報されるのが怖かった、違いますか?」
仁美「(反論出来ないが)……何も知らないくせに」
果歩「よくそんな、継美ちゃんにひどいことしておいて……」
仁美「継美って誰?」
果歩「……!」
仁美「(顔をしかめ) 怜南のこと?」
果歩「あ、いえ……」
仁美「(果歩に詰め寄って) 何で⁉　何であの女がわたしの娘と一緒にいるの⁉　怜南はわたしの……!」
駿輔「(呆れたように) どっちみち邪魔だったし」
仁美「(え、と)……」
駿輔「あげちゃえばいいじゃないの (と、息をつく)」
仁美「(その言葉を思う)……」

○　スミレ理髪店・二階の部屋

　荷物を持って、入ってくる奈緒、継美、葉菜。
　葉菜、灯りを点《つ》けて部屋を見回し。
葉菜「埃《ほこり》っぽくてごめんなさいね、ここんとこ掃除してなかったから……ほら、上着脱いで、荷物置いて」
奈緒「(困惑していて)……」
継美「(嬉しそうにしてて) お母さん、トイレは一階だからね」
葉菜「継美ちゃん、手洗ってうがいしてきてください」
　継美、行きかけて、カレンダーに気付き。

継美「あ、ウッカリさん、カレンダーめくってないでしょ」
葉菜「あ、そうそう、継美ちゃん、めくっておいてくれる?」
と言って、置いてあった病院の封筒を引き出しにしまって。
葉菜「あ、歯ブラシ。買ってくるわ。(継美に) 何の味の歯磨き粉がいいですか?」
継美「葡萄《ぶどう》!」
葉菜「はい。(奈緒に) あなたはわたしのでいいわよね (と、財布を手にして)」
奈緒「あの……」
葉菜「何?」
奈緒「子供用の下着を」
葉菜「うん。あなたのは?」
奈緒「(首を振り) わたしは……」
葉菜「無いんでしょ? 買ってくるわ」
奈緒「いいです……」
葉菜「何恥ずかしがってるの」
と言って、出ていく葉菜。
奈緒「(困惑し、部屋を見回し) ……」
葉菜が暮らしている部屋の日常品のひとつひとつ。

継美は既に荷物を開け、パジャマの用意をしていて。
継美「お母さんも早くパジャマ着替えなさい」
奈緒「…… (微笑み) うん」

○ 通り

公衆電話で、自分の古い電話帳を見ながら、緊張した様子で電話をかけている葉菜。
葉菜「恐れ入ります望月と申します……あ、笠井《かさい》さん。望月葉菜です……ええ、栃木でお世話に、はい、ええ、そうです……ええ、十六年振りでしょうか……あの、実は少々込み入ったご相談が……」

○ スミレ理髪店・二階の部屋 (日替わり、翌朝)

包丁の音が聞こえる中、目を覚ます奈緒。
見知らぬ天井を見つめ、はっとして隣を見ると、継美の姿がない。
奈緒「継美……!」
奈緒、慌てて起きあがり、襖《ふすま》を開けて見ると。
台所に葉菜と、椅子に乗った継美の姿があり、朝ご飯の支度をしていた。
奈緒「(え、と) ……」

葉菜「（気付き）お母さん、起きたわよ」
継美「お母さん、おはよう！」
奈緒「おはよう……」
　葉菜、手際よくネギを刻んだりしながら。
葉菜「継美ちゃん、冷蔵庫からお味噌出してくれますか」
継美「はい、お味噌ですね」
　仲良さげな二人。
　奈緒、居心地悪く洗面所に行くと、コップが置いてあって、歯ブラシが三本立っている。
　見つめ、真新しい自分のものを手に取った。

○タイトル

○スミレ理髪店・二階の部屋
　食卓で朝ご飯を食べている奈緒、継美、葉菜。
　食卓のご飯茶碗や皿は不揃いで、葉菜のご飯はガラス皿のようなものに盛ってある。
奈緒「（見て）……」
葉菜「（視線に気付いて）みっともないわね。今日お茶碗やら買っておくわね」
奈緒「勿体《もったい》ないからやめてください。ずっといるわけじゃないから無駄になります」
　継美と葉菜、顔を見合わせ、くすくす微笑う。
奈緒「……？」
葉菜「（真似して）無駄になります」
継美「眉毛《まゆげ》と眉毛がくっつくでしょ？」
葉菜「くっつく」
継美「お母さんの癖《くせ》なの」
　微笑う継美と葉菜。
奈緒「……（と、意識して）」
継美・葉菜「あ、離れた！」
奈緒「……」
　むっとして箸《はし》を置き、席を立つ奈緒。
継美「トイレはそっちだよ」
奈緒「違うわ」
葉菜「トイレットペーパーは棚に……」
奈緒「違います」
　座り直し、また食べようとする奈緒。
継美・葉菜「あ……」
奈緒「何!?」
　奈緒は箸であさりの殻を摑み、口に運ぼうとしていた。

継美「噛《か》める?」
葉菜「歯折れちゃうからよしなさい」
奈緒「……」

○ 同・洗濯場

家から出て出勤する奈緒と登校する継美。
見送りに出てきた葉菜。
葉菜、包みを奈緒に渡そうとする。

葉菜「お弁当」

受け取ろうとしない奈緒。

葉菜「(継美に)お母さんお弁当いらないって、どうしよ」
継美「勿体ないよ」

奈緒、葉菜を睨んで、弁当を受け取り。

奈緒「すいませんが、六時前には戻ります」
継美「いってきます。お母さん、いってきますは?」
奈緒「いってきます……」

奈緒と継美、出ていこうとすると。
先に勝手口が開き、珠美が入ってきた。
奈緒、ん?と思いながら会釈し、継美と共に出る。
珠美、奈緒と継美を見て、そして振り返って葉菜を見据《みす》える。

葉菜「(恐縮し)お電話しなきゃと思ってたんですけど……」
珠美「検査を受けてください」
葉菜「……大体わかる気がするんで」
珠美「自覚があるなら尚更入院……」
葉菜「用事があるんです」
珠美「あなた、死にたいんですか? 命より大事な用事って何ですか? 何を焦《あせ》ってるんですか?」
葉菜「(曖昧《あいまい》に微笑んで誤魔化し)……」

○ 鈴原家・LDK(日替わり、朝)

籐子と芽衣、耕平、朝ご飯を食べている。

籐子「圭吾さん、幾らなんでも酷《ひど》すぎるでしょ、自分の子供の話なのに電話にも出ないなんて」
芽衣「悪気ないんだよ。ほら、お坊っちゃんだからこういう話苦手なの」
籐子「別れ話苦手な男なんて最低よ」
芽衣「お母さんだってひとりで育てたじゃない」

出かける支度をした果歩が降りてくる。

籐子「どこ行くの?」
果歩「別に」
耕平「スイマセン、僕の就活に付き合って貰ってて」
芽衣「奈緒姉と会ってるんじゃないの?」

果歩「だったら何？」
芽衣「お母さんだって、奈緒姉のこと気にしてるんだよ」
果歩「面倒に巻き込まれたくないからでしょ」
芽衣「あのさ、文句あるんなら、わたしにしてくれる？　お母さん、わたしのためにやったんだから」
果歩「芽衣姉ちゃん、本当のこと言えばいいじゃん。お母さん、独り占め出来て嬉しいんでしょ？」
芽衣「何それ」
果歩「真ん中に生まれた焼《や》き餅《もち》。わたし、昔芽衣姉ちゃんにつねられたのおぼえてるよ？」
芽衣「あんた、やらしいこと言うね、今頃」
篠子「（遮るように）朝ご飯食べないのね？」
果歩「耕平、行くよ」
　と耕平と共に出ていく。
芽衣「何!?　今頃反抗期!?」
　篠子、自分の分の皿を片付けながら。
篠子「女しかいないとこうなるから嫌なのよ、父親は飾りでもいた方がいいのよ？」
芽衣「そこに戻すか」
篠子「あー勿体ない（と、果歩の分の朝食を食べる）」
芽衣「お母さん、まだ離縁届出してないんでしょ？」
篠子「（手が止まって）……」

○　オフィスビル・屋上あたり

　休憩時間の奈緒、葉菜から貰った弁当を開ける。
　手をかけられた弁当。
奈緒「……（と、困惑していると）」
　同僚に案内された誰かが入ってきた。
　果歩だ。
奈緒「……！」
　果歩、奈緒に気付き、笑顔で近付いてきた。
奈緒「（駄目だよと首を振り）果歩……」
果歩「（遮って）先に言っとくけど。わたしにとって、奈緒姉ちゃんは今でも奈緒姉ちゃんだから」
奈緒「（首を振り）……」
果歩「あの母親、今藤吉さんのところにいる。やっぱり継美ちゃんが奈緒姉ちゃんと一緒にいるのはバレてたよ」
奈緒「……！」
果歩「でも、自分も虐待のことがあるから通報する気なさそうなの。奈緒姉ちゃん、継美ちゃんと暮らせるかもよ」
奈緒「!?」

○　駿輔のアパート・室内

ジャージ姿の仁美がドアを開けると、駿輔、買ってきたサンドイッチとコーヒーの袋を差し出す。
仁美、どうもと受け取り、駿輔、中に入る。

仁美「大丈夫なんですか？」
駿輔「僕は出版社の仮眠室があるから」
仁美「（ジャージを示し）スイマセン、借りたまんまで」

仁美、サンドイッチを食べようとして。

仁美「アボカド」
駿輔「ん？」
仁美「怜南も好きだったんです、アボカドとエビの」
駿輔「あ、そう……道木さん。室蘭から来る前、警察から事情聴取の要請はありませんでしたか？」
仁美「（食べていて）」
駿輔「遺体が見つからなかったことに不審感を持った警察が動きはじめたり、あるいは子供が死んだことでようやく虐待の事実を捜査しはじめたり……」
仁美「（食べていて）」
駿輔「（少し苛立って）道木さん」
仁美「昨日あれから考えました」
駿輔「ん？」
仁美「欲しい人がいるならあげてもいいかなって」
駿輔「……！」
仁美「わたし、まだ二十九だし、一からやり直せるかなって」

少し笑みを浮かべている仁美。

駿輔「（憤りの感情を抑え）そうですか」
仁美「でも北海道はもう嫌。沖縄、行ったことあります？」
駿輔「……いいところですよ」
仁美「でしょ？　辛いこととか忘れられるかなって」
駿輔「辛いことって？」
仁美「怜南がかわいそうだった時のこととか」
駿輔「……」

○　スミレ理髪店・店内

学校から帰ってきた継美、入ってくる。

継美「ただいま！」

受話器を取りかけていた葉菜、置いて。

葉菜「おかえり。おやつ用意してありますよ」
継美「何おやつ？」

葉菜、受話器の横に置いてあった、電話番

号とミヨシと書かれたメモ用紙を一旦しまいながら。

葉菜「何でしょう？　見てのお楽しみです」

○　駿輔のアパート・室内

仁美、サンドイッチの袋を示して。

仁美「このお店、どこにあるんですか？」

駿輔「駅前の」

仁美「怜南に買ってってあげようかな」

駿輔「（え、と）今娘さんのことは忘れるって……」

仁美「（微笑み）せっかく来たし、怜南に会ってからにしようかなって」

駿輔「……何のために会うんですか？」

仁美「何のためって、怜南のためですよ。わたしに会えなくて淋しがってるでしょ？」

駿輔「（内心否定していて）……」

仁美「克子《かつこ》おばさんにも会わせたいし」

駿輔「克子おばさん？」

仁美「恩田《おんだ》克子さん。怜南が小さい頃すごく可愛がってくれたんです。会えば喜ぶと思うし、千葉の、木更津《きさらづ》ってそんな遠くないでしょ？　釣りのお店してるって言ってたから調べればわかりますよね？」

駿輔「ええ。でも娘さん、あなたに会いたいかな？」

仁美「（苦笑し）会いたいに決まってるじゃないですか」

駿輔「じゃ、どうしていなくなったんでしょう？」

仁美「それは……それは同居してた彼が怖かったから」

駿輔「そうですか……」

仁美「怜南はわたしのことが大好きなんです」

駿輔「そうですか……」

○　スミレ理髪店・二階の部屋

継美、食卓に用意してあったプリンを食べている。

葉菜の書類などが置いてあり、なにげに見る。

葉菜の保険証がある。

継美「（見て）……」

×　×　×

夜になって。

食卓の上に昨日まではなかった花瓶《かびん》の花が飾ってあるのを見ている奈緒。

振り返り見ると、台所で葉菜と、椅子に乗

った継美が一緒に晩ご飯の用意をしている。

葉菜、継美が白菜を切るのを手伝っている。

鍋のお湯が沸いている。

葉菜「左手はここに添えて、縦に真っ直ぐ」

葉菜「(継美の補助をしながら) お鍋見てくれる?」

奈緒「(ぽかんと見ていて) ……」

葉菜「(包丁を見たまま) あなたに言ってるのよ」

奈緒「はい……」

奈緒、慌てて台所に行き、鍋の火加減を調整する。

葉菜「お味噌お願い」

奈緒、味噌を入れかけて、ふと手を止め。

奈緒「どのくらい……」

葉菜「いつもどのくらい入れてるの?」

奈緒、戸惑いつつ、すくってみせて。

葉菜「うん(と、頷く)」

奈緒、三人並んで台所に並んでいる自分を顧《かえり》みて、複雑な気持ち。

継美「次は何切る?」

葉菜「じゃあ、エノキを切りましょうか」

楽しそうな継美。

奈緒「(笑顔の継美を見つめ) ……」

×　×　×

食卓に着き、晩ご飯を食べている奈緒と継美と葉菜。

継美「め、めだまやき」

葉菜「き? き、きたまくら」

継美と葉菜、奈緒を見る。

奈緒「(わたしはいいと首を振って)」

継美「ら、ラッコ体操」

葉菜「う?」

継美「う」

葉菜「う、う……ラッコ体操ってどんなの?」

継美、ラッコ体操をしてみせる。

葉菜「あー。う、ウスノロ」

継美と葉菜、奈緒を見る。

奈緒「(わたしはいいと首を振って)」

継美「ろ、ロボット体操」

葉菜「ロボット体操?」

継美、ロボット体操をしてみせる。

葉菜「あー。う、う、裏街道」

奈緒「(思わずぷっと笑ってしまう)」

継美と葉菜、微笑った奈緒を見る。

奈緒「(顔を伏せ、食べて)」

継美「う、運動会体操」
奈緒「（思わずぷっと笑ってしまう）」
　　継美と葉菜、微笑った奈緒を見る。
奈緒「（顔を伏せ、食べて）」
継美「じゃあ、次は好きなものシリトリね。ウッカリ
　さん」
葉菜「好きなもの？　そうね……」
継美「何？」
葉菜「観覧車」
継美「観覧車？」
葉菜「子供みたいね？」
奈緒「……（継美に）お魚の骨取れる？」

× × ×

　　奥の部屋に敷いた布団に入って、くすぐりっこしている奈緒と継美。
継美「こちょこちょこちょこちょ！」
奈緒「やめてやめてやめて……お母さんの負け！　もう寝よ」
　　奈緒、灯りを消す。
継美「（小声で）あのさ、お母さん、土曜日お休み？」
奈緒「お休みよ。どうして？」
継美「ウッカリさんもお休みだって。三人でお出かけしよ？」
奈緒「（乗り気じゃなく）今はあんまり……」
継美「土曜日、ウッカリさんの誕生日だよ」
奈緒「……！」
継美「内緒にして、びっくりさせよ？」
奈緒「（そんな気にならず）出かけるって、どこに
　……」
継美「お母さん、さっき何聞いてたの？」
奈緒「え？」
継美「観覧車」
奈緒「あ……」
継美「ウッカリさん、びっくりすると思うよ（と嬉しそう）」
奈緒「（そんな継美を見つめ）……びっくりするかもね」
継美「あとね、プレゼント。お布団買ってあげよ」
奈緒「お布団……？（はっと気付き、隣室を見る）」

× × ×

　　奈緒、奥の部屋から出てきて、襖を閉める。
　　床に座布団を敷いて、古びた毛布をかけて寝ようとしていた葉菜。
奈緒「……」

葉菜「(起きあがり) お手洗い?」
奈緒「今日は継美と寝てください。わたしがここで寝ます」
葉菜「いいって……」
奈緒「それから、土曜日継美と出かけるので……」
葉菜「大丈夫? じゃあ、お弁当二人分用意してあげるわ」
奈緒「わたしが作ります、三人分」
葉菜「え……」

奈緒の携帯が鳴る。

○ 公園あたり

奈緒、来ると、駿輔と果歩が待っている。

奈緒「あまり家を空けたくないんです」
果歩「大丈夫、あの人は耕平に見張らせてるから、何かあったら連絡させる」
奈緒「(首を振り) 果歩はもうこれ以上……」
果歩「道木仁美さんね、継美ちゃんのこと、いらないって」
奈緒「!?」
駿輔「子供はあんたにあげて、沖縄あたりで一からやり直すんだってさ (と、苦笑)」
奈緒「(継美を思い、悲しく) ……」

○ 駿輔のアパート・外

車を停め、駿輔の部屋の灯りを見ている耕平。

○ 同・室内

仁美、缶ビールを飲みながら、本棚に並んだ駿輔の児童虐待に関する資料本を見ている。
不機嫌そうに見て、デスクに行く。
引き出しを開けてみると、封筒がある。
開けてみると、奈緒と継美が手を繋いで歩いている写真だ。
ぽかんと見つめる仁美、缶ビールを脇に置く。

駿輔の声「現実逃避、自己弁護、思考停止……」

○ 公園あたり

話している奈緒と果歩と駿輔。

駿輔「都合の悪いことは全部忘れたようだ。いいんじゃないの、くれるって言うんだから」
奈緒「継美は物じゃ……」
駿輔「ただ、一度娘に会おうと思ってるって」

奈緒「（え、と）……」
駿輔「昔の知り合いのところに連れていきたいって」
奈緒「（困惑し、首を振って）……」
果歩「嫌かもしれないけど、会って気が済むんなら……」
駿輔「この人は自分が嫌かどうかで困ってるんじゃないよ」
果歩「え？」
駿輔「あの子が母親に会いたがるとは思えない」
奈緒「（言う通りで）……」
駿輔「あなたにとって問題は、あの母親が娘に思われてないと気付いて逆上するかもしれないこと。もうひとつ、こっちの方がよりきついか……あの母親が改心した場合」
奈緒「……！」
駿輔「これからは娘を大事にします、そう涙ながらに訴えてきたら、あなた、あの子を母親に返すの？」
奈緒「……（と、困惑）」
果歩「そんな勝手な話ないじゃないですか……」
駿輔「しかしそれがあの子にとってのハッピーエンドじゃないって、誰に決める権利がある？」
奈緒「（動揺し）……」

○　駿輔のアパート・室内

仁美、封筒から出した写真を破っている。

奈緒と継美が笑顔で顔を見合わせている写真。

甘えたような継美の表情。

仁美「……（嫉妬《しっと》の、怒りの眼差しで）」

またそれも破って、次を見ると、小学校に登校している奈緒と継美。

背後に学校名のプレートが見える。

○　スミレ理髪店・洗濯場～店内

帰ってきた奈緒、部屋の方に行こうとすると、店の灯りが少し漏れているのに気付く。

ん？と覗き見ると、電話している葉菜の後ろ姿。

何度も頭を下げながら話している。

奈緒、怪訝に思いながらも部屋に戻る。

薄暗い店内で、『ミヨシ』と書かれた電話番号のメモを見ながら緊張して電話している葉菜。

葉菜「はい、笠井さんの紹介で……はい……え？　あ、年？　な、七歳です……死亡届は出されていいます

「……よろしくお願い致します」

○遊園地・園内

メリーゴーラウンドに乗っている奈緒と継美。

外で見ている葉菜、二人に手を振る。

×　×　×

急流滑《きゅうりゅうすべ》りなどに乗って、滝を落ちてくる奈緒と継美。

自分が乗っているかのようにどきどきして見ている葉菜。

×　×　×

ミラーハウスなどに入っている奈緒と継美と葉菜。

奈緒、鏡に向かって進み、顔をぶつける。

ぷっと笑う葉菜、むっとする奈緒。

×　×　×

歩いてくる奈緒と葉菜、スキップして先を行く継美。

奈緒「(笑顔で継美を見ていて)」

葉菜「継美ちゃん、楽しそうね」

奈緒「うん(と親しく応えて、はっと気付いて)」

奈緒、葉菜と距離を置き。

奈緒「(継美に)転ばないようにね!(と、誤魔化して)」

葉菜「(微笑み、奈緒を見て)」

奈緒「……あなたも楽しそうですね」

葉菜「ええ、楽しいわ」

奈緒「そんな、調子に乗る人だったんだ」

葉菜「(微笑み)そんな不機嫌な顔してたら、継美ちゃんが心配するわよ?」

奈緒「……ずるい」

葉菜「(微笑み)そう、ずるいの。楽しんでるの」

奈緒「……」

○同・観覧車の前

巨大な観覧車を見上げている葉菜。

葉菜「なんだか倒れてきそうね……」

傍らに立っている奈緒と継美。

継美「ウッカリさん、はい」

葉菜「うん?(と、継美を見ると)」

継美、ビーズで作った首飾りを差し出している。

葉菜「……？」
継美「お誕生日おめでとうございます」
葉菜「（ぽかんと）……」
継美、頭を下げてとして、葉菜、頭を下げる。
継美、背伸びし、葉菜の首に首飾りをかける。
葉菜「（ぽかんと見て）……」
葉菜、思わず手のひらで顔を覆《おお》って、背を向ける。
奈緒「……」
継美「どうしたの？　ウッカリさん」
震えている葉菜の背中。
継美「（奈緒に小声で）どうしちゃったのかな？」
奈緒「（葉菜の背中を見つめ）……」
葉菜、顔を叩いたりして誤魔化しながら振り返り。
葉菜「ありがとう。ありがとうね。時間が勿体ないから、今日は継美ちゃんの乗りたいものに乗りましょ」
と言って、行こうとする。
奈緒、そんな葉菜の後ろ姿を見て。
奈緒「乗りましょうよ」
葉菜「（え、と）……」
奈緒「乗りましょう」
葉菜「……」

○同・観覧車の中

乗っている奈緒と継美と葉菜。
葉菜「（外の景色を眺めながら、何かを思うように）……」
奈緒「（葉菜の横顔を見ていて）……」
葉菜、ふっと小さな笑みを浮かべた。
奈緒「……？」

○同・広場あたり（夕方）

広場のトリムトライなどで遊んでいる継美、芝生に腰掛けて見ている奈緒と葉菜。
二人共、継美の方を見ながら。
奈緒「……さっき、何考えてたんですか？」
葉菜「うん？」
奈緒「いえ、別に……」
葉菜「なかなか明けない朝で、裸電球の灯りがこう、まあるい影を作って天井で揺れてたの。外はみぞれ混じりの雨が降り続いてて、石油ストーブのにおいがしてた……（奈緒を見て）あなたを産んだ

　　病室のことよ」
奈緒「……！」
葉菜「どこか遠くの方で貨物列車が線路を軋《きし》ませる音が、だんだん遠ざかってくのを聞いてたら、窓の外で鳥が鳴いてたの。あれは、何の鳥だったのかしら……って」
奈緒「（動揺し）どうしてそんなこと……」
葉菜「何でかな……なんだか……なんだか信じられなくて」
奈緒「何を……？」
葉菜「こういうこと、もうないと思ってたから」
奈緒「……」
葉菜「もうないと思ってたから（と、遠い視線で）」
奈緒「……」
　　葉菜、バッグから家の鍵を出し、奈緒に渡す。
葉菜「（微笑み）先に継美ちゃんと帰っててくれるかしら。少し寄るところがあるから」
奈緒「（頷き）……」

○　裏通り
　　雑居ビルがひしめき合い、ごみの散乱した狭く細い通りを、心細げに歩いてくる葉菜。

○　雑居ビル
　　葉菜、ある部屋のインターフォンを押す。

　　低い男の声がインターフォンから聞こえてくる。

男の声「はい」

葉菜「あ、あの、すいません、望月です……」

　　黙っている相手。

葉菜「あ、ごめんなさい、えっと……（メモを見て）ミか、漢方薬の卸《おろ》し販売に関して、ミヨシさん、ミヨシさんにおうかがいに参りました」

　　しばらくし、扉が開く。

　　葉菜、高価な腕時計のはめられた腕を見ながら、意を決し、胸に手をあてながら中に入っていく。

○　スミレ理髪店・二階の部屋（夜）
　　継美が眠る布団の横にもうひとつ布団が敷いてある。
　　見ている奈緒と葉菜。
奈緒「ここで寝てください」
葉菜「いいの……？」
奈緒「継美が喜ぶと思うから」

葉菜「はい。お茶飲む？　今淹《い》れるわね」
　と台所に行き、お茶の支度をはじめる。
　奈緒、継美の寝顔を見つめて、何かを決意した表情となって、襖を閉める。
葉菜「最近の遊園地ってあれね、跳んだり上がったり忙しいのが多いのね……」
　葉菜、棚の上の急須を取ろうとすると、奈緒が代わりに取り、置く。
葉菜「（え？と思いつつ）ありがとう……」
奈緒「跳んだり上がったりじゃ同じです」
葉菜「え？　あ、跳んだり落ちたりね」
奈緒「（頷く）」
　急須にお湯を入れ、二人、食卓に着く。
葉菜「あれ、怖かったでしょ、丸太で、こう」
奈緒「水が」
葉菜「顔までぴゃっとね」
奈緒「乗れば良かったのに」
葉菜「無理よ」
奈緒「そんなに怖がりだとは思えないけど」
葉菜「怖がりよ、すぐ震えちゃうの」
奈緒「怖がりの人は犯罪者を家に上げたりしません」
葉菜「たいした犯罪だと思ってないもの」
奈緒「誘拐は犯罪です」
葉菜「誘拐って言うのは無理矢理連れていくことでしょ？　あなたたちの場合は、駆け落ちみたいなものじゃない」
奈緒「（苦笑し）都合よく考えるんですね」
葉菜「丸太とは違うわ」
奈緒「あの、お茶、もう」
葉菜「あ……」
　葉菜、湯飲みにお茶を入れる。
奈緒「……望月さん」
葉菜「何？」
奈緒「ここに来てから、継美、ずっと楽しそうです」
葉菜「お母さんといられるから」
奈緒「（首を振り）あの子、感じてるんだと思います。あなたに愛されてることを。何のためらいもなく、感じられてるんだと思います」
葉菜「あなたも……」
奈緒「守ることと逃げることは違う。子供を守ることは、ご飯を作ったり食べたり、ゆっくり眠ったり、笑ったり遊んだり、愛されてると実感すること、そんなところにあるんだと思いました」
葉菜「そう……」
奈緒「だから、わたしも、継美のためにも……（言いかけて、上手く言葉に出来ず）」

葉菜「……お煎餅《せんべい》食べる？」
奈緒「（しかし話したくて）人と……人とこういう話したことないので、上手く言えないんですけど、何て言うか、あなたとの、関係を、もう少し、上手く、上手に出来たらと思ってて……」
葉菜「……」
奈緒「もう少し、近くって」
葉菜「……！」
奈緒「もう少し、あなたとって」
葉菜、嬉しさに動揺し。
葉菜「（頷き、何度も頷き）ええ、ええ、そうね、もう少し、もう少し、近く」
奈緒「だからひとつだけお聞きしたいことがあるんです」
葉菜「……？」
奈緒「どうして、わたしを捨てたんですか？」
葉菜「！」
奈緒、葉菜をしっかりと見つめて。
奈緒「今更恨み言を言うつもりはありません。許す許さないの話をする気もありません。ただ知りたいんです。こんな言い方すると変だけど、どんな理由でも構わないんです。面倒臭かったからとか、好きな男の人が出来たからとか、別にわたし、どんなひどい理由でも構わなくて、どんな理由でも受け入れようと思ってて。ただ、ただどうしてなのか、それだけ、それだけが知りたいんです……！」
葉菜「（顔を伏せている）」
奈緒「教えて」
葉菜「（顔を伏せている）」
奈緒「（願って）……」
葉菜「はい……（顔をあげ、頷き）はい」
奈緒「……！」
葉菜「でも、その前に聞いてほしいことがあるの。あなたと継美ちゃんのこれからのこと」
奈緒「何ですか？　誤魔化そうとして……」
葉菜「戸籍が必要よ」
奈緒「え……」
葉菜「このままじゃいつまで経《た》っても逃げ続けるしかないわ。学校には行けてもその先の継美ちゃんの人生を、あなたと継美ちゃんの静かな生活を手に入れることを考えたら、戸籍を手に入れなきゃいけないの」
奈緒「何で今そんな話を……」
葉菜、傍らに置いてあった自分のバッグから封筒を取りだし、中の紙を食卓に置く。

奈緒、見ると、紙には『オミカワマコト』とあり、携帯番号と伊豆地方の住所が書かれてある。

奈緒「……？」
葉菜「この人は、戸籍を用意出来る人よ」
奈緒「⁉」
葉菜「この住所を尋ねて、ここに電話を……」
奈緒「戸籍を用意するってどういうことですか？」
葉菜「勿論普通の方法とは違うけど……」
奈緒「売買するってことですか？」
葉菜「ええ」
奈緒「（苦笑し）わたしも考えたことはあります。調べてもみました。だけどそれは、わたしたちが気軽に足を踏み入れられる世界じゃないし……」
葉菜「わたしね、昔刑務所にいたことがあるの」
奈緒「……」
葉菜「栃木の女子刑務所。その頃知り合った人に紹介していただいたの。だからそれほど遠い世界じゃないの」
奈緒「……」
葉菜「（紙を示し）説明するわね。この住所を尋ねて電話をするの。オミカワさんに代わって貰うように頼んで、漢方薬の販売のことで、と……」
奈緒「ちょっと待って！　今のって……今の、刑務所の話ってわたしを捨てた理由ですか？」
葉菜「（頷き）そう、それがきっかけ。逃げ回った挙げ句に、もうどうにもならなくなって、あなたを捨てたの」
奈緒「（手のひらで顔を覆って）……」
葉菜「逮捕されたのは、そのすぐ後」
奈緒「（顔を覆ったまま）何をしたんですか……？」
葉菜「刑期は十五年。実際には十三年で出所したけど……大体想像つくでしょ？」
奈緒「……」

奈緒、手のひらをどけて、葉菜を見る。

葉菜「（微笑み）驚いたでしょ？　ごめんね、こんなので」
奈緒「……」
葉菜「出来ることなら、ずっとウッカリさんのままでいたかった。ただの散髪屋のおばさんだと思って貰えてれば、少しお節介で、おかしなおばさんだと思って貰えてれば、ちょっと遠くから見守っていられたら、良かった」
奈緒「……」
葉菜「でも嬉しかったの。今日三人で観覧車に乗れて。もうあんなことないと思ってたから。このお店でわたしの人生は終わると思ってたから」
奈緒「……」
葉菜、『オミカワマコト』の紙を示して。
葉菜「いいところだと思うわ。海があって、山があって、子供と暮らすにはとてもいいところ。継美ちゃんと二人、静かに暮らせる」
奈緒「(想像し)……」
奈緒、紙をじっと見つめ、ふっと気付く。
奈緒「売買ならお金が必要なはずです」
葉菜「それは大丈夫」
奈緒「大丈夫って、何百万、何千万ってお金がかかるんじゃゃ。どうやって払うんですか?」
葉菜「大丈夫なの、知り合い、だし……」
奈緒「このオミカワって人がですか?」
葉菜「その人は、また、別の人で、直接話が出来たわけじゃないんだけど……」
奈緒「そんな人いないかもしれないじゃないですか、もし詐欺《さぎ》だったらどうするんですか?」
葉菜「信じて」
奈緒「(納得いかず)……」
葉菜、紙を封筒にしまって、前に出して。
葉菜「これはあなたの二度目の犯罪になるわ。またさらに道を外れることになるわ」
奈緒「……」
葉菜「どうする?」
奈緒「……」
奈緒、封筒を見つめる。
葛藤《かっとう》し、そして手を伸ばし、受け取った。
葉菜「……」
奈緒「どうしてでしょう? あなたに育てられたわけじゃないのに、結局あなたと同じ道を歩いてる」
葉菜「そうね」
奈緒「道のない、道を」
葉菜「そうね」
奈緒、お茶を飲んで、ふと思って。
奈緒「あ、そっか、学校のことであなたが事情を知ってたのは、わたしを連れて逃げた時のことがあったからか」
葉菜「そうそう」
奈緒「変だと思った」
葉菜「あの時はもうバレちゃうかと思った」
自棄《やけ》になったような笑みを交わす二人。

× × ×

奥の部屋、布団に入っている奈緒、継美の寝顔を見つめ、そして葉菜に渡された封筒を見つめる。
葉菜の声「継美ちゃんと二人、静かに暮らせる」
奈緒「(想像し)……」
反対側の布団に葉菜の姿はない。
戸の向こうから物音がし、葉菜が出ていった様子。
奈緒「……?」

○ 大学病院・裏口あたり

夜勤の珠美、疑問を感じながら出てくると、葉菜が立っている。
珠美「何ですか、こんな時間に」
葉菜「あなたにお願いしたいことがあるんです」
珠美「(息をつき)だったら最初から逃げ出したり……」
葉菜「生命保険に入りたいんです」
珠美「え……(首を振り)無理ですよ。あなたは既に……」
葉菜「だからあなたにお願いしてるの」
珠美「(意味を察し)!」
葉菜「先生、前におっしゃいましたよね。あなたに生き甲斐《がい》はあるかって……それです」
珠美「……?」
葉菜「今のわたしの生き甲斐は、そうして死ぬことです」

○ 駿輔のアパート・外(日替わり、朝)

停めてある車の中、眠っている耕平を横目に見ながらアパートへと入っていく駿輔。

○ 同・室内

駿輔、入ってくると、室内に仁美の姿はなく、綺麗にジャージが畳んで置かれている。

○ オフィスビル・搬入口あたり

仕事途中で抜け出してきた奈緒、出てきて見回すと、駿輔が待っていた。
奈緒「何でしょう?」
駿輔「一応ご報告しておこうと思いまして。道木仁美が姿を消しました」
奈緒「え……」
駿輔「諦《あきら》めていなくなったのかもしれない。あるいは千葉に住んでるという例の知人のところに行ったかもしれない。今から訪ねてきます」
恩田釣具店の住所が書かれた手帳を示す。
奈緒「……(動揺があって)」

○　小学校近くの通学路
学校が終わり、他の生徒たちに混じって、下校している継美。

○　千葉、海岸の近くの釣具店
店内を見回しながら来る駿輔、店の奥に初老の女・恩田克子（69）が座椅子に座っているのが見えた。
駿輔、ポケットの中のレコーダーをオンにし。

駿輔「あの……？」

○　スミレ理髪店・店内
継美と、継美から貰ったビーズの首飾りをした葉菜、二人で床の髪を掃除をして。

葉菜「はい、終わりました。ありがとう」
継美「はい、またお越しください」
と言って、奥に出ていく。
葉菜「冷蔵庫にゼリーあるから！」
鋏《はさみ》を揃えたりしていると、背後で扉の開く音。
葉菜「いらっしゃいませ（と、見ると）」
仁美が立っている。
仁美「（無表情で、見回していて）」
葉菜「お顔そりですか？」
仁美「（見回しながら）はい……」
葉菜「（怪訝に思いながらも、椅子を示し）どうぞ」
落ち着かない様子の仁美、椅子に座る。
葉菜、仁美にカバーをかけたりしながら、鏡に映った仁美の顔を見て。
葉菜「ご近所の方？」
仁美「それ、何ですか？」
葉菜「はい？」
仁美、鏡に映った葉菜の首にビーズの首飾りがあるのを見ている。
葉菜「これ？　これは、いただきもの」
仁美「誰に？」
葉菜「はい？（と、怪訝に感じて仁美を見る）」

○　同・二階の部屋
冷蔵庫からゼリーを出してくる継美。

○　同・店内
怪訝に感じはじめた葉菜に、仁美、さらに聞く。

仁美「名前何て言うんですか？　今どこにいるんですか？」
葉菜「（平静を装《よそお》って微笑み）わからないわ。もう随分と前に貰ったものだから……」
ふいにカバーを外し、立ち上がる仁美。
葉菜「あの……！」
仁美「怜南はどこ？」
葉菜「！」

○同・二階の部屋
スプーンでゼリーを突いて震わせている継美。

○スミレ理髪店・店内
奥への扉の前に立っている葉菜に対峙している仁美。
仁美「怜南に会いに来たんです」
葉菜「何のことかしら」
仁美「（苦笑して）わたし、怜南の母親です」
葉菜「ごめんなさい、その怜南さんって方のことは……」
仁美「怜南！」
声をあげる仁美。

葉菜「！」
仁美「怜南！」

○同・二階の部屋
声が聞こえ、スプーンを持つ手が止まる継美。
店の方からかすかに聞こえる仁美の声。
仁美の声「怜南！　怜南！」
凍りつく継美。

○同・店内
声をあげている仁美。
仁美「怜南！　ママよ！　ママ、会いに来たよ！」
と、奥に行こうとする。
葉菜「あらためてご連絡します。今日はお引き取りください」
仁美「何で？　何でか教えて貰えます？」
葉菜「今あの子の母親が留守にしてるからです」
仁美「（苦笑し）その人は……」
葉菜「母親です。お帰りください」
葉菜、仁美を外に出すよう促した時。
仁美、葉菜を突き飛ばす。
理髪道具を積んだワゴンと共に倒れる葉菜、

壁に叩きつけられる。
仁美、はっとしながらも奥への扉を開け、出ていく。

葉菜「(何とか必死に顔をあげ)……!」

○ 千葉、海の近くの釣具店

克子、引き出しから何か取りだし、駿輔に見せる。

克子「仁美ちゃん、元気?」
駿輔、見ると、産着《うぶぎ》の赤ん坊に母乳をあげている仁美の写真だ。

克子「仁美ちゃん、あんないい母親はなかなかいないもの」
産まれて間もない怜南を見つめる仁美の優しい笑顔。

駿輔「……(何故、と)」

○ スミレ理髪店・二階の部屋〜部屋の前

部屋の中、呆然としている継美。
徐々に部屋に近付いてくる足元が聞こえる。

× × ×

土足のまま上がってきて、部屋の前に来た仁美。

仁美「怜南、ママ、迎えにきてあげたよ? 怜南、ママよ」
優しく呼びかけ、戸を開けようとした時。
すっと手が伸びて、制される。
仁美、振り返ると、奈緒が立っている。

奈緒「(強い目で見据え)……」

仁美「(一瞬驚き、そして見返し)」

× × ×

部屋の中、呆然とし、俯《うつむ》いている継美。

仁美「……」

奈緒「……」

第7話終わり

Mother

第8話

○　スミレ理髪店・二階の部屋～部屋の前
　　階段の下に来た仁美。
仁美「怜南、ママ、迎えに来てあげたよ？　怜南、ママよ」
　　優しく呼びかけ、階段をのぼろうとした時。すっと手が伸びて、制される。
　　仁美、振り返ると、奈緒が立っている。
奈緒「（強い目で見据え）……」
仁美「（一瞬驚き、そして見返し）」
　　×　×　×
　　部屋の中、呆然とし、俯いている継美。
　　×　×　×
奈緒「道木さん……」
仁美「怜南！」
　　仁美、奈緒の手を振り払って、部屋に入る。
奈緒「！」
○　千葉、海の近くの釣具店
　　克子から受け取った産着の赤ん坊に母乳をあげている仁美の写真を見ている駿輔。
克子「仁美ちゃん。あんないい母親はなかなかいないもの」
　　産まれて間もない怜南を見つめる仁美の優しい笑顔。
駿輔「……（何故、と）」
○　スミレ理髪店・二階の部屋
　　部屋に入った仁美、続いて奈緒。
　　床にスプーンが落ちており、継美の姿はない。
仁美「……（奥の部屋を見る）」
　　襖が閉まった向こうの奥の部屋、押し入れの中に座って、緊張している継美。
　　仁美、襖を開けようとするが、開かない。
　　襖には向こうからつっかえ棒がしてある。
仁美「怜南？　ママよ？　どうして逃げるの？」
奈緒「道木さん、お話ししたいことあるので下で……」
仁美「怜南、よしよし」
継美「……」
仁美「怜南、よしよし、ママとよしよししよ？　こっち来て、ぎゅうってしよ？　ぎゅうって」
継美「……」

奈緒「……」

仁美「怜南、ぎゅうっ。怜南、ぎゅうっ」

　奥の部屋の継美が顔をあげ、口がゆっくりと開いて。

継美「ママ……」

○　千葉、海の近くの釣具店

　不可解な思いで、仁美の写真を見つめる駿輔。

　写真の中、赤ん坊を見つめる仁美の笑顔。

仁美の声「怜南……怜南……」

○　過去、道木家・部屋の中

　室内は後の道木家であるが、綺麗に片付いており、光が射し込んでいる。

仁美の声「怜南……」

食卓に二つの椅子、その片方に二十二歳の頃の仁美が生後数ヶ月の赤ん坊（怜南）を抱いて座っており、母乳をあげている。

　髪を二つに結び、柔らかな笑顔で怜南を見つめている。

仁美「怜南（と、優しく呼びかけて）」

　字幕、『二〇〇三年一月　室蘭』。

　夫・木《き》田《だ》健史《けんじ》（26）がベビーベッドのある部屋に壁紙を貼っている。

　南国風の青い海の壁紙。

健史「（貼りながら）曲がってない？」

仁美「うん、いい感じ」

　仁美、怜南の背中を叩《たた》いてゲップさせながら。

仁美「よしよし、よく飲みました」

　と話しかけていると、聞こえてくるテレビからの声。

声「またもや虐待による幼児の死亡事件が起こりました」

　仁美と健史、テレビを振り返り見る。

　ニュースが放送されていて、三歳の男児が両親に虐待行為を受け、死亡したと伝えている。

　日常的に暴力を振るわれ、食事も満足に与えられず、最後には床に投げ飛ばされて死んだと。

声「遺体発見時の賢哉《けんや》くんの体重は三歳児童の平均体重を大きく下回る、わずか五キロと……」

健史「五キロって、怜南と変わらないんじゃ……」

　顔をしかめる仁美と健史。

仁美「消して。こんなの見たくない」
健史「（消して）何でこんなひどいことするんだろうな」
嫌悪感を剝《む》き出《だ》しにする仁美。
仁美「こんな親、普通じゃない。人間じゃないのよ」
仁美、腕の中の怜南を抱き、優しく見つめて。
仁美「怜南はママが一生大事にしてあげるからね。美味しいご飯もたくさん作ってあげるからね。ハンバーグ、カレーライス、クリームシチュー。マカロニグラタン、エビフライ、オムライス。クリームソーダ」
健史「クリームソーダは飲み物だろ」
仁美「食べ物よ。だってアイスのところは食べるじゃない」
笑う怜南。
仁美「ね、怜南（と、愛《いと》しく微笑みかける）」

○　タイトル

○　青果店・店先（日替わり）
工場のオイルの付いた作業着を着た仁美、自転車を停め、買い物袋からじゃがいもを出し、店に入る。
克子がテレビを見ている。
仁美「克子さん、半分どう？（と、じゃがいもを示し）」
克子「助かるわ」
仁美、絆創膏《ばんそうこう》を貼った指で袋からじゃがいもを出す。
克子「（見て）またやったの？　もっと安全な仕事ないの？」
仁美「給料いいんだもん」
克子「切り詰めれば、子供ひとり何とかなるでしょ」
仁美「怜南はちゃんと父親がいるレベルで育てたいの」
三歳になった怜南が奥の部屋から出てくる。
仁美、抱きしめて。
仁美「ただいま、怜南、ぎゅうっ……（怜南の指を見て）あ、おばさん、爪切りある？」

○　道路
後ろに怜南を乗せて自転車で軽快に走る仁美。
仁美「ひゅーっ！」
怜南「ひゅーっ！」

○　道木家・部屋の中（夜）

食卓に並んだ、手のかかったたくさんの品数の料理。
並んで座って食べている仁美と怜南。

仁美「とうとう川が真っ赤になって、海も真っ赤になって、トマトジュースの雨が降りはじめました。このままではお城がトマトジュースに流されてしまいます。困った王様は怜南ちゃんに言いました。どうかあのお化けトマトを食べておくれ、あーん」

仁美、怜南の口元にトマトを運び、食べる怜南。

仁美「いい子いい子。パパも天国から拍手してるよー」

黒枠で囲まれた健史の遺影が置いてある。

仁美「じゃあ、次は唐揚げの王子様が……」

×　×　×

深夜、寝室に敷いた布団の中、眠っている怜南。
仁美、洗濯機にたくさんの洗濯物を入れる。
部屋に戻り、怜南が散らかした片付けをする。
ふっと息をつき、壁紙の青い海を見つめる。

仁美「……（薄く微笑み）」

片付けを続ける。

○　道路（日替わり、夕方）

買い物袋を籠《かご》に入れた自転車を停めて、同年代の女たち（万里《まり》、涼子《りょうこ》）と話している仁美。
仁美は作業着でノーメイクだが、万里と涼子は綺麗な服を着ており、しっかりと化粧している。
無意識に髪を手櫛《てぐし》で直しながら話している仁美。

涼子「みんな、喜ぶと思うよ、仁美が来たら」
万里「仁美、モテてたし、今でも綺麗だし」
仁美「（苦笑し）子供いるし、また今度にするよ」

仁美、自転車に乗ろうとして、万里と涼子の視線が買い物袋に差さった大根にあるのに気付き。

仁美「……（苦笑し）ブリ大根しようと思って」

○　道木家・部屋の中（夜）

食卓で晩ご飯を食べている仁美と怜南。
怜南は大根を残していて。

怜南「大根イヤ」
仁美「（え、となって）駄目、食べて」
仁美、食べさせようとすると、怜南が避《よ》けて味噌汁を倒してしまう。
仁美「あ……！（と思わず声をあげる）」
怜南「（萎縮して）」
仁美「（そんな怜南を見て、優しく）ごめんね」
仁美、怜南を抱き上げて。
仁美「よしよし、怜南はいい子だよ。克子おばさんも言ってた、怜南ちゃんはすごく賢いし、絵も上手だって。色んな人から怜南のこと褒《ほ》められるんだよ」
怜南「（嬉しそう）」
仁美「じゃあ、ママ、お片づけするね」
仁美、怜南を降ろし、食器を台所に運ぶ。
シンクに溜まった洗い物。
仁美、多いなあと思いながら洗いはじめ。
仁美「でもママ、ちょっと怜南が羨《うらや》ましいな。ママのことは誰も褒めてくれない……（と、薄く苦笑）」

○　青果店・店先（日替わり）

怜南をだっこした仁美が見守る中。
車が停まっており、息子らしき男に肩を貸されて乗り込もうとしている克子。

克子「（心配そうに）保育園見つかりそう？」
仁美「ひとりでも何とかなるって。早く腰治して」
克子「（しかし心配し）困ったことがあったら電話するのよ」
仁美「木更津って海の傍でしょ？　いつか怜南連れて一緒に遊びに行くから！」

○　道木家・部屋の中

近くにある保育園の一覧が書かれた紙を見ながら電話している仁美。

仁美「そうですか、定員一杯ですか、わかりました」
受話器を置き、また保育園の横に×印を入れる。
すべて駄目だった。
息をつき、山になった洗濯物を畳んでいると。
泣いている怜南の声が、ママ！　ママ！と聞こえる。

仁美「はい⁉　どうしたの⁉」

×　×　×

仁美、油で揚げた食パンの耳を皿に盛り、砂糖をかけ、食卓に運ぶ。
怜南、嬉しそうに食べはじめる。

仁美「怜南はボーナッツ好きだね」
怜南「ボー」
仁美「ママ、お片づけするからもう泣かないのよ」

×　×　×

仁美、掃除をしていると、また泣いている怜南の声が、ママ！　ママ！と聞こえる。

仁美「(息をつき) 何？」

○　保育園・前（日替わり、夜）

既に保育園は閉まっており、駆けつけた作業着姿の仁美、怜南を連れた保母に頭を下げている。

保母「もう少しお近くの保育所を探された方がいいんじゃありませんか？」
仁美「探してはいるんですけど……」

○　近所の家・居間（日替わり）

怜南と他の子供たちが奥の部屋で遊んでいる。
身綺麗にした郁恵《いくえ》たち主婦がテーブルを囲んでお茶している中、仁美も混じっている。
店で買ってきたケーキが並んでいる。
仁美、足元にボーナッツを詰めたタッパーの入った袋を置いてあるが、出せずにいて。

仁美「ごめんなさい、手ぶらで……」
郁恵「いいのよ、急に誘っちゃったから」
仁美「(見回し) 子供が散らかしたりとかしないんですか？」
郁恵「出したらしまうようにしつけてるから」

怜南が仁美の元に来て。

怜南「(タッパーを示し) ボー」
仁美「帰ってからにしよ？」
怜南「ボー」

怜南、仁美の腕を引っ張る。
テーブルが揺れて、紅茶のカップが倒れ、高そうな絨毯《じゅうたん》にこぼれてしまう。

仁美「あ……ごめんなさい！」
郁恵「いいのよ（と、内心不機嫌そうに）」

仁美、郁恵から布巾を受け取り、一緒に拭きながら。

仁美「(怜南に)ごめんなさいしなさい」

しかし怜南、不満そうに行ってしまう。

仁美「怜南……!」

仁美「……しつけって」

郁恵「父親がいないからかしらね」

郁恵「子供は口で言っても無駄よ。デコピンとか?」

仁美「デコピン?」

○ 道木家・部屋の中(夜)

床に散乱している玩具があって、仁美、怜南の前髪をあげて、額に指先をあて、デコピンする。

怜南「!(と、きょとんとして)」

仁美「あ……痛かった? 強すぎた?」

× × ×

布団の中、寝ている怜南を見ている仁美。

仁美「(額を見ていて)ごめんね……」

仁美、眠る怜南の髪を撫でながら。

仁美「ごめんね……でも怜南のためなんだよ」

○ 保育園・前(日替わり、夕方)

自転車に乗って迎えにきた仁美。

仁美「怜南!」

走ってくる、五歳になった怜南。

怜南「ママ! ママ、ぎゅうして!」

仁美、怜南を抱きしめる。

仁美「ぎゅうっ」

怜南「あのさ、(自分の二つ結びを示し)取れたから自分で結んだよ」

仁美「すごーい!(と、また抱きしめて)」

○ 道路

後ろに怜南を乗せて自転車で走る仁美。

仁美、何かに気付き、自転車を停めて、降りる。

怜南「ママ、何してるの?」

仁美、地面に落ちていた何かを拾った。

大きめの貝殻《かいがら》だ。

怜南「貝? 貝さん、ここまで来たのかな?」

仁美、しーっとして、怜南の耳にあてがう。

仁美「わかる?」

怜南「波の音」

仁美「うん」
　仁美、怜南に顔を寄せて、一緒に貝殻に耳をあて。
怜南「ママと海にいるみたい」
仁美「ね。海、行きたいね」
怜南「絵鞆《えとも》漁港？」
仁美「ううん、もっとずっと、ずっと遠くの海……」

○　現在、スミレ理髪店・二階の部屋
　奥の部屋の怜南、仁美の呼びかけを聞いて。

継美「ママ……」

　葉菜、入ってくると、奈緒が見守る中、仁美は襖に向かって話しかけていて。

仁美「怜南？　開けてごらん？　怜南？」

奈緒「驚いてるんだと思います。少し待ってください」

仁美「わかったようなこと……！」

　仁美、テーブルの上のゼリーに気付く。

仁美「怜南はこんなおやつ好きじゃないの。怜南？ママね、今からボーナッツ作ってあげる」

　仁美、台所に行き、置いてあった食パンをとって、包丁を手にする。

　奈緒、そんな仁美を緊張して見ていると。

葉菜の声「継美ちゃん……」

　え？と振り返る奈緒、そして仁美。

　襖を開けて出てきた、継美が立っている。

仁美「怜南！」

　仁美、奈緒と葉菜を押しのけて、継美を抱きしめる。

　棒立ちのまま抱きしめられる継美。

　ただ見つめるしかない奈緒、葉菜。

　抱きしめられながら、奈緒を見る継美。

　奈緒、見返す。

　継美、目を逸らし、仁美の体に腕を回した。

　奈緒、葉菜、！と。

○　千葉、海の近くの釣具店
　克子、十数枚ある仁美からの葉書を駿輔に見せる。

克子「毎年葉書くれたのよ」

　駿輔、見ると、保育園の怜南と仁美、クリスマスの怜南と仁美、二人でお揃いの二つ結びにして笑っている写真など。

駿輔「……仁美さんが弱音を漏らしたりしてきたことは？」

克子「（首を振り）仁美ちゃんはがんばり屋さんだも

の」
駿輔「何か大きなショックを受けたこととか……」
克子「ないない」
駿輔「……」
写真の中の仁美と怜南の笑顔。
怜南の声「ママ、ママ」

○　過去、道木家・部屋の中（夜）
室内は片付いておらず、洗濯物が溜まり、食卓に並んでいるのは容器に入ったままの総菜。

携帯でメールをしている仁美。

ひとりで食べながら話しかけている怜南。

怜南「ママ、あのね、先生がね、大人用のトイレは入っちゃ駄目ですよって言ったのにね、浩貴くん、入ったの……」

仁美「今、のぞみちゃんママにバザーのメールしてるから話しかけないで」

怜南「大人のはね、大きいでしょ、だからね、おしりがね、落ちちゃったの（と、笑って）」

仁美「話しかけないでって言ってるでしょ」

仁美、怜南の額に指先をあてる。

仁美「お約束守れないと、ママ、出ていくよ?」

怜南「出ていっていいもん」

むっとした仁美、デコピンする。

怜南、フォークを置いて、席を立って奥に行く。

ため息をつき、再びメールを打ちはじめる仁美。

○　道路（日替わり）
自転車を置き、万里と立ち話している仁美。
万里「みんな来るけど、仁美は無理でしょ?」
仁美「（曖昧に）うん……」
万里「しょうがないよ、また今度ランチでも……」
仁美「ちょっと遅くなってもいい?」

○　道木家・部屋の中（夜）
出かける支度をし、携帯を気に掛けながら、怜南を寝かしつけている仁美。
仁美「（携帯を見ながら）早く寝なさい。目つむって」
怜南「ママ、三つ編みにして」
仁美「何で?　もう寝る時間なんだよ」
怜南「朝ふわふわってなるの」
仁美「（息をつき）したら寝る?　後ろ向いて」
仁美、焦りながら怜南の髪を結いはじめる。

怜南「痛い」
仁美「動かないで」
無理に引っ張ったため、ゴムが切れた。
仁美「(苛立って)……」
怜南「ママ、お腹気持ち悪くなってきた」
仁美「えー……(と、困って)」
携帯にメールが着信する。
仁美、見ると、『解散しました～』とある。

×　×　×

外出用の服は投げだされており、普段着に着替えた仁美、散らかった部屋をぼんやり見ている。
息をつき、食卓の皿を重ね、台所に運ぶ。たくさん溜まった皿を洗いはじめると、怜南が奥から出てきて、横に来た。
怜南「ママ、頑張って」
仁美「……(構わず洗う)」
怜南「ママ、頑張っ……」
仁美「うるさい！」
と怒鳴って、仁美、怜南を突き飛ばした。
尻餅《しりもち》付いて倒れる怜南。
怜南「(きょとんと)……」
仁美「(そんな怜南を見つめ)……痛かった？」
怜南「(首を振る)」
仁美、しゃがんで、怜南を抱きしめ。
仁美「よしよし、おいで、怜南、よしよし、ぎゅうってしよ、ぎゅうって。ぎゅうっ……」
きょとんとしている怜南を抱きしめる仁美。
仁美「ぎゅうっ……」
健史の遺影が見える。
仁美「……ねえ、今度の日曜日、海行こうか？」

○　海沿いのレストラン・店内（日替わり）
楽しげにクリームソーダを飲んでいる仁美と怜南。
仁美「パパとよくここにご飯食べに来たのよ」
怜南「天国に行く前？」
仁美「うん。パパね、シチューのブロッコリー食べられなかったからいつもママに食べさせたのよ」
怜南「(笑って) パパ駄目だね！　子供だね！」
背後で、何か舌打ちが聞こえる。
仁美「(聞こえるが) でしょ？　甘えん坊さんなの」
怜南「(笑って) 天国でも好き嫌いしてるかなあ！」
また舌打ちが聞こえる。
仁美「(構わず) でもね優しいんだよ。お外の階段降りる時は危ないよって手繋いでくれたの」

怜南「ふーん、パパ優しいね！（と、少し大きく声が出た）」

また舌打ち、そして咳払《せきばら》いが聞こえた。

仁美、振り返ると、五十歳程度の男三人がビールを飲んでおり、疎《うと》ましそうに横目に見て目を逸らした。

仁美「……行こうか」

○　海辺

小さく、寂れて、ごみが散乱している砂浜に腰掛け、ぼんやりと海を見ている仁美。

暗く、くすんだ色の海。

しゃがんで絵を描いていた怜南。

怜南「貝探しに行こ？」

返事せず、淋しい海を見ている仁美。

仕方なく、ひとり波打ち際に駆けだす怜南。

仁美、ぼんやりとその後ろ姿を見ていたが、なんとなく立ち上がる。

背を向け、海から離れるように歩きだす。

砂に足を取られながらだんだんと急ぎ足で行く。

○　道路

ひとりで来た仁美、停めてあった自転車のスタンドを上げようとするが、なかなか上がらない。
ようやく上がって、またがった時、怜南が来た。
仁美「（あ、と困惑し）……」
怜南「（じっと仁美を見ている）」
仁美「……貝は？」
怜南「（首を振る）」
仁美「……早く乗りなさい」
怜南、慌てて自転車の後ろに乗る。
仁美「（前を見たまま）乗った？」
怜南「乗った」
自転車を漕ぎはじめる仁美。
怜南「ランランランララ……」
沈黙を消すように歌いはじめる怜南。
仁美「……」

○　スナック・店内（夜）

入ってきた仁美、カウンターに座ると、店員が仁美の前にコースターを置く。

仁美「ビール」

店員は浦上である。

無言でグラスを手にし、用意しはじめる浦上。

壁に額に入った海の写真が飾ってある。

仁美「（見つめ）……それ、どこですか？」

○　現在、スミレ理髪店・二階の部屋
奈緒と葉菜が見守る中、継美を抱きしめている仁美。
仁美「ねえ、怜南。ママね、持ってきてあげたよ」
好きなものノートを出し、継美の手に持たせて。
仁美「くりーむそーだ、じてんしゃのうしろのおせき、ふたつむすび……ママと同じだね。ママの好きなものと同じだね。怜南はママの娘だから似てるんだね……」
継美「あのね、ママ……」

○　千葉、海の近くの釣具店
駿輔、仁美からの葉書の日付を見ていく。

最後の一枚は既製品の青い海と砂浜の絵葉書であり、裏面に仁美の文字で、『怜南と海水浴に行きました。怜南は大はしゃぎでした』とある。

駿輔「（葉書を示し）既製品ですね」

克子「楽しくて写真撮る暇なかったんじゃないの」

駿輔「二〇〇八年、夏か……」

青い海と砂浜の写真。

波の音が聞こえる。

○　過去、道木家・部屋の中（日替わり）
随分とくすんでしまった海の壁紙。
仁美、和歌山の白浜のリゾートマンションのパンフレットを見ながら浦上と話していて。
仁美「夏休み⁉　ただなの⁉」
浦上「丸一週間貸してくれるって」
仁美「嬉しい……！」
仁美、ふと気付き、後ろにいて動物図鑑を読んでいる怜南を見る。
仁美「（浦上に）あ、怜南の分の旅費はわたし、出すから」
浦上「（苦笑し）連れてく気？」
仁美「（え、と）……（と、振り返って怜南を見ると）」

内心どきどきしながら図鑑を見ている怜南。

○　デパート・食料品売り場

仁美が押しているショッピングカートに乗って楽しげな怜南。

菓子パン、カップ麺などをどんどん買い込む仁美。

○　同・フロア～ペットショップ付近

大量の食材を買って歩いてくる仁美と怜南。

駆け出す怜南、ペットショップの前に行く。

飼育ケースのハムスターがおり、眺める怜南。

仁美、そんな怜南を見て、千円札を二枚渡して。

仁美「いいよ、この子と留守番してなさい」

怜南「やった！」

指でつつき、嬉しそうにハムスターを見ている怜南。

仁美「……」

○　リゾートマンションの部屋～道木家（日替わり、夜）

水着やシュノーケルの道具などが干してある。

浦上がベッドに寝ている。

バスタブに腰掛けて携帯で話している仁美。

仁美「元気よ。怜南は？」

以下、道木家の部屋で電話に出ている怜南とカットバックする。

荒れた部屋の中、布団に寝転がって、ハムスターにひまわりの種をあげながら話している怜南。

怜南「元気。すずも元気」

仁美「すず？」

怜南「あのね、ハムスターの名前なの」

仁美「あー」

怜南「ママ、海綺麗？」

仁美「綺麗よ、すごく」

怜南「日焼けした？」

仁美「ちょっとしたかな」

怜南「皮めくれた？」

仁美「少しめくれたよ」

怜南「海で泳いだの？」

仁美「泳いだ。シュノーケルもしたよ」

怜南「シュノーケル？」

仁美「海に潜《もぐ》ってね、お魚を見るの」
怜南「生きてるお魚⁉」
仁美「そうよ」
怜南「どんなお魚がいるの⁉」
仁美「青いのとか」
怜南「青⁉　青いお魚いるの？」
仁美「いるよ、黄色いのとかオレンジのとか」
怜南「そんなのいるんだ。怜南、知らなかったよ。ママ、お魚の写真撮った？」
仁美「写真は撮ってないよ」
怜南「じゃあ、今度お話ししてね、こういうのいたよって」
仁美「うん」
怜南「ママ？」
仁美「何？」
怜南「楽しい？」
仁美「うん……」
　答えかけて、言葉に詰まる仁美。
仁美「……楽しいよ」
怜南「良かったね」
　仁美、落ち着きなくなる。
仁美「……怜南、今日は何したの？」
怜南「すずと色んなお話ししたよ。すずね、口の中にひまわりの種一杯入れるの。ほっぺたがね、すごく広がるんだよ」
仁美「そう」
怜南「(楽しそうに) あとね、ママの真似もしてるよ」
仁美「真似……？」
　怜南、貝殻を耳にあて、海の壁紙を見つめる。
怜南「怜南も海にいるの。波の音聞いてるの」
　仁美、苦しい。
仁美「……怜南」
怜南「うん」
仁美「ママ……ママね……すごく楽しいの。楽しくて楽しくて、幸せなの……」
怜南「うん、良かったね、ママ」
仁美「ママのこと、好き？」
怜南「うん、好き」
仁美「ママが幸せだと怜南も嬉しいよね？」
怜南「うん、怜南も嬉しい」
仁美「……また電話するから」
怜南「明日？」
仁美「うん、明日」
怜南「おやすみなさい」
　電話が切れた。

仁美「（受話器を手にしたまま）……」

○　コンビニエンスストア・店内（日替わり）

レジ打ちの仕事をしている仁美。

○　道木家・部屋の中（夜）

コンビニの制服を着た仁美、帰ってくる。

保育園のバッグが落ちており、怜南の姿はない。

浦上がゲームをしている。

仁美「（見回し）……怜南は？」

返事しない浦上。

仁美「……怜南？」

探しはじめる仁美。

仁美「怜南？　怜南？」

物置の向こう、コンコンと音がする。

仁美、え？となって、戸を開けると、狭く暗い中に入っていた、半袖姿の怜南。

仁美「何でこんなところにいたの⁉」

怜南「（俯いていて）……」

仁美、ゲームを続けている浦上を振り返り見る。

仁美「ねえ？」

浦上「何か問題ある？」

と出ていこうとする。

仁美、その腕を掴んで。

仁美「な、何も言ってないよ、別に……聞いただけだよ……」

仁美、振り返ると、怜南がぽかんと見ていた。

仁美「……お弁当食べる？」

○　病院・待合室（日替わり）

長椅子に腰掛けている仁美と怜南。

怜南は指先に濡れたタオルを巻いている。

看護師に説明している。

仁美「（緊張しながら）突き指、だと思うんですけど……」

看護師「どんな状況でなりました？」

仁美「あの……（と、困惑して）」

怜南「滑り台」

看護師「おっこっちゃった？」

仁美「（え、と）……」

怜南「（頷く）」

仁美「（驚き、怜南を見て）……」

看護師「もう少し待っててね」

と言って立ち去る看護師。

仁美「……気を付けるのよ、滑り台」

怜南「(えっ?と仁美を見る)」

仁美「……(目を逸らし)帰りにマフラー買って帰ろうか」

怜南「うん。水色のあるかな」

○同・玄関(日替わり)

警察官が中年夫婦(磯田博明《いそだひろあき》、敏江《としえ》)と共に訪れており、仁美と怜南が応対している。

警察官「ご近所の方も不安がってますし、また何かありましたらご連絡ください」

帰っていく警察官。

敏江「痛いことされたらお巡りさんとこ行くのよ」

と怜南に手を差し伸べようとする。

怜南、嫌そうに避ける。

あら何よ、という感じで出ていく敏江と博明。

仁美と怜南、息をつく。

怜南、隠してあった浦上の靴を出す。

怜南「おばさんたち、何でお巡りさん連れてきたの?」

仁美「暇なんでしょ」

怜南「何かって何かな」

仁美「さあ」

○コンビニエンスストア・店内(日替わり)

仁美、棚の商品を整理していると、傍らに立つ犬を抱いた敏江が仁美を睨んでいる。

仁美「……店内にペットを持ち込まないでください」

敏江「あの男、何なの?」

仁美「はい……?」

敏江「何言っても、ウンともスンとも答えないで」

仁美「彼と話したんですか?」

敏江「あの子もあの子よね。こんな親に育てられてるから、性格歪《ゆが》んで……」

仁美「何で……何でそんなことするの⁉」

敏江「わたしは町内会の……」

仁美「何にもわかってないくせに!」

○道路

自転車で走っている仁美。

談笑している警察官と博明の横を通り過ぎ、背中に二人の声を聞く。

博明「がつんと言ってやって正解なんだ、ああいう若造は」

警察官「泣きそうな顔してましたね。もう大丈夫でしょ」

○　道木家・部屋の中（夕方）

仁美、慌てて飛び込んできて。

仁美「怜南⁉（と、見ると）」

食卓に向かい合って、怜南と浦上がトランプしている。

仁美「（え、と）……」

怜南「ママ、おかえりなさい（と、微笑う）」

仁美「ただいま……」

浦上「はい、次、怜南ちゃん」

怜南「はい（とカードを出す）」

仁美「（安堵《あんど》して）遊んで貰ってたの？」

保育園バッグと共に水色のマフラーが床に落ちているのを拾いながら、怜南の横に座る。

仁美「じゃあ、ママも一緒に……（と言いかけて、気付く）」

怜南の首筋がぐるっと一周、薄く赤くなっている。

仁美「首……」

怜南「（びくっとして）」

浦上「（カードを出し）はい、怜南ちゃん」

怜南「はい（とカードを選ぶ）」

仁美「首、どうしたの……？」

怜南「……（黙ってカードを出す）」

仁美「マーくん……？　何、したの……？」

浦上「さっきちょっと落としたから」

仁美「落とした……？　落としたって……？」

浦上「（苦笑し）すぐ目覚まさせたから大丈夫だよ」

仁美、手の中のマフラーを見つめ。

仁美「（察し）……！」

浦上「（怜南に）ね？」

怜南「うん」

淡々とトランプを続ける怜南と浦上。

×　×　×

夜になって、食卓で虚ろに手紙を書いている仁美。

克子さんへではじまる文章。

仁美、『わたし、もうダメかもしれない』と書きかけて、手が止まる。

呆然としていると、奥の部屋から怜南が出てきた。

仁美「（呆然と）……」

仁美「何……？」
怜南「おしっこ」
　怜南、洗面所の方に行く。
　仁美、書きかけの便箋をくしゃくしゃっと握りつぶし、ふと気配を感じて振り向く。
　怜南がまだ立っており、仁美のことを見ていた。
仁美「……？」
　怜南、消えそうな声でぽつり言う。
怜南「助けて」
仁美「……」
怜南「助けて、ママ」
仁美「……」
怜南「……」
仁美「……」

○　道路

　仁美、怜南を抱いて走っている。

○　道路〜海沿いのレストラン

　怜南を抱いて走ってくる仁美。
　前方の何かに気付き、ふいに立ち止まる。
　以前怜南と行ったレストランがある。
　店から出てくる夫、妻、息子、娘の四人連れ。
　夫は健史であり、楽しげに談笑しながら、妻の手を握って階段を降りる。
　呆然と立ち尽くす仁美。
　そんな仁美を見つめている怜南。

○　国道の歩道橋

　下の道路にはトラックが行き交っており、歩道橋の中央で立ち尽くしている仁美。
　隣で仁美を見上げている怜南。
　仁美、手すりに手をかけ、下を見る。
　足元が少し浮く。
　その時、怜南が仁美の体に手を回した。
　仁美、怜南の顔を見る。
　委《ゆだ》ね、付いていこうとしているような怜南の顔。
　ぽかんと見つめる仁美。
　次の瞬間、顔が歪み、足元が崩れ、しゃがむ仁美。
　大声をあげ、泣きはじめる仁美。
　駄々をこねる子供のように、うわあと泣きじゃくる。

傍らに立って、ぽかんと見ている怜南。

○　道木家・部屋の中（日替わり）

仁美、海の壁紙を剝がしていると、小学生になった怜南がランドセルを背負って帰ってきた。

怜南「ママ、ただいま」
仁美「おかえり」

浦上の姿もあった。

怜南「こんにちは、浦上さん」

怜南、ハムスターの元に行き。

怜南「すず、ただいま」

怜南、餌《えさ》をあげていると。

仁美「怜南」

怜南、見ると、仁美が食卓の上に五百円玉を置く。

怜南「……いってきます」

怜南、五百円玉を取り、ハムスターのケースを提げ、出かけようとすると。

仁美「（怜南の後ろ姿を見ていて、ふと思って）怜南」
怜南「……？」

仁美、怜南の着ている赤いコートを。

仁美「そのコート、いつから着てるんだっけ？」
怜南「（首を傾げ）五歳？」
仁美「……きつくない？　身長、幾つ？」
怜南「（首を傾げ）一〇三センチか、一〇四センチ」
仁美「……そう」

怜南、玄関に行く。
戻ってきた浦上、ゲームをしようとテレビを点ける。
ぽかんとしていた仁美、アナウンサーの声で『児童虐待』と聞こえ、振り返る。
ワイドショーが放送されており、最近頻発《ひんぱつ》する児童虐待についての特集が組まれている。
街角の主婦がカメラを向けられ、コメントしている。

主婦「虐待する母親？　人間じゃないわ」

聞いていた仁美。

仁美「……（ぷっと噴き出して笑う、笑い続ける）」

○　道路（夜）

誰もいない暗がりに、ハムスターの籠を提げてぽつんと立っている怜南。
空を見上げている。
風に速く流されていく雲。

怜南、しゃがんで、好きなもののノートを広げ、『よるのそらのくも』と書き込む。
道路の向こうに郵便ポストが見えている。
怜南、ポストに向かって駆けだしていく。

○　現在、スミレ理髪店・二階の部屋

奈緒と葉菜が見守る中、継美が仁美に向かって。

継美「あのね、ママ」
仁美「何？」
継美「怜南は、天国に行ったの」
仁美「（え、と）……」
継美「怜南はもういないの、天国に行ったんだよ」
仁美「……」

奈緒と葉菜もまた辛い思いで聞いていて。

仁美「何言ってるの、あなた、怜南じゃない、ここにいるじゃないの」
継美「わたしの名前は継美だよ。鈴原継美」
仁美「……！」
継美「お母さんとこのお家で暮らしてるのよ」

仁美、愕然《がくぜん》とし、好きなもののノートを示して。

仁美「怜南、ママのこと好きでしょ？　どうしてママのこと書いてないの？」
継美「あのね……」
仁美「ねえ、好きでしょ？　嫌いになったの？」
継美「あのね、好きでも嫌いでもないよ。もうママじゃないからね」
仁美「（呆然と）……」

仁美と奈緒、目が合う。
仁美、憎しみの目で奈緒を見て、部屋を出ていく。
葉菜、奈緒を見て頷き、仁美を追う。
立ち尽くしている継美。
奈緒、心配し、声をかけようとすると。

継美「（微笑んで）お母さん……」

首を振り、遮るように抱きしめる奈緒。

奈緒「笑わなくていいの」
継美「……」
奈緒「泣いていいの。泣いていいのよ」
継美「……」

継美の目からぼろぼろと流れはじめる涙。
奈緒にすがりつき、泣く。
強く抱きしめながら奈緒もまた涙を溜めて。

奈緒「継美」

戻ってきた葉菜、二人に顔を寄せて抱きし

める。

走ってくる奈緒、前方に仁美の姿を見つけた。

奈緒、歩み寄り、対峙する。

○　通り（夕方）

奈緒「道木さん……」

仁美「あの子に未来はないわ……」

奈緒「……」

仁美「あなたがしてることだって結局虐待じゃない。あなた、わたしが警察に通報出来ないと思って……」

奈緒「わたしは罰《ばつ》を受けるつもりでいます」

仁美「（え、と）……」

奈緒「いつかあの子の居場所が見つかれば、あなたの元に行き、裁きを受けるつもりでいました」

仁美「だったら……」

奈緒「ただ、あなたに言いたいことがあります」

仁美「……？」

奈緒「わたしは、あなただったかもしれない」

○　スミレ理髪店・二階の部屋

葉菜の膝《ひざ》の上に乗り、折り紙を折るなどしている継美。

○　通り

対峙し、話している奈緒と仁美。

奈緒「結婚し、子供を産む人生を歩んでたとしたら、わたしも自分の娘を虐待してたかもしれません」

仁美「（驚いていて）……」

奈緒「あなたとあの子の間に何があって、どうしてあんなことになったのか、わたしにはわかりません。きっと百や千の理由があって、そのすべてが正しくて、そのすべてが間違ってると思います。母と子はあたたかい水と冷たい水が混ざり合った川を泳いでる。抱きしめることと傷つけることの間に境界線はなくて、子供を疎ましく思ったことのない母親なんていない、ひっぱたこうとしたことのない母親なんていない。そんな母親を川の外から罵《ののし》る者がまたひとつ母親たちを追い詰め、溺《おぼ》れさせるんだと思います」

仁美「そうよ！　わたしにばっかり……」

奈緒「（遮り、強く）それでもわたしはあなたのことがわかりません！　あなたはあの子を殺しかけたんです！」

仁美「……！（と、動揺し）」

× × ×

回想フラッシュバック。
路上にごみ袋を置き、浦上と車で出かけた仁美。

× × ×

奈緒、思いが込み上げ、感情的になって。

奈緒「思い出してください。あなたは室蘭の冬の夜、あの子をごみ袋に入れて捨てたんです」

仁美「(俯いて)……」

奈緒「思い出してください。あのまま朝を迎えたらどうなってしまうか考えなかったんですか？　親が目を閉じてしまったら、子供は消えてしまうんじゃないでしょうか？　親に見られてるから子供は生きてるんじゃないでしょうか？　目を逸らしたらそこで子供は死んでしまう。子供は親を憎めない生き物だから……」

仁美「(奈緒の言葉を苦痛に感じ)あなたに何がわかるの！」

奈緒を押しのけ、逃げるように歩きだす仁美。
奈緒、追って、仁美の腕を摑む。

奈緒「怜南ちゃんを連れて帰らないんですか⁉」

仁美「⁉」

奈緒「このまま置いて帰っていいんですか⁉」

仁美「何よ……邪魔になったって言うの？」

奈緒、首を振って、薄く微笑んで。

奈緒「愛してます」

仁美「……だったら」

奈緒「だけど……」

言葉に詰まる奈緒。

奈緒「だけど、あの子はあなたから生まれた子です」

仁美「……」

仁美を穏やかに見つめている奈緒。

奈緒「あなたに育てられた、優しい女の子です。本当の、本当のお母さんのぬくもりの中で育つことがあの子の幸せなら、わたしは……」

涙が流れてくる奈緒。

奈緒「わたしは、あの子をお返しします」

仁美「！」

奈緒「あなたがまだ、まだあの子に、思いが、あって、まだあの子を、愛して、心から抱きしめるなら、わたしは喜んで罰を受けます。喜んで……道木怜南さんの幸せを願います」

毅然《きぜん》として言った。

奈緒、涙を拭って、仁美の返事を待つ。

奈緒「……」

仁美「……もう遅いわ。あの子はわたしのことなんて」

奈緒「(首を振り、高ぶって) わたしが話します! 戸惑うかもしれません。傷付くかもしれません。時間もかかるかもしれません! だけど、少しずつ少しずつ、たとえ何年かかっても、あなたとあの子の、母と娘の関係を取り戻して……!」

仁美「(首を振って) もういい!」

奈緒「⁉」

仁美「好きじゃないって言われたの」

奈緒「……」

仁美「そんな子、死んだのと同じ。同じ」

奈緒「……(辛く)」

背を向け、歩きだす仁美。

見送る奈緒、仁美の背中に向かって。

奈緒「わたし、あの子の母になります」

悲しみと怒りと決意が入り交じって。

奈緒「母になります!」

○ 駿輔のアパート・室内

駿輔、ドアを開けると、仁美が立っており。

駿輔「……どうしました?」

仁美「お金貸して貰えませんか、一度室蘭に帰りたいんで」

駿輔「娘さん連れて千葉に行くんじゃ」

仁美「わたしには娘なんていません」

駿輔「……結局目つむったまんまか (と、呟《つぶや》く)」

仁美「(聞いておらず) 沖縄、もう泳げるかな……?」

○ スミレ理髪店・二階の部屋

薄い灯りを残し、三つ並んだ布団の中、眠る継美を挟んで、両側に奈緒と葉菜が寝ている。

奈緒「(天井を見たまま、悲しげに) 継美、今日また少し大人になったんだと思います。まだたった七歳なのに、こんなに強くならなきゃいけないなんて……」

葉菜「ええ……」

奈緒「この子に未来は……」

葉菜「あるわ」

奈緒「あるのかな」

葉菜「あるわ。あなたと継美ちゃんが繋いだ手の中に」

手を繋いでいる奈緒と継美。

奈緒「（決意の表情で、継美の寝顔を見つめ）……」
奈緒の荷物と共に置いてある、伊豆の住所と共に『オミカワマコト』の名が書かれた紙。

○ 鈴原家・芽衣の部屋（日替わり）
携帯でかけている芽衣。
芽衣「あ、鈴原です。圭吾さん、いらっしゃいますか？」
女の声「圭吾はおりません」
芽衣「お義母《かあ》さん、わたし……」
しかし切られてしまった。
芽衣「……」

○ 同・ＬＤＫ
籐子、座って、養子離縁届を見ていると、果歩と耕平が帰ってくる。
急いで離縁届を封筒にしまう籐子。
果歩「継美ちゃんの母親、室蘭に帰ったって」
籐子「（内心安堵し）そう」
果歩「ねえ、やっぱり奈緒姉ちゃん戻ってきてもらって……」
籐子「奈緒はどこにいた？」
果歩「なんか散髪屋さんだって」
籐子「あの子は出ていったんじゃないの。帰ったのよ」
内心、悔しさと淋しさがある籐子。
籐子「（しかし隠し）あんたたちのもあるから食べなさい」

○ 公園あたり
会って話している葉菜と珠美。
珠美「わかってるんですか、保険に入るために診断書を偽造するなんて犯罪なんです」
葉菜「はい……わかりました」
珠美「何がわかったんですか！　わたしはあなたの心配をしてるんです。何をしようとしてるんですか？　自分の命をお金に換えてまで何がしたかったんですか？」
葉菜、少し遠い目をし。
葉菜「届けたいものと、持ち去りたいものがあるの」

○ スミレ理髪店・店内
椅子に座った継美の髪を結んであげている奈緒。
奈緒「継美はね、これから先色んなものを手に入れるの。これから三年生になって、四年生になって」
継美「五年生になって、六年生になって？」
奈緒「中学生になって、高校生になって。将来の夢を見たり、やりたいお仕事見つけたり、誰かを好きになったり、結婚したり」
継美「継美、結婚するのかなあ」
奈緒「継美もお母さんになるかもしれないよ」
継美「えー、どきどきする」
奈緒「その時だと思う。お母さんが継美とお別れするのは」
継美「（首を振り）お母さんとお別れしたくないよ」
奈緒「まだまだずっとずっと先のことだよ。明日の明日の明日の……」
継美「明日の明日の明日の……」
奈緒「明日の明日の明日の……」
継美「明日の明日の明日の……」
奈緒「ずーっと明日。それまでは絶対に継美を離さないよ。わたしたちは一緒に生きていくの。いい？」
継美「いいよ（と、嬉しそうに甘えて）」
奈緒「（優しく見つめて）」

○ 室蘭、道木家・玄関～部屋の中

帰ってきた仁美、部屋に入ろうとすると、ノックの音がした。
仁美、戸を開くと、二人の刑事（日野《ひの》、真《さな》田《だ》）。
日野「お帰りをお待ちしてました」
真田「怜南さんのことでお伺いしたいことがあります。警察署までご同行願えますか？」
仁美「……」
真田「ご家庭の事情を疑いを持ってる方もいらっしゃるし、何もないなら何もないではっきり……」
仁美、ため息をつき、日野たちを見て。
仁美「怜南は死んでません」
日野たち、⁉と。
仁美「怜南は誘拐されたんですよ」

○ スミレ理髪店・店内

髪を結い上げ、顔を見合わせる奈緒と継美。
奈緒「（微笑んで、頷く）」
継美「（微笑んで）」

第8話終わり

Mother

第9話

○　スミレ理髪店・二階の部屋（朝）
　　布団で眠っている継美。
奈緒の声「継美。継美。起きなさい」
　　継美、目を覚ますと、朝ご飯を作っていた途中で菜箸を持った奈緒が襖から顔を出している。
継美「（嬉しそうに微笑む）」
奈緒「どうしたの？」
継美「夢見たの。お母さんが先生だった時の夢」
奈緒「へえ」
継美「継美ね、教室にいてね、先生がお母さんだったらいいのになあって思ったの。そしたらね、目覚めてね」
奈緒「お母さんだった」
継美「うん、お母さんだった（と、微笑う）」

　　×　×　×

　　食卓で朝ご飯を食べている奈緒、継美、葉菜。
　　食べながら口の中が変な感じがしている継美。
葉菜「食べにくいでしょ、歯が抜けたから」
継美「生えてくるかなあ」
奈緒「生えてくるよ、また大人の歯が」
継美「生えてこなかったらどうしよう」
奈緒「大丈夫、ちゃんと毎日ご飯食べてたら生えてくるよ」

　　×　×　×

　　ランドセルを背負う継美の口元を濡れたハンカチで拭いてあげる奈緒。
奈緒「リコーダー入れた？」
継美「うん。行ってきま……どこだっけ、明日行くの」
奈緒「伊豆《いず》よ」
継美「伊豆行くのは学校は内緒？」
奈緒「うん、内緒」
継美「（頷き）いってきます」
奈緒「いってらっしゃい」
　　台所で洗い物をしていた葉菜。
葉菜「いってらっしゃい！」
　　出ていく継美。
　　笑顔で見送った奈緒と葉菜。
　　見届けた二人、互いの了解事項があるかのように真顔になって。

葉菜「じゃあ」
奈緒「あ、今、テーブル拭きます」
　奈緒、テーブルの上の食器をどけ、布巾で拭く。
　座る奈緒と葉菜、互いに手帳を開く。
　葉菜、手帳を開くが、よく見えず。
葉菜「眼鏡……」
奈緒「あ、ここに（と、取って渡す）」
葉菜「（かけながら苦笑し）自分で書いたくせにね……五月二一日。あさって」
奈緒「はい、五月二一日（と、メモして）」
葉菜「天城《あまぎ》信用金庫熱川《あたがわ》支店。普通。口座番号、１０３３７４１９……」
奈緒「１０３３７４１９……」
葉菜「はい。額面が、五百八十万円」
奈緒「用意……」
葉菜「出来るわ」
奈緒「（頭を下げ）いつか必ずお返しします」
葉菜「ええ。名義が、有限会社メンテ企画。振り込みが済んだら、すぐに市役所に行って戸籍謄本を申請して。望月奈緒と、長女継美、二人の名前になってるかよく確認して」
奈緒「はい」
葉菜「大丈夫。わたしたちが思うよりよくあるそうよ。免許証も三十万出せばすぐ手に入りますよなんて言われちゃったわ。きっと上手くいく。あさってになればあなたと継美ちゃん、二人の戸籍を受け取って、ごく普通の家族として生きられる」
奈緒「（頷く）」
葉菜「じゃ、わたし、ちょっと出かけるけど」
奈緒「あ、布団干しておきます」

○　スミレ理髪店・洗濯場
　布団を干している奈緒。

○　公園あたり
　ベンチに腰掛け、話している葉菜と多田。
　葉菜の手には葉菜名義の土地の登記済権利書がある。
葉菜「自分の店だと思ったことはありません。今もスミレさんにお預かりしてるものだと」
多田「あの店は家内が亡くなる前にあんたにあげたものだ。好きにすればいい」
葉菜「お許しください（と、頭を下げる）」

○　スミレ理髪店・二階の部屋

　拭き掃除をするなどしている奈緒。

○　金融業者・受付

　店の権利証を提出している葉菜。
　担当者が確認している。

葉菜「今日中にお願いしたいんですが」
担当者「間に合いますよ。ご指定の口座に入金されます」
葉菜「お願いします（と、安堵）」

○　スミレ理髪店・洗濯場

　奈緒、洗濯物を干していると、勝手口が開いた。
　珠美だ。

奈緒「……あの、今ここの人は留守にしていまして」
珠美「あなたに会いにきました」
奈緒「（え、と）……」
珠美「すいません、望月葉菜さんの娘さんですよね？」
奈緒「……！」

○　同・二階の部屋

　医大の内科医であることが記された珠美の名刺が置いてあり、話している奈緒と珠美。

奈緒「（嫌な予感の中で）あの……」
珠美「望月葉菜さんにご関心はおありですか？　もしないのならわたしはこのまま帰ります」
奈緒「関心って……」
珠美「他人ですか？　肉親ですか？」
奈緒「（困惑し）……それは何か関係があるんですか？」
珠美「あの人はずっとおひとりでした。どんな大事な話をする時もひとりでいらして、ご家族はと聞いても、誰もおりませんとおっしゃってました」
奈緒「……」
珠美「望月さんとあなたの間に何らかの事情があるのは一応承知してます。だけど……」
奈緒「（俯いたまま）母です」
珠美「……どうも」
奈緒「母は病気なんですか？」

　珠美、自身息を落ち着かせて。

珠美「急性《きゅうせい》骨髄性《こつずいせい》白血病《はっけつびょう》です」
奈緒「……」

○　商店街のペットショップ

籠の中のインコに向かって舌を鳴らし、見ている葉菜。
店の政恵が来て。

政恵「そんなに面倒かからないわよ？」

葉菜「そうねえ……（と微笑み、インコを見つめていると）」

下校してきた継美。

継美「ただいま！」

葉菜「継美ちゃん、おかえりなさい」

○ **スミレ理髪店・二階の部屋**

話している奈緒と珠美。

珠美「二年前、望月葉菜さんは抗ガン剤治療を受けて一命を取り留めました」

奈緒「（混乱していて）……」

珠美「通常はその後に地固め療法という治療を行うのですが望月さんは治療を拒否され、入院もされませんでした」

奈緒「すごく元気そうに見えます」

珠美「はい、元気です。目の前に死を実感してあんなに元気な人はじめて見ました。特に最近は何かに夢中になったように、自分の体のことをまったく考えてません」

奈緒「……」

珠美「どうして娘であるあなたに隠し続けてるんでしょう？」

奈緒「（動揺し）……」

○ **商店街**

手を繋いで帰る葉菜と継美、歌っている。

継美「♪　おやまにあめがふりました～」

葉菜「♪　あとからあとからふってきて～」

葉菜・継美「♪　ちょろちょろおがわができました～」

○ **室蘭警察署・会議室**

仁美が座っており、日野と香田《こうだ》、真田たちと共にモニタを見ている。
再生がはじまり、駅構内の俯瞰《ふかん》映像が映る。

真田「四月一日十六時三十分頃の札幌駅東口構内です」

香田「（仁美に）確認してください」

通行人が行き交う中、振り返っている奈緒の姿。

香田「わかりますか？」

仁美「鈴原先生です」

奈緒、画面外に手招きする。
画面に入ってくる怜南、奈緒に寄り添った。
静止される。

香田「この子は?」

仁美「娘です……怜南です」

顔を見合わせる日野、真田、香田たち。
画面の中の、楽しそうな怜南。

○ タイトル

○ スミレ理髪店・二階の部屋(夜)

三人分の荷物を詰めたバッグが置いてある。
食卓で晩ご飯を食べている奈緒と継美と葉菜。

継美「うん。伊豆行くのは電車で行くの? バスで行くの?」

葉菜「電車よ。特急踊り子」

奈緒が葉菜をじっと見ていた。

葉菜「(ん?と)」

奈緒「(慌てて目を逸らし、継美に)おかず取る時はお茶碗置きなさい」

継美「はい」

葉菜、嬉しそうに茶碗蒸しを食べている。

葉菜「この茶碗蒸し、美味しいわ。お母さん、料理上手ね」

奈緒「(そんな葉菜の横顔を見て)……」

× × ×

継美は奥の部屋で眠っている。
奈緒、着替えや歯ブラシをバッグに詰めている。
葉菜が来て。

葉菜「何かすることある?」

奈緒「(首を振って)お風呂入ってください」

葉菜「じゃあ、お言葉に甘えて」

葉菜、タオルを出したり風呂に入る支度をはじめる。

奈緒「(不安げに小さな背中を見つめ)……」

軽く咳をする葉菜の背中。

奈緒「(あ、となって)」

葉菜「明日早めに出ましょうか。ほら、継美ちゃん、海岸にでも行ってあげて。そんな旅行気分じゃ駄目かしら?」

奈緒「いえ……」

また小さく咳をする葉菜。

奈緒「咳……」

葉菜「風邪かしら」
奈緒「病院。行った方が」
葉菜「そんなたいしたことじゃないもの。ごめんなさいね、継美ちゃんにうつさないようにしないとね」
奈緒「いえ、そういう意味じゃ……」
葉菜「そういう年なのよ、すぐ風邪引いちゃうの」
奈緒「今までも咳出てました？　わたし、あなたのことちゃんと見てなかったから……」
葉菜「出てないわ。どうしたの？」
奈緒「いえ……茶碗蒸し、美味しかったですか？」
葉菜「美味しかった」
奈緒「少し違いますか？　あなたが作るのと」
葉菜「わたしの作るのよりずっと美味しいわ」
奈緒「一度食べてみたいです、あなたの」
葉菜「そう？　じゃあ、今度ね」
と微笑み、風呂場に行く葉菜。
奈緒「……」

○　同・外景（日替わり、朝）

○　同・店内
階段を駆け降りて出てくるリュックを背負った継美。
奈緒、バッグを持って、追って出てきて。
奈緒「転ぶわよ（と、見ると）」
出かける支度をした葉菜が店に立っている。
店内を見つめるようにしている。
まるで別れを告げるようだ。
奈緒「（そんな葉菜を見つめ）……」
継美「ウッカリさん、何してるの？」
葉菜「継美ちゃん、おやつ持った？」
継美「うん、持った」
葉菜「じゃ、行きましょうか」
継美、奈緒と葉菜の間に入って二人と手を繋ぐ。
三人で店を出ていく。
継美「歯生えるかなあ」

○　商店街の通り
朝の、まだどこも店のシャッターが閉まっている中、歩いていく奈緒、継美、葉菜の三人。
継美「旅館？　ホテル？」
奈緒「旅館よ」
継美「子供用の浴衣あるかな？」

○　官庁街

　地下鉄の出入り口あたりに立っている芽衣、出勤する役人風の男たちが通り過ぎていくのを見ている。
　圭吾が来た。

芽衣「圭吾さん……！」
　芽衣に気付くものの、気まずそうに目を逸らす圭吾。
芽衣「ごめん」
圭吾「（罪悪感があって）忙しかったから……」
芽衣「どうしても伝えておきたいことがあって」
圭吾「君の気持ちはわかるけど……」
芽衣「お腹の子、あなたの子じゃないの」
圭吾「え……（と、ショックを受けて）」
芽衣「ごめんなさい、嘘ついてて」

○　鈴原家・ＬＤＫ

　果歩と耕平が食卓で朝ご飯を食べており、帰ってきた芽衣に話しかけている篠子。
篠子「どうしてそんなこと圭吾さんに言ったの？」
芽衣「お腹すいた」
　と台所に行き、鍋の中を見たりしながら。
芽衣「わたしの子だからだよ。もう他の誰の子でもないから」
篠子「……」
芽衣「（篠子を見て、微笑み）すーっとしたよ」
篠子「……（苦笑し）」
耕平「なんか大変っすね」
芽衣「とりあえず耕平くんの子供ってことにしとこうか」
耕平「はい？」
果歩「いいよ（と、二階に行く）」
耕平「はい⁉（と、果歩を追う）」
　芽衣と篠子、二人になって。
篠子「パスタでいい？」
芽衣「奈緒姉に帰ってきてもらったら？」
篠子「（え、と）……」
芽衣「わたしはもう、これから何があっても子供は産むし、病気だろうと育てるし」
篠子「でも奈緒に何かあったら……」
芽衣「関係なくない？　世間の目を見るのが母親じゃないじゃん、子供の目を見るのが母親じゃん？」
篠子「（内心心に響き、芽衣を見たまま）……」
芽衣「どうしたの？」
篠子「別に……今茹《ゆ》でるから座ってなさい」

○　スミレ理髪店・店の外

　暫く休みますの貼り紙を見ている日野と香田。
　中の様子を窺い見ている。
　香田、日野に手帳を見せる。
　鈴原籐子の名前があり、住所が書いてある。

○　伊豆地方のとある駅

　小さな駅の改札を抜け、出てくる奈緒、継美、葉菜。
　葉菜、ふと信用金庫があるのを見て。
葉菜「(あるわ、と)」
奈緒「(ええ、と頷き) 疲れたでしょう、少し休んで……」
　葉菜、麦わら帽子を継美に被せてあげて。
葉菜「継美ちゃん、海行きますか?」
継美「行きます!」
葉菜「(奈緒に) いい?」
奈緒「ええ……」
　歩いていく継美と葉菜の後ろ姿を見つめる奈緒。
奈緒「……」

○　鈴原家・LDK

　帰っていく耕平に笑顔で手を振る果歩。
果歩「明日内定決まらなかったら別れるからねー」
　昼ご飯を食べ終えた芽衣と籐子。
籐子「冷たいわね」
果歩「あれぐらい脅しとかないと、危機感ないんだもん」
芽衣「たまごかけご飯しようかな」
籐子「まだ食べるの?」
芽衣「幾らでも入る気がする」
　すると、耕平が戻ってきた。
果歩「何?　忘れ物?」
耕平「(怪訝そうに) 誰か来たよ」
　果歩、耕平に促され、玄関に行く。
　籐子、冷蔵庫から卵を出し。
籐子「チャーハンにする?」
芽衣「それは流石《さすが》に……行けるかな」
　籐子、卵を割ろうとすると、果歩が戻ってきた。
果歩「お母さん」
籐子「あんたも食べる?」
果歩「警察だって」

篠子「（卵を割りかけて止まって）……」

○　海辺

靴を脱ぎ、裾《すそ》をまくって波打ち際ではしゃいでいる継美と葉菜。
少し離れて奈緒、心配そうに葉菜を見て。

奈緒「（葉菜に）大丈夫ですか？」
葉菜「何が？」
奈緒「いえ、あまり冷やすと」
葉菜「これぐらい」
奈緒「でも……」
継美「お母さん」
奈緒「ん？（と、振り返ると）」

継美、手のひらに水をためて奈緒にかける。

奈緒「わ！」
継美「ウッカリさんも！」
葉菜「はい！」

葉菜もまた真似して奈緒に水をかける。

奈緒「わ！」

○　鈴原家・ＬＤＫ

芽衣と果歩が心配そうに見守っている中、食卓で話している篠子、日野、香田。

内心の緊張を隠し、平静を装っている篠子。

篠子「もう随分会ってないんですよ、北海道の大学に行って以来、疎遠になってしまって」
香田「電話も？」
篠子「（首を振り）次女が結婚式の案内状を出したんですが、欠席で返信してきたぐらいです」

日野の携帯が鳴る。

日野「（篠子に）失礼します（と、出て）はい……はい、あ、先程はどうも……ええ……ええ……ええ」

日野、強く返事しながら手帳にメモし、それを香田が手応えを感じて覗き込んでいる。

篠子「（不安に感じ）……」

○　海辺

葉菜、アイスキャンディーを買って戻ってくると、継美が砂浜で家を作っているのを奈緒が見ている。

葉菜「あ、すごいのが出来たね」
継美「あのね、お家なの。伊豆のお家なの」

継美、砂で区分けされた家を示して。

継美「お庭でしょ、自転車置くとこでしょ、お台所でしょ、テレビ見るとこでしょ、お風呂でしょ、お母さんと継美が寝るお部屋でしょ」
葉菜「素敵ね」
奈緒「じゃあ、このお部屋でアイス食べようか？」
継美「お母さん、そこはトイレだよ」
奈緒「あ……じゃあ、こっちのお部屋は？」
継美「そこはウッカリさんのお部屋」
葉菜「……」
奈緒「……」

継美、海を見て。

継美「波が来たら壊れちゃうかなあ」
葉菜「……」
奈緒「……」

○　海沿いの道路（夕方）

夕暮れの中、歩いてくる奈緒、継美、葉菜。

奈緒「継美、ここ気に入った？」
継美「うん、気に入った」
奈緒「住みたい？」
継美「うん、住みたい」
奈緒「小学校のお友達とまた会えなくなるけど」
継美「お友達はすぐ出来るよ。（葉菜に）ウッカリさんも一緒に住むでしょ？」
葉菜「ウッカリさんも……？」
継美「おばあちゃんでしょ。継美とお母さんとおばあちゃん、家族三人で暮らすの」
奈緒「……」
葉菜「……」
継美「三人でね、スミレ理髪店するの。お母さんは髪の毛洗う係でしょ。おばあちゃんは髪の毛切る係でしょ。継美はね、髪の毛乾かす係と、あとお菓子あげる係」
奈緒「……」
葉菜「……」

思い描き、黙ってしまった奈緒と葉菜。

継美「駄目？　お菓子あげる係」
葉菜「（首を振り）素敵ね」
継美「（奈緒に）髪の毛洗う係、嫌？」
奈緒「（首を振り）お母さん、髪の毛洗う係する」
継美「（微笑って）家族のお店だね」

海鳥の鳴き声が聞こえた。
見上げる三人。
海鳥が飛んでいく。
追いかけるようにして道路を走りだす継美。

継美「鳥さーん！　ここだよー！　ここにいるよー！」

そんな継美を見つめる奈緒と葉菜。
葉菜、涙が出そうになるのを堪《こら》えて。

葉菜「……銀行と市役所、何時に開くのかしら」
奈緒「九時頃ぐらいかな」
葉菜「もう、あとちょっとね」
奈緒「ええ、晩ご飯食べて、眠って、朝起きたら……」
　思い描く奈緒と葉菜。

○　鈴原家・玄関（夜）
　果歩が促され、入ってくる駿輔。
　心配そうな篠子と芽衣が迎えて立っている。
篠子「すいません、事情を聞かれただけで、心配し過ぎなのかもしれませんが……」
駿輔「いえ、警察は誘拐事件として確信してると思います」
　芽衣、果歩、篠子、！と。

○　旅館・客室〜鈴原家・ＬＤＫ
　浴衣を着て、風呂に行く支度をした継美と葉菜。
葉菜「お風呂大きいから泳げますよ」
継美「お風呂で泳いだら駄目ですよ」
　奈緒、着替えを用意していると、携帯が鳴った。
　着信画面を見ると、藤吉駿輔とある。
奈緒「……ごめん、先に行ってて」
　と言って、継美のお風呂道具一式を渡す。
　受け取り、出ていく継美と葉菜。
奈緒「（携帯に出て）はい」
　以下、鈴原家のリビングで自分の携帯で話している駿輔とカットバックして。
駿輔「今、鈴原さんのお宅にいます」
　駿輔の後ろには、芽衣、果歩、篠子の姿がある。
奈緒「え……」
駿輔「昼間、室蘭から警察が来たそうだ」
奈緒「！」
駿輔「あんたの行方を参考人として探してる。詳しいことはわからないが、道木仁美が通報したんだろう」
奈緒「（呆然と）……」
駿輔「警察はあんたとあの子を追ってる。見つかったら、任意同行を求められる。あの子が道木怜南だと判明したら、あんたは未成年者誘拐罪で逮捕となるだろう」
奈緒「……」
駿輔「今どこにいる？」
奈緒「……」

駿輔「もしもし? もしもし?」
奈緒「母はどうしてますか? 妹たちは?」
駿輔「……ちょっと待って」
駿輔、携帯を外し、籐子たちに。
駿輔「自分より、この家に迷惑かけたことが心配みたいだよ」
芽衣、果歩、籐子、!と。
籐子、駿輔に代わってと手を伸ばし、受け取る。
籐子「(携帯に出て) 奈緒」
奈緒「ごめ……」
籐子「お母さん、あなたを誇りに思ってる」
奈緒「(え、と) ……」
籐子「あなたを家から出して以来、お母さん、ずっと後悔してた。何よりもまず言ってあげなきゃいけなかった。よく継美ちゃんを助けてあげたわね」
奈緒「お母さん……」
籐子「世間の誰が何と言おうと、お母さん、誇りに思ってる。娘として誇りに思ってる」
奈緒「(感情が込み上げ) ……」
芽衣と果歩も来る。
果歩、籐子から携帯を受け取って、出る。
果歩「奈緒姉ちゃん」
奈緒「果歩」
果歩「わたしたちは大丈夫だからね、継美ちゃんのことだけ考えてあげてね」
奈緒「……」
果歩「継美ちゃんを帰したりしちゃ駄目だよ。絶対に諦めちゃ駄目だよ!」
奈緒「……うん」
芽衣、果歩から携帯を受け取って、出る。
芽衣「奈緒姉」
奈緒「芽衣」
芽衣「早くウチの子と継美ちゃん、遊ばせたいね」
奈緒「……」
芽衣「継美ちゃん、お姉ちゃんだから、面倒みてくれるよね。頼むよ、わたし、アテにしてるからさ。またさ、すぐに会えるでしょ、またすぐに」
奈緒「……うん」
芽衣「楽しみに待ってるから」
奈緒「うん、わたしも」
駿輔、芽衣から携帯を受け取って、出る。
駿輔「もしもし。自首する気はあるか?」
奈緒「……ありません」
駿輔「あの子の目の前で逮捕されるかもしれない。そうなればあの子は室蘭に戻される。虐待の事実がどう捉えられるかによるが、最悪家に戻され、最善でも児童施設行きだ」
奈緒「……継美は離しません」
駿輔「わかった。いいか、未成年者誘拐は親告罪《しんこくざい》だ。道木仁美が告訴しなければ立件されず、あんたの逮捕はない」
奈緒「……！」
駿輔「俺はこれから室蘭に行って、道木仁美を説得する。それまで逃げ続けろ」
奈緒「どうしてあなたが……！」
駿輔「さあ、自分でもわからないよ。いいか、少なくとも明日一杯、逃げ続けろ。逃げるんだ」
奈緒「(受け止め)……！」

○　鈴原家・ＬＤＫ

帰る駿輔を見送っている芽衣、果歩、籐子。
籐子「もしものことがあった場合、継美ちゃんをウチで引き取ることは出来るんでしょうか？」
駿輔「加害者の家族ですから認められないでしょう。捕まったらそこで終わりです、あの二人の旅は。二度と一緒に暮らすことはない」
会釈《えしゃく》し、出ていく駿輔。
ショックを受け、籐子に抱きつく芽衣と果歩。
抱きしめる籐子。
籐子の中でわき上がってくる強い思い。
籐子「……芽衣。果歩。お母さん、決めたわ。奈緒にもしものことがあった時のために、離縁届は出しません。いいわね？」
果歩「(頷く)」
芽衣「(頷く)」
籐子「(強い決心の眼差しで)」

○　旅館・客室

呆然としている奈緒。

×　×　×

回想フラッシュバック。
継美「継美とお母さんとおばあちゃん、家族三人で暮らすの」

×　×　×

奈緒、動けずにいると、戸が開き、継美と葉菜が風呂から上がって戻ってきた。
継美「お母さん、何してるの！　もう出ちゃったよ！」
奈緒「(動揺を抑え)ごめんごめん」

継美「早く入っておいで」
奈緒「うん……」
布団の上を転がって楽しげに笑っている継美。
奈緒「(困惑)……」
葉菜「(奈緒の動揺に気付いて)……?」

× × ×

部屋の灯りは消され、布団の中に眠っている継美。
奈緒、布団をかけ直し、寝顔を見つめる。
窓際のテーブルでそんな様子を見つめている葉菜。
葉菜「今からでもどこかに行った方がいいんじゃないかしら」
奈緒、葉菜の前に来る。
奈緒「とにかく明日の朝銀行に行きます。まずは戸籍を手に入れて、逃げるのはその後で」
葉菜「わかったわ」
葉菜、寝ている継美を見て。
葉菜「継美ちゃん、ここでお店やるなんて(と、微笑み)」
奈緒「ええ、髪を洗う係(と、微笑み)」
葉菜「じゃあ、そろそろ寝ましょうか」
奈緒「……眠れるかな」
葉菜「心配するのはわかるけど、でも……」
奈緒「そのことだけじゃありません」
葉菜「(え、と)」
奈緒「……昨日、あなたの主治医に会いました」
葉菜「……」
奈緒「あなたの、あなたのことを……」
葉菜「(微笑み)あの先生、大げさなのよ」
奈緒「……」
葉菜「何もね、たいしたことないの。わたしはどっこも……」
奈緒「嘘つき」
葉菜「……」
奈緒「またわたしを騙そうとして。またわたしを騙して、わたしを……」
葉菜「じゃあ、また騙されて?」
奈緒「!」
葉菜「元気よ、わたしは」
奈緒「嫌です……!」
葉菜「……」
奈緒「あなたと再会してからずっと、わたし、あなたにひどいことを……」

葉菜「（首を振る）」
奈緒「大変な時なのに、心配かけて、今だって、今だってこんなところに連れてきて……」
葉菜「（首を振る）」
奈緒「わたしはあなたを許さなかったのに、どうしてそんなにまでして……!?」
葉菜「それはあなたも知ってるでしょ？」
奈緒「……罪滅ぼしですか？」
葉菜「違うわ。今が幸せだからよ」
奈緒「（え、と）……」
葉菜「幸せって、誰かを大切に思えることでしょ」
葉菜、眠る継美を見つめ。
葉菜「自分の命より大切なものが他に出来る。こんな幸せなことがある？」
奈緒、継美を見つめ。
奈緒「……（頷く）」
寝返りを打って、布団をはだける継美。
奈緒、継美の元に行き、布団をかけ直す。
奈緒「継美の砂の家」
葉菜「素敵だったわね」
奈緒「ええ……」

○　室蘭警察署・廊下

会議室を出、刑事と共に行こうとしている仁美。
向こうから携帯で話しながら真田が来る。
真田「子供も一緒に映ってたか？　わかった。吉井たちと合流して当たってくれ」
と言って切って、仁美に気付き、来る。
真田「鈴原奈緒さんと怜南さんの行き先がわかりました」
仁美「！」

○　海岸の景色（日替わり、朝）

○　旅館・客室

奈緒にだっこしてもらって押し入れに枕を片付けている継美。
葉菜と共にお盆を片付けていた仲居さんが見て。
仲居「あら、お母さんにだっこしてもらっていいわね」
継美「（微笑み）いいでしょ」
仲居「お母さんにそっくり」
と微笑み言って、行く。
少し驚いたように顔を見合わせる奈緒と継

美。

継美「似てきたのかな」

奈緒「似てきたのかな」

継美「目かな」

奈緒「鼻かな」

継美「口かな」

奈緒「手かな」

奈緒と継美、手のひらを合わせる。

奈緒「似ちゃうね」

継美「似ちゃうね」

微笑みを交わす二人。

葉菜が出てきて、近付いて。

奈緒「じゃあ、お母さん、ご用事してくるね」

継美「うん」

葉菜、奈緒に通帳と印鑑とキャッシュカードを渡す。

奈緒、礼をして、受け取る。

奈緒「連絡します。部屋で待っててください」

葉菜「はい」

継美、奈緒に抱きついて。

継美「お母さん、いってらっしゃい！」

奈緒「いってきます！」

○ 道木家・玄関～部屋の中

仁美、玄関の戸を開けると、駿輔が立っていた。

会釈する駿輔。

駿輔「警察に告訴状を出すのはやめてもらえませんか」

仁美「……（苦笑し）」

駿輔「もう娘のことはいらないんだろ？　どうして今になって通報したりした？」

仁美「嫌いだからよ、あの女が」

駿輔「今更娘を帰されても困るだろ？　だったら……」

仁美「（苦笑し）残念ですね」

駿輔「え？」

仁美「告訴状、さっき出したんで」

テーブルの上にボールペンがある。

駿輔「！（と、愕然と）」

○ 海岸沿いの道路

希望と共に歩いていく奈緒。

海鳥が飛ぶのを見上げ、また歩きだす。

○　伊豆の駅前

改札から出てくる二人組の刑事・吉井、倉田たち、待っていた香田と日野と合流する。
近くの交番を目指し、歩きだす。

○　信用金庫・前～旅館・客室

歩いてきた奈緒。
見ると、信用金庫はまだシャッターが閉まっている。
営業開始は九時半とある。
時計を見て、その場で待とうとして、駅前の交番に気付く。
自転車に乗って急ぎ出かける警官の姿がある。
奈緒、背を向け、携帯を出し、かける。

奈緒「あ、すいません、椿《つばき》の間をお願いします」
待つ間、警察官が自転車で通り過ぎていく。
受話器を取る音。

奈緒「もしもし！」

継美の声「お母さん！（と、興奮した様子で）」

奈緒「継美……ウッカリさんに代わってくれる？」
以下、旅館の客室で電話に出ている継美と
カットバックして。

継美「あのね、さっきね……」

奈緒「ごめん、急いでるの。代わって？」

継美「（残念そうに）うん。ウッカリさん、お母さん」
継美、傍らにいた葉菜に受話器を渡す。

葉菜「もしもし？」

奈緒「何か変わったことはありませんか？」

葉菜「ないわ。大丈夫よ」

奈緒「（安堵し）信用金庫が開くまでまだかかりそうなんです。駅の真裏に銀行があったので、そちらに行ってみます」

葉菜「はい」

奈緒「じゃあ……」

葉菜「あ、待って、継美ちゃんが代わって欲しいって」
待つ奈緒。
ふと駅の方を見ると、香田と日野の姿があり、土産物屋の店先で写真を見せている様子。

奈緒「（はっとし、まさかと）……」

継美の声「もしもしお母さん、あのね……」

奈緒「ごめん、後で」
と言って携帯を切ろうとした、その瞬間。

継美の声「お母さ……」
と呼ぶ声が聞こえたが、携帯を切ってしまった。

奈緒「（あ、と）……」
奈緒、少し迷うが、香田たちのことを窺い見ながら、俯き加減で反対方向に歩きだす。

○　旅館・客室
受話器を置いた継美、葉菜に聞く。

継美「お母さん、なんか怒ってた？」

葉菜「ううん、怒ってなかったわよ。お母さん、帰ってきたら教えてあげよ？　折り紙でもしてましょうか？」

継美「うん」

○　道路
急ぎ足で歩いてくる奈緒。
見ると、通りの先に銀行があるが、その手前の店で吉井と倉田が店員に話しかけている。
何やら写真を見せている。
奈緒、はっとして踵《きびす》を返し、横道に逃れる。

○　別の道路
周囲を警戒しながら身を潜めている奈緒。

奈緒「……」

×　×　×

回想フラッシュバック。
奈緒、携帯を切ろうとした時に聞こえた。

継美の声「お母さ……」

×　×　×

奈緒「（心残りで）……」
携帯をかけようとするが思い直し、歩きだす。

奈緒「継美……！」
ぽつぽつと雨が降り出した。

○　旅館・客室
連絡を待って、不安そうにしている葉菜。
窓際にいる継美が声をかける。

継美「ウッカリさん、見て見て」

葉菜「どうしたの？」
継美、窓の外を見ながら。

継美「晴れてるのに、雨降ってきたよ」
葉菜「あ、天気雨。きつねの嫁入りね」
継美「きつね？」
葉菜「ほら、お日様が出てるのに雨が降ってる時は、きつねが結婚式してるのよ」
継美「へええ（と、楽しそう）」

○　海沿いの道路

日差しが照る中、ぱらぱらと雨が降っていて、必死に走っている奈緒。
必死に走っている。

奈緒「（早く帰りたい）……！」
宿泊先の旅館の看板が見えた。
あと二百メートルだ。

奈緒「！」
奈緒、安堵し、行こうとした時。
車を停め、前方から歩いてくる日野、香田、吉井、倉田たち。
近辺の店から情報を得ようと動いている。

奈緒「……」
奈緒、胸の鼓動を抑えながら、息を落ち着け、傍らにあった家の庭先などに入る。
息を殺し、身を潜ませ、外の様子を窺い見る。
日野、香田、吉井、倉田が通り過ぎていく。
少し待って奈緒、外に出る。
香田たちが歩いていく後ろ姿が見える。
奈緒、安堵し、旅館に向かって歩きだす。
息を切らし、奈緒、歩いていく。
海鳥が飛んでいる。

×　×　×

回想フラッシュバック。

継美「継美とお母さんとおばあちゃん、家族三人で暮らすの」

×　×　×

奈緒「（笑みが浮かんで）」
次の瞬間、海鳥が鳴いた。
甲高く響く海鳥の声。

奈緒「（見上げ）……」
立ち尽くす奈緒、おそるおそる振り返る。
行き過ぎた日野たちが、声に気付いて、こちらを振り返っていた。

奈緒「（愕然と）……」
奈緒のことを見ていた。

近付いてくる日野たち。
奈緒、逃げはじめた。

継美の声「♪　おやまにあめがふりました～」

○　旅館・客室

窓の外の天気雨を見ながら楽しげに、あめふりくまのこを歌っている継美と葉菜。

葉菜「♪　あとからあとからふってきて～」

葉菜・継美「♪　ちょろちょろおがわができました～」

○　海沿いの道路

走っている奈緒。
後ろから追いかけてくる日野たち。

継美の声「♪　いたずらくまのこかけてきて～」

葉菜の声「♪　そうっとのぞいてみてました～」

○　旅館・客室

窓の外の天気雨を見ながら楽しげに、あめふりくまのこを歌っている継美と葉菜。

継美と葉菜「♪　さかながいるかとみてました～」

継美「♪　なんにもいないとくまのこは～」

○　海沿いの道路

走っている奈緒。
後ろから追いかけてくる日野たち。
近付いてきた双方の距離。

葉菜の声「♪　おみずをひとくちのみました～」

葉菜・継美の声「♪　おててですくってのみました～」

○　旅館・客室

窓の外の天気雨を見ながら楽しげに、あめふりくまのこを歌っている継美と葉菜。

継美「♪　それでもどこかにいるようで～」

葉菜「♪　もいちどのぞいてみてました～」

○　海沿いの道路

走っている奈緒。

葉菜・継美の声「♪　さかなをまちまちみてました～」

日野と吉井が奈緒を追い越し、前に立ちはだかった。
前に行けなくなった奈緒、振り返ると、香田と倉田が立ちふさがっている。

逃げ道はない。
継美の声「♪　なかなかやまないあめでした～」
葉菜の声「♪　かさでもかぶっていましょうと～」
葉菜・継美の声「♪　あたまにはっぱをのせました～」
深い深い息をつく奈緒。
空を仰《あお》ぐ。
顔に雨が降りかかる。
静かに、呟く。
奈緒「継美……」
もう一度、今度は声の限りに。
奈緒「継美！」

○　旅館・客室

窓際で歌っていた継美と葉菜。
声が聞こえた気がした。
継美「お母さん……？」
葉菜「どうしたの？」
継美「お母さんの声、聞こえなかった？」
葉菜「帰ってきたのかしら？　ちょっと見てくるわね」

○　同・玄関口～外の通り

旅館から出てきた葉菜。
表に日野、吉井、倉田たち、様子を見にきた警官がおり、レンタカーが停まっている。
旅館の女将《おかみ》も事情を聞かれ、答えている。
香田に付き添われ、車に乗せられようとしている奈緒の姿。
葉菜「！」
葉菜、駆けだす。
香田、葉菜が走りだすのを見て。
香田「ちょっとあなた！」
葉菜、奈緒の元に行って。
葉菜「奈緒！」
振り返る奈緒。
奈緒「（虚ろな悲しみで見つめ）……」
葉菜「奈緒……」
奈緒「……」
葉菜「奈緒！」
葉菜、奈緒の手を握りしめる。
奈緒「……！」
葉菜「……」
奈緒、葉菜の手を見つめ、そして顔をあげて。
奈緒「お母さん」

葉菜「……」
奈緒「こんなだったかな。少し小さくなった」
葉菜「あなたが大きくなったのよ」
奈緒「お母さん。病院に行って」
葉菜「……！」
奈緒「病院に行って、ちゃんと検査……」
葉菜「わかった、わかった、わかったから、奈緒」
日野が割って入って。
日野「望月葉菜さんですね。あなたもご同行願います」
葉菜「待ってください。この子と継美ちゃんを……」
日野「継美？（香田に奈緒を示し）早く乗せて」
香田、奈緒に車に乗るように促す。
葉菜「待ってください。継美ちゃんとお別れを……」
しかし奈緒は乗せられてしまった。
葉菜「待って！　待ってください！」
日野が気付く。
葉菜、はっとして振り返ると、継美が出てきた。
葉菜「継美ちゃん！」
継美、走ってきて。
継美「ウッカリさん、どうしたの？　お母さんは……」
継美、気付く。
車の後部座席に香田と共に座っている奈緒。
継美「お母さん！」
継美、車に駆け寄り、車体に張り付き、背伸びして奈緒を見ようとする。
奈緒、継美に気付き、窓を開ける。
奈緒「継美！」
継美「お母さん！」
奈緒、継美を見つめ、言葉が出てこない。
奈緒「……」
継美「どこ行くの？」
奈緒「……」
継美「継美も行く」
奈緒「……」
継美「どこ行くの？」
奈緒「……」
継美「継美も行くよ」
奈緒「……」
継美「お母さん、何で黙ってるの？」
奈緒「……」
継美、あらためて周囲を見回す。
日野たちが険しい顔つきで立っている。
継美「（呆然と）……」
奈緒「継美、さっき電話でお母さんに何言おうとしてたの？」
継美「……あのね」
奈緒「うん」
継美、頬に指先をあてて。
継美「歯が、生えてきたよ」
奈緒「……」
継美「大人の歯が、生えてきたよ」
奈緒の目から涙があふれ出す。
継美の目からも涙があふれる。
奈緒「そう……そう……良かったね」
奈緒、手を伸ばす。
奈緒「継美……」
継美、その手を握る。
継美「お母さん……」
奈緒「おぼえてて」
継美「(頷く)」
奈緒「お母さんの手だよ」
継美「(頷く)」
涙が止まらない。
奈緒「お母さんの手、ずっと握ってるからね」
継美「(頷く)」
奈緒「継美の手、ずっと握ってるからね」
継美「(頷く)」

奈緒、ゆっくりと手を離す。
離れる二人の手。
運転席の倉田が合図を受けて、エンジンをかける。
奈緒、悲しみを堪えて。
奈緒「車、動くよ。離れてなさい」
継美「(首を振る)」
奈緒「危ないから離れてなさい」
継美「(首を振る)」
奈緒「(葉菜に)お母さん」
葉菜「(頷き)」
葉菜が継美を抱きしめ、下がらせる。
車が走りだした。
継美「お母さん！」
奈緒「継美！」
走っていく奈緒を乗せた車。
継美、駆け寄ろうとするが、葉菜、必死の思いで継美を抱きしめ止める。
継美「お母さん！」
奈緒「継美！」
継美「お母さん！」
奈緒「継美！」
継美「お母さん！　お母さん！」

車は行ってしまった。
抱きしめ続ける葉菜。
継美、その手を離れ、走りだした。
後を追う葉菜。
とっくに見えなくなった奈緒を追って、走り続ける継美。
継美「お母さん！　お母さん！　お母さん！」

第9話終わり

Mother

第10話

○　室蘭警察署・取調室（深夜）
デスクに日野と向かい合って話している葉菜。

憔悴《しょうすい》した顔色をしているが、毅然と話している。

葉菜「この二ヶ月のことは、全部わたしが指示したことです。道木怜南ちゃんを室蘭から連れ去ったこと。東京に呼び寄せ、わたしの店の二階に住まわせたこと。名前を騙《かた》り、小学校に行かせたこと。鈴原奈緒さんにそうするように命じました。全部わたしが……」

扉が開き、香田が入ってきた。

香田「鈴原奈緒が自供しました。わたしが道木怜南さんを誘拐したと」

葉菜「……」

がくっと折れるようにうなだれる葉菜。

デスクに落ちる涙。

○　鈴原家・ＬＤＫ
時計は深夜三時を過ぎている。

食卓に腰掛け、携帯をじっと見つめている籐子。

鳴り出し、着信画面に藤吉駿輔の名前が出る。

籐子、上手く掴めず、二度目で掴み、出る。

籐子「（息を呑み）……はい」

籐子、しばらく黙って聞いている。

籐子「……はい。失礼します」

携帯を切り、置く。

降りてくる芽衣と果歩、問うように見る。

籐子「（虚ろな目で）……さっき、逮捕状が出……（と、言葉が途切れて）」

芽衣「（愕然と）……」

果歩「（愕然と）……」

籐子「（顔を歪め、苦悶《くもん》の表情となって）」

○　道路
走るワゴン車の車中、後部座席に二人の刑事に挟まれて乗っている奈緒。

両手に手錠をはめられている。

刑事が携帯で話している。

刑事「今、新千歳空港《しんちとせくうこう》を出て移送中です。（と切って、別の刑事に）既に記者が集まってるようです」

奈緒、手錠のかけられた手で何かを握るような仕草をしている。

奈緒「(虚ろな目で)」

○　室蘭署・前

刑事たちに連れられ、ワゴン車から降りてくる奈緒。

署内に入ろうとすると、待ちかまえていた報道カメラマンたちによってフラッシュが焚《た》かれる。

無数の光を正面から浴びる奈緒。

特に顔を隠しもせず、虚ろな様子の奈緒。

刑事が上着を奈緒にかけ、中へと連れて行く。

○　同・廊下〜独居房

手錠をはめられた奈緒、係官に連れられて、廊下を歩いてくる。

継美の声「お母さん(と、明るく呼びかける声で)」

はっとして、立ち止まる奈緒。

奈緒「継美……?」

係官、怪訝そうに奈緒を見て、独居房の扉を開ける。

奈緒の手錠を外し、中に入るように促す。

奈緒、入り、その背中で閉められるドア。

○　鈴原家・外(日替わり)

耕平、歩いてくると。

報道関係のバンが数台停まっており、何組かの記者とカメラマンが周辺に陣取っている。

記者がインターフォンを押している。

記者「鈴原さん? 鈴原さん!?」

○　同・LDK

家の電話が鳴り続けている中、カーテンの隙間から外の様子を窺い見ている芽衣。
携帯で話している籐子。
籐子「概《おおむ》ねキャンセルで。あと、電話が鳴りっぱなしだから、連絡はメールで頂戴……それから、あと何だっけ……とにかく川村《かわむら》さんに任せるから、何とかお願いします。落ち着いたら今度のこと……ええ、わたしの進退のことも含めて……はい」
と切って、あと何だっけと考え、しかしまとまらぬ様子で立ち尽くして。
籐子「……(芽衣に)何とか抜け出して検査行かないと」
芽衣「大丈夫」

果歩が降りてきた。

篠子「何だった?」

果歩「(微笑み、首を振る)」

篠子「(息をつき)」

果歩「いいよ、耕平と一緒にまた就活するから」

篠子、芽衣と果歩を抱きしめ。

篠子「誰のせいでもないのよ」

果歩「わかってる」

芽衣「わかってる」

ふいにコンコンとベランダを叩く音がして、芽衣が覗き込み、開ける。

入ってきた耕平。

耕平「(三人を見て) 何かあったんすか?」

ぽかんとし、そしてぷっと噴きだして笑う芽衣、果歩、篠子。

涙をにじませながら笑う三人。

音を消して点けてあるテレビには、『35歳元女性教師、教え子を誘拐』のテロップが出ていて、署内に移送される奈緒の姿が映っている。

○　室蘭署・独居房

布団と机のある簡素な部屋の中、座っている奈緒。

手のひらを見つめている。

×　×　×

回想フラッシュバック。

前話、車の後部座席の奈緒と手を繋ぐ継美。

奈緒「お母さんの手、ずっと握ってるからね」

継美「(頷く)」

奈緒「継美の手、ずっと握ってるからね」

継美「(頷く)」

×　×　×

奈緒、手を見つめていて。

継美の声「お母さん」

奈緒、はっとして顔をあげて。

奈緒「(苦しく) ……」

○　児童養護施設・前

車が停まり、降りてくる児童相談所の職員、後部座席のドアを開け。

職員「降りなさい」

両手でリュックを抱え、降りてくる継美。

きょろきょろと周囲を見回す。

目の前に建物があり、『児童養護センター道南白鳥園』と書かれてある。

継美「（きょとんと見て）……」

職員「中に入りなさい」

継美は道南白鳥園の、鳥の文字を見ていて。

継美「鳥。鳥のお店ですか？」

職員は答えず促し、付いていく継美。

庭で継美と近い年齢の子供たち（夏実《なつみ》と龍《りゅう》平《へい》）が遊んでいる様子が見え、継美を振り返って見ている。

継美「（微笑んで）」

○　タイトル

○　拘置所・面会室（日替わり）

透明の壁越しに接見している奈緒と駿輔。

駿輔「起訴されてからもあなた、毎日テレビや雑誌に出てますよ。移送された時の映像が一日中流れてる」

奈緒「（俯いている）」

駿輔「虐待のことはおおやけになってない。淋しい独身女性が心の隙間を埋めるために子供を無理矢理連れだした、そんな論調ですよ。このままだと裁判にも影響が……」

奈緒「（遮り）継美は……？」

駿輔「道木怜南さんはとりあえず室蘭の児童養護施設に送られたようです」

奈緒「元の家には？」

駿輔「（首を振り）警察も多少は把握《はあく》してるから、すぐに母親の元に戻す処置は取らなかった。実父も引き取りを拒否してるし、今後どうなるのかはわかりませんけどね」

奈緒「（動揺し）……」

駿輔「このままだとあなた、単なる誘拐犯としてしか……」

奈緒「継美がいるのはどんな施設ですか？　民間ですか？　施設によって出る食事に差があるんですけど……」

駿輔「この期《ご》に及んでまだ食事の心配してるんですか」

奈緒「職員にも色んな人がいて、継美の性格を……」

駿輔「継美じゃない、道木怜南だ」

奈緒「……」

駿輔「鈴原さん。あなた、もう母親じゃないんだ。鈴原継美はもういない。道木怜南に戻った」

奈緒「何か方法はありませんか？　いつかまたあの子

にもう一度会って、もう一度あの子と……」

駿輔「（息をつき）鈴原さん。方法はあるかもしれない。これからの裁判で無罪になれば、もしかしたらもう一度会えるかもしれない」

奈緒「（期待感を持って）！」

駿輔「しかしもう諦めたらどうなんです？」

奈緒「（諦められない）……」

駿輔「（そんな奈緒を見て）口止めされてたけど言いますよ。鈴原籐子さんは事件の責任を取って、社長を退任する予定です。妹さんも就職の内定が取り消しになった」

奈緒「！（と、苦しく）」

駿輔「しかし彼女たちは立派だ。あなたのことを少しも恨んでない」

奈緒「（籐子たちを思い、辛く）……」

駿輔「ここで気持ちを切り替えて、あの家の人たちに償《つぐな》うことを考えていくべきだ」

奈緒「（うなだれて）……」

駿輔「わかりました？」

奈緒「……声が聞こえるんです」

駿輔「……？」

奈緒「継美がわたしを呼ぶ声が。お母さんって呼ぶ声が」

駿輔「幻聴だ」

　駿輔、呆れたように息をついて。

駿輔「ひとついい話もある。望月葉菜さんが不起訴処分で、釈放となりました」

奈緒「（少し落ち着き）……」

○　鈴原家・ＬＤＫ（夜）

　誘拐事件を報じる週刊誌を読んでいる芽衣と果歩。

　見出しに仰々しく『研究員の職を失ったエリート独身女性が墜《お》ちたぬかるみ』『母と呼ばれたかった女が、逃亡の果てに見た絶望』などとスキャンダラスに書かれてある。

果歩「何で奈緒姉ちゃんばっかり犯罪者呼ばわりされなきゃいけないの⁉」

　台所で夕食を作っている籐子。

籐子「仕方ないわ、実際に法を犯したのだから。それは奈緒も承知だったはずよ」

芽衣「でも、継美ちゃんの母親のことは全然記事になってないじゃない」

籐子「まだ捜査中なのよ」

芽衣「裁判はじまっちゃうよ！」

果歩「継美ちゃん、家に戻されるかもしれないよ！」

籐子、火を止めて、料理を器に移しながら。

籐子「きっとわかってもらえるわ。奈緒は継美ちゃんの母親になろうとしただけだもん。母親としてすべきことをしただけなんだもん」

芽衣「うん、そうだよね」

果歩「無罪になるかな」

籐子「なるわ、きっと。さ、食べましょ」

○　**スミレ理髪店・店内（日替わり）**

溜まった埃を掃除している葉菜。

近所の主婦らしい者たちが覗き込み、噂話をしている。

謝罪して頭を下げる葉菜。

眉をひそめながら主婦たちは行ってしまう。

葉菜、また掃除を続けていると、ドアが開く。

カメラを提げた駿輔。

葉菜「（頭を下げ）申し訳ありませんが……」

駿輔「藤吉と申します」

葉菜「あ……」

傍らに手をつく葉菜。

駿輔「大丈夫ですか？　少し顔色が悪いようですが？」

葉菜「……どうぞ」

○　**札幌地検・廊下**

刑事に連れられて入ってくる手錠をした奈緒。

取調室に入っていく。

駿輔の声「間もなく奈緒さんは起訴されて裁判がはじまります」

○　**スミレ理髪店・二階の部屋**

お茶が出されており、話している葉菜と駿輔。

葉菜「わたしに出来ることはあるんでしょうか？」

駿輔「少なくとも弁護側から証人申請することはないでしょう。あなたには、前科があります」

葉菜「……」

駿輔「三十年前、夫を殺害してますね」

葉菜「……（頷く）」

駿輔「諍《いさか》いが絶えず、その腹いせに、当時富《と》山県《やまけん》八尾《やつお》町《まち》にあったご自宅に火を放たれた」

葉菜「（頷く）」

駿輔「下手に報道されたら裁判に影響するかもしれません。あなたは何もしない方がいい」

葉菜「……はい」

○　札幌地検・取調室

向かい合って、検事の取り調べを受けている奈緒。

検事「列車の車内で道木怜南さんに名前を付けた？」
奈緒「はい」
検事「その名前は？」
奈緒「鈴原継美です」
検事「あなたのことは何と呼ばせていました？」
奈緒「母親として呼ぶように」
検事「正確に」
奈緒「お母さんです」

○　スミレ理髪店・二階の部屋

話している葉菜と駿輔。

葉菜「あの、警察の方は継美ちゃんがされていたことを調べてくださってるんでしょうか？」
駿輔「ええ、児童相談所も記録を提出したようです」
葉菜「でしたら、あの子はただ、継美ちゃんの母親になろうとしただけだとわかってもらえるでしょうか？」
駿輔「（顔をしかめ）母親に」
葉菜「ええ、母親に」
駿輔「それが、鈴原奈緒さんの罪です」
葉菜「……!?」

○　札幌地検・取調室

検事からの取り調べを受けている奈緒。

検事「東京で小学校に通わせた？」
奈緒「はい」
検事「危険だとは思わなかった？　そういう場に出ると、発見される可能性も大きいでしょう」
奈緒「はい」
検事「どうして通わせた？」
奈緒「普通の暮らしをさせてあげたかったからです」
検事「母親として？」
奈緒「はい、母親としてです」

○　スミレ理髪店・二階の部屋

話している葉菜と駿輔。

葉菜「奈緒は継美ちゃんのためを思って……」
駿輔「それが犯罪なんです」
葉菜「（え、と）」
駿輔「これからの裁判の大きな争点となるでしょう。母親としての意識を持つこと。それは虐待からの保護の範囲から大きく逸脱したことになるんです」
葉菜「！」

○　札幌地検・取調室

検事からの取り調べを受けている奈緒。
検事「便宜的《べんぎてき》に振る舞ってたのではなく、本気で母親になるつもりでいた？」
奈緒「……」
検事「どちらですか？　重要な問題ですよ？　あなたは……」
奈緒「……」

○　スミレ理髪店・二階の部屋

話している葉菜と駿輔。
駿輔「鈴原奈緒の罪は、道木怜南に母性を抱いたことです」
葉菜「！」

○　札幌地裁・法廷（日替わり）

証言台に立っている奈緒、答える。
奈緒「あの子の母になろうとしていました」
質問した検事がさらに問う。
検事「今は？」
奈緒「今も変わりません」
怪訝そうな顔をする裁判官、傍聴席の者たち。
傍聴席の駿輔、籐子。
駿輔「（小さく息をつき）」
籐子「（うなだれて）……」
検事「（裁判長に）質問は以上です」
裁判長「（弁護士に）よろしいですか？　では、本日はこれで閉廷と致します。次回は九月二七日午前十時。論告と弁論をお聞きして結審します」
奈緒はただ手を握りしめていて。
奈緒「（遠い視線で）……」

○　同・ロビー

傍聴を終え、出てきた駿輔と籐子。
駿輔「弁護士は無罪はほぼ無いと見てるようです」
籐子「（落胆）……」
駿輔「何とか執行猶予《しっこうゆうよ》が付けばいいんですが……」
駿輔の携帯が鳴った。
駿輔「はい、お疲れ……え？　ちょっと待って、（籐子に）浦上真人に逮捕状が請求されたようです」
籐子「！」

駿輔「（再び携帯に）浦上だけか？　道木仁美は？」

○　道木家・部屋の中（夜）

玄関に数人の刑事が待機している。
部屋で日野と香田と話している仁美。

香田「三月二九日午後七時、あなたは長女である道木怜南さんをごみ回収用のビニール袋に入れ、路上に放置して外出した」

香田「当時、気温はマイナス四度まで下がっており、怜南さんの着衣は薄いワンピースのみだった。お母さん、これは立派な犯罪ですよ。わかりますか？」

日野、逮捕状を出して。

日野「午後五時、保護責任者遺棄罪の容疑で逮捕します」

仁美、虚ろな視線で日野たちの向こう側に見える水色のマフラーを見ながら。

仁美「……怜南……わたしを死刑にしてください」

○　鈴原家・ＬＤＫ

籐子、芽衣、果歩、テレビを見ている。
報道番組が放送されており、ワゴン車から降りてきた仁美が室蘭署に入っていく。

無数のフラッシュが焚かれて、記者たちの怒声が浴びせかけられている。
手を繋ぎ、顔を歪ませ、無言で見つめている三人。

芽衣「二人目だね。継美ちゃんのお母さんが逮捕されるの」

果歩「継美ちゃん、もう帰るところないってこと？」

籐子「（辛く）……」

芽衣、ふっと痛みを感じて、腹を押さえる。

果歩「（気付き）どうしたの？」

芽衣「ううん……嫌だな、何だろ……」

籐子「芽衣⁉（と、心配して）」

○　児童養護施設・食堂（日替わり、朝）

施設の子供たちと一緒に朝ご飯を食べている継美。
継美、隣の小さな子の魚を見て。

継美「お魚の骨、取ってあげるね。よく噛んで食べるんだよ」

職員「怜南ちゃん、靴が小さくなってたでしょ？」

継美「うん、怜南、17.5になったの！」

○　室蘭警察署・独居房

壁にもたれ、虚ろな様子の奈緒。

○　児童養護施設・前の通り

夏実と龍平と手を繋いで登校していく継美。
新しいスニーカーを履いている。

継美「漢字テストだよ、今日。緊張するー！」

○　同・食堂

朝ご飯の皿を片付けながら話している職員。

職員A「明日鈴原奈緒の判決が出るそうよ」
職員B「怜南ちゃんには？」
職員A「(首を振り) あの子、来た頃とは見違えるように元気」

○　室蘭警察署・独居房

壁にもたれ、虚ろな様子の奈緒。

○　児童養護施設・庭

午後、継美と子供たち、長縄跳びをして遊んでいる。
誰かが足をひっかけてしまい、あー！と残念そうに声をあげ笑う継美。

継美「失敗した人は猫の物真似することね！」

○　同・子供部屋（夜）

消灯後、玄関で電話を元に戻している継美。
足元のリュックを見て、穏やかな表情で目を閉じる。

○　室蘭警察署・独居房

壁にもたれ、虚ろな様子の奈緒。

継美の声「お母さん」

奈緒、そこにはいない継美が見えたような気がして抱きしめるように両手を包んで。

奈緒「継美……（と、薄く微笑んで）」

○　街の景色（日替わり）

○　札幌地裁・ロビー

本日の裁判の予定が書かれたボードなどがあり、法曹関係者が出入りする中、待合所あたりで携帯で話している駿輔。

駿輔「もうあと十分ほどで開廷になります。判決が出ましたらすぐにご連絡します」

○　スミレ理髪店・二階の部屋

布団の中で体を起こして電話に出ていた葉菜。

葉菜「はい、よろしくお願いします」

と頭を下げて、受話器を置く。

傍らで珠美が心配そうに見守っている。

葉菜「はい、今横になります」

○　札幌地裁・法廷

証言台に立っている奈緒。

傍聴席に座って、緊張して見守っている駿輔と篠子。

裁判長が判決を言い渡す。

裁判長「主文。被告人を、懲役《ちょうえき》一年に処す。この裁判確定の日から三年間、その刑の執行を猶予す。理由……」

傍聴席の駿輔と篠子。

篠子「(息を吐き、安堵して)」

駿輔「(奈緒を見据えていて)」

じっとしたまま動かない奈緒の後ろ姿。

○　同・ロビー

閉廷し、出てくる駿輔と篠子。

駿輔「おめでとうございます」

篠子「ええ。でも奈緒は……(と、心配)」

駿輔「彼女はわかってるんでしょう、たとえ釈放されても、有罪は有罪……」

○　同・廊下

係官と共に帰っていく奈緒。

悲壮な表情の奈緒。

駿輔の声「もう二度と道木怜南と会えないってことを」

○　スミレ理髪店・二階の部屋

布団の中で半身を起こし、受話器を受けている葉菜。

葉菜「(ぽかんと)……」

受話器の向こうから聞こえる駿輔の声。

駿輔の声「望月さん？　執行猶予付いたんですよ？　聞こえてますか？　望月さん？」

葉菜「……はい、聞こえています」

葉菜の目に涙が溜まっていて。

葉菜「聞こえています」

珠美、葉菜の涙を見て。

珠美「（もらい泣きして）」
葉菜「ありがとうございます……ありがとうございます」
受話器を持ったまま頭を下げる葉菜。
葉菜「ありがとう……はい、わかりました」
受話器を置く葉菜。
葉菜「（安堵の深い息を吐いて）」
珠美「良かったですね」
微笑む葉菜、立ち上がり、着替えの用意をはじめる。
珠美「何してるんですか？」
葉菜「近所の神社に、お礼を」
珠美「今行かなくても……」
着替えるため襖を閉める葉菜。
珠美、やれやれという感じで笑みを浮かべ、葉菜が折ったらしき鶴を見たりしてると。
奥の部屋でどさっという物音。
珠美「（え⁉と振り返って）」

○　児童養護施設・外
駿輔が訪れており、園長と話している。
園長「お約束した通り、こちらで取材を許可した児童以外との接触は避けてください」
駿輔「はい」

○　同・玄関
継美がスニーカーを履いて、夏実と龍平と外に遊びに出かけようとしている。
継美「あのさ、だるまさんがころんだあるでしょ」
夏実「ぼうさんがへをこいたのことでしょ？」
継美「えー、何、ぼうさんがへをこいたって（と、笑って）」
園長が駿輔を案内して入ってきた。
駿輔は手にビデオカメラを提げている。
園長「どうぞ奥に」
継美が振り返って、一瞬駿輔と目が合う。
駿輔「……」
継美「……」
龍平「怜南ちゃん、早く来て！」
継美「うん！　怜南、手伝ってあげるね！」
と出ていく。
駿輔「……」

○　スミレ理髪店・店内（夕方）
葉子折のお土産を提げて入ってくる篠子。
篠子「望月さん？」

新聞が溜まっていたり、淋しげな風景。
怪訝に感じていると、奥の階段から、荷物を持って出てくる珠美。

○　病院・個室（夜）

葉菜「（気付き）あ……」
篠子、入ってくると、奥のベッドに半身を起こしている葉菜の姿があった。
篠子、何も言わず駆け寄って、葉菜の前に行くなり、ぎゅっとその手を両手で握る。
受け止める葉菜。
篠子「帰ってくるわ」
葉菜「はい」
見つめ合い、奈緒のことを喜び合う二人。
廊下の方でその様子を見ていた珠美、出ていく。
篠子、持ってきた手提げの菓子折を置き。
篠子「これ、つまらないものだけど（と、微笑む）」
葉菜「（微笑み）ありがとうございます」
篠子「何でかしらね、判決を聞いたら、はじめにあなたの顔が浮かんでね……あ、ゆっくり謝ったり、話したりしたいことあるんだけど、面会時間も過ぎてるらしいから」
葉菜「ごめんなさい」
篠子「どこか悪いの？」
葉菜「たいしたことありません」
篠子「（本当だろうかと思いながら）わかった。とにかく奈緒が出てきたら、真っ先にここに来るように伝えるから」
葉菜「奈緒さんには内緒にしてください」
篠子「……」
葉菜「お願いします」
篠子「……悪いのね？」
葉菜「（微笑む）」
篠子「教えて、知ってる医者を紹介するわ」
葉菜「（微笑みながら）治療はしないことになりました」
篠子「……」
葉菜「そういうことなんです」
篠子「（愕然と）……」
見回りに来た看護師が。
看護師「あの、そろそろお時間……」
篠子「ちょっと待って……！（と、思わず声が出て）」
立ち去る看護師。
篠子、激しく動揺しながらも必死に抑えて。
篠子「……うま年よね」

葉菜「ええ、同じです」
籐子「そうよね、昭和二九年よね……月面着陸」
葉菜「ええ、見ました」
籐子「ね、見たわよね、そうなのよ、だいたい同じなのよ」
葉菜「だいたい同じです」
籐子「長いような短いような……色々あった」
葉菜「色々ありました」
籐子「ね」
葉菜「ええ」
籐子「……駄目よ。絶対駄目。娘に知らせずに逝《い》くなんて」
葉菜「鈴原さん」
籐子「……？」
葉菜「（話しはじめる）」

○鈴原家・玄関（日替わり）

鞄を持って敷居のところに立っている奈緒。
出迎えている籐子、芽衣、果歩。

奈緒「ごめんなさ……」
籐子「もうあなたのごめんなさいは聞き飽きたわ」
奈緒「一生懸けて、償います」
籐子「（微笑み）だったら、まず入りなさい」
奈緒「（頷き）お邪魔……」
籐子「（コラ、と見て）」
奈緒「ただいま」

籐子、芽衣、果歩、口々におかえりと告げ、奈緒に抱きつく。

○同・奈緒の部屋（夕方）

奈緒、スミレ理髪店のボールペンを見ながらバッグの中から警察署に預けていたものを入れたビニール袋を出す。
携帯が入っており、電源を入れようとするが入らず、充電器に置く。

○同・ＬＤＫ

奈緒、降りてくると、所狭しと台所に立っている芽衣、果歩、籐子が手分けして料理を作っている。

籐子「それ、ほうれん草でしょ、小松菜切ってって言ったの」
果歩「同じようなもんでしょ」
籐子「全然違います」
芽衣「あんた、さっきからつまみ食いしかしてないじゃない」

果歩「芽衣姉ちゃん、前髪失敗したんじゃない？」
奈緒「（そんな様子を微笑み見つめ）」
　奈緒もまた入っていき、手伝いはじめる。

×　×　×

　食卓に並び、食事をしている奈緒、芽衣、果歩、篠子。
篠子「お母さん、お店はじめようと思ってるの。スペインの、こういう小さいタイルがあってね、可愛いくて日本でも流行《はや》ると思う。奈緒、一緒にやらない？」
奈緒「（え、と困惑し）……」
篠子「ま、あなたにはあなたの考えがあるでしょ。でもあなたに今一番大切なことは、一日も早く新しい人生を踏み出すことよ」
奈緒「ありがとう……（しかし困惑気味）」
篠子「（そんな奈緒を見つめ）……継美ちゃんのことが頭から離れないのね」
　奈緒は料理にほとんど手を付けていない。
奈緒「……今、何食べてるのかなって」
篠子「でも、どうしようもないわ」
奈緒「わかってる。わかってるけど……今わたしがここで諦めたら、継美のために何も出来なかったのと同じ。あの子を振り回しただけだったことになる」
果歩「奈緒姉ちゃんは精一杯のことしたよ」
芽衣「少なくとももう暴力をふるわれることはないんだから」
奈緒「お母さんになるって言ったの」
篠子「（頷き）……」
奈緒「あなたのお母さんになるって約束したの。それだけは絶対に破っちゃいけない約束なの」
　芽衣、果歩、篠子、確かにそうだ、と。
奈緒「わたしはおぼえてる。継美も絶対に忘れてないはず。だから何とかあの子をもう一度……」
篠子「無理よ。悲しいけど、無理なの」
奈緒「……（頷く）」
　ふいにインターフォンが鳴った。

○同・玄関

　入ってきている駿輔、奈緒と立ち話して。
駿輔「道木怜南ちゃんのいる児童養護施設に行ってきました」
奈緒「！」
駿輔「話すことは出来ませんでしたが、ほんの少し様子を見ることが出来ました」

奈緒「継美は？　継美はどうしてましたか？（と、興奮）」
駿輔「（そんな奈緒を見て）……怜南ちゃんです。元気でした」
奈緒「どんなふうに？」
駿輔、ビデオカメラを手渡して。
駿輔「ご覧になった方がいいと思います」
奈緒「え……（と、カメラを見つめ）」

○同・ＬＤＫ

芽衣と果歩がテレビにビデオカメラを接続する。
芽衣、待っていた奈緒にカメラを渡して。
芽衣「ここ押したら再生」
奈緒「ありがとう」
籐子、奈緒が再生しようとするのを不安に感じ。
籐子「奈緒？（と、心配そうに）」
奈緒「大丈夫。辛いのはわかってる。でも継美が辛いのはわたしも受け止めないと」
と言って、再生ボタンを押した。
少し揺れた低い位置からの画像で、庭が映っている。
園長の声「こちらです」
駿輔の声「はい」
奈緒たち、何だろうと思いながら見ていると、画面は扉を開けて、中に入る。
笑い声が聞こえる。
奈緒「！」
継美の笑い声だ。
奈緒、どきどきして見ていると、次の瞬間、画面に映る継美の横顔。
奈緒「継美……！」
継美は玄関で靴を履いている。
しかしその靴は奈緒の買ってあげた赤い靴ではなく、真新しいスニーカーだ。
奈緒「（え、と）……」
果歩「継美ちゃん、少し足大きくなったのかな？」
笑顔が少し曇るが、しかし嬉しく見続ける奈緒。
園長の声「どうぞ奥へ」
振り返った継美、入ってきた駿輔に気付いた。
夏実「怜南ちゃん、早くして」
継美「うん！　怜南、手伝ってあげるね！」
奈緒「（え、と）……」

芽衣「怜南、って言った……?」
奈緒「……」
継美、靴の爪先をとんとんしながら玄関を出ていく。
扉が閉まった。
奈緒「(涙を滲《にじ》ませ、嬉しく見つめ)……」
果歩「元気そうだね」
芽衣「うん、良かった」
籐子「(嬉しく思いつつ、少し心配そうに奈緒を見る)」
奈緒「(見入っていて)……」
画面が変わって、施設の食堂内。
別のものを撮影しながら隠し撮りするようにして、おやつを食べている継美と夏実と龍平が見える。
れなと名前入りのコップを使っている。
複雑だが、微笑み見つめる奈緒。
夏実「怜南ちゃんは子供の日はいなかったでしょ」
継美「うん、いなかったよ」
龍平「みんなで柏餅《かしわもち》作るんだよ」
継美「葉っぱで挟むやつでしょ? 作れるの?」
夏実「作れるよ。みんなでね、お餅つきするの」
継美「怜南、お餅つきしたことないよ」
龍平「来年の子供の日に出来るよ」
継美「来年?」
龍平「怜南ちゃん、来年もいるでしょ?」
継美「うん、いるよ」
奈緒の笑顔がふっと消える。
継美「怜南も柏餅食べたい!」
笑顔の消えた奈緒。
奈緒「(ショックを受けていて)……」
籐子、そして芽衣、果歩もまた奈緒の心境に気付き、困惑していて。
籐子「もうよしましょうか? また今度にしたら?」
と止めようとするが、奈緒、遮って。
奈緒「(見入って)……」
また画面が変わって、庭が映る。
草むらをかき分けるようにして、庭の向こう側が映り、ズームインされる。
だるまさんが転んだをしている継美の後ろ姿。
木に顔を付けていて。
継美「だるまさんが転んだ」
と言って振り返る継美の顔。
笑顔の継美。
奈緒「(見つめ)……」

継美　継美、また木に顔を付けて。
継美「だるまさんが転んだ」
　と言って振り返る継美の顔。
　笑顔の継美。
奈緒「(涙が流れてきて)……」
　継美、また木に顔を付けて。
継美「だるまさんが転んだ」
　と言って振り返る継美の顔。
　龍平たちが画面に入ってきて、みんなが散らばった。
　楽しそうに笑っている継美。
夏実「怜南ちゃん！　こっち！」
龍平「怜南ちゃん！　こっち！」
継美「うん！」
　笑顔の継美、駆けだし、画面から消えた。
　再生が終わった。
　涙があふれ、見つめている奈緒。
　とめどなくあふれる涙。
　心配そうに見ている芽衣、果歩、籐子。
籐子「奈緒……」
　奈緒、涙を拭って。
奈緒「……そうだね、忘れなきゃいけないんだね」
　芽衣、果歩、籐子、！と。
奈緒「継美も忘れたんだから……」
芽衣「(慌てて)忘れたわけじゃないと思うよ」
果歩「うん、頑張ってるんだよ」
奈緒「いいの……いいの」
　奈緒、辛い思いが押し寄せるが、笑みを作り。
奈緒「継美、楽しそうだった……あんなに笑ってた……」
籐子「奈緒」
奈緒「大丈夫、お母さん、わたし、ちゃんと嬉しいから。ちゃんと喜んでるから」
籐子「(辛い思いを理解しながら)……」
奈緒「お母さんの言う通り、わたしにはもう何も出来ないんだから。遠くから願うことしか出来ないんだから……だから……良かった、元気でいてくれて」
籐子「(頷き)」
奈緒「良かった、忘れてくれて」
籐子「(頷き)」
奈緒「良かった。良かった。継美」

○　同・奈緒の部屋

　奈緒、タンスの中に残された継美の洋服を

取りだし、見つめている。
扉をノックする音。
奈緒、慌てて引き出しにしまう。
奈緒「はい」
扉を開け、入ってくる篠子。
篠子「(缶ビールを二本見せ)ちょっといい?」
篠子、引き出しの隙間から継美の服がはみ出してるのを横目に見ながら、ベッドに腰掛ける。
奈緒にビールを渡し、二人、開ける。
篠子「(飲んで)……約束したんだけどね。お母さん、口軽いからやっぱり無理かな……望月さん、あなた、何度も電話してたわね」
奈緒「(頷き)でも出なくて……」
篠子「今入院してるの」
奈緒「!」
篠子「どうしてか知ってるわよね?」
奈緒「再発、したの?」
篠子「(頷き)もう治療、出来ない状態だって」
奈緒「(声にならぬ声をあげ、顔を伏す)」
篠子、そんな奈緒の手を力強く握って。
篠子「内緒にしてって言われたんだけどね……駄目よって言ったんだけどね……あの人……」

×　×　×

回想、病室にて、篠子と葉菜の会話の続き。
葉菜「奈緒と継美ちゃんと観覧車に乗ったの」
篠子「観覧車?」
葉菜「わたしが好きだと言ったら、二人がね、連れていってくれたの」
篠子「そう」
葉菜「(笑みがこぼれ)もう悔いはないって思った」
篠子「……そんな、まだまだ」
葉菜「(首を振り)一日でいいの。人生には一日あれば。大事に大事に思える一日があれば、それでもう十分」
篠子「……」

×　×　×

話している奈緒と篠子。
奈緒「……」
篠子「奈緒、お母さんに会ってきなさい」
奈緒「……」
篠子「お母さんと、一緒にいてあげなさい」
奈緒「……」
篠子「そして……(看取ってあげなさい)」

奈緒、助けを求めるように籐子にすがりつく。

奈緒「……怖い」

籐子、奈緒の肩を支え、真っ直ぐに見つめ。

籐子「怖くても行くの」

奈緒「……」

籐子「怖くても」

奈緒「……」

○ 病院・廊下〜個室（日替わり）

歩いてくる奈緒、望月葉菜のネームプレートのある病室の前に立つ。

緊張しており、深呼吸し、意を決し、中に入る。

しかしあったのは空のベッド。

シーツが整えられており、葉菜の姿がない。

奈緒「⁉」

奈緒、動揺し、踵を返し、戻ろうとした時。

車椅子が入ってきた。

珠美に押されて車椅子に乗り、点滴台からの点滴を腕に受けている葉菜。

顔色悪く、随分と白くなった髪。

奈緒「（絶句し）……」

葉菜「（奈緒に気付き）……」

奈緒、葉菜を見てられず、俯きそうになった時。

葉菜「奈緒」

呼びかけられ、顔をあげる奈緒。

葉菜「（微笑み）来ちゃったの」

奈緒「……うん」

葉菜「（微笑み、頷く）」

奈緒「……」

×　　×　　×

傍らに奈緒が座って、ベッドに横になっている葉菜。

葉菜「その椅子、硬いでしょ？　お尻痛くない？」

奈緒「……」

葉菜「帰りに食堂寄っていきなさい。ここのカレーうどん美味しいのよ」

奈緒「お母さん」

葉菜「（聞かないように）鈴原さんに戴いたお菓子があるの。確かそのへんに……」

奈緒「お母さん」

葉菜「……今日はありがとう。もうお帰りなさい」

奈緒「（首を振って）夜までいる」

葉菜「あなたも色々しないといけないことあるでしょ。鈴原さんにも……」
奈緒「明日も来る、あさっても来る」
葉菜「（首を振って）気持ちだけで十分……」
奈緒「もうやめて」
葉菜「……」
奈緒「もうわかってるの。ずっと、今までずっとあなたが母でいてくれたこと。離れてても、母でいてくれたこと」
葉菜「……」
奈緒「わたしを思ってくれてたこと、もうわかってるの」
葉菜「……」
奈緒「だから今度は、あなたの娘にさせて。あなたの娘で、いさせて」
葉菜「……」
奈緒「……」
葉菜「……こっちにおいで」
奈緒、葉菜に顔を寄せる。
葉菜、少し体を起こし、奈緒の頬に手をあてて。
葉菜「奈緒」
奈緒「お母さん」
抱き合う二人。
奈緒「ずっと……ずっと、ずっとこうしたかった……！」
葉菜「（頷き）わたしも」
抱き合い続ける二人。

○同・外の通り（夜）
出てくる奈緒、携帯を出し、見て気付く。
非通知の着信がある。
奈緒「……？」

○鈴原家・奈緒の部屋
奈緒、買ってきたホスピスに関する本を読んでいると、携帯が鳴った。
見ると、非通知だ。
奈緒「（怪訝に思いながら出て）もしもし……？」
ひと呼吸あって。
継美の声「お母さん？」
奈緒「！」

○児童養護施設・食堂〜鈴原家・奈緒の部屋
食堂の片隅の電話機の下にしゃがみ、リュックを脇に置いて、電話をかけている継美。

継美「お母さん？　あのさ、おばけって本当にいるのかな？」
ごく当たり前のように話す継美。
以下、鈴原家の部屋で携帯で話している奈緒とカットバックして。
奈緒「（呆然と）継美……」
継美「夏実ちゃんがね、怜南ちゃん、おばけいるよって言うの。トイレの中から手が出てくるんだって」
奈緒「……」
継美「お母さん、ねえ？　わたしの話聞いてる？」
奈緒「うん、うん……」
継美「おばけいる？　怖くて眠れないの」
奈緒「継美……（と、言い淀《よど》み）今どうしてるの？　どうしてこの電話わかったの？」
継美「食堂のところにね、お電話があるの。もうみんな寝たけど、内緒でお電話してるの」
奈緒「そう……」
継美「白鳥園っていうの」
奈緒「え？」
継美「ここの名前、白鳥園って言うの。ほら、お母さんがお勉強してた白鳥と一緒なんだよ」
奈緒「そう……楽しい？」
継美「あのね、冷蔵庫がすごく大きいの。めっちゃ巨大なの」
奈緒、会話がだんだん楽しくなってくる。
奈緒「めっちゃ巨大？　そういう言葉、おぼえたんだ？（と、微笑む）」
継美「夏実ちゃん」
奈緒「夏実ちゃん？　お友達？　仲いいのね」
継美「下で寝てるの」
奈緒「下？」
継美「二段ベッド！」
奈緒「あー。上なのね」
継美「梯子《はしご》で昇るの。気を付けないと頭ぶつけるの」
奈緒「痛いね。ご飯ちゃんと食べてる？」
継美「今日はとんかつ。昨日はさばの味噌煮」
奈緒「美味しい？」
継美「美味しいよ、我那覇《がなは》先生が作るの」
奈緒「我那覇先生？　沖縄の人なのかな」
継美「何で知ってるの⁉　我那覇先生、会ったことあるの⁉」
奈緒「沖縄に多い名前なの、だから」
継美「ふーん。あとね、お庭にうさぎ飼ってるの」
奈緒「可愛い？」
継美「うんちが丸いの」

奈緒「丸いの、そう」
継美「あとね、バドミントン上手になったよ」
奈緒「すごい！」
継美「あとね」
奈緒「うん」
継美「あとね」
奈緒「うん」
継美「お母さん、いつ迎えにくるの？」
奈緒「……！」
継美「もう牢屋出してもらったんでしょ？　継美ね、待ってるよ。何回も電話したよ。出ないから間違って覚えてたのかなって思ったけど、合ってたね」
奈緒「（言葉が出ず）……」
継美「いつ迎えにくる？」
奈緒「……」
継美「ちゃんと寝る前にお荷物用意してるの。靴下とお着替えも入れてあるの」
　リュックには、奈緒が買った赤い靴も入っている。
　継美、靴を握りしめて。
継美「お母さん」
奈緒「……」
継美「お母さん」
　継美の目から涙がこぼれ、泣き声になる。
奈緒「……」
　奈緒もまた涙が溜まり、苦しく歪《ゆが》む。
継美「お母さん。早く迎えにきて。継美、待ってるのに。ずっと待ってるのに」
奈緒「（辛く）……」
継美「どうして来てくれないの⁉」
奈緒「……継美」
継美「会いたいよ！　お母さんに会いたいよ！」
　涙があふれ、嗚咽《おえつ》する。
奈緒「継美！」
　奈緒もまた涙が止まらず。
継美「お母さん！」
奈緒「ごめんね……ごめんね！」
継美「会いたいよ！」
奈緒「ごめんね！」
継美「お母さん……もう一回誘拐して」
奈緒「！」
継美「もう一回誘拐して」
　奈緒、その言葉にはっとし、静止し。
奈緒「……継美」

第10話終わり

Mother

第11話

○　児童養護施設・食堂〜鈴原家・奈緒の部屋

前回の続きより、電話で話している奈緒と継美。

継美「お母さん……もう一回誘拐して」

奈緒「！」

継美「もう一回誘拐して」

奈緒、その言葉にはっとし、静止し。

奈緒「……継美」

奈緒、葛藤して。

奈緒「お母さん、継美に会いたいけど……」

と言いかけた時、ふいに電話が切れた。

奈緒「!?」

その頃、施設の食堂では、先生が来ており、継美が受話器を置いていた。

先生「こんな時間にどこかけてたの？」

継美「（内心動揺していて）天気予報」

先生「勝手に電話しちゃ駄目でしょ」

先生に部屋に連れていかれる継美。

急に切れて困惑している奈緒。

奈緒「……（葛藤していて）」

○　病院・診察室（日替わり）

向かい合って話している奈緒と珠美。

珠美「これから二、三日のことと思います。明日、あさって、しあさってはないかもしれません」

奈緒「……」

○　同・屋上あたり

鉄柵に突っ伏し、慟哭《どうこく》する奈緒。

○　同・個室

奈緒、動揺を隠しながら戻ってくると、ベッドの中の葉菜が水色の手提《てさ》げ鞄《かばん》を編んでいる。

葉菜「最後まで編みきれなかったら、お願いね」

奈緒「（微笑み）はいはい。何か本でも買っとこうか？　夜の間退屈でしょ？」

葉菜「（首を振り）走馬《そうま》灯《とう》ってあるでしょ？」

奈緒「走馬灯？」

葉菜「ほら、人は死ぬ前に、それまでの人生のところどころを思い出して、走馬灯のように巡るって」

奈緒「うん……」

葉菜「それがね、今から楽しみなの」

奈緒「楽しみなんて……」

葉菜「奈緒を連れて逃げてた頃のこととか」

奈緒「……？」
葉菜「富山から名古屋、名古屋から焼津《やいづ》、焼津から前橋、最後は宇都宮。あなたの手を引いて、列車を乗り継いで、逃げ回ったの」
奈緒「おぼえてないな……」
葉菜「何をしても上手くいかなくてね、心細くて怖かった」
奈緒「（自身を思い返し）うん」
葉菜「でも、でもね、内緒なんだけどね……（微笑んで）楽しかったの」
奈緒「……」
葉菜「あなたと逃げるの楽しかった。だから今も楽しみにしてるのよ。素敵なお芝居の切符を持ってるみたいに」
　奈緒、辛いが顔を上げ、葉菜の手を握って。
奈緒「（心に覚悟を秘めて）うち、帰ろうか？」
葉菜「……先生たちに迷惑かけちゃうわ」
奈緒「（首を振る）」
葉菜「……（頷く）」
奈緒「わたしも同じ」
葉菜「うん？」
奈緒「わたしも継美と逃げるの、楽しかった（と、微笑む）」
葉菜「（微笑み）……継美ちゃん、どうしてるかしら」
奈緒「（心配そうに）……」

○　児童相談所・食堂
　継美の前に園長がダンボールを置く。

園長「よかったね、怜南ちゃん、千葉の克子おばさんがまた色々と送ってきてくれたよ」

　と言って、行く。

　継美、開けてみると、洋服やぬいぐるみ、お菓子が入っている。

　出して見ていると、下の方にポチ袋が入っていた。

　手にしてみると、裏面に『好きなものをお買いなさい　かつこおばさん』とある。

継美「……？（と、開けてみる）」

○　スミレ理髪店・外景（日替わり、朝）

○　同・二階の部屋
　奈緒に支えられて、入ってきた葉菜。

　葉菜、ひとりで立つ。

葉菜「（部屋を見回し）随分綺麗にしてくれたのね」

　見回していて、何かに気付く。

葉菜、はっとし、歩み寄っていく。
手を伸ばし、見つめる。
窓辺に置かれた、二羽のインコが入った鳥籠。

奈緒「お店の人に聞いたの。お母さん、いつも見てたって」

葉菜「でも……」

奈緒「二人で飼お」

葉菜「……（嬉しく頷き）」

葉菜、舌を鳴らして、インコに呼びかけ、嬉しそうに微笑み見つめる。

奈緒「（そんな葉菜の横顔を覚悟の目で見つめ）……」

○ 公園

話している駿輔と多田。

駿輔「当時取り調べを担当された？」

多田「ひどい旦那でね、酒を飲んではあの人に暴力をふるっていた」

駿輔「十五年の刑期ということは殺意があったんですよね？」

多田「（頷き）そう、あの人の供述は終始一貫してた。かっとなってマッチで自宅に火を点け、娘を連れて半年間逃亡した」

駿輔「その間娘を学校に行かせようとし、別の戸籍まで手に入れようとした」

多田「今回と同じようにね」

駿輔「見ようによっては常軌《じょうき》を逸《いっ》してます。あの温厚そうな人が人殺しするとは思えないのですが」

多田「わからんよ。人間には男と女と、もう一種類、母親というのがいる。これは我々にはわからんよ（と、微笑う）」

駿輔「……」

○ スミレ理髪店・二階の部屋

洗濯物を畳んでいる奈緒。
奥の部屋の布団の中で寝ている葉菜。

葉菜「洗濯機使いにくかったでしょ？　炊飯器も……」

と起きようとする。

奈緒「わかるから寝てて。お粥《かゆ》食べられる？」

葉菜「（頷き）今日は具合がいいの。ふっくらっていうボタンを押すのよ？」

奈緒「はいはい（と、微笑み）」

○ 同・店内

両手一杯に洗濯したタオルなどを抱えて降

りてくる奈緒、棚にしまおうとしていると。
背後で扉が開き、奈緒、振り返る。
あの野球帽を目深《まぶか》に被って、リュックを背負った継美が立っている。
頬が汚れ、奈緒があげた赤い靴を履いている。

奈緒「（ぽかんと見て）……」

継美「お母さん！」

　と駆け寄ってくる。
　タオルを抱えたまま呆然と立ち尽くしている奈緒の足に抱きつく。

奈緒「（理解出来ず、見て）……」

継美「お母さん（と、微笑む）」

奈緒「……継美？」

継美「継美だよ。誰だと思った？」

　継美、帽子を取って。

継美「わかった？」

奈緒「……どうしてここにいるの？」

継美「あのね、神代町《かみしろちょう》からバスに乗ったの。図書館のところで降りて、東室蘭駅で青色の電車に乗ったの。青色の電車は函館駅で降りたの。函館駅から夜の電車に乗って、東京に着いたの」

奈緒「（ぽかんと聞き）ひとりで来たの……？」

継美「ひとりで来たよ（と、自慢げ）」

奈緒「誰にも言わないで？」

継美「あのね、それで新宿駅から緑色の電車に乗って……」

　奈緒、タオルを落とす。

継美「お母さん、タオル汚れちゃうよ……」

　次の瞬間、奈緒、しゃがんで継美を抱きしめる。

奈緒「馬鹿！」

　涙ぐんで言う奈緒。

奈緒「何でそんな危ないことするの！　ひとりでそんな遠くから来られるわけ……」

継美「来れたよ。あのね、ずっと前に地図で調べたの。克子おばさんがお小遣いくれたから切符買ったの……」

　奈緒、見ると、継美の手のひらや膝に擦《す》り傷《きず》がある。

奈緒「どうしたの、これ……⁉」

継美「あのね、函館駅の階段のところと、新宿駅の人がたくさんいるところで……」

奈緒「もっと大きな怪我したらどうするつもりだったの⁉　もしものことがあったら……」

継美「お母さん、継美に会えたの嬉しくないの？」

奈緒「……」
継美「お母さんに会いたかったのに」
奈緒「……（感極まって）継美！」
　奈緒、心から継美を抱きしめる。
継美「お母さん！」
　継美もまた奈緒を抱きしめる。
奈緒「会いたかった！　会いたかったよ！」

○　タイトル

○　スミレ理髪店・二階の部屋

　葉菜、枕元に置いてある眼鏡を取ろうとしている。
　朦朧《もうろう》としており、上手く取れないでいると、小さな手が眼鏡を取った。
　見ると、継美だ。
葉菜「（ぽかんとし）……」
継美「はい、どうぞ」
　と眼鏡を葉菜に手渡す。
葉菜「継美ちゃん……」
継美「ウッカリさん、もうすぐお昼だよ？　まだ寝てるの？」
　葉菜、横に立っている奈緒を見て。
葉菜「（どうしたの？と）」
奈緒「ひとりで来たの。（継美に）もうこんな無茶しちゃ駄目よ。運が良かっただけなんだから」
継美「もうしないよ。もうお家に着いたから」
　とリュックの荷物を出し、部屋に置きはじめる継美。
　奈緒と葉菜、目を合わせて困惑し。
奈緒「（葉菜に）藤吉さんに相談してみる」

×　×　×

　台所に立ち、お昼ご飯の支度をしている奈緒と継美。
　継美、下ろし金で生姜《しょうが》をすっていて。
継美「じゃあさ、最終電車の運転手さんは何で帰るんだろ？　あ、電車に住んでるんじゃない？」
奈緒「（微笑って）今度聞いてみてごらん」
　葉菜、辛そうに起きあがってきた。
奈緒「大丈夫？」
継美「（葉菜の様子を見つめていて）……」
葉菜「（鍋を覗いて）あら、おうどん美味しそうね」
　と言って、洗面所に行く。
継美「ウッカリさん、どうして寝てるの？」
奈緒「ううん、別に……」

継美「(真剣に奈緒に問いかけてる)」
奈緒「(それを見て)……病気なの。よくないの」
継美「ふーん(と、淡々と生姜をボウルに移して)」

×　×　×

食卓に着き、うどんを食べている奈緒と継美。
葉菜はお粥に少しだけ手を付け、継美の顔を見つめ、話しているのを聞いている。
継美「このゆずはゆずりません」
三人、笑って。
継美「はい、次お母さん」
奈緒「えーっと……カレーはかれー」
継美「十五点」
奈緒「十五点?」
継美「はい、次ウッカリさん」
葉菜「チアガールが立ちアガール!」
継美「(笑って)八十点!」
葉菜「やったあ」
継美「家に着いたぞ、イエーイ! はい、お母さん」
奈緒「このスイカ、おいすいか?」
継美「二十三点。ウッカリさん」
葉菜「マスカットを食べたら、まあ、スカッとした!」
継美「(笑って)」
奈緒「(そんな二人を見て、微笑んでいて)」
葉菜「たらこ食べたら、働こう!」
継美「(笑っていて)」
葉菜「まゆげから、ま、湯気が出た!」
継美「(微笑みながら、ゆっくり笑顔が消えて)」
葉菜「あら、面白くなかったかしら?」
継美、うどんを食べる手が止まっていて。
奈緒「お腹一杯なった?」
継美「ウッカリさん、病気治るでしょ?」
葉菜「……!」
奈緒「……!」
継美「治るでしょ?(と、今にも涙が出そう)」
葉菜「治るわ。治る。継美ちゃんのお顔見たら、ほら、ウッカリさん、元気になったもん」
継美「(不安でたまらないが、堪えていて)うん……」
葉菜「(継美の肩を抱き)本当よ? すぐに元気になるから」
継美「うん……(堪えているが、不安)」
奈緒「(継美を見つめ)……」

○ 同・店内

継美が理髪道具を見ており、少し距離を置き、訪れた駿輔と話している奈緒。

駿輔「昨夜遅くに捜索願が出されてる」

奈緒「（うなだれて）……」

駿輔「道木仁美は拘留中だし、いずれここや鈴原さんのところにも連絡が来るだろう。通報するなら今ですよ」

葛藤している奈緒、継美の横顔を見ながら、小声で。

奈緒「今日一晩泊めて、明日必ず送り届けに行きます」

駿輔「本当にそれで済むのか？　また同じことを繰り返すことにならないか？」

奈緒「（痛いところを突かれて）……」

駿輔「（疑念が残るが）ことがさらに大きくなりそうだったらまた連絡するよ。いずれにしても保《も》って一日だ」

奈緒「はい……」

駿輔「鈴原さんには？」

奈緒「さっき連絡して……」

するとその時、扉が開き、入ってくる籐子、芽衣、果歩、耕平。

継美「おばあちゃん！」

籐子「継美ちゃん！」

駿輔「（奈緒に、二階を示し）ちょっとご挨拶してきます」

二階に上がっていく駿輔。

継美「（芽衣のお腹を触って）大きくなったね」

芽衣「もうすぐ産まれるよ？」

籐子、芽衣と話している継美を見ながら、目で問う。

奈緒「明日連れて帰るつもり」

籐子「（心配だが）そう……葉菜さんのお加減は？」

奈緒「（小さく首を振って）」

○ 同・二階の部屋

布団の中の葉菜と話している駿輔。

駿輔「杜撰《ずさん》な犯行だったと聞きました。火なんか点けたら娘を巻き込んでしまうと考えなかったんですか？」

葉菜「かっとなってしまったんです」

駿輔「（首を振り）あなたは娘のことを忘れる人じゃない」

葉菜「（首を傾げ）昔のこと過ぎて」

駿輔「僕にはある推測があります。それを今あなたに言う気もないし、誰かに話す気もありません。ただ、ひとつだけ聞きたい。あなたには守りたいものがあった。だから今日まで口を閉ざし続けてきたのではありませんか?」
葉菜「……」
駿輔「母と娘の絆が起こした、そんな、母性による事件だったのではありませんか?」
葉菜「……そういうの、男の人の幻想です(と、微笑む)」

○同・外の通り

店を出てくる駿輔、してやられたなという感じで苦笑し、帰っていく。

○同・二階の部屋

笑っている奈緒、継美、芽衣、果歩、籐子、葉菜、各々の場所でお土産のあんみつを食べている。
籐子、布団に腰掛けている葉菜に。
籐子「ごめんなさいね、騒がせちゃって」
葉菜「(首を振り)なんだかお正月みたい」
継美「(見回し)女の子ばっかりだね!」
籐子「そうね」
僕もいるんだけどなあという顔をしている耕平。
芽衣「(籐子に)あれ、自分も女の子の仲間入りした?」
籐子「しましたよ、(葉菜に)しますよね?」
葉菜「しました(と、微笑う)」
芽衣「女の子はあんみつお土産にしないと思うよ」
果歩「おばさん臭い」
籐子「おやつにおばさん臭いも若臭いもないでしょ」
葉菜「高校生の頃、デートの帰りによく食べました」
籐子「あら、奈緒、お母さんがデートだって」
奈緒「(微笑み)」
葉菜「さくらんぼがこう二つ繋がってるでしょ? そんなことにどきどきしたりして」
籐子「そうよねえ、初恋ってそうよねえ」
芽衣「そんな昭和初期の話されても」
籐子「初期じゃないわよ、ついこの間よ」
果歩「継美ちゃん、何年生まれだっけ?」
継美「二〇〇二年」
籐子「二〇〇二年!? 二〇〇二年!?」
芽衣「継美ちゃんももう好きな男の子いるの?」
奈緒「そういうこと聞かないで」

継美「いっぱいいるよ」
篠子「あら、（奈緒に）あなた、少しは娘を見習ったら？」
奈緒「はいはい」
篠子「こんな美人なのに、男のおの字もないいんだから」
葉菜「一回もないの？」
奈緒「一回もってことは……」
葉菜「一回はあるのね？」
奈緒「（照れて）うるさいな」
葉菜「好きな人いないの？」
奈緒「しつこい。もうやめてよ」
　　笑う一同。
果歩「ねえねえ、みんなで写真撮ろうよ？」
篠子「そうね。ほら、集まって集まって」
　　奈緒、ふと見ると、葉菜の前髪が垂れている。
　　ピン留めを抜き、直してあげる。
葉菜「ありがとう」

○　通り

　　歩いてくる芽衣、果歩、耕平、篠子。
果歩「（デジカメの写真を見、そして篠子に）お母さん。わたしたち、産んでくれてありがとう」
篠子「え……（微笑み）何よ急に」
果歩「ううん、奈緒姉ちゃん嬉しそうだったし……あーあ、なんかわたしもお母さんになりたくなってきたな」
　　と言って照れたように少し先を行く。
　　耕平、追って。
耕平「果歩ちゃんなら、いいお母さんになれるよ」
果歩「子供は三人がいいかな」
耕平「うんうん、三人がいいね」
果歩「男の子と女の子と、（耕平をちらと見て）大きい子供」
耕平「え……え？　え？　もしかして、果歩ちゃん？　俺、絶対就職決めるから……」
果歩「（既に聞いておらず）芽衣姉ちゃん？」
　　立ち止まって、ガードレールなどに手をついている芽衣、背中をさすっている篠子。
果歩「どうしたの!?」
篠子「タクシー拾って！」

○　スミレ理髪店・二階の部屋

　　葉菜、奈緒が継美の髪を結んでいるのを見ていて。

葉菜「継美ちゃん、ちょっと髪切り揃えてあげようか?」
継美「うん!」
奈緒「具合は……」
継美「お母さんも一緒に切ってもらお?」
奈緒「じゃ、お願いしようかな」

○同・店内

肩からカバーをかけて並んで座っている奈緒と継美。
継美の後ろに立ち、髪を切り揃えている葉菜。

葉菜「昔はみんな、お母さんが切ってたのよ? 奈緒の髪もよく切ったし、ウッカリさんもウッカリさんのお母さんに髪切って貰ってたの」
継美「ウッカリさんにもお母さんいたんですか?」
葉菜「いましたよ。みんな、お母さんから生まれるんです」
奈緒「どんな人だった?」

葉菜、傍らに置いてあった普段持ち歩いている巾着袋《きんちゃくぶくろ》を開け、中から写真を取り出し、奈緒に見せる。
色褪《いろあ》せた白黒《モノクロ》で、葉菜の母の写真(顔は見えず)。

奈緒「(見つめ)お母さんを産んだ人……」
葉菜「そう、わたしのお母さん」
奈緒「……ずっと続いてるのね」
葉菜「そうね」

葉菜、継美のカバーを外し、肩の髪を払う。

葉菜「はい、出来ました」

継美、嬉しそうに髪型を見て。

継美「スカートの方が似合うかな」

と言って嬉しそうに二階に上がっていく。

葉菜「(微笑み)すっかりお姉ちゃんね」
奈緒「(微笑み)うん」

葉菜、奈緒の背後に来て、髪を梳かしはじめる。
鏡越しに顔を合わせて。

奈緒「お母さん」
葉菜「うん?」
奈緒「どうしよう……」
葉菜「……」
奈緒「わたし、あの子と離れられるのかな……」
葉菜「……」
奈緒「こんな、あの子に何もしてあげられないまま……」

葉菜「……（薄く微笑んで）」
葉菜、奈緒の髪に鋏を入れはじめながら。
葉菜「会えたわ、奈緒とお母さんだって。三十年かかって、また会えた。こうして、あの頃のようにあなたの髪を切ってあげることも出来た」

×　×　×

回想フラッシュバック。
古い日本家屋の縁側で、畳に新聞を敷き、幼い奈緒の髪を切ってあげている葉菜の背中。

×　×　×

葉菜、奈緒の髪を切りながら。
葉菜「昨日のことのように思い出せる。まるで、あの日も今日も、同じ幸せな一日のように」
奈緒「……わたしと継美にもそんな日が来るのかな」
葉菜「あなたと継美ちゃんはまだはじまったばかりよ」
奈緒「……」
葉菜「これからなのよ。あなたが継美ちゃんに何が出来たかは、今じゃないの、あの子が大人になった時にわかるの」
奈緒「……（小さく頷き）」
奈緒、鏡越しに葉菜を見て。
奈緒「お母さんとわたしは？」
葉菜「……（薄く微笑んで頷き）ずっと一緒にいるわ」
奈緒、葉菜の言葉の意味を思いながら、葉菜が髪に手を差し入れるのを感じる。
奈緒「……」

×　×　×

回想フラッシュバック。
幼い奈緒の髪を切っている葉菜、髪に手を差し入れ。
奈緒「お母さん、あのね……（と、振り返る）」
微笑んでいる葉菜の顔。
葉菜「なあに？」

×　×　×

奈緒「（感極まった表情で）お母さん、あのね……（と、振り返って）」
葉菜「なあに？」
奈緒「わたし、お母さんの顔思い出した（と、涙を落とす）」

○　同・二階の部屋

テーブルに晩ご飯が並んでおり、奈緒、継美、葉菜が食事をしている。

葉菜「神社の境内で朝市があるの。屋台が出てて、綿飴やヨーヨーもあるはずよ」
奈緒「（継美に）明日の朝行ってみようか？」
継美「うん」
葉菜「ウッカリさんも調子が良かったら一緒に行くわ」
継美「ラムネ、あるかな？」
葉菜「ラムネ？　あると思うわ」
継美「あのね、ラムネのビー玉あるでしょ？」
葉菜「うん」
継美「あれ、どうやって瓶《びん》の中に入れてるの？」
葉菜「あー……（奈緒に）わかる？」
奈緒「わかんない」
葉菜「明日、ラムネのお店の人に聞いてみましょうか？」
継美「うん！」

×　×　×

布団の中、継美を寝かしつけていた奈緒。
継美が寝たのを見て、布団から出る。
鳥籠のインコの水を取り替えていた葉菜。

葉菜「寝た？」
奈緒「うん」
葉菜「じゃあ、わたしもそろそろ」
奈緒「うん。わたしもちょっと用事済ませたら」
葉菜、奥の部屋の布団の元に行く。
奈緒「ねえ、今度お母さんと旅してた頃の話聞きたいな」
葉菜「三日かかるわ」
奈緒「三日聞くよ」
葉菜「（微笑み）ガスの元栓閉めたかしら？」
奈緒「うん、閉めた」
葉菜、布団に入りかけて、枕元に置いた編みかけで編み針の刺さった水色の手提げを見る。
葉菜「もう少し、何とか間に合いそうだわ」
奈緒「この次はセーター編んであげて」
葉菜「（微笑み）おやすみ」
奈緒「おやすみ」
葉菜、布団に横になりながら。
葉菜「どうやってるのかしらねえ……」
奈緒「うん？」

葉菜「ラムネのビー玉、どうやって入れてるのかしら」

と言って、目を閉じる。

奈緒「（微笑み）」

奈緒、襖を閉めた。

テーブルに向かって便箋《びんせん》を広げ、ペンを探す。

棚の上に先程の葉菜の母の写真が置いてあった。

写真の中の祖母を見つめ、裏返してみる。

青いインクで小さく隅に『母』と書かれてある。

感慨深く見つめて置き、ペンを手にする。

便箋を広げ、二人が寝ている襖を見、思案し、そして書きはじめる。

×　×　×

奥の部屋、継美が眠る横、布団の中の葉菜。

静かに寝息を立てて眠っている葉菜。

×　×　×

便箋に書き続けている奈緒。

×　×　×

奥の部屋、布団の中の眠っている葉菜。

×　×　×

回想、三十年前、夜の駅の待合室。

裸電球の光、遠くから聞こえる消防車の音。

葉菜の声「奈緒」

薄暗く、寒そうな道を歩いている三十年前の葉菜と奈緒。

奈緒、葉菜の手首の痣を撫でている。

葉菜「わかってるわ、お母さんのためにしてくれたのね」

葉菜、強く厳しい表情になって。

葉菜「でも忘れなさい。あなたは何もしてないの。全部、お母さんがしたの。わかった？　もう思い出しちゃ駄目」

サイレンが聞こえ、消防車のヘッドライトらしき光が二人を照らした。

奈緒の手を取って、立ちあがる葉菜。

奈緒「どこ行くの？」

葉菜「そうね、どこ行こうかしらね（と、楽しげに）」

×　×　×

奥の部屋、布団の中で眠っている葉菜、口元が薄く微笑んだ。

○　同・外景（日替わり、朝）

○　同・二階の部屋

テーブルで俯《うつぶ》せになって眠っていた奈緒、インコの鳴き声に目を覚ます。
便箋の入った封筒が置いてある。

×　×　×

台所に立っている奈緒。
鍋に味噌汁用のお湯が沸かされており、奈緒はまな板で大根を切っていると。

継美の声「お母さん、おはよう」
振り返ると、寝間着の継美が襖を開けて立っている。

奈緒「おはよう。顔洗って、歯磨きなさい」

継美「ウッカリさん、まだ寝てるよ」

奈緒「寝かせてあげて」

継美「でも神社に行くんでしょ？」

奈緒「そっか、そうね。じゃあ起こしてあげようか？　優しく、ほっぺのところ、つんつんてしてあげて」

継美「うん、わかった！」
大根を切っている奈緒。

継美の声「つんつん、つんつん、ウッカリさん？　つんつん、つんつん、ウッカリさん……」
奈緒、大根を切りながら継美の声を聞いて。

奈緒「（微笑んでいて）」
葉菜の枕元に置いてある、編み針が刺さったまま編みかけの水色手提げ鞄。

○　病院・建物の外

息を切らして携帯で電話している籐子。

籐子「あ、もしもし、奈緒？　朝早くごめんね。産まれたの。男の子なのよ！　手術が終わるまではだっこも出来ないんだけど……もしもし？　え？　え……」
ぽかんとする籐子。
青い空に飛行機雲が見える。

籐子「（雲を目で追いながら）……そう」

○　同・新生児室あたり

篠子、歩いてくると、車椅子に乗った芽衣がガラスに手をつくようにして、中を見ている。

傍らに行き、芽衣の肩に手をあてて。

篠子「お母さん、ちょっと出るけど、果歩が来るから」

芽衣「うん。何かあった？」

篠子「葉菜さんが亡くなったの」

芽衣「……！」

篠子、ガラスの向こう、機器に囲まれたカプセルに入っている赤ん坊を見つめ。

篠子「（悲しみを必死に押し返すようにして）命ってすごいわね、こうやって続いていくんだから……！」

芽衣「（涙ぐみ、頷き）産んで良かった……！」

篠子「（頷き）この子は丈夫な子に育つわよ」

芽衣「（強い眼差しになり）わたしがこの子の、母親」

○　スミレ理髪店・二階の部屋

眠っているような葉菜の傍らに並んで座っている奈緒と継美。

もう随分と泣いた後。

奈緒、まだ少し残っている継美の涙をハンカチで拭く。

奈緒「……」

奈緒、決意し、顔をあげて。

奈緒「継美。もうすぐ鈴原のおばあちゃんが来るの」

継美「（頷く）」

奈緒「そしたら荷物を用意して、ここを出るよ」

継美「……どこ行くの？」

奈緒「室蘭。施設に帰るの」

継美「……！」

奈緒「お母さん、すぐ近くまで一緒に行くから」

継美「……」

奈緒「継美ならもう大丈夫。お友達もたくさん出来たし、継美も守ってくれる優しい先生たちも……」

ふっと立ち上がる継美。

継美「鳥さんにお水あげよ」

継美、台所のコップを出し、水を注ごうとする。

しかし落とし、こぼしてしまった。

継美、布巾を取り、拭きはじめる。

震えている背中。

奈緒、歩み寄り、声をかけようとすると。

継美「お母さん、継美のこと嫌いになった？」
奈緒「(首を振り) 嫌いになんてならないよ」
継美「面倒くさくなった？」
奈緒「違うの」
継美「じゃあ、何でお母さんやめるの？　お友達なんかいらないよ。先生なんかいらないよ。お母さんと一緒にいたいよ！」
奈緒、思わず後ろから継美を抱きしめて。
奈緒、辛いが、必死に耐えて。
奈緒「継美、おぼえてる？　室蘭で継美と渡り鳥見に行った朝のこと。あなたのお母さんになるって言った時のこと」
継美「……（小さく頷く)」
奈緒「四月一日だから嘘をつこうって言ったよね」
継美「(小さく頷く)」
奈緒「今度は嘘じゃないよ。わたしはあなたのお母さんよ。お母さん、やめたりしない」
継美「(振り返り、奈緒を見つめる) ……」
奈緒「これからは、いつも思い出して。継美が嬉しい時はお母さんも嬉しい。継美が悲しい時はお母さんも悲しい。いつもふたりで半分ずつ。ひとりずつふたりで生きていくの」
継美「……」
奈緒「離れてても継美のお母さん。見えなくても継美のお母さん。ずっと継美のお母さん」
継美「……」
奈緒「そしたら、またいつか会える時が来る。お母さんがお母さんに会えたみたいに、いつか会える」
継美「いつ……？」
奈緒「継美が、大人になった時」
継美「そんなの待てないよ！　継美、変わっちゃうよ。大人になったら忘れちゃうよ。お母さんのこと、忘れちゃうよ！　お母さんのお顔、忘れちゃうよ！」
奈緒「(その予感はあって) ……」
継美「会ってもわからないかもしれないよ！　すれ違っちゃうかもしれないよ！」
奈緒「その時は、お母さんが継美に気付くから。その時は、そおっと、そおっと継美に近付くから」
継美「気付かないかもしれないよ！」
奈緒「気付く」
継美「顔も変わるよ！　背も変わるよ！　声も変わるよ！」
奈緒「それでも気付く、お母さんは気付く」
継美「……」
奈緒「お母さんは必ず継美を見つける。見つける」

継美、奈緒の胸にもたれかかる。

継美「お母さん……（涙を流して）」

奈緒、継美を胸に抱きしめて。

奈緒「泣かないで……（涙を流して）」

継美「泣いちゃうよ。泣いちゃうよ。お母さんだって泣いてるよ……（涙を流して）」

奈緒「（涙を流して）……」

× × ×

葉菜の傍らに籐子と、涙を拭っている珠美がいる。

籐子、横に置いてあった着物入れを広げると、中に白く美しい着物。

籐子「（葉菜に微笑みかけ）あなたに似合うと思うの」

籐子、立ち上がる。

窓際の鳥籠のインコを見ている奈緒と継美の元に行く。

二人は既に荷物を用意し、出かける支度をしている。

籐子「後のことは任せなさい」

奈緒「（お願いしますと）」

籐子、珠美を目で呼び、共に下に降りていく。

継美「自分で持つ」

奈緒、鳥籠をフックから外し、持つ。

奈緒、継美に渡す。

継美には大きいが、しっかりと持つ。

奈緒「じゃあ、ウッカリさんにお別れしよう」

継美「（頷く）」

二人、葉菜の元に行き、傍らにひざまずき。

奈緒「（手を握って）お母さん。継美、送ってくるよ」

継美、葉菜の顔を見つめ。

継美「継美、鳥さん、貰うね……ウッカリさん」

継美、葉菜の前に顔を寄せて。

継美「元気でね」

奈緒「……（涙を堪えて、強い眼差しで）」

○　室蘭の景色

○　バス停の通り

バスが停車し、降りてきた奈緒と継美。

奈緒はバッグを手にし、手には鳥籠を提げている。継美はリュックを背負っている。

継美「前のお席の人、ウトウトしてたね」

奈緒「気持ちよさそうだったね。（見回し）どっちかな？」

継美「あっち（と、指差す）」
奈緒「ゆっくり歩こうか」
継美「うん、ゆっくり歩こうか」
淡々と歩きだす二人。

○　通り

奈緒、少し前を行く継美とジャンケンしていて。
奈緒・継美「ジャンケンポン！」
継美、勝った。
継美「パイナップル」
継美、またさらに先へと行く。
奈緒・継美「ジャンケンポン！」
また継美が勝った。
継美「チヨコレイト」
継美、またさらに先へと行く。
継美「お母さん、弱い！」
奈緒「次は負けないよ！　ジャンケン……」
二人、またジャンケンをしかけた時。
女の子の声「怜南ちゃん」
奈緒と継美、はっとして見ると。
継美と同学年の女の子が母親と共に歩いてきた。
女の子「怜南ちゃん、何で昨日学校来なかったの？」
継美「うん……」
少し距離を置いて見守っている奈緒。
奈緒「（不安そうに）……」
母親「怜南ちゃん、みんな心配してるよ？」
継美「うん……」
女の子の母親が奈緒のことを怪訝そうに見る。
奈緒「（顔を伏せ）」
母親「途中まで一緒に帰りましょうか？」
継美「……」
女の子「一緒に行こ！」
継美、奈緒のことを心配しながら。
継美「……うん」
女の子と母親に促されながら、歩きだす継美。
奈緒「（呆然と見送って）……」
振り返る継美。
継美「（悲しく、泣きそうに歪んでいて）」
小さくバイバイと手を振った。
奈緒「（声をかけたいが、かけられず）」
奈緒もまた悲しみの中、小さく手を振った。
歩いていく継美。

母親「今いたお姉さん、どなた？」
継美「バスで会った人……」
　遠ざかっていく継美の後ろ姿を見送る奈緒。
奈緒「(呆然と) ……」

○　バス停の通り
　奈緒、バス停のベンチに腰掛けてバスを待っている。
奈緒「(まだ呆然としていて) ……」

×　×　×

　回想フラッシュバック。
　別れ際の泣きそうな継美の顔。
　遠ざかっていく鳥籠を持った継美の後ろ姿。

×　×　×

奈緒「(思いが込み上げてきて) ……！」

○　通り
　走る奈緒、必死に走る。

○　長い坂道の下
　別の道へと帰っていく女の子と母親。
　見送って、二人が手を繋いでいるのを見ている継美。
　継美、鳥籠を置き、インコを見つめる。
継美「(舌を鳴らし) もうすぐ着くからね」
　立ち上がり、坂道に対峙する継美。
　歩きだそうとした時、背後から走ってくる足音。
　継美、振り返ると、奈緒が立っている。
継美「……！」
　二人、距離を置いて、対峙して。
奈緒「……」
継美「……」
奈緒「……継美。もう少し一緒にいて、お話ししようか？」
継美「……」
奈緒「悲しいまんまじゃなくて、ちゃんと笑って……」
継美「(遮るように首を振る)」
奈緒「……！」
継美「お母さん、見てて」
奈緒「(え、と) ……」
継美「見てて。継美、自分で帰れるから」
奈緒「……！」

継美「ちゃんと自分で帰れるから」
凛《りん》とした表情で言った。
奈緒、継美の強い意志を感じながら。
奈緒「(涙が滲み) うん、うん、そうだな……でも、お母さん、見えるかな」
目にあふれてくる涙を拭って。
奈緒「ちゃんと見えるかな……」
継美「悲しいの?」
奈緒「ううん、嬉しいの」
継美「嬉しいのに泣くの?」
奈緒「嬉しいのに泣くの。嬉しくて泣くこともあるの。ごめんね、お母さんの方がこんなじゃ……」
継美「じゃあさじゃあさ、お母さん」
奈緒「うん?」
継美「好きなものの話をするんだよ」
奈緒「(え、と) ……」
継美「好きなものの話をすると、楽しくなるの」
奈緒「(頷き、何度も頷き) そうだね、そうだったね」
奈緒、涙を拭って。
奈緒「……夜のプール」
継美、ふふふと微笑んで。
継美「じゃあ、アリクイさんの形」
奈緒「ちょっと酸《す》っぱい甘夏」
継美「作りかけのお家」
奈緒「うーん、左利き」
継美「えーっとね、お風呂のお湯ちょうどにすること」
奈緒「こういう、小さいお醤油さし」
継美「お外でスイカ食べること」
奈緒「ピアノの、放課後聞こえてくるピアノの音」
継美「かさおばけ!」
奈緒「八月三一日」
継美「電車の中で眠ってる人」
奈緒「キリンの……」
継美「キリン?」
奈緒「(首を振り) キリンは牛の種類、ってところ」
継美「そうなの?」
奈緒「うん」
継美「二人で一個の傘さすこと」
奈緒「靴箱からはみ出してる長靴」
継美「台風のごおおって音」
奈緒「朝の光」
だんだん近付いていく二人。
継美「お母さんの眉毛」
奈緒「継美の歩き方」
継美「お母さんが洗濯物干してるところ」

奈緒「継美がそわそわしてるところ」
継美「お母さんの声」
奈緒「継美の字」
　　向かい合う二人。
奈緒「継美」
継美「お母さん」
　　強く抱き合う二人。
　　離れて。
　　奈緒、一通の手紙を出し、継美に手渡す。
奈緒「継美が二十歳になったら読んで」
継美「うん、わかった」
奈緒「お母さん、ここで見てるからね」
継美「うん」
奈緒「ずっと見てるからね」
継美「うん」
　　継美、鳥籠のところに走って戻る。
　　奈緒、立ち上がる。
　　継美、鳥籠を提げ、奈緒を見る。
継美「(微笑み)」
奈緒「(微笑み)」
　　継美、笑顔のまま背を向けた。
奈緒「(見つめ)」
　　歩きだす継美、坂道を上がっていく。
　　見送る奈緒。
　　継美、鳥籠が持ち辛く、転びそうになる。
　　奈緒、思わず歩み寄りそうになる。
　　しかし継美は転ばず、また歩きだす。
奈緒「(しっかりと見つめ)……」
　　坂道を登っていく継美。
　　見送っている奈緒。
　　登りきった継美の後ろ姿。
　　少し立ち止まって、そして走りだし、後ろ姿が坂の向こうへと消えていった。
奈緒「(見届けて)」
　　踵を返し、歩きはじめた奈緒。
奈緒「(強い眼差しで)」

○　施設への道

　　鳥籠を提げて走っている継美、もう一方の手には奈緒から貰った手紙を持っている。
奈緒の声「継美へ。あなたは今、怜南と名乗っていることと思います。だけど今はあえて、継美と呼ばせてください」

○　バス停の通り

　　帰りのバスを待って、バス停に立っている

奈緒。

穏やかな表情。

奈緒の声「この手紙は、十二年後のあなたに書く手紙です。二十歳になったあなたに宛て、書いている手紙です。いつか大人へと成長したあなたが読んでくれることを願って」

○ 施設への道

鳥籠を提げて、走っている継美。
奈緒の声「継美？　ウッカリさんをおぼえていますか。わたしの母であり、あなたとの旅の途中で再会した、望月葉菜さんのこと」

○ バス停の通り

帰りのバスを待っている奈緒。
奈緒の声「あの時あなたの母になろうとしなければ、きっとわたしも母に出会うことはなかったと思います。あなたの母になったから、わたしも最後の最後に母を愛することが出来た。不思議な運命を感じています」

○ 病院・新生児室あたり

ガラスに手をつき、赤ん坊を見つめている芽衣。

ふいに誰かが傍らに立ち、見ると、圭吾だ。

芽衣、少し驚きながらも受け入れる。

共に見つめる。

奈緒の声「あなたは知っていますか？　渡り鳥がどうして迷わずに目的地に辿《たど》り着けるのか。例えば鳥たちは星座を道標にするのです」

○ 空き地あたり

駿輔がおり、地面に数冊のノートなどを燃やした燃えかすがある。

鈴原奈緒と書かれた紙片が残っている。

思い返すようにしながら紙片をくしゃっとする。

奈緒の声「北極星を中心とした大熊座、小熊座、カシオペア座。星々を頼りにして鳥たちは北を目指すのです」

○ スミレ理髪店・二階の部屋

通夜《つや》のための準備がはじまっており、葬儀会社の者たちも来ており、喪服《もふく》の耕平が手伝っている。

籐子が葉菜に着せた着物の襟《えり》を整えている。

果歩が大判にプリントした写真を飾る。
葉菜を中心とし、奈緒、継美、籐子、芽衣、果歩が並んで写っている集合写真。

奈緒の声「鳥たちはそれを雛《ひな》の頃におぼえるのです。雛の頃に見た星の位置が、鳥たちの生きる上での道標となる」

○　バス停の通り

帰りのバスを待っている奈緒。

奈緒の声「わたしは明日、あなたに別れを告げます。あなたを連れて室蘭に向かいます。会うことを許されないわたしたち。母と娘を名乗ることの出来ないわたしたち」

○　施設への道

鳥籠を提げて、走っている継美。

奈緒の声「それでもわたしは信じています。いつかまたわたしたちが再び出会えることを。いつかまた手を取り合う日が来ることを」

○　バス停の通り

帰りのバスを待っている奈緒。

奈緒の声「わたしと母が三十年の時を経て出会ったように、幼い頃に手を取り合って歩いた思い出があれば、それはいつか道標となって、わたしたちを導き、めぐり会う」

○　施設への道

鳥籠を提げて、走っている継美。

奈緒の声「二十歳になった継美。あなたは今どんな女性になってるでしょう。どんな大人になってるでしょう。出会った頃の一〇四センチのあなたは今、流行りの服を着て、小さな16.5センチの靴を履いていたあなたは今、少し踵《かかと》の高い靴を履いて、わたしの前に歩み寄ってくる」

○　バス停の通り

帰りのバスを待っている奈緒。

奈緒の声「すれ違うその時。わたしは何て声をかけよう。向かい合って、あなたと何を話そう。何から聞こう。わたしがわかりますか？　身長は幾つですか？　恋をしましたか？　親友はいますか」

○　施設への道

鳥籠を提げて、走っている継美。

奈緒の声「今でも水色は好き？　シイタケは苦手？

逆上がりはまだ出来ますか？　クリームソーダは好きですか？　もし良かったらまた一緒に飲みませんか？　継美、元気ですか？」

○　バス停の通り

帰りのバスを待っている奈緒。

奈緒の声「二十歳のあなたに出会うことを思うと、今から胸が高鳴り、ひとり笑みがこぼれてしまいます。あなたとの明日を笑顔で待っています」

道の向こうからバスが走ってきた。

○　児童養護施設・前の通り

鳥籠を提げて、走ってくる継美。

奈緒の声「あなたに出会えて、良かった。あなたの母になれて、良かった」

施設の前に園長と児童相談所の職員らしき男たちが数人おり、深刻な表情で話している。

立ちすくむ継美。

しかし顔をあげ、強い眼差しで歩み寄っていく。

奈緒の声「あなたと過ごした季節。あなたの母であった季節」

○　バス停の通り

奈緒、近付いてきたバスを見て、バッグを持つ。

奈緒の声「それがわたしにとって今のすべてであり、そしてあなたと再びいつか出会う季節、それはわたしにとって、これから開ける、宝箱なのです」

奈緒、何か聞こえて、空を見上げる。

渡り鳥の群れ。

奈緒の声「愛しています。母より」

○　窓辺のテーブル

二つ並んだクリームソーダの向こう、少し色褪せた好きなもののノートが置いてあり、そこに二人の大人の女性の手と手が、ひとつまたひとつと重ね合わせられた。

奈緒の声「追伸。クリームソーダは、飲み物ですよ」

Mother　終わり

履歴書

連続ドラマ企画「Mother」

ここでいう〝履歴書〟とは、ごく一部のスタッフとキャストが読むために書いてきた登場人物紹介です。脚本の前の私書的なものですから、読みにくい箇所もあり、実際の役名や設定とは大きく異なるものもありますが、ここでは原文のまま載せています。

坂元裕二

長女は教え子が虐待されていると知り、彼女を誘拐し、母となることを決心した。

次女はこれから生まれてくる我が子の心臓が一年保たないと教えられ、どんなことをしてでもその命を守ると決心した。

三女は愛する母が実の母親ではなかったと知り、本当の母親を捜し出そうと決心した。

そして娘たちの母は……。

この物語は、これら幾つかの母と娘の、何よりも強く、と同時に何よりも弱い関係を描く、心の活劇である。

登場する三人の姉妹と、その母のプロフィール

■ **浅生葉月　あさおはずき　（三十五歳）**

浅生家の長女である。幼い頃から勉強が大好きな優等生だった。中学、高校と、友人が恋に夢中になっている間も、彼女はひたすら勉強を続け、北海道の農業大学に進学した。

東京の家を出た。母も妹たちも特に反対はしなかった。女らしくない勉強ロボットだと思われていたのだろう。自分でもその通りだと思う。生涯研究者として生きるつもりだった。

大学院に入り、自発的な恋もしないまま、時折誘われるままに男と付き合い、ひたすら牛や馬や羊の研究を続けるうちに三十歳半ばとなっていた。助教授になれそうだという頃、突然大学が縮小され、彼女の研究室はなくなった。

東京に戻ろうとは思わなかった。ここ最近は、実家に帰るのは二、三年に一度だ。正月に帰って、特に家族と何を話すわけでもなく過ごし、また北海道に戻る。結局彼女は、紹介された近隣の小学校で理科の教師になった。漁港の傍《そば》にある小学校だ。

二年目。彼女は担任を任された。一年一組。ここで彼女は、向井凛と出会う。

凛は何故か彼女になついてきた。不愛想な彼女を慕う生徒は他にはいなかった。凛だけが常に声をかけてきては、彼女のひとりで取り組んでいる研究をじっと見つめていた。はじめは疎《うと》ましく感じていた彼女も少しずつ凛を受け入れはじめた。学校の帰り道に喫茶店に立ち寄り、クリームソーダを飲ませてあげると、凛は心から嬉しそうにしていた。彼女もクリームソーダが大好きだった。それは昔、母と買い物に出かけたデパートで飲んだ味だった。

彼女と凛は友達のような関係になった。とは言っても、もっぱら喋るのは凛だった。ひたすらノートに向かう彼女の前で、凛は空想じみた話を続ける。それは穏やかな、心地よい時間だった。凛は少し変わった子だった。とても頭が良い。しかし大人の言うことに素直には従うことがなかった。それを子供らしくないと嫌う大人がこの町には大勢いることも知った。しかし彼女は、そんな凛が、わかるような気がした。彼女ははじめて感じる。これが人と一緒にいることの幸福感

なのだろうか。彼女に見送られ、家に帰る時の凜は、いつも少し淋しげだった。彼女もまたこのまま凜と過ごしたいと感じるようになっていた。

ある時彼女は気付いた。凜のお腹に小さな痣《あざ》があることを。凜に問うと、グランドから飛んできたボールが当たったと言う。彼女はそれが嘘だと直感でわかった。何故なら、凜はそれが嘘だとわかるように話しているからだ。凜は本当のことを伝えたいがために嘘をついているのだ。しかし彼女は何も言わなかった。何か面倒くさいものがその嘘の先にある気がしたからだ。彼女は凜と少しずつ距離を置くことにした。

凜の傷は消えなかった。腕、足、肩などに時折見かけた。学校を休むことも増えた。火傷の跡もあった。深夜にひとりで出歩いてるところを目撃したこともある。関わってはいけない。そう感じながらも、彼女は凜の家の様子を見るため、足を向けてしまう。

彼女が担任になった時、凜は母とふたり暮らしだった。駅前のスーパーでレジ打ちをしている母。しかし今、その家には見知らぬ男が出入りしている。この町の有力者の息子だ。凜の母と付き合いはじめたようだ。母と男にとって、凜は邪魔な存在でしかなかった。男は日常的に凜に暴力を振るっていた。凜の母はそれを見て見ぬフリし、時には加担した。男は仕事をせず、母はスナックで働きはじめた。母のいない夜、凜は男とふたりで過ごすことになり、恐怖は増した。暴力は度を超し、また別の虐待の予感があった。

彼女は久し振りに凜と会話した。彼女からも、凜からも、虐待に関する話題は出なかった。ただ以前と同じように過ごした。穏やかな心地よい時間、にはならなかった。もうあの頃とは違う事実がふたりの間にはあった。帰り道、海岸線を歩きながら凜がぽつりと言った。先生がお母さんだったらよかったのに。先生がお母さんになってくれたらいいのに。それは、凜がはじめて彼女に言ったお願いだった。心から振り絞ったお願いだった。彼女はしばらく黙った後に、笑った。ははは、馬鹿なことを言うねえ。自分らしくない、世慣れた他人がよくする軽い受け答えが出来た。凜は淋しげに帰った。そして次の日からはもう彼女に近付くこともなくなった。

彼女は警察に行った。児童相談所にも行った。そんなことしたくはなかった。何故なら幻滅するだけだからだ。案の定彼女の想像通り、彼らは呑気な役人仕事しかしなかった。それでも何度も足を運んだ。嫌だ嫌だと思いながらも、彼女は相談所の者たちに訴えた。しかし、母親の言う、しつけという言葉を真《ま》に受け、深く調べようともしない。凜は変わった子、面倒くさい子だという認識も影響したのだろう。男が有力者の息子だということも影響したのだろう。彼女はねばり強く訴えたが、ある時相談所の所長が言った。先生は独身でいらっしゃるから、子育てというもんがわからんのでしょう。男性経験も少ないんでしょ？　もうちょっと世間というもんを知らんと。彼女の中から力が抜けた。この人たちには何を言っても無駄だ。言葉を尽くすだけ無駄なんだ。彼女は、男にひと言、死ねと吐き捨て、相談所を出た。ある地方では虐待を受けた子供が、相談所に引き取られたものの、再び家に戻され、殺された事件があった。彼女はそのニュースを目にし、確信する。何も頼りには出来ない。凛を救うことは人に任せられない。しかし自分に何が出来るだろう。彼女は無力感の中で、ただ立ち尽くしていた。

しかし彼女は知る。もう何週間も学校に来ていない凛に対する虐待は暴力だけではなくなりはじめていた。男は凛に対し、性的な虐待に及ぼうとしていた。それを知った彼女の中で、何かが決壊した。三十五年間かたくなに守り続けていた、自分とはこういうものだという規範のようなものが壊れた。わたしがわたしである前に、しなくてはならないことがある。彼女は決心した。

彼女は周到に計画を練りはじめた。学校に退職願いを出した。今年度をもって退職する。出来るだけ自然な形でこの町を去る必要がある。自分用の目立たぬ服と男の子用の服を購入した。歩きやすい靴を大人分と子供分購入した。こっそりと凛を呼び出し、しばらく学校に来るように伝えた。手紙を渡した。凛は手紙に書かれてあったことを実行した。毎日学校の帰り道に海辺を歩くことにした。少し危険な桟橋を歩いたりして、出来るだけ人目に付くようにした。

彼女は思う。凛は自分の計画に気付いているだろうか。気付いているのだろう、だから学校に来ている。だから我慢出来ている。凛には伝えてあった。四月一日を知ってるか。四月一日はエイプリルフールだ。嘘をついてもいい日だ。先生と凛は今度の四月一日に一緒に嘘をつくんだよ。大きな嘘をつくんだよ。

四月一日が来た。彼女は部屋の荷物を引き払った。これまでの研究の成果もすべて燃やした。凛は海岸に遊びに行くと言って出かけた。日が暮れて人けが無くなる頃、彼女と凛は海辺の桟橋で落ち合った。そして彼女は言った。凛。よく聞いて。わたしはこれからあなたを誘拐しようと思う。凛は痣の残った顔でただ聞いていた。彼女は続けた。どうなるかわからない。わたしのすることは多分間違っている。あなたを不幸にするかもしれない。しかしわたしはそれでもいいと思う。わたしはあなたの母親になるから。あなたはわたしの娘になるから。これは嘘だ。エイプリルフールの嘘だ。わたしたちはこれから先、一生嘘をつき続けなければならない。母と娘として振る舞ってお芝居をするんだ。学芸会の主役の時を思い出すんだ。あなたは上手だった。完璧なお芝居をするんだよ。絶対に絶対に誰にも見つからないように嘘をつき続けるんだよ。出来る？　凜は涙を流して言った。お母さん。わたしのお母さん。

　彼女は凜の上着と靴を海に投げ込んだ。ふたりは物陰で着替え、凜には男の子の服を着せた。駅に向かった。東京行きの夜行列車に飛び乗った。今頃町は騒いでいるだろう。計画通り、凜が死んだと思ってくれるよう願った。向井凜は死んだ。今日からは別人だ。名前も変えなければならない。好きな名前付けていいよ。お母さんが付けて、名前はお母さんが付けるものでしょ。彼女は凜の新しい名前を考えながら、窓の外、今年最後の雪が降りはじめるのを見た。娘が聞く。わたしたち、どこに行くの？　彼女は言った。お母さんのお母さんの家よ。母と妹たちのいる実家に帰るのは三年振りだった。

■浅生実里　あさおみのり（三十歳）

　浅生家の次女である。子供の頃から食卓に着くと、好きなものは何より先に食べた。欲しいものは誰より先に、そして欲しいだけ手に入れる。それが彼女の生き方だ。初恋は中学の時の同級生だ。彼も自分のことを好きだったと思う。しかし彼女はバスケ部のエースで、成績トップだった先輩と交際した。先輩の方が自分に相応《ふさわ》しいし、彼のことを好きな女子が大勢いることを知っていたからだ。

　姉のことを軽蔑していた。元々気が合わないのだ。地味で勉強ばかりする姉。楽しいことはあらゆる場所に転がっているのに、何が悲しくて勉強などしているのだろう。わたしは違う。将来のために生きるのなんてまっぴらだ。今日を生きること。今日を楽しむこと。彼女はそれを姉から学んだ。姉を反面教師として。

　高校、大学と進学しても、彼女は常に積極的に世界を広げていった。サークルを作り、毎晩のように街に出ては、たくさんの友達を作った。コンパニオン派遣会社と契約し、斡旋《あっせん》することでそれなりのお金も手に入れた。たくさんの恋をした。コンパを繰り返し、彼女が選ぶ男は必ず他の女たちの憧れの対象だった。モテない男に興味はなかった。友達の彼氏も躊躇《ちゅうちょ》無く奪い取った。それだけの魅力が自分にあることも知っていたから出来たのだ。

周囲からは派手で軽い女だと思われたろう。実際そうだ。毎晩のように男を替えていた時期もある。しかしあんな人たちに何を言われても構わない。ルサンチマンにはならない。楽しく生きた者が勝ちなんだ。何を言われても、自分を強くしてくれる魔法の言葉がある。今日を生きること。今日を楽しむこと。

大学を卒業し、丸の内にあるリゾートホテルチェーンを展開する企業に事務職として就職した。自分がどんな仕事をしていたかはほとんど記憶にない。二十五歳を過ぎた頃、次に付き合う男を結婚の相手にしようと決めた。自分の結婚相手に相応しい男を探す。今が最も高いレベルの相手を手に入れる機会なのだ。彼女は計画的に、周到に選びはじめた。

と同時に、彼女はこの頃、ある男に恋をした。カメラマンのアシスタントをしていた同い年のAだ。相性は最高だった。Aの前では虚勢を張らず素直でいられたし、体の相性もよかった。しかしAには不満があった。夢見がちなところだ。Aはいつも将来の話をする。今手に入ってないものの話をする。彼女にはそんなことは無駄だと感じられる。

彼女は別の男と結婚することにした。経産省に勤める公務員だ。口数が少なく、退屈な男だった。保守的だった。しかし結婚相手として相応しい。

結婚直前までAには黙っていた。ある時家に帰ると、Aが母と楽しげに話していた。Aは母とも気が合った。Aは雑誌に自分の写真が掲載されることを告げ、彼女にプロポーズした。この時はじめて彼女は、自分が別の男と結婚することを告げる。Aには彼女が何を言っているのかよくわからなかったようだ。ただ淋しげに立ち去った。

母との決定的な確執はこの時はじまった。母は彼女の選んだ結婚相手を否定した。彼女は母と大喧嘩し、家を出た。いずれこうなることはわかっていた。次女である自分は最も母からの愛情が薄かったと自覚している。忙しい母にとって中途半端な次女に傾ける愛情はいつも三番目になる。自分から望まなければ、愛情も手に入らなかったのだ。だからあの時母が彼女の結婚相手を否定した時、どうにも我慢ならなかったのだ。結婚式には母も姉も呼ばなかった。以来、母とはまともに顔を合わせていない。

結婚生活は退屈で、幸福でも不幸でもなかった。不幸ではないから、幸福なのだろう。自分にとって残されたのは、子供を作ることだけだ。周囲の友人も、気の合った子たちはみな子供がいる。計画性のある女は早く子供を作っている。子供が産まれたら幼児教育のスクールに通わせようと見て回った。お受験する幼稚園、学校もリサーチし、リストアップした。他の母親たちとの付き合いでも、自分は中心になれるだろう。産まれてくる子供は断然、男の子がいい。女の子はちょっと面倒くさい。女だったら誰かにあげちゃうなどと冗談を言ったりした。

しかし子供はなかなか出来なかった。夫に原因があるのだろうと考えた。渋る夫を連れだし、不妊治療に通った。周囲には絶対にばれないようにした。こんなことで弱みを見せてはいけない。自分は完璧な存在でなくてはならないのだ。二年経ち、三年経ち、彼女は焦りはじめた。こんなのは自分らしくない。おかしい。そんなはずがない。何が間違っていたのだろうか。自分自身？

彼女の焦燥感が頂点に達した頃、ようやく妊娠した。彼女は自信を取り戻した。やはり自分は自分だ。間違いない。わたしは最高の筋書きの上を進んでいる。最高の産婦人科を予約し、早速他の妊婦たちと情報交換した。

安定期に入り、妊娠六ヶ月の頃、定期診断に行った病院で医者は思わぬことを言った。お腹《なか》のお子さんの発育状況に不審な点があるので、検査しましょう。それでも彼女は信じて疑わなかった。問題など起こるはずがない。医者の間違いだろう。

検査の結果、医者は言った。お腹のお子さんは心臓に重大な欠陥がある。彼女は信じて疑わなかった。問題が起こるはずがない。何かの間違いだ。彼女は複数の医者に診せた。しかし診断に変わりはなかった。このまま産んだとしても、おそらく一年保たないだろう。それも産まれてすぐに生命維持のための保育器に入れられ、死ぬまでそこを出ることはないだろう。呆然とする彼女に、医者は言った。堕胎をお勧めしますと。

誰にも言わなかった。言えなかった。夫にも、友人にも、勿論母親にも。何も考えられず、呆然としたまま数週間が過ぎた。そしてある日、夫が血相を変えて帰ってきた。心配した病院が夫に子供の病気を伝えたようだ。

夫は堕胎すべきだと言った。辛いがやむをえない。産めば全員が不幸になる。死ぬことを前提に産むなど無意味だ。君だってそう思うだろう？と。彼女は答えた。そうだね、そうしようと。その時、お腹の中で何かが聞こえた気がした。彼女は必死に聞こえぬフリをした。しかしそれはどんなに耳を塞いでも聞こえる声だった。耳ではなく、心に届く声だった。

翌日彼女は病院に行き、堕胎のための検査をした。エコーによるモニタに胎内が映って見えた。七ヶ月の胎児の姿が見えた。医者はすぐにそれを消そうとしたが、彼女は叫んだ。見せてください。見たいんです。彼女はエコーのモニタを見つめた。赤ん坊の影は元気に動いている。とても病気だとは思えない。しかし診断に間違いはないのだ。医者は言った。女の子ですね。付き添った夫がほっとしたように言った。女の子はあんなに嫌がってたじゃないか。これで少しは気が楽になるだろう。

彼女はトイレに行くフリをし、病院を逃げ出した。自覚は無かった。何も考えてはいなかった。ただ足が止まらなかった。一刻も早くここを逃げなければ、ここを逃げなければ、わたしの子供が殺されてしまう。

暗くなるまで彷徨《さまよ》い歩き、夜になってようやく家に帰った彼女は夫に告げた。わたしはこの子を産む。絶対に産む。当然、夫は大反対した。何を馬鹿なことを言ってる。一年しか生きられない子を産んでどうするんだ。夫はこうも言った。君らしくない。そんな子を産んだら、君がこれまで築いてきた人生設計がすべて台無しになるんだよ。一年のうちに莫大な金もかかる。君はわざわざそんな苦難の道を選ぶ人間じゃないだろう。その通りだ。しかし彼女の気持ちはもう決まっていた。考える余地さえなかった。

夫の実家の両親も反対した。あなたはまだ若い。これから何度でもチャンスはあるだろう。死ぬと決まっている子供を産む必要などない。正解だろう。これまでの彼女であれば、従っただろう。しかし彼女は従わなかった。

産むと決めた。そこに理由はない。このお腹の中の子はわたしの娘なのだ。二ヶ月後、彼女は出産した。反対を続ける夫は立ち会ってはくれなかった。しかし構わない。

この子はわたしの娘だ。誰のものでもない。

産まれた娘を抱くことは出来なかった。娘は産まれた直後に保育器の中に入れられた。廊下の窓ガラス越しにその姿を見た。ケースの向こうに僅《わず》かに見える顔。人工呼吸器を取り付けられている。あれを外すだけで、あっさりと失われてしまう命。死にゆくのをただ見守るしかない、か細《ぼそ》い命。抱きしめることは出来ない。出来るとしたら、娘が死んだ時だ。

気が付くと彼女の目から涙があふれていた。看護師たちはみな悲しくて泣いているのだろうと思ったろう。しかし違う。彼女は嬉しくて嬉しくて仕方がなかった。ほら、わたしの娘は生きている。少し遠いけれど、目に見えるところで生きている。わたしにはあの子が生きているのがわかる。

彼女は決心した。死なせない。絶対に死なせない。この子の命を守る。そのためなら何でもしよう。どんなことでもしよう。誰に何を言われてもいい。狂った母と呼ばれても構わない。いつかこの子が幼稚園に入り、小学校に入り、成長し、恋をし、仕事をする日を思う。彼女ははじめて考えた。明日のことを。娘の明日のことを考えた。わたしは明日を生きよう。この子の生きる明日を生きよう。そのために自分自身の今日を犠牲にしたとしても。彼女は娘に、明日花《あすか》と名付けた。

　今日も明日花は保育器の中にいる。彼女はそれを眺める。こんな時ふと思うことがある。どうしてあの時堕胎手術の病院から逃げ出したのか。もしかしたら、赤ん坊が女の子だと聞いたからか。男の子だったら、ああは思わなかったかもしれない。あんなにも嫌がっていた女の子。女の子だから産もうと思ったのか。それが何故なのかはわからない。

　とにかく今は娘の保育器を動かすための、そして可能かどうかわからない手術をするためのお金が必要だ。実家に帰るしかない。母に頼むしかない。

■ 浅生羽菜　あさおはな　（二十二歳）

　浅生家の三女である。母のことが大好きだ。母も自分のことが大好きだ。母はいつも彼女の中心にあった。三姉妹の中で三女である自分はいつも特別に可愛《かわい》がられたという自覚がある。姉たちとは違う。姉たちは母とは気が合わないようだし、性格的にどこか歪《ゆが》んでいる気がする。自分勝手に生き、勝手に出ていった姉たちに対してそんな優越感がある。自分は母と手を繋いで買い物に行くのが何より好きだし、母が咳をするだけでひどく心配になるのだ。就職先が決まらず焦ってはいるが、出来れば新聞社に入ってジャーナリストになりたいし、いつかは決定的な恋をして結婚もすることだろう。しかし今後何があっても、自分にとって何より、誰より大切なのは母だ。

　彼女が五歳の頃に死んだ父の面影はおぼろげだ。会社で営業だった父はいつも帰りが遅かったし、たまの休みに出かけた時も彼女は母から離れようとしなかったからだ。数少ない父の写真を見て、この人なのかなあと思う程度だった。

　逆に母との思い出は多い。特に、彼女には一番はじめの母の記憶というのがある。人に話すと嘘だと言われるが、それは彼女がまだ0歳の時のものだ。彼女は夕暮れに染まる狭い路地を歩いていた。正確には母に抱かれて歩いていた。近くでお祭りがあったのだろうか、お囃子《はやし》の音が聞こえる。豆腐屋が見える。氷屋がある。路地を進むと、きらびやかな光のまたたく通りに出て、美しい着物を着た女性たちと何度もすれ違う。

彼女は誇らしげに思っていた。彼女を抱いている母が誰より美しかったからだ。母は黒地に真っ赤な花を咲かせた着物を着ていた。甘いにおいがした。彼女は母のことが大好きで、それを告げたくて、母の顔を見た。母は微笑んでいた。彼女の生を祝福する笑顔だった。そして次の瞬間、彼女は母の後ろ姿を見つめている。どうして抱かれているのに後ろ姿なのだろう。それは疑問だった。そしてどうしてだろう。わたしはその日が水曜日だと思っている。まだ0歳の赤ん坊の記憶としてありえないことだ。しかしそう思えて仕方がない。そうとしか思えないのだ。勿論母にこの記憶のことを話したことがある。残念ながら母の記憶には無かったらしく、曖昧なままとなった。今あの着物はどこにあるのだろう。まだどこかにあって、見つかるなら、わたしにくれればいいのに。

　姉たちが相次いで出ていき、母とのふたり暮らしが長い。家に帰ると母にその日一日の出来事を話すのが日課だ。その日も就職の面接で面接官の意地悪な質問にどっと疲れた。母に愚痴を聞いてもらおうとして、家に帰ってきた。そして仕事場で書類の山の中に倒れている母を発見した。

　救急車で病院に運ばれ、精密検査の結果ただの過労で、一週間ほど安静にしていれば元気になると医者に言われるまで、彼女は生きた心地がしなかった。安心して帰ろうとした時に、医者が言った。お母さんは過去に大病されているから無理はしない方がいいと。彼女には何のことかわからなかった。母は昔、子宮の摘出手術をしたらしい。初耳だった。母がそんな大病をしていたとは。

　疑問を感じながら母の入院の着替えを取りに帰る。疑問が離れなかった。どうして自分に教えてくれなかったのだろう。気が付くと、彼女は母の持ち物を探っていた。そして引き出しの奥にあった母の日記を見つける。母が日記を付けていたなんて。入院の支度も忘れ、読みふけってしまう彼女は気付く。母が子宮摘出の手術をしたのは、二十三年前だった。計算が合わない。彼女が産まれたのはその後だ。何が間違っているのだろう。深く考えることが怖くなり、彼女は日記を閉じ、また元に戻した。

　急いで病院に戻り、母に着替えを手渡した。いつもと変わらず、彼女に優しい母だ。ただの間違いだ。何かの間違いに違いない。わざわざ母に聞く必要はない。彼女は病気のこと、日記のことには触れず、病院を後にした。母と過ごす時間がこんなにも気詰まりだったのははじめてだ。帰り際、母はおかしなことを言った。二番目の姉の出産が近いことを人づてに聞いて、その話をした時だ。母はこんなことを言った。男に生まれてくることと、女に生まれてくることはどっちが幸せなんだろうと。

母とそんな話をしたからではないが、帰り道、彼女は二番目の姉の家に行った。妊娠している姉はどこか思い詰めた表情をしており、母の病気のことを問うても満足な答えは引き出せなかった。実際何も知らないようだ。

北海道に住む姉の家にも電話してみた。母の病気のことを聞いてみる。しかし姉は何も答えてくれず、逆に質問された。実家に空き部屋はあるか。近くに学校はあるかなどと。相変わらずこの姉は何を考えているのかわからない。

彼女は再び母の日記を開いた。そこには彼女が期待するようなことは書かれていなかった。彼女が出生した時期の日記がまったく抜けているのだ。妊娠期間中で日記を書く余裕も無かったのだろうか。ただ、一枚の葉書を目にした。母に宛てられたもので、差出人は東京下町のある住所で、見知らぬ女性の名だった。消印の日付は二十年ほど前。羽菜が産まれて少しの頃。文面には、謝罪の言葉が書き綴られていた。何を謝っているのかはわからない。ただ、末尾にはこう書かれていた。娘を返してください、と。

翌日彼女は葉書の差出人の住所を訪ねた。見知らぬ町はホテル街があり、スナックがあり、風俗店が建ち並んでいた。本来の彼女なら絶対に近付かないような町。しかしどこか懐かしい印象があるのは、町並みが古いからだろうか。

葉書の住所の場所には周囲の景色とは不釣り合いな、ヘアサロンがあった。彼女が店に入ると、不愛想な男の美容師がいた。彼女と年が近そうだ。ひとりで店を開いているのか。この場所が元は何だったのかだけ聞いて帰ろうとしたが、椅子に座らされた。髪を切られながら、彼女は男の顔を盗み見た。少し謎めいたところがあるが、好きなタイプだ。本来の目的を忘れ、彼女はどきどきした。

髪を切り終えて帰ろうとした羽菜に、突然男が言った。あんた、浅生羽菜だろ。え?と振り返った彼女に男は続けて言った。本当の母親を捜しに来たんじゃないのか？　彼女はただぽかんと、彼の意外に綺麗な目を見ていた。何も考えられなかった。ただ、母との一番はじめの記憶。着物を着た美しい母の記憶だけは繰り返し繰り返し思い浮かべていた。あの着物は今どこに。

■ **浅生春佳　あさおはるか（五十六歳）**

三姉妹の母。十七年前に夫を事故で亡《な》くし、ひとりで三人の娘を育ててきた。娘たちを育てるために長距離トラックのドライバーからはじめ、今では都内に十数店舗を持つ宅配花のチェーン店の社長である。

娘たちは彼女の人生の多くを知らない。長女は北海道に行ったまま戻らない。次女は結婚後彼女の元を離れた。誰より心配してきた三女もいずれ独り立ちするだろう。大人になった娘たちの人生を尊重し、自分の人生を仕事に集中しはじめていた、その矢先に物語ははじまった。

長女の葉月は、不倫の末に産まれたと言って二年生の娘を連れて家に帰ってきた。しかしその子は誘拐してきた子だったのだ。葉月は表に出せぬ娘を学校に行かせることさえ出来ない。病気をしても保険証が無い。葉月は遂に闇社会に接触し、娘のために戸籍を購入する。ようやく軌道に乗ったかと思われた葉月と娘の生活の前に現れる北海道から来た男。彼は葉月と娘の本当の関係を知る男。脅迫される葉月。やがては発覚し、娘を連れて逃走する葉月。そして逮捕。本当の母娘のように育《はぐく》まれてきた関係が遂に引き離される。罰を受ける葉月。

次女の実里は、一年の命だと医者に言われた娘を出産した。抱くことさえ出来ない娘のためにその身を捧げる実里。幾つかの選択肢を見つけていく。アメリカでの手術には数億円が必要だ。寄付金を募る。しかし社会の中傷が家族を傷つける。あるいは東南アジアの臓器ブローカーとの接触。貧しい国の子供の命を犠牲にするそんな手術を実里は選ぶのか。実里のなりふりかまわぬ行動に、周囲のすべてが呆れ、反対した。しかし実里は決して諦めなかった。保育器の中の娘を抱きしめるまでは絶対に諦めなかった。

三女の羽菜は、自分の出生の秘密に気付いてしまった。そしてそれは春佳にとっても、過去の傷に触れることだった。これまで母に向けられていた強い愛情が裏返しとなり、やがて母を憎しみはじめる羽菜。そして、本当の母捜しの過程で出会った謎めく男との関係で、暴力の渦の中に巻き込まれていく羽菜を救うため、命を顧みず飛び込んでいく春佳。

物語は、母と三姉妹の壮絶な葛藤を通して、やがて互いのすべてを受け入れた四人が揃って語り合うラストに向かう。

律子と奈緒の背景

※第一話の初稿執筆後に書かれた「奈緒の母親はひとり」という設定の「履歴書」。その後、田中裕子の出演が決まったことで母親役がふたりに変更されました。

■ 1971・10　律子

真夜中の体育倉庫は毛布のにおいがした。父が帰省する折りに連れられて瀬戸内の海をフェリーで渡った時、石油ストーブの場所取りに遅れて震えている彼女を不憫に思ったのか、若い乗組員が貸してくれた毛布のにおいだ。油と汗とカビの入り交じったにおいにはじめは嗚咽したものの、十分と経たないうちにそれに包まれることに安堵を感じるようになった。マッチ棒のような風貌の乗組員。まだ幼い彼女でさえ、あんな男に船の仕事がこなせるのかと疑いが起こる脆弱さだ。あの時自分は六歳だったか。毛布の闇の中、乗組員の細い腕に抱かれる自分を夢想した。本当は寒かったのではない。母の夢をまた見るのが怖かっただけだ。父の腕の中にある母の遺骨を見るのが怖かっただけだ。あの毛布のにおいの中で、ひととき母のことを忘れることが出来た。今もそうだ。律子は十四歳になり、体育倉庫の片隅で現実の男の腕に抱かれている。母の夢を見ないで済むように。

まだ彼のことを何も知らなかった頃、一度だけ彼の家の前を通りがかったことがある。律子の家庭も決して裕福とは言えなかったが、彼の家はそれとは比べるべくもない貧しさだった。一緒に下校していた同級生の子が、あの家に八人も住んでるのよと嘲笑した。律子はその時一緒になって笑ったことを、彼に話したことはないし、不思議と罪悪感を感じたことはない。彼と会話するようになったのは、彼が卒業して二年過ぎ、律子が三年に上がった頃だ。会話と言っても、無口なふたりが口にすることと言えば、うんだの、そうだの、意味もない無言を繋ぐだけの相槌に過ぎないことが多かった。彼は国道沿いのガソリンスタンドで働いていた。朝登校途中に見かけると、彼の白いつなぎ姿はやはり脆弱で、こけた頬に不似合いな笑顔で客を見送っていた。何度か通りがかるうちに目が合うようになり、それが数週間続いた後に、律子の方から声をかけた。ガソリンはどこにしまってあるの。彼は地面を指差した。それが彼との最初の会話だった。彼との関係を誰かに話すことは無かった。何故なのかはわからない。ただ、誰かに知られた瞬間、陳腐な言葉にまみれてしまう気がしたのかもしれない。自分と彼は決して恋人なんてものではなかった。恋人でもなく、友人でもなく、ただの男女として共にいること。そのことに幼い同級生たちに対しての優越感があったのかもしれない。

　その日、学校に行ってみようと誘ったのも律子からだった。町は祭りで、どこも人で溢れ返っていた。人の波に押し流されるようにして律子と彼は灯りの落ちた学校に足を運んだ。祭りの夜、わたしたちは誰もいないところに行く。そのことの意味を律子は明確に理解していた。彼に抱かれたかったのだ。

　仲のよい同級生が学校にあまり来なくなった同級生を指して、あの子は不良なのよ、淫乱なのよ、男の家に住んでるのよと罵る時、律子は感じていた。この子だってしたくてしたくて仕方がないんだろう。淫乱と呼ばれる同級生がしてることをこの子もしたいんだろう。それを誤魔化すなんて子供っぽい少女趣味だ。ママに甘える時と同じだ。わたしは違う。男女の性行為を特別視したりしない。ひと通りのやり方だって知っているつもりだ。幼い夢なんて見たりしない。

　彼を選んだのは唯一近くにいる男であることもあるが、彼がもうすぐいなくなるということを知ったことが何よりのきっかけだった。あの家から父の姿が消え、母の姿が消え、彼が四人の弟妹たちと共に子供だけで暮らしはじめていたことは知っていた。北九州に行くと彼は言った。弟と妹に食事を与えるには、ガソリンスタンドの稼ぎだけでは足りなかったようだ。多分もう会えないと思うと告げる彼のこけた頬を見ながら、律子は思った。この人なら、幼く、甘ったるい関係になったりしないだろう。

　体育倉庫を選んだのは彼だった。おそらくここでした経験があるのだろう。同じ場所を選ぶ彼を愚かに思いながら、律子は彼の誘導に従った。体操マットに横たわる律子のブラウスのボタンをまだ不器用に外す彼の指の爪に油が混ざっていた。黒い爪。むせ返るようなにおいのする爪。一瞬、自分は何をしているのだろうという思いが頭をよぎった。跳び箱の向こうに誰かが立っていた。母だ。母がわたしを見ている。今すぐ起き上がり、母の元に駆け寄りたかった。母に甘えたかった。助けて。本当は違うの。こんなことしたくないの。今すぐ彼を突き飛ばして、母の元に駆け寄りたい。しかし母はただ律子を見守るだけだった。母の甘いにおいを消すために油まみれの男の腕に抱かれている律子をただじっと見守っていた。彼の黒い爪が律子の肌に触れた瞬間、母の姿は消えてしまった。律子は目からこぼれそうになるものを塞ぐようにして、目を閉じた。毛布のにおいがする。男の手のひらを背中に感じる。あの乗組員の腕なのか、ガソリンスタンドの彼の腕なのかもうわからなくなった。その後行われたことは想像した通りだった。そこにプラスするものも、マイナスされるものも無かった。ただ、彼ともうすぐ会えなくなること。それをはじめて実感した。本当にいなくなってしまうんだろうか。

律子と彼は訪れた時と同じように学校を後にし、あの家の前で手を振って別れた。一週間後、彼の姿をガソリンスタンドで見ることはなくなり、八人もの家族が住んでいた家も取り壊された。間もなく一度だけ北九州の彼から葉書が届いたことがある。こっちの空は煙で真っ黒です。そっちはどうですか？　律子はそれを十九回読み返し、他に何も書いていないことを確認すると、焼却炉に捨てた。あれ以来、母の夢を見ていない。

■　1972・3　律子

はじめの兆候を確認した日、律子の父は工場の作業員のひとりを解雇した。このところ受注が減り、工場は閉め時だった。祖父から受け継いだ工場の機械は古く、世の好景気と足並みを揃えるためには業種を変える必要があったのだ。酒の飲めない父の表情は重く、散歩に行くと言って出かけていった。律子はもう誰もいなくなった部屋で、安心して嘔吐した。吐きながら思い浮かべていたのは、母が生前支度していた美容室の笙子おばさんの顔だ。母の死後、常に律子の面倒を見てくれた。父親だけでは女の子を育てるのは大変よと言って通い詰めてくれ、律子の初潮に気付いてくれたのも彼女だった。笙子おばさんに相談しよう。しかし律子はすぐにその考えを捨てた。笙子おばさんははじめは驚き、慌てるだろうが、きっと親身になって相談に乗ってくれるだろう。優しくしてくれるだろう。しかしきっと後になって聞くのだ。父親は誰なのかと。律子はそれだけは答えたくなかった。四人の弟妹をひとりで養っている彼に迷惑かけたくなかったからだろうか。それもあるかもしれない。だけど違う。説明してもわかってもらえないだろうが、あれは自分ひとりでしたことだからだ。彼は特別な人じゃなかった。誰でもよかったのだ。だって彼もわたしを北九州に連れていこうとしなかったのだから。だから今更彼に会いたくはないのだし、もう一度会えば彼を特別視してしまう。甘いにおいがする女の目で見てしまう。言えない。誰にも言えるわけがないのだ。わたしの中にもうひとつの命があることなど。

この日何度目かの嘔吐を終えた律子は押し入れからミシンを取り出した。母が遺したものだ。律子の記憶の中の母はいつもこのミシンの前にいた。ミシンの音を聞いて目を覚まし、ミシンの音と共に眠りに就《つ》いた。おそらく母は内職をしていたのだろう、ダンボールの中に幾つものハンカチが詰め込まれていた。そのどれもに白鳥の刺繡がされていた。来る日も来る日も白鳥のハンカチを縫い続けていた母。咳込むようになり、時に一日中寝たきりになるようになってからも白鳥のハンカチを縫っていた。押し入れには母がやり残した端切れも残っていた。律子はミシンを自分の部屋に運び込むと、ハンカチを縫いはじめた。はじめて触れたハンカチからあの音が聞こえてきた。不思議と心が落ち着く気がした。食欲が無いことも、生理が来ないことも、自分の腹の中に得体の知れない者が育ちつつあることも、すべて忘れられる気がした。学校から帰るとミシンに向かい、父と作業員たち数人の夕食を作り終えると、またミシンに向かった。ミシンに突っ伏して眠るようになり、律子はその年が明けて、春を迎える頃までに五三二八枚のハンカチを縫った。

　年が明けた頃、律子は内職で得た金を使ってワンピースを購入した。腹のあたりに装飾があって、膨らみの目立たないものを選んだ。幸い律子の腹は想像したほど大きくはならなかった。父を誤魔化すことも簡単だった。工場の経営に頭を痛める父に娘の身体の異変に気付く余裕はなかったのだ。三学期のほとんどを登校せずに済ませたが、このこともまた父を心配させるには至らなかった。唯一の問題は笙子おばさんの目だったが、これもあっさりと解決された。店が繁盛したことから隣町に移転することになり、自宅ごと引っ越すことになったのだ。笙子おばさんの乗った引っ越しトラックが走り去るのを見送りながら、律子は思った。わたしは運がいい。わたしの秘密に気付く最後のひとりが消えた。気付く人はもういないのだ。

　しかしこの時から律子の心境に変化が起こった。ミシンの前に向かっていても、お腹の中のことを忘れられなくなったのだ。忘れようとしても考えてしまう。考えるな。考えるな。何度も繰り返す。しかしその一秒後に思い返しては、胸が張り裂けそうになった。捉らえようのない恐怖に襲われた。もう誰にも気付いてもらえない。このまま自分はこの命を表に出す日を迎えてしまうということ。既に取り返しの付かない時が経過してしまっていること。本当にそんな日が来てしまうのか。本当に現実なのか。これは本当に自分の身に起こっている出来事なのか。

　腹を蹴る者がある。自分の内側にあって、自分に語りかけてくる者。あなたは誰？　誰なの？　どうしてそこにいるの？　律子は母のミシンにすがりつき、叫んだ。お母さん。助けて。

■ 1972・8 律子

父のお弁当を作り終えると、家を出た。道行く人がみな、自分の腹を見ている。そんな妄想に取り憑かれ、律子は自然と急ぎ足になった。駅前の本屋でしばらくの間地図を立ち読みしたが、結局行き先が決まらぬまま、律子は列車に乗り込んだ。早く、一秒でも早くここを立ち去らなければ。とにかくここを出さえすれば、何とかなるんだ。

気が付くと、列車は終着駅に辿り着いていた。看板には上野と書かれてあった。これまで見たこともない大きな町だった。たくさんの店が建ち並び、そこには律子が見たこともない商品が数多く並んでいた。不思議と、誰も自分のことを見ていない気がした。ここなら何とかなるかもしれない。ここから何もかも忘れて、一からやり直せるかもしれない。もしかしたら田舎に住む自分が知らなかっただけで、このお腹の中の命を綺麗さっぱり片付けてくれる方法だってあるのかもしれない。少しお腹が痛むのは、気のせいだ。律子は繁華街へと足を進めた。

内職で貯めたお金がある。それは律子の自信となった。しかしはじめに入った店で少しの食事をしただけで、お金はあっという間に減った。次に律子は映画館に入った。映画を見るのははじめての経験だった。巨大な豪華客船が津波に襲われて、転覆する映画だった。多くの人が海に溺れてゆく様を見ているのが怖くなって目を閉じているうちに、律子はいつの間にか眠ってしまっていた。夢の中で律子は母の腕に抱かれていた。綺麗な着物を着た母の笑顔は優しく、胸はあたたかかった。夢から覚めると、映画はエンドクレジットが流れており、これまでに感じたことのない痛みを律子は感じていた。他の客が帰った後も、椅子から立ち上がることさえ出来ない。掃除婦の手を借りて何とか映画館を出たものの、外はすっかり真夜中になっており、一歩歩くだけで気絶しそうになる。道行く人たちは楽しそうに言葉を交わし、律子を置いて、通り過ぎていく。助けを呼べばいい。誰かに助けを呼べば、この痛みから救い出してくれる。しかし律子は声を上げることが出来なかった。父の顔が浮かんだ。笙子おばさんの顔が浮かんだ。中学時代のクラスメイトの顔が浮かんだ。彼らにこの秘密が知られることを思うと、声が出なかった。彼らが心配し、と同時に自分のしたことを否定しはじめることを思うと、声が出なかった。

選ぶ道はひとつしかなかった。律子はその場で見える限り、最も高いビルを目指して歩いた。一階に綺麗なガラス細工を飾った雑貨屋のあるビルだった。ここでいい。もう痛みは感じなかった。階段を上がることも容易だった。もうすぐこの苦しみから解き放たれるのだから。屋上から見えた空に星はあまり見えず、北九州から届いた葉書に書かれていた煙だらけの空を一瞬思い出した。空に星のない分、夜景は四方に広がり、ガラスを撒《ま》いたようにきらきら光っていた。綺麗だとは思わなかったが、これまで感じたことのない澄み切った空気が心に広がった。やはりここはわたしの居場所じゃない。これは現実じゃないんだ。こんな夢は早く終わらせてしまえばいい。飛んでしまえばいい。律子は柵を乗り越え、淋しかった人生の岸に立った。お母さん、今行くね。

律子にははじめ、それが何なのかわからなかった。後になって、それが破水と呼ばれるものだと知った。突然足元から流れ出した水と共に律子はしゃがみ込んだ。息が出来ない。手すりを摑んだ。何かにしがみつかなければ、律子は死ぬことさえ出来なかった。律子の身体は今、律子以外の者に支配されている。生まれくる命によって支配されている。再び訪れた痛みの中、空を仰いだ。月が見下ろしている。自分の呼吸だけが聞こえる。途切れては訪れる痛みに合わせるようにして呼吸音が聞こえる。白鳥のハンカチを縫う時のミシンの音に似ていると思った。月とミシンに見守られ、律子はいつしか自分の痛みが消えていることを知り、そしてさっきまで誰もいなかったはずのこの屋上にもうひとりの声を聞く。その子は泣いていた。律子が泣けなかった分も泣いていた。

夏の日差しが照りつける朝になってもその子は消えてくれなかった。そればかりか、律子の中から産まれてきた証拠を突き付けるようにして、ヘソの緒を垂らしている。律子はその子の顔を出来るだけ見ないようにし、鞄の中身をすべて出しそこにしまうと、繁華街に出た。このずっしりと重い鞄を持って、自分がこれから何をしようとしているのかわからなかった。ただもう一度映画館に行こうと思った。あそこに行けば、もう一度母の夢の続きを見られるかもしれない。わたしは十五歳でもなければ、体育倉庫で男に抱かれた女でもなければ、たった今子供を産んだばかりの母でもなかったあの頃。母に守られていたあの頃の夢の続きを見たかった。問題は、この鞄をどうするかだ。

気が付くと律子は駅の隅にあるコインロッカーの前に立っていた。誰も律子のことを見ていない。律子が手に提げている鞄の中に何が入っているのか知るはずもない。目の前に〝22〟と書かれたコインロッカーがある。すぐに帰ってくる。母の夢の続きを見たらすぐに帰ってくれればいいんだ。律子は鞄を中に収めた。まるではじめからそう設計されたかのように、ちょうど良い大きさだった。少しくらいなら大丈夫。さっきから声は聞こえていない。眠っているのかもしれない。もしかしたらとっくに手品のように消えてしまっているのかもしれないいんじゃないか。律子は扉を締め、小銭を投入口に差し込んだ。鍵を回すと、かちゃんと思いのほか大きな音が響いて、鍵がかかった。〝22〟の番号が書かれた鍵をしまい、律子は映画館に向かった。

映画館で上映されていたのは昨日の映画とは違っていた。そんなことは関係ないと思って椅子に腰を下ろした。しかしそこではじまった映画のことを律子はひとつもおぼえていなかった。律子の心の中にはひとつのことしかなかった。あの子が泣いていたのはお腹がすいていたからなのかもしれない。泣かなくなったのはお腹がすいて力を失ったせいかもしれない。律子はようやく答えに辿り着いた。わたしはあの子におっぱいをあげなければいけなかったんだ。

映画館を飛び出し、駅に向かった。来る時はあっという間だったはずの道が遠い。何度も人とぶつかる。大変だ。早くおっぱいをあげなければ、間に合わない。22番の鍵を手に握りしめ、律子は走った。あのコインロッカー。コインロッカーの鍵を開けて、中にいるわたしの子供を出してあげなくては。そしてすぐにわたしのおっぱいをあげなければ。待ってて、今すぐ行くから。駅の改札の向こう側、売店の先の通路を曲がったところにあるコインロッカー。お母さんよ、お母さんが迎えに来たよ！

コインロッカーの前には大勢の人だかりが出来ていた。警察官の姿があった。駅員が合い鍵を持ってきて、22番のロッカーを開けている。出てきた鞄を開け、泣き声と共に小さな赤ん坊が取り出された。見物客の間から、わっと声が上がった。火傷《やけど》をしてるぞ。警察官の声が聞こえる。救急車を呼ぶ声が聞こえる。赤ん坊は警察官の手によって運ばれていく。足を震わせ、呆然と立ち尽くす律子の傍らを、赤ん坊の泣き声が通り過ぎていった。邪魔だ、どけと突き飛ばされた。ごめんなさい、その子はわたしの子供です。ほんの少し預かってもらってただけなんです。そのひと言が出なかった。律子はそのまま家に帰る切符を買い、列車に飛び乗った。家に着くまでの間、律子の胸は張り裂けるように痛んだ。

数日後、律子は父のお弁当を包む新聞を目にし、上野駅のコインロッカーで赤ん坊が捨てられていたという記事を見つけた。近頃では頻繁に起こっている事件として淡々と告げる記事からは、それが現実のこととは感じられなかった。まして夏の暑さに熱されたコインロッカーの中で火傷を負った赤ん坊が自分の子供だとは到底思えなかった。しかし律子の引き出しの中には鍵が入っている。22番のコインロッカーの鍵を握りしめると、涙があふれてきた。そしてようやく気付く。わたしはあの子が男の子なのか女の子なのかさえ、確かめていなかったと。

仁美の物語

■母乳

二〇〇二年。札幌。道木仁美、二十一歳。仁美が懐妊していることを知ったのは、妊娠四ヶ月のことだった。不安だった。しかし高校時代からの同級生であり、当時交際していた木田行人にそのことを告げると、素直に行人は喜んでくれた。ふたりはすぐに区役所に婚姻届を提出した。当時働いていたジュエリーショップの店を辞めた。想像していたより少し早い到来だったが、幸福な家庭を作ることに希望を抱いた。

産まれた子には怜南と名付けた。三千二百グラム。平均的な体重だった。猿みたいだったが、愛《いと》しかった。手を触れると、握り返してくれる。お腹を痛めて産んだ自分の分身。そして何より行人との愛の結晶である存在。仁美は怜南が愛しくて愛しくて仕方がなかった。

仁美も行人もごく普通の家庭に育ち、愛されて育った。子供を愛する術《すべ》を知っていた。コピー機器のセールスをしている行人は子煩悩で、毎日夕食前に走って帰ってきて、怜南を抱きしめた。土日になると必ず三人で出かけた。

行人とふたりで過ごしたい時は近所に住む行人の母が面倒を見てくれた。理想の生活だ。行人の協力もあって、仁美は子育てが楽しくて仕方がなかった。おむつを取り替えるのも苦じゃない。夜泣きはきついが、怜南のためなら大丈夫。怜南が吐いたりすると、親身になって世話をした。怜南をお風呂に入れ、少しずつ大きくなる怜南を実感するのが幸福の証《あかし》だった。この調子なら、ふたり目、三人目、いや、五人六人と産んで、大家族にしたっていいと思った。木田家の大家族スペシャルなんていいじゃない？と行人に冗談を言って笑った。

仁美にとって最も幸福な時間。それは怜南に自分の母乳を与えることだった。これから自分はこの子にたくさんの食事をあげることだろう。怜南が大きくなるまで、愛情の籠《こ》もったたくさんの食事を。

■ 別世界

ある時仁美は目にする。近隣の町で起こった虐待のニュース。しかも以前見かけたことのある母親だった。表向きには仲良く見えたが、母親はひどい暴力をふるっていた。食事を満足に与えていなかった。最後には洗濯機の中に閉じこめ、息子を殺してしまった。仁美は途中でニュースを消した。恐ろしい。あんなことをするなんて考えられない。虐待なんて頭のおかしな人がすることだ。別世界の住人のすることであり、自分とは違うケダモノ以下の者のしたことなのだろう。仁美は怜南の寝顔を見つめ、抱きしめた。わたしはあんなこと絶対にしない。わたしの愛しい怜南。

■ 使命

行人が死んだ。怜南が産まれてからわずか半年。ようやくおっぱいから離乳食になった頃。突然死だった。行人はあっさりとくも膜下出血を起こし、朝起きると死んでいた。しばらくの間、仁美は事実を受け止めることは出来なかった。自殺だって考えた。しかし仁美を生かしたのは怜南だった。怜南がお腹をすかせている。その思いが呆然としてる仁美を自動的に動かした。怜南にご飯を食べさせるため、仁美は生きた。仁美は黙々と野菜をすり潰し、丹念にこしらえた離乳食をあげた。行人が死んで以来、はじめて口にしたのは怜南の離乳食のための味見だった。味がわかった。自分はまだ生きていた。

怜南はすくすくと成長していった。そして数ヶ月後、仁美は思った。怜南は自分の命の恩人なのだ。そして行人の忘れ形見なのだ。何としてでもこの子を育てることが自分に課せられた使命なのだろう。

■ 頑張る

家の近所で果物屋を営む克子おばさんという六十過ぎのおばさんがいた。仁美は克子おばさんのことが大好きだった。克子おばさんも夫を亡くした後、ひとりで三人の息子を育てた。仁美のことを何かにつけ励ましてくれる。わたしは克子おばさんみたいに強くないしと弱音を吐く仁美を励ましてくれる。母親というのはライオンよりも強い霊長類最強の生き物なのよ。それが克子おばさんの口癖だ。頑張りなさいと言ってくれた克子おばさんのおかげで仁美は行人の死から立ち直れた。わかった、わたし、頑張る。怜南のために死ぬ気で頑張るよ。仁美の顔に笑顔が戻ってきた。

仁美は工場で働きはじめた。朝早くから夜まできつい仕事が続く。仕事の間は克子おばさんがまだ幼い怜南の面倒を見てくれた。怜南もおばさんになついていた。克子おばさんは怜南が何をしても決して叱らなかった。怜南がはしゃいでいて、おばさんの家の襖を破った時も笑っていた。気にすることないわよ。襖なんて張り替えればいいのよ。そこらじゅう汚してくれて構わない。子供が元気なのが嬉しい。子供はやんちゃでわがままなくらいの方がいいのよ。しつけなどしなくても、自由に遊ばせることが何より大事なのだと言った。

克子おばさんの信念だった。親と同じように子供だって苦労しているのだ。育てることも大変だけど、育てられることも大変なのよ。なんだかわかる気がした。仁美は克子おばさんの方針に倣《なら》った。

仕事しながらの子育ては困難だった。生活費も常にぎりぎりだった。それでも仁美は弱音を吐かなかった。行人のため、怜南のため。頑張るんだ。

仁美は仕事においても家事、育児においても手を抜かなかった。何よりも怜南の食事には手をかけた。仕事のためにこの子と過ごす時間がない分、料理はきちんとしよう。子供は大量の洗濯物を出す。遊んだら遊びっぱなし。あっという間に散らかる。炊事、洗濯、掃除。仁美は寝る間を惜しんで、働き続けた。

仁美は男兄弟の下に産まれ、親から愛され、女の子らしく育てられた。怜南のことも女らしく育てたかった。お姫様のような服を買ってあげた。給料が入ると、何より怜南を着せ替え人形のようにして色んな服を着せるのが楽しかった。玩具も買い与えた。気が付くと、怜南が一番。自分は二の次になっていた。だけどそうする自分に満足感があった。不満はなかった。

ある時、仕事を終え、買い物をして帰る途中、高校時代の友人たちと出会った。彼女たちはみな、結婚しておらず、仕事を続けており、華やかな服を着ていた。仁美はみすぼらしい毛玉だらけのスエットを着ている。少し恥ずかしくて、いつもはこうじゃないんだけどと言い訳してしまった。友人たちは言った。今日これから男子たちと飲み会があると。自分は未亡人だし、子連れだし、邪魔になるよと断る仁美。しかし友人たちは言う。仁美は綺麗だし、高校の頃から一番モテてたじゃないの。だから歓迎されるよ。おいでよと。いつまでも彼氏作らないわけにもいかないでしょと言われた。克子おばさんもそう言っていた。たまには友人たちと遊んだらどうかと。預かってくれるだろう。迷う。しかし結果的には断った。怜南のために今日は新しい離乳食の用意をしており、試したいのだ。

友人の誘いを断って怜南を迎えに行くと、怜南はとても機嫌が悪かった。昼寝があまり出来なかったようだ。食事をあげても手で払いのけてしまった。ごめんごめんと怜南に謝る仁美。今頃飲み会は盛り上がってるんだろうな。メールが来た。高校の時に少し好きだった大山くんが来ていたらしい。残念だ。会いたい。しかし自分の服装を見て思う。行けない。

飲み会は自分の居場所じゃない。怜南といるところ。それが今の自分の居場所だ。ここがわたしの幸福なのだ。ただ、ふと思う。最近怜南はよく褒められる。絵が上手ね。言葉が早いのね。明るくて元気ね。道を歩けば、みんな、怜南のことを褒めてくれる。ただ、ふと思う。誰もわたしのことを見ていない。誰もわたしのことは褒めたりしない。

仁美は口にする。よかったね、怜南。でもちょっと羨ましいよ。だってお母さんのことは誰も褒めてくれないもん。

■ストレス

怜南は三歳になった。仁美にとって大きな喪失が待っていた。不況により店を畳まざるをえなくなり、克子おばさんが群馬に住む息子夫婦の家に引っ越すことになったのだ。おばさんは最後まで渋っていたが、腰を悪くしており、もうひとりで店を開く力もなかった。

仁美はまず淋しくて泣いた。そしてその次に待っていたのが、怜南をどうするかだ。これまでは仕事中は克子おばさんが預かってくれていた。しかしもう預かってくれる人はいない。仁美は保育所、託児所を探しはじめた。しかし元々数が少ない上に、どこも定員が一杯だった。必死になって探し回り、ようやく見つけたのは職場より随分と遠い地域にある保育所だった。そこに怜南を預けるためには、これまでよりも一時間以上早く起きなくてはならない上、帰りは早く仕事を終えて迎えに行かなくてはならない。きつくなる上、収入も減る。保育費も信じられない金額だった。しかし他に手だてはなかった。頑張るしかない。娘を抱きしめ、告げる。大丈夫、怜南がいればママ頑張れる。

現実はすぐに立ち塞がった。保育所の先生と上手くいかない様子の怜南は仁美が迎えに行くなり、ひどく甘え、わがままを言うようになった。すぐに泣く。家に帰って、疲れた体で家事をしていても、怜南が泣きだし、仁美を呼ぶ。相手をして寝かしているうちに夜中になる。ここから、家事をはじめる。睡眠時間はどんどん削られていった。

溜まっていく洗濯物。今日もごみ出しを忘れた。洗い物をする時間が減っていく。この三日間、たいした食事を作れていない。これまで完璧にこなしてきた仁美にとって、大きなストレスとなりはじめた。怜南のために、怜南のためにきちんとした食事を作らなくては。
焦っている時にまた怜南が呼ぶ、わがままを言う。思わず仁美は声を荒らげた。何にも出来ないじゃないの。怜南のためにご飯作ってるんだから少しは待っててよ。泣きたくなる。そんな仁美を見て、怜南は玩具をくれた。励ましてくれている。仁美は何とか笑顔を取り戻した。

■デコピン

怜南は食パンの耳を揚げて、砂糖をまぶしたものが何より好きだった。安上がりなそのおやつを仁美はボーナッツと名付け、怜南に教えた。仁美が食パンの耳を揚げている音を聞くと怜南は自然と近付いてきて、嬉しそうに待っている。

最近怜南のまとわりつきが激しい時は、ビデオを見せておくことにした。小動物の出てくるビデオを怜南はとても気に入り、放っておくと、一日中それを見ていた。仁美は安心し、家事を進めることが出来るようになってきた。

克子おばさんの空《あ》いた家に、ある若い夫婦が引っ越してきた。妻の名前は、麻美といった。子供がおり、怜南と同い年のようだ。なかなか裕福な様子で、とても感じのよい夫婦で、仁美は友人が出来そうだと嬉しかった。

ある時、仁美と怜南は麻美の家に招待された。近所の母親と子供たちが集まってホームパーティーをするとのこと。仁美は素直に嬉しかった。そうだ、何も昔の友人たちと飲み会することなんてない。母親たちは母親同士で集まって、仲良く情報交換したり、噂をしあったりするものじゃないか。克子おばさんがいなくなって以来、育児の相談が出来る人はまったくいなかった。これを機会に、仲間を作ればいいんだ。

仁美は食パンの耳に砂糖をまぶしたボーナッツをたくさん作って、麻美の家に持っていった。しかし他の来客たちは、札幌かどこかの店で買ってきた色とりどりのケーキなどをお土産として持参していた。仁美はボーナッツを出せなくなった。克子おばさんの家は小綺麗に改装されている。怜南が懐かしくてはしゃぐには、綺麗すぎる。仁美は怜南におとなしくするのよと伝える。

怜南は出されたケーキをあまり食べたがらなかった。代わりに、ボーナッツが食べたいと催促する。仁美が今日は持ってきていないと言っても、こだわる怜南。癇癪を起こしてケーキを落としてしまった。高そうな絨毯にシミを作ってしまった。

大丈夫よと言いながらも、シミのことをあからさまに気にしている麻美。克子おばさんの時とは反応がまったく違う。見知らぬ付き合いがここにはある。他の子供たちはおとなしくケーキを食べている。はしゃいでいるのは怜南だけだ。恥ずかしくなった仁美は怜南を叱って言い聞かせる。しかし普段あまり怒られていない怜南はきょとんとしている。仁美は麻美に詫びる。ごめんなさい、言うこと聞かなくて。すると麻美が言った。ちゃんと叱らないからよ。仁美は困惑する。叱ってるんですけど。口で言っても駄目よ、子供なんて動物と同じだから。どうすればいいんでしょう。悪いことをしたら罰を与えるようにするのよ。罰？　デコピンとか。デコピン？

家に帰った仁美は半信半疑ながら、泣いている怜南にデコピンをしてみた。怜南は泣きやんだ。少し不思議そうで、少しびっくりしたようだった。しかしおとなしくなった怜南を見て、そうか、これでよかったんだと安堵する。怜南の額が少し赤くなっていた。仁美はその夜、寝かしつけながら、怜南の額を見て、少し後悔した。優しく撫で、少し泣いた。

でもこれでいいんだと思う。以来、仁美はこれまでの自分の教育を反省した。克子おばさんの言う通りにばかりしていてはいけない。甘やかしてばかりではいけないのではないか。今までは誰も教えてくれなかった。克子おばさんの言うことだけを聞いていた。しかしそれじゃ駄目なんだ。これからは少し叱ろう。決して楽しい気分ではないが、それが怜南のためでもあるんだ。自分に言い聞かせる。頑張れ。

■痛み

今月仁美はいつもと違うことをした。給料で自分の服を買ったのだ。怜南の服ではなく。駅前のショップにあったワンピース。何度も通るうちに、とうとう買ってしまった。と言っても高価なものではない。一万円ちょっとのものだ。それでも仁美は、何かとても大きなことをしたような気がして、嬉しかった。かと言って、これを着てどこに行くというわけでもない。ただ、時々鏡の前で合わせてみるだけだ。

ある日、仕事場で残業出来ないことで嫌味を言われ、保育所に怜南を迎えに行った。怜南はよくわからない仁美の愚痴を聞いていた。駅から怜南を自転車の後ろに乗せ、走った。怜南は仁美と自転車に乗るのが好きだ。坂道を結構なスピードで走り抜ける時も怜南ははしゃいでいる。そんな時、高校時代の友人たちとまた出くわした。あの時と同じだ。相変わらず楽しそうで、温度差を感じる。今日も飲み会があるらしい。大山くんが仁美に会いたがっているらしい。でも仁美は来ないよね?と言われる。しかし仁美は思わず答えた。行く。遅くなってもいい?

早く怜南を寝かせれば大丈夫だと思った。ほんの二、三時間だけ店に行って、少し気を紛らわしてくるだけだ。食事の買い物はしてあったが、揚げものの総菜を買って怜南に与えた。一日ぐらい風呂に入れなくてもいい。とにかく寝かせよう。今頃みんな乾杯してるはずだ。しかしこんな日に限って、怜南は寝付いてくれなかった。いつまでも起きており、仁美に甘えてくる。早く寝なさいと言ってデコピンすると、少し泣いてようやく寝た。仁美は大急ぎでワンピースに着替えた。出かけようとした時、怜南がまた目を覚ました。仁美にすがりついてくる。また一からやり直しだ。仁美はうんざりし、また寝かせる。

店に着いた頃には、大山くんは他の女の子と仲良くしていた。それでも仁美はこの時間を楽しもうとした。そんな時だ。誰かが仁美の背中を見て、気付く。ちょっと何これ。え?　やだ、これ、ゲロじゃないの!?　仁美、背中にゲロ付いてるよ。愕然《がくぜん》とする仁美。背中に怜南が吐いたものがこびりついていた。大騒ぎする友人たち。そして大山くん。仁美は泣きたかった。しかしここで泣いたらいけない気がして、笑った。ごめんごめん、ウチの子のゲロだわ!と自嘲的に話した。

絶望的な気持ちで家に帰ると、怜南は起きていた。家の中は怜南が暴れ回ったのだろう。ひどく散乱していた。しゃがんでしまいたくなったが、仁美は片付けをはじめた。その時、怜南が明るい声で言った。ママ、頑張って!　その時、仁美の中で何かが切れた。うるさい!　言葉と同時に手が出た。怜南の頬をひっぱたいた。きょとんとしている怜南。涙を流したのは仁美の方だった。叩いた自分の手が痛かった。自分のしたことに驚き、怜南に謝った。ごめんね、ごめんね。泣きながら謝った。怜南は不思議そうにし、お母さん泣かないでと言い、仁美の胸に頰を寄せた。

とてもお腹がすいていた。店でも何も食べていない。炊飯器を覗いてみると、おとといのご飯が残っていた。仁美は腫れた瞼で、少しにおいのするご飯をふたりで食べた。怜南はいつものように美味しいよと言った。

■レストラン

怜南は五歳になる。背も随分伸びた。怜南の誕生日に何を買ってあげようと思った。子供服店に行き、怜南にとても似合いそうな服を見つけた。しかし一万円以上する。これを買ってしまったら自分の服が買えない。迷った仁美、その近くにあった千二百円の水色のマフラーを買った。怜南の服はまだまだたくさんある。

わたしはずっと我慢してたんだ。そろそろ自分の服を買ったって構わないだろう。

　家に帰って、怜南にマフラーをあげると、とても喜んだ。やはりこの程度のものでよかったのだ。怜南は嬉しそうにし、寝る時もマフラーを巻いて寝た。

　疲れ切っていた。しかし怜南が楽しそうにしていると、元気を出さなければいけないと思う。この頃何かというと、行人のことを思い出す。どうして死んでしまったんだろう。あのまま生きていれば幸せになれたのに。今はどうなんだろう。少なくとも、今は幸せだとは思えない。でもふさぎ込んでばかりいてはいけない。今日は仁美と行人の結婚記念日だったことを思い出す。

　海辺にあったレストラン。行人とのデートでたびたび行った場所だ。まだあの店はあるだろうか。行ってみたい。怜南を連れていけるだろうか。最近の怜南はお行儀がいい。きっと大丈夫だ。仁美は怜南に言った。オシャレして、レストランに行ってみよう。

　海辺のレストランは今でもあった。記憶にあるほど、立派なお店じゃない。ここなら大丈夫だ。仁美は怜南を連れて店に入った。

　店員は気を利《き》かせて、窓際の席に案内してくれた。特別扱いされた気がした。優しく話しかけてくれた。嬉しかった。きちんと化粧してきてよかった。

　行人のことを思い出しながら怜南と食事をした。楽しかった。そんな時だった。隣のテーブルの中年男性が仁美を睨み付け、舌打ちをした。放っておけばよかった。気にしなければよかった。しかし仁美は楽しかった気分を害され、問いかけた。何でしょうか?と。中年男性は言った。子供がうるさいと。そんなはずはなかった。普通の声だ。もっとうるさい人はいる。しかし男性は言う。子供の声がきんきんなってうるさいんだと。仁美が反論すると、怜南が泣きだした。男性は、そらみろとばかりに居《い》丈高《たけだか》に怒鳴りはじめた。しつけがなってない。こんなところに子供を連れてくるなんておかしい。子供の食事は家で母親が作るものだ。外食するなんて駄目な母親だと。仁美が言い返そうとした時、先程の店員が来た。料金は結構ですので、お引き取りくださいと。仁美は愕然とした。何故自分たちが出ていかなければならないのか。

　海岸を歩きながら仁美は思った。随分と遠くに来てしまった。あの頃ここで行人と語らい合った未来はどこに行ったのだろう。あの頃思い描いた未来はここにはない。どうしてだろう。砂浜で遊んでいる怜南を見る。仁美はちょっとした悪戯《いたずら》を思い付いた。隠れてみたのだ。怜南はいつ気付くだろう。物陰に隠れると、やがて仁美がいないことに気付いた怜南は、慌てて探しはじめた。しばらくの間、仁美はそれを見ていた。このまま帰ってしまったらどうなるんだろう。そんな想像をしてみた。いつでも自分にほいほい付いてくる存在。自分がいなければ生きられない存在。自分の自由になる存在。そんなものが疎ましかった。

翌日になると自己嫌悪に陥った。もしかしたら自分は病気なのではないだろうか。そんな思いがよぎる。鬱病というものなのではないか。

仁美は職場の女性に相談してみた。たいして仲の良いわけでもなかった人だ。何故そんなことをしてしまったのだろう。最近の自分の実状を正直に話してみた。時々子供が面倒になる。何とも言えず疎ましくなる。自分の思い通りにいかないと叩きたくなる。叩いてしまうこともある。制御出来なくなる自分がいる。女性は当たり障りのない意見を言って、去った。しかし次の日から、仁美の噂が広がりはじめていた。あの女は自分の子供に虐待しているらしいと。仁美は呆れかえった。虐待？　そんなものじゃない。わたしがそんなことするはずがないじゃないか。わたしがしてるのはただのしつけだ。わたしはただ正直に相談しただけなのに何故そんなことを言うのか。何もかも嫌になった。仁美は職場を変えることにした。

ある日、仁美は怜南に指摘されて気付いた。後頭部に小さな禿《はげ》が出来ていた。どうしたの？　どうして髪の毛ないの？と聞く怜南。仁美は答えた。あんたのせいよ。あんたがもっといい子にしてくれてれば、こんなもの出来ないのよ。

■ 慟哭

気が付くといつもぼんやりしている。自分が何をしているのかよくわからなくなる。流し台に洗っていない食器が溜まっている。それでも別に不便はしなかった。もう随分と長く食事を作っていない。コンビニで働きはじめたこともあって、弁当をただでもらえる。だから大抵はコンビニの総菜と弁当、あるいはカップラーメンで済ませている。十分美味しい。何も手料理にこだわることはないのだ。怜南も美味しそうに食べている。

友達がいなくなった。職場でも大体はひとりで、話し相手はいない。たまに来る客と感情のない遣り取りを繰り返していることは余計に人離れを感じた。

家に帰ると、怜南とふたりになる。保育園へ送り迎えするのが億劫で、最近はあまり行かせていない。仁美が仕事の間はひとりで留守番させている。もう五歳だし、お菓子を与えておくと、それなりに時間を潰しているようだ。この頃怜南との時間は徐々に快適になってきた。放っておくといつまでもひとりで遊んでいるし、話しかけると笑顔で答える。調子がいい時は楽しく話す時だってある。いや、むしろ最近は笑顔で話すことの方が多い。怜南がわがままを言ったり、反論しなくなったからかもしれない。しつけが利いてきたのかもしれない。何を言っても、何をしても、怜南は笑顔で答えた。ママ、ママと無垢な目で近付いてきた。振り向くと常に仁美のことを見ていた。やはりこの子はわたしのことが大好きなのだ。

ある時部屋の掃除をしていると、ホームビデオのテープが出てきた。行人が生前に撮ったものだ。再生してみる。怜南が産まれた頃のものだ。仁美は微笑《ほほえ》みながら眺めていて、ふと気付いた。ビデオの映像の中には怜南しか映っていなかった。怜南を抱いた仁美の顔はフレームから切れていた。愕然とする仁美。足元にあったものが、自分を支えていたものが消えていく気がした。

呆然としている仁美の元に怜南が話しかけてきた。最近優しかった仁美に久し振りに主張した。お腹すいた。次の瞬間のことはおぼえていない。怜南は横たわっていた。耳から血を流していた。

病院に連れていくと、医者からどうして怪我をしたのかと聞かれた。仁美が答えに窮していると、怜南はブランコから落ちたと答えた。怜南の反応の早さに仁美は感心した。と同時に、本当にブランコから落ちたような気さえしてきた。病院の帰り道に、ふたりになった時も、今度からはブランコ気を付けるのよと言うと、怜南はうんと答えた。

ある予感があった。仁美は聞いてみた。ママのこと好き？　怜南は答えた。大好き。仁美はすぐにわかった。この子は嘘をついてる。わたしのことをきっともう、好きではないのだ。

仁美はしゃがみ込んだ。涙が止まらなかった。嗚咽し、大きな声で泣きはじめた。駄々をこねる子供になって泣いた。人が通りがかっても構わなかった。ひたすら泣き続けた。怜南はその傍らでぽかんと見ていた。

■五百円玉

どうにも喉が渇いて、ビールが飲みたかった。家に酒はないし、第一こんな家で飲みたくなかった。だから怜南を寝かしつけた後、飲みに行った。最近はたまにあることだ。以前あったように怜南が寝る前にぐずることはなくなったし、夜中に帰っても怜南はひとりでおとなしく寝ていた。それまで入ったことのなかった町はずれの小さなスナックにひとりで入ってみた。

自分らしくない。よくそんなことが出来たものだ。薄暗いスナックでひとりの男に出会った。男は浦上真人という名だった。この店を父親から任されているらしい。仕事にやる気はないようだし、無口だが、こんな田舎にしてはあか抜けている気がした。話を聞いてみると、最近まで東京に住んでいたらしい。浦上から聞く東京の話は楽しそうだった。こんな息苦しい田舎とは随分と違う。仁美がいる場所とは別世界。そこに行ってみたいという思いからか、仁美は浦上に惹かれる。

付き合いはじめてひと月ほど経った頃から、浦上が家に来るようになった。仕事もロクにしていない。何も持たずにふらっと来て、当たり前のようにいるようになった。それに浦上は仁美に何も要求しなかった。家庭的なものを求めない男だった。放っておけばひとりでずっといるし、求めれば傍にいて優しくしてくれる。ただ時々、急に強く手首を摑んだり、髪を摑んで振り向かせたりし、粗暴な素振りを見せて仁美をからかうことがあった。彼なりの冗談なのだろうと受け止めていた。

朝仕事に行く時、浦上は寝ている。仁美が帰ってくるのは最近は八時過ぎになる。怜南が学校から帰ってきて、仁美が帰ってくるまで、四時間ほど怜南と浦上はふたりになる。はじめのうち浦上は子供に興味がないようで話しかけてもいなかった。というより、はじめからそんなものいないかのように振る舞っていた。怜南のことをまるで透明人間かのように扱ってる。それはそれで特に何も思わなかった。そういう人もいるのだろう。

ある時家に帰ると、怜南がベランダに立っていた。家の中から鍵がかかっていた。どうしたのかと聞くと、出られなくなったと怜南は言う。そんなはずはない。どうやって鍵を締めたのか。当然浦上が鍵をかけたのだと思う。仁美は浦上に聞いてみた。浦上は言った。何か問題ある？　少し怖かった。何が怖かったのかわからない。仁美、ううん、別にと答えた。別にと答えた、これがはじまりだった。あの時自分は許可証を発行したのかもしれないと仁美は思った。

怜南が怪我をしていることが増えた。怜南に聞くと、転んだだけだと答えた。以前仁美自身が教え、許した答えだった。怜南はどんな場所を怪我していても、転んだと答えた。それはもう嘘でも言い訳でもなく、単なる合い言葉のようなものだった。

仕事を終えて帰ると、毎日必ず怜南の体のどこかに痣が増えている。浦上にそれとなく問い質《ただ》すと、悪戯をしたので少し怒ったと言う。しつけが出来てないんじゃないの？と言う。またわたしのせいか。言い返す気にもならず、うんざりした。怜南は相変わらず笑っている。

　怜南に対するしつけは、だんだん仁美の目の前で行われるようにもなっていった。仁美が注意しようとすると、浦上は出ていこうとする。じゃ、帰るよと言う。決して出ていかないのはわかっている。しかしそれでも仁美は、冗談だよと引き止めてしまった。

　自分の言っていることがおかしいのはわかっている。辻褄が合っていない。だから混乱する。自分のふがいなさは、怜南にぶつけた。あんたがちゃんとしないから駄目なのよ。八つ当たりだと怜南にも伝わるはずだ。怜南は反論するに違いない。しかし怜南は反論しなかった。ただ、はい、ごめんなさいと謝った。それが仁美の苛立ちを大きくした。思わず怜南をぶってしまう。もう自分の手に痛みは感じなかった。ただ体と心が重くなる気がした。辻褄の合わない感情と行動が体にへばりついた。

　仁美は怜南を見るのをやめにした。怪我をしているのを見たところでどうしようもない。何を言ったところで何も変わらない。ただ重いものがへばりついてくるだけだ。仁美は机の上に五百円玉を置いた。それが怜南の食事となった。いってきますと怜南は言った。

■夏休み

　はじめは二、三日のことなのかと思った。浦上が旅行に行こうと言いだした。和歌山の白浜に知人が別荘を持っており、夏の間中ただで利用しても構わないらしい。仁美は跳び上がるほど嬉しかった。南への旅行。ただそれだけのことで、体中にしがみついていたアスファルトのようなものが一気に消えてなくなる気がした。何かが変わる。これでこの六年間のぬかるみから抜け出せる。

　浦上は言った。一ヶ月ぐらいのんびりしようと。嬉しかった。怜南は？と聞いた。浦上は言った。は？連れていく気？　仁美は答えた。そんなわけないじゃん。そう答えて振り返ると、怜南が見ていた。責めるわけでもなく、悲しむわけでもなく、ただ受け入れていた。

　出発前日、怜南と共に買い出しに出かけた。久し振りに母と買い物出来ることが嬉しかったようだ。スキップしてはしゃいでいる。

　仁美はスーパーで一ヶ月分の怜南の食事を買い込んだ。大抵は缶詰、カップ麺、スナック菓子だった。退屈だろうからビデオでも借りてあげようかと思った。怜南はペットショップの前におり、ハムスターを見ていた。飼ってあげようかと言うと、怜南はすごく喜んだ。この子と留守番してなさい。これで怜南の話し相手が出来た。ビデオを何本も借りるよりずっと安くついた。怜南はハムスターにすずと名付け、帰る間もずっと話しかけていた。何かあったらすぐに帰ってきてあげるから、電話しなさいと伝えた。

白浜での休暇はそう有意義なものではなかった。浦上はここに来ても、一日中家の中にいてゲームをしていた。はじめのうちは一日に一度怜南に電話していた。怜南は元気そうだった。一週間を過ぎる頃からは、特に問題もないだろうと考え、電話することも希《まれ》になった。何だ、簡単なことだった。はじめからこうすればよかったのだ。ひと月後、仁美が家に帰ると、怜南はハムスターと共に横たわっていた。死んでいるのかと思った。しかしそんなはずはない。怜南?と呼びかけると、はいと消えそうな声で答えた。ひどい臭いがした。お風呂に入らなかったのかと聞くと、沸かなかったと言う。ガスが止まっていたようだ。カップラーメンはどうしたのかと聞くと、かじって食べたと言う。お土産の貝殻セットをあげると、また小さく微笑って、何時間も嬉しそうに見つめ、どんな海だったのか、魚はいたのかとさんざん質問された。

■ 介入者

怜南がよく行く公園の傍に、スポーツショップを営む磯田仁志と光恵という夫婦がいた。夫は少年野球チームを率い、妻はお菓子作りのサークルを作って、顔が広く、地域に貢献する、世話好きの夫婦として有名だった。

この夫婦がある時仁美を訪ねてきた。公園で怜南をよく見かけるが、いつも遅くまでひとりで遊んでいる。よく見ると、腕や首筋に傷がある。どういうことなのかと問い質してきた。

仁美が面倒そうに対応をしていると、馬鹿にされたと思ったのか磯田夫婦は怒鳴りはじめた。興奮し、言いたいことを言い終えると帰っていった。その夜、浦上は怜南にキレた。仁美は磯田夫婦のせいでこんなことになって、かわいそうだと思った。

磯田夫婦は時折訪れるようになった。少年野球もお菓子教室もない日は暇なのだ。怜南が外に放り出されていても来ないが、自分たちが暇な日は頑張って来る。児童相談所に相談すると脅すように言ってきたこともあった。そうするとその夜の浦上の怜南への暴力はさらにエスカレートした。

仁美は徐々に冷静になりはじめていた。現状を把握することも分析することも出来る。怜南は磯田夫婦のことを嫌っている。この人たちが来ると、浦上の暴力が悪化することを知っていたからだ。あの人たちは何か言いたいだけなのだ。しかし何かをしようとはしない。最も危険な存在だ。怜南はそのことに気付いているのだろう。

磯田夫婦はその後も何度か訪れた。自分たちの行為を誇らしげに語ることもあった。知り合いの元教員だとかいう年寄りを連れてきたことがあった。元教員は熱心にお説教をして帰っていった。お説教の中身は、居酒屋のカレンダーに書いてあるのと同じようなことだった。また交番の警察官を連れてきたこともあった。仁美と怜南は道で転んだのだと説明した。怜南も上手に説明出来た。警察官はひと通り事情を聞くと、また何かありましたらご連絡くださいと答えて、帰っていった。また何かとは何だろうか。怜南が死ぬこと？

特に何があったわけでもない。磯田夫婦はある時来なくなった。犬を飼いはじめたようだ。大きな犬であるため、休みの日になると長い散歩をするので忙しいらしい。

二度と磯田夫婦が家に来ることはなくなった。一方、浦上の怜南に対するしつけはますます激しくなった。腹を殴られても、怜南は声を出さなくなった。浦上に腕をねじ曲げられると、はしゃいでいるのではないかと思えるほどだ。痛くはないのか。しかし着替えている姿を見ると、しっかり痣は残っている。

ある時家に帰ると、怜南が横たわっていた。口から泡を吹いていた。オトシタんだと言う。オトシタ？浦上のゲームを過って踏んでしまったからだ。もう一度揺さぶると怜南は目を覚ました。怜南をオトシタのは水色のマフラーだった。あのマフラーの値段は幾らだったっけ？　仁美はそんなことを思った。

日々悪化していく暴力を見ながら、仁美は磯田夫婦のことを考えた。あの人たちは馬鹿なのではないか。本気で助ける気があるなら、何度も来てはいけないのだ。はじめの一回で一気に助け出さなくては。そしてわたしはもう手遅れなのだ。わたしはもうこっち側の人間なんだ。怜南に聞いてみた。あなた、どうしてここにいるの。怜南は言った。行くところがないの。

■ 幽霊

この頃鏡台に自分の顔を映して、思うことがある。幽霊のような顔をしている。ひょっとしたら自分はもう死んでいるのではないか。あの日行人と一緒に死んでいたのではないか。そうだとしたらどんなに楽だろうか。そうか、わたしは幽霊なのか。

テレビで虐待のニュースを見た。毎日のように繰り返される焼き直したかのようなニュース。もう別世界の出来事だとは思わない。ただ幽霊として見守るだけだ。

朝学校に向かう怜南を見て、仁美はふと気付く。怜南は七歳だ。しかし五歳の時に買ったコートをまだ着ている。きつそうには見えない。この子、背が伸びてないのか。ぼんやり考えていると、浦上が部屋を片付けろと言った。仁美は息をつき、棚から怜南の動物図鑑やぬいぐるみを出し、捨てはじめた。妙なノートがある。こんなもの買ったっけ？　好きなものノートと書いてあった。少しめくってみて捨てようと思ったが、どうしてか仁美はそれだけは残しておくことにした。

巻末座談会

「努力の結晶が奇跡をも生んだ」

坂元裕二 脚本
水田伸生 日本テレビ 演出
次屋尚 日本テレビ プロデューサー

「Mother」を作ることになったきっかけ

次屋 当時のチーフプロデューサーである田中芳樹《たなかよしき》さんから聞いた話なんですけど。坂元さんと日本テレビで何かやろうという話は「Mother」をやるより前からあったんです。社内で、坂元さんに提案する企画を出すことになって、僕もいくつか提出したんですよ。それから田中さんが坂元さんに会って、「この中でどれかやりたいのありますか」と聞いたところから始まったんです。その時、僕が出したのは三人姉妹の話だった。

坂元 十個くらい企画書をいただいて。それぞれ企画っぽいものがあったんですけど、次屋さんの企画書だけはすごく観念的で（笑）。

一同 （笑）。

坂元 ストーリーのようなものがあまりなくて、テーマだけが書いてあって。ぼくはそれがすごく素敵だなと思ったんです。そういう人ってあんまりいないというか、ちょっと面白く感じて。家族とは何か、みたいなことがずっと書かれているような企画書だったんですよ（笑）。

次屋 それで、会いたいって言ってくださってるよ、と聞いて会いに行って、やりましょうということになった。大体同じ頃、映画の現場から戻ってきたばかりの水田さんと組むことも決まって。

水田 ものすごいざっくばらんなこと言うと、僕は最初、チーフプロデューサーの田中から一話だけ撮ってくれないかって言われたんですよ。それで「何の話なの？　何考えてんの？　連ドラだろ？」って言って。「やるんならちゃんとやりますよ」って話したのを覚えてるなぁ。

次屋　聞かされてないな、それ（笑）。

坂元　水田監督に決まったと知らされて、知り合いに「水田監督ってどんな人ですか？」って聞いたら、「監督は台本を全部自分で書き直しますよ」って脅されて。

一同　（笑）。

水田　そんなことないのに……初対面の時のリアクションはそうだったんだ。ものすごく溝《みぞ》がある感じで……（笑）。

坂元　いや、溝というか……とにかく、ナンバーワンのすごい監督なんだけど、全部書き直すことがあるって聞いて、参ったなぁ、と、ちょっと警戒した（笑）。ただ、僕は始めから、この企画に真摯《しんし》に向き合おう、すごく一生懸命やろうと思っていたんです。最初に田中さんと会って「何かやりたいことはありますか」って聞かれた時に、「真面目に書きたいです、心を込めて、職人的なことじゃなくて、ただただ真面目に自分がやりたいことを一生懸命書きたいんです」ってことを伝えたんです。監督が自分で台本を直す場合もあるということは、自分の仕事以外のことをやるということで、それだけ心を込めて番組を作ってくださる方だと思ったので、警戒するのと同時に「よしやるぞ！」って気持ちになりましたね、やっぱり。

次屋　僕が今でも覚えているのは、坂元さんが、テーマなんかどうでもいいんです、テーマなんてものは、視聴者、見てる側が感じればそれでいいんです、っておっしゃったこと。僕がわりと、テーマ、テーマって言ってたので怒られたんですけどね（笑）。「テーマを決めて物語を寄せるんじゃなくて、物語があってそこからテーマを見出すのがドラマじゃないですか」って坂元さんに言われて、「なるほどぉ」と思った。

水田　あとあの頃、坂元さんがおっしゃってたのは、テレビドラマが果たすべき使命がある、ということ。単なる娯楽性だけではなくて。それが一生懸命にやる、まじめにやる、ということの意図だと思うんですけどね。

役者がストーリーに影響を与えることがある

坂元　最初に書いた企画書では、鈴原家の三人姉妹がベースになっていて、それぞれの物語を平等に同じ分量で書こうと思っていて。結果としては主人公の奈緒の話が八〜九割くらいになったけれども、そういう経緯があったから、一人一人、周辺の人たちにもスポットライトが当たって、いろんな側面が見えてくる、というふうになったんです。
　このドラマが放送された水曜夜十時という枠は、女性をフィーチャーする枠なんですよね。だから女性主人公であることは最初から決まってて。でも女たちの物語になっていったのは、キャスティングに負うところが大きかったですね。キャストが決まった時のことはすごく覚えているんですけど、会議室のホワイトボードに、こんな感じになりましたって状況が書かれているのを見て、「あ、これはすごくいいなぁ」と、全員素晴らしいと思って。中でも女性たちがすごく際立っていたので、そっちに行ったというか。全員、芦田《あしだ》愛菜《まな》ちゃんにいたるまで、すごい芝居をされたので、女優のドラマだなって、見てて感じました。
　実は、最初、奈緒のお母さんは二人じゃなかったんですよね。

水田　最初は、三姉妹の母親だけだった。

坂元　床屋さんで働いてる葉菜さんという役はなくて、三姉妹の母親という存在だけがあって。その母親役を田中裕子《たなかゆうこ》さんにお願いしようと思ってるって聞いた時、「違うな。僕が思ってる田中裕子さんはこういう役をやる人じゃない」って。田中裕子さんには、この番組の中ではアウトサイダーな役を演じてほしいなと。家の中にいたらだめだと思って、あの役を外に出したんですよね。だから、田中裕子さんじゃなかったら、母親役はおそらく家の中だけで、三人姉妹と実の母親との葛藤のお話になっていたと思うんです。たしか、初稿くらいまではそれで書いてたんじゃないかな。その後、田中裕子さんだと聞いて、じゃあ、外にもう一人お母さんを作ろうと思ったんですよ。どんなに一生懸命描いても、役の配置によってその人の居場所が悪かったら輝かないし、入《い》る容れ物をちゃんと見つけないと、狭い思いをさせてしまうので。

次屋　田中裕子さんに話を持っていった時はダメモトだったんです。連続ドラマに最後に出たのは28年前だって話だったので。もう一人の千葉行利《ちばゆきとし》プロデューサーが、昔仕事をしたことがあるということをとっかかりに、坂元さんに何度か、田中裕子さんの役の設定だけのお手紙みたいなものも書いてもらったりして。

坂元　そんなこともあったね。

水田　目論見書《もくろみしょ》をね（笑）。

次屋　向こうも警戒してるわけですよね。オリジナルの連続ドラマは原作がない分、最後がどうなるかわからないので、わからないまま進むのを嫌がる方が多いんですよ。それで坂元さんに、変わってもいいから最終的にどういうことになるのか、どういう役どころなのかというのをしたためてくださいってお願いして、それを持っていって。そのあとも二、三回やりとりして、それで、「やります」って話になったんです。でも始まってみたら、最後どうなるか云々《うんぬん》は何も言わない方でしたね。信頼していただいた。

室蘭で起こった奇跡

水田　なんで室蘭《むろらん》だったんでしたっけ？　雪があればよかったんでしたっけ？

坂元　脚本を書くにあたって僕があまりテーマから入らないのは、イメージから入ることが多いからで。「Mother」は、雪の中、バス停でバスを待っている女性とその横にいる子ども、というイメージが最初に浮かんだんですよ。この人たちは何をしてるんだろうというところから考え始めて、これを描きたいなと思ったのが最初のきっかけで、そこから登場人物であったりストーリーであったり、テーマなどが生まれていったりしたんです。でもやっぱり、雪は降ってるだろうなというのが始めからあった。はじめ僕は、旭川《あさひかわ》とかの話をしてたと思うんですけど、みなさんがロケハンをされて、良いところに。その後、「室蘭で」ということで、じゃあ室蘭で、って。

水田　もちろん旭川も見たんです。釧路《くしろ》の辺りも見たし、豪雪地帯と言われるところも行ったんですけどね、やっぱり地形がフラットなんですよ。北海道は広いから、無理して坂の多いところに住もうなんて思わないじゃないですか。だけど室蘭だけは、漁港と製鉄の関係なのかどうか、山と海が近いんですよね。だから坂道だらけだったんです。そのロケーションの良さと、小学校の造形、その辺りに惹かれたんですよね。でも冷静に考えると、室蘭って実に雪の少ない場所で(笑)。撮影が近づいて地元の人と話をするようになったら、「このへんは積もらないよ」って。「えー!?　嘘だろ、おい！」と。

一同　(爆笑)。

水田　スノーマシーンを持ち込んだりして、いざという時は人工雪を降らせればいいし、買ってくればいい、って言ってたんですけど、撮影した年は運良く、室蘭にしてはものすごい雪が降った年だったんですよ。逆に、雪をどけたくらいだよね。

次屋　雪かきが大変でしたよ。

水田　雪についてはツイてたんですけどね。ただ、もし、あの季節に旭川なんかに行ってしまうと、ただ白いんですよ。全部雪に覆い尽くされてしまうんです。
次屋　室蘭は寂《さび》れ感《かん》もよかったんですよね。
坂元　坂もよかった。道木家《みちきけ》の坂は素晴らしかったですよね。
水田　ちょっと色が鈍《にぶ》くてね。隆盛《りゅうせい》を極めた製鉄の町が、今はちょっと落ちて。
坂元　夜になるとご飯を食べるところがないって、俳優さんが言ってましたね。
水田　あとは坂元さんがお書きになるほど、ポストだってないんですよね（笑）。そんなにたくさんある街じゃない（笑）。ポスト、いくつ持ってっただろう！　あれは美術なんですよ。あらかじめ場所を決めて、許可を取って、そこにポストを設置するわけです。道行く人はそこに入れたくなるんですよね。「ダメですこのポストはダメです！」って。
一同　（笑）。
水田　雪のことはちょっと置いておいて、室蘭に焦点を絞りここでやろうと決心すると、バタバタ決まっていくんですよね。湖も必然的にここになる、港もここになる、その都度、写真を坂元さんにお見せしながらイメージを高めていただいた。ただ渡り鳥の設定には合致《がっち》してるんですよ、室蘭は。ポスト以上に渡り鳥の必然性でした。湖が凍ってしまうくらいの豪雪地帯だと渡り鳥、来やしません。あれは室蘭で実際に撮ったんですよ。
次屋　そうですね。
水田　渡り鳥のシーンは、真っ暗い中、現場についてて夜明けを待って。二十分くらいで光が変わってしまうのでバタバタと、渡り鳥は撮るわ、松雪《まつゆき》さんには立ってもらうわ、大騒ぎなんですよね（笑）。でもうまくいったなぁ、あれは。本当に渡り鳥が撮れるとは。
撮影で一番大変だったのは、って、よく聞かれるんですけど、準備がちゃんとしていると、撮影ってそんなに大変ではないし、そんなにアクシデントは起こらないんです。
次屋　一番危惧《きぐ》してたのは、愛菜ちゃんのことでしたね。当時五歳になったばかりで。
水田　（愛菜ちゃんをキャスティングすることについて）現場の意見は割れてたんですよ。もっとセーフティーな子がいるじゃないかっていう意見と、いやこの子にしたいって気持ちと。それで、オーディションに兵庫県から三回きてもらったんです。
次屋　設定が小学校一年生の場合、一年生くらいに見える三年生くらいの子をキャスティングするのが普通なんですけど、愛菜ちゃんは当時五歳で、一年生にも見えないくらい小さかった。

水田　最後の三回目に呼んだ時、こっそり坂元さんに見にきてもらって。

坂元　最初は呼ばれる予定はなかったんですよね、オーディションに。でも次屋さんから急に呼び出しがかかって。次屋さんの作戦もあったんだと思うんですけど。急遽《きゅうきょ》呼ばれて、オーディション会場に入った瞬間、五人くらい座ってる中で、あ、この子だってすぐに思ったんですよ。そのあと、みなさんいい芝居をされてたんですけど、愛菜ちゃんは最初に見た瞬間の、あ、この子が道木怜南だっていうイメージのお芝居もして、一人だけ際立ってて。よく、オーラが出てるとか言いますけど、何十年と仕事していて、あんなオーラを見たのはあの一回ですね。入った瞬間、一番奥にいて、一番小っちゃくて目立たない隠れてるような状態だったのに、やっぱり、この子違う、特別だ、っていうのが見えましたね。

次屋　現場で、愛菜ちゃんで大丈夫かと心配する意見の方がやや多かったので、坂元さんがこの子だって言ってくれたら、みんな黙るだろうと（笑）。愛菜ちゃんに決まって、怜南の設定をちょっと変えたんですよね。

坂元　そうですね。最初は二年生くらいの設定で書いてたのを、一年生にした。五歳で本当に小っちゃかったので、その理由もドラマ上に取り込んで直しましたね。

次屋　それで、愛菜ちゃんに、となった時、水田さんは隠してると思うけど、最大限のケアしてくださったと思うんです。そこは神経遣いましたね。ふつう五歳と言ったら「ママ、ママ」ですから。言うこときかないし、眠くなったら寝るし、泣き止まないし。そういう心配してたんですけど、それは1話目だけでしたね。見事にうまくいきましたよね。あとは撮影で大変だったことってありましたかね。

水田　よいことばかり起こった気がするんですよね。田中裕子さんがキャスティングできたように、いろんな条件がうまく嚙み合ったような気がします。第1話の室蘭の海岸での「わたし、あなたを誘拐しようと思う」というシーンの撮影の時は、夜明けとともに砂浜に足跡をつけないようにカメラをセットしたり、粛々《しゅくしゅく》と進めていったわけです。潮の満ち引きも計算していて、あそこまでいくとちょうど足下の距離もいいだろう、いよいよっていう時、ものすごくいろんなことがうまく嚙み合って松雪泰子《やすこ》ちゃんと愛菜ちゃんの気持ちがガッと合わさり、すごかったんですよ。あれは一回でＯＫになった。

坂元　雪煙《ゆきけむり》のようなものが、ぶわぁっと……。

次屋　あれ、年に何回も起こらないらしいです。光の加減と湿度の具合とか、風の向きとかによるんでしょうけど、監督が「よーい」って言ったら、海から煙が二人の方へぶわーっときて、なんだなんだと思っていたら、「スタート!」と言った瞬間にびゅーっとあがってきて。地元の人に聞いたら、「けあらしが来たねぇ」って。そのまま映像になってますけど、あれはすごかった。

坂元　その夜、東京で書いていたら次屋さんから電話がかかってきて、「すごい画《え》が撮れてしまいました」って(笑)。

次屋　わかんなかったんですよ最初、僕。この雪煙を狙ってたのかな、なんて思ったりもしてたんですけど。

水田　狙えないよ!

一同　(笑)。

次屋　こんなこと、さっきのテストの時はなかったなぁ、なんて思っていたら、「OK!」って声がかかったんです。奇跡でしたね、あれは。スタッフみんな鳥肌でした。

撮りたいと思う脚本だった

水田　第1話の台本をまずいただいて、それをスタッフが全員読むじゃないですか。その大勢の人間が一様に言っていたのが、「撮りたいと思う本だ」ということですね。シリアスなのか、コミカルなのか、愛に溢れているとか涙があるとかではなくて、まずそのシナリオの持ってる力に対して立ち向かってみたい、という気持ちが一番だったですね。最初の打ち合わせの時にみんながそう言っていた。なかなかそういうことってないんですよね。どうしてももう少し仕事として、撮影や照明や美術、それぞれのパートで自分の目線で読んでしまうんだけども、そうではなくて本気でドンとシナリオにぶつかろうという気持ちになれたのが、一番の原動力じゃないですかね。撮影の初日までに、どれくらいの精度と深さで準備ができるか、と本当に大勢の人間が懸命にやってくれたんですよ。自分も坂元さんと一緒でテーマ主義ではないんです。撮っている身としては、シナリオが求めているものを具現化するのが仕事なので、きわめて冷静にそのシーンごとの役割を分析して、そこだけを近視眼的に見ないように、最終的な仕上がりをイメージするのが一番大事なんですよね。もともと熱くなるタイプなんで、冷静に冷静にって言い聞かせないとダメなんですけど(笑)。

次屋　坂元さんからもらった台本の一稿目を水田監督に渡して、読んだ後の水田さんのリアクション、今でも覚えてるんです。「これ素晴らしい」ってしばらく黙ってて、「こういう脚本家がまだいたんだね」って、感動してた。

坂元　僕はもっとびっくりしました。まさかあんなすごい第1話を、あんなクオリティの映像のものを見せられるとは思いも寄らず。カメラに細工をしてることくらいは伝え聞いてたんですけど、フィルム風に少し暗くした感じなのかな、暗いのはどうだろうな、くらいに思ってたんです。暗いとか明るいとか、そういうレベルじゃない強い画で構成された第1話ができあってきて、びっくりしましたね。第1話であれほど感動したのは初めてでした。大体脚本家って第1話がいやなもんなんですよ、気に入ることってそうはないんです。自分のイメージがあって書いてるので、実際に映像があがってくると思っていたものとは間違いなく違う。そこから軌道修正して、自分の中で第2話、第3話と自然と慣れていって感情が入っていくんですけど、第1話を見る時は大体いやな気分になるんです。でも「Mother」はイメージと合うとかじゃなくて、圧倒されたというか。びっくりしましたね。単純にフィルム風に撮ったというようなドラマはいっぱいあるけど、そういうものとはまったく違う次元のものだと思う。日本のテレビドラマの歴史であんなクオリティで力のある画を撮ったのは初めてだと思うし、真似出来るものではないと思う。画の力というのは単にスタイリッシュに撮るとかじゃなくて、そこにあるものを空気まで逃さず映しとった力を感じましたね。

次屋　水田組のスタッフの映像の魔術ですよ。カメラマンの中山光一《なかやまこういち》さんがまた素晴らしいんですよ。「Woman」も「さよならぼくたちのようちえん」も同じカメラマン。中山さんはふだんテレビではやってないですよね？

水田　連ドラは「Mother」が初めてだったんだよね。ふだんは映画、CM、あるいはミュージックビデオ。最近は映画の仕事が多いけど。その男の一番よいところは、シナリオを読む力があること。リハーサルでお芝居を見て、何を撮ろうかなという時に、自分が撮りたいものじゃなくて、シナリオが何を求めているかということで物事を計算できる男なの、素晴らしいんですよ。ま、それも芝居がよいからなんですけど。

俳優たちは、シナリオで自分のイメージを持ち、撮影現場で人と一緒に演じてみて、（心が）どう震えるかでお芝居が決まっていくわけですけど、優秀な人ほど、どう撮られてるかという意識がまったくない。なので完成したものを見て初めて、あ、こうなるのか、だったら私はもっともっと〝見せる〟ということを意識しなくてもいいんだ、って思う人とかね、いろいろいると思うんですよね。きっと内面的には演じ方について思うことや変わるところはあるんでしょうけど、優秀であればあるほど、余計なことを持ち込まないんですよ。だからシンプルなもんです。

シングルマザーや虐待をどう描くか

坂元　シングルマザーや虐待については、取材をしたり、本を読んだりする中で作っていった、選んでいったというか。第1話を書いた時は、どちらかというと僕が足を踏み込んだのは奈緒の方だったので、虐待をしている道木仁美のことはどこか〝悪〟として描いてしまってるんですね。シングルマザーの虐待の実情みたいなものはもちろん誠意を持って描こうとしてたんだけども、あくまで奈緒目線、怜南目線で描いていたので、過酷な状況をまず描くことに集中していた。第1話の放送後に、知人から道木仁美を罵倒《ばとう》するメールがきたんです。男におもねるメス豚のような女が子どもを虐待して……という全否定のメールがきまして。その時点で僕は第5話か第6話を書いていたんですが、これはいかん、と。そういうことじゃないんだ、この道木仁美という人をメス豚と言わせたままでこのドラマを終えてはいけない、と思った。後半の大体の台本のプランは立っていて、本当は、第8話くらいで捕まって、第9話と第10話で奈緒がどう裁かれるのかという裁判劇を描こうというプランだったんですが、それを飛ばそう、と。まず、道木仁美をメス豚と呼んでいる人に対して、そうじゃないんだよということを書かなきゃだめだと。僕が誠意を持って描いているつもりでいても、そこを読み違えられることがあるんだと思って。それで、第8話で道木仁美の話を一本作ろうと、シングルマザーが虐待に至っていく回を一話丸々作ったんですよ。だから第1話の時と第8話を書いてる時の自分は、立ってる場所が全然違うというか。面白ければいいと思っていたらやっぱり第8話は書かない。勧善懲悪《かんぜんちょうあく》で終わったと思うんですよ。でも、そういうことではいけないなと思って。

次屋　僕も最初は、勧善懲悪で、仁美はとにかく悪だ、と聞いていた。子育てを放棄し、娘が死んだと言われて「よし」と思ってしまうような人で、誘拐した奈緒の方が本当のお母さんになれる、と聞いていた。だけど、実の母である仁美がなぜこういう人生を辿ってしまったのかというのを、きっちり一話かけてやりたい、という話になってから、あの役は膨らんでいきましたよね。

坂元　それだけ知人のメールは、自分の中で衝撃的だったんですよね。

次屋　視聴者からも同じような反応はありました。愛菜ちゃんをゴミ袋に入れてるシーンがありますよね、寒い中。あんなものを放送してどういうつもりだ、とかって、いっぱいきました。でも、それは僕の中では想定内だった。水田演出では、虐待といっても、道木仁美が癇癪《かんしゃく》を起こしてるところはあっても実際手にかけて叩いたりしてる映像というのはないんですよ。そう見えるけれども実際はそうしてない。だけどもドラマの中で、イヤな気持ちになるというのは必要ですから。なので視聴者のみなさんには、そこは作品として見て下さい、と返答しましたね。あと、綾野《あやの》剛《ごう》くんが演じた浦上真人が口紅を塗るシーンにも、視聴者からいっぱいきましたね（苦笑）。

坂元　あれは千葉さんのアイデアですね。あの男が暴力以上のなんらかの危険性を持っていることを出そうということで、いろいろプランを考えて、その中で千葉プロデューサーが、口紅を塗ったらどうだろうか、と。

次屋　ものすごくきれいな映像ですけどね、あそこ。白いワンピースで。

水田　虐待などを描く時は、すべての子役に対してそうなんですけど、本当に傷になるとよくないじゃないですか。能力の高い子役ほど、ようするに催眠術《さいみんじゅつ》みたいなものでカットをかけても役から解けなかったりするんですよ。だから、少しお芝居ができるようになったら「カットがかかったらもうやめていい」ってことを何回も何回も話すんです。虚構の世界だということを。役に気持ち入れろって言ったり、ものすごく相反《あいはん》しているように聞こえるかもしれないけれども、ここを徹底しておかないと残ってしまう可能性があるので、それは愛菜ちゃんのお母様と一緒に話しましたね。愛菜ちゃんにも話すし、お母様にもそう説明して一緒にケアをしてもらうように。坂元さんの脚本で「Mother」のあとに撮ったドラマ「さよならぼくたちのようちえん」の時は、子役たちと親御さんと全員でミニ合宿のようなものをして、お芝居の練習じゃなくて、カットがかかったらやめていいよ、という現実に戻ってくる訓練をしたりとかね。その訓練が一番肝心なことかもしれないですね。本当は、子どもとはいえ「よーいスタート」でお芝居しようと思っている存在ですから、ゴハン粒つけられようが何しようが、それ自体はそんなに傷にはならないけど、解いてあげることを丁寧に教えないと、こっちが思っている以上に引きずったりするんですよ。

放送後の視聴者の反応

水田　僕はＨＰの掲示板（視聴者のコメント）なんかはチラチラッと見たりしてました。その中で、ご自身のお母様との関係でこんなことに悩んでいるとか、私はもう一度見方を変えて母親のことを考え直してみたいとか、物語を楽しむということ以上に、自分の人生と照らし合わせて見てくださっているんだなぁと思わされるコメントがあって、ものすごく力になりましたね。最近、若手の演出家に話をすることがあるんですけど、よく〝カットバック〟って言うじゃないですか。言葉の意味としては、撮影技術で二人を交互に映しとること、例えば会話しているところや、一方が話して片方が頷《うなず》いている場面を切り取るのをカットバックって言うんですね。大概《たいがい》の演出家はそうとっている。でもよく考えろよ、と言うのは、見てくださるお客様の気持ちや集中力と、物語を、カットバックさせなきゃいけない、ということ。テレビのフレームの中だけで完結してはだめだよ、と。見てくださる人が今何を思っているかを想像する、あるいはシナリオがお客様をどう導こうとしてるかを読み取って、お客様と物語をカットバックさせる。そのことを考えて演出しなければ、お客様が自分の人生と照らし合わせて物語を見てくださることはあり得ない。見せもの、読みもの、その中だけのお話になってしまう。そうすると、お客様はその物語を客観的にとらえてしまうし、前のめりにならない、って言うんです。「Mother」の掲示板で見たさっきのお客様の反応はね、そういうふうに自分の人生を映して見てくださっているんだなぁ、とすごく勇気づけられた。坂元さんがおっしゃったように、最初の頃はいろいろ言われたんです。痛々しくて見ていられないとか、画が暗いとか。

次屋　音が小さいとか（笑）。

水田　セリフをぼそぼそ言うなとか。

一同　（笑）。

水田　でも、ブレちゃいかん、ブレちゃいかん、最初にやろうとしたことをちゃんとやろう、って（笑）。

坂元　僕も、周辺にいる女性からの反応はすごく大きかったですね。自分の母親との関わり、育ちの話とか、自分と娘よりも、自分とお母さんとの話をする人がすごく多かったですね。そういう意味での反響は身近なところですごくありましたね。

父親という存在は意図的に排除した

水田　父親は、意図的に最初から排除してましたよね。視点がブレてしまうので。

坂元　結構最初から「Mother」というタイトルがいいって言われて。自分で書いた企画書で最初から「Mother」とつけてたので、Fatherでないことは間違いないし、焦点絞ったということでしょうけど。でも、父親は基本的にドラマにならないとは思っている（笑）。僕の中ではお父さんっていうのは、どこか類型的というか。手に取るようにわかるので書き甲斐がないというか。父親としての悩みなんかありふれたもので、そんなに深みはないですよ（笑）。でも女性と子どもの関係というのは僕からは理解ができないところがたくさんあるというか、複雑でとても深い、底の見えないところがあるんです。男の悩みなんてね、お風呂に一緒に入ってくれなくなるとか、息子が無視するとか、そんなようなことなので（笑）。

水田　その通り（笑）。

次屋　でも作劇上、山本耕史《やまもとこうじ》くんが演じた記者が、ある種の傍観者《ぼうかんしゃ》というか、男の目線の一つとして置いてあって、そこをフィルターにしてあの物語を見てた男性はいっぱいいたと思いますけどね。

坂元　ドラマにならないということは、子育てというものに対して男性が関わっていないという状況を照らし出してると思うんですけどね。男の子育てドラマとかはあるけど、育てるだけでドラマになってしまうということに問題がある。

子どもに対する嫉妬《しっと》とか、母親はいろんな感情を持ってるけれど、父親は息子や娘に嫉妬したりしない……あまり聞かないし。お父さんってやっぱりどこか上から目線なんですよね。母親を描く時は、同性として娘と接するとか、女性として息子と接するという局面が見受けられるけれども、男はただの偉《えら》そうにしてる人になっちゃうんですよね。

「Mother」はどんな作品だったか

次屋　最高級の作品だと今でも思ってますね。あんまり言わないんですけど。自分が関わった作品で何が一番好きですかって聞かれたりもして、あまり答えたくないんですけど、やっぱり「Mother」が一番最高だと思ってます、いろんな意味で。水田組と仕事をすると奇跡がいろいろ起こるんですけど、「Mother」は奇跡の結晶でしたよね。坂元さんと出会えたこととか、水田さんと出会えたこととか。手探りでいろいろやりながら一番いいものができたし、誤解を恐れずに言いますけど、やりたいものが本当にできた気がしますね。

坂元さんの書く物語に、僕はすごく酔っちゃうんです。分析的なことよりも、子どもの頃すごくお気に入りだった絵本とか、そういう気分になれるんですよね。だから仕事というモードじゃなくてドラマに接することができる。ちょうど僕が業界でルーティンのように仕事をしてた頃に、このドラマをやることによって、ちゃんとやりたい仕事を今やってるんだな、って実感を持てた、人生の折り返しというか切り返し地点に「Mother」はある、とっても意味のある有意義な作品だと思ってますね。

水田　僕は、女性主役の作品が初めてだったんですよ。あと、ここまでシリアスなものも初めてかもしれない。比較的コミカルなもの、あるいはシリアスであっても少し笑いを足していたり、というのが多かったんです。だから、本当に優れたシナリオに対して立ち向かう気持ちだけで終わった四カ月で、結果として自分がどれくらいできたかはわからないですけど、それなりにみなさんが評価してくださったことで、自分の中で自信のなかった分野も少しはやれるかなという勇気が出た作品ですね。僕ね、やっぱり女優さんがいっぱいいるっていうのは恐ろしくてイヤなんですよね（笑）。

一同　（笑）。

水田　母と娘にはドラマがあるというように、やっぱり異性が束になっているとですね、はっきり言ってビビるんですよ。しかも女優ですよ（笑）。何も喋らなくても分かりあえる男の俳優とかとね、それまでは結構楽な道を歩んでたんだと思うんですよ（笑）。あと、テレビを離れて五、六年、映画ばかり撮ってた時期に思っていた、テレビドラマの可能性――テレビマンが自分たちで放棄《ほうき》したというか気付いてないんじゃないか、と思っていたことを「Mother」で試せたので、やってよかったなってすごく思うし。

　でも、それは順番で言えば何番目かのことなんですよ。やっぱりシナリオが求めていることを具現化するという一つの手段でしかないんですけどね。

　アナログ時代は、現場でどんなに心を込めて手段やテクニックを使って撮影したものも、再現性が低かったんですよ。受像機《じゅぞうき》の性能も低いし、音もチープ。どんなに凝ったことやっても、再現されなきゃしょうがないんじゃないかと思ってた。それが不勉強の道を歩ませる一つの理由だったのかもしれないけど。テレビは生活の中にあるから集中力は違うかもしれないけれども、今はものすごい再現性高くなってきていて映画に見劣りしないぐらいまできてるんですよね。ましてこれから4Kだ8Kだになれば。テレビを視聴する環境がどんどん変わってきているのに、作り手が旧態依然、昔の方法論でずっとやってることがね、そろそろ限界だと思いますよね。でも、この方法論が正しいっていうわけじゃないんですよ。それ以外にも、みんなもっともっと模索すればいいのにな、ってことですかね。

坂元　今日、ずっとお話ししながらいろんな場面を思い出していて、歩道橋で奈緒と葉菜さんがすれ違う時の、葉菜さんの顔はもう一生忘れられないし、第8話で仁美が帰ったあとに怜南が奈緒の胸の中でわぁーっと泣いて、葉菜さんが手を差し伸べてる場面とか。他人事のように、いい場面がいくつかあったなぁと思って。当時、ストーリーを書くんだ、強いストーリーを書くんだという思いから、変なハコ（あらすじ）書いたことがあって、次屋さんにダメ出しされた時もあったんですよ。奈緒が盗みを働くような話とか（笑）。必要だろうと思って書いたんだけど、次屋さんに、こういうんじゃないんです、って言われて、その時はすごくぶつかったんですけど、今は、書かなくてよかったって（笑）。自分の中で方向が定まったというか、昔から、役者さんというか人間をただ描くことが大事なんだって言ってたんですけど、この時に改めて、いい俳優がいればそれを手助けというか、いいお芝居になるように心がければ余計なことをしない、と。第2話で高畑淳子《たかはたあつこ》さんと田中裕子さんの二人が初めて向き合う、結構大事な場面があったんですけど、監督がカメラを三箇所くらい置いて撮ったシンプルなんだけどすごくいいシーンで。監督にシンプルでいいですね、って言ったら、「余計なことは必要ないでしょ」って。その言葉がすごく胸に残っていて。どうしても余計なことを僕はしがちなんだけど、できるだけ役者さんの呼吸とか登場人物の呼吸に寄り添うようにしなきゃいけないな、とこの時感じたんです。やっぱり俳優さんの力ってすごいんだ、ってことを改めて感じましたね。「Mother」の時に。

水田　でも、それもシナリオがあってですからね。

次屋　ですね。

水田　俳優力があっても、フリートークはだめですからね（笑）。

一同　（笑）。

水田　「もう一回誘拐して」っていうセリフが第10話の終わりに出てきますけど、あのシーンが一番好き、あれはやられる、って方、多いんですよね。だから、ああいうのも必要なんですよね。

坂元　あのセリフ、最終回に向けてという意識だったんですけど、わりと、胸をうつセリフだと言われて、それが意外でしたね。あのセリフの前に、結構くだらない話をするんですよね。
水田　冷蔵庫が大きいんだよ、とか。
坂元　そうそう、誰それくんがどうこう、とかね。そんな話をずっとしてる。僕はむしろそちらに重心を置いている。たわいない雑談からいきなり「お母さん、いつ迎えに来るの？」と核心に入る流れで。自分でも好きなシーンですね。でもいっぱい書いても、結局、歩道橋で奈緒と葉菜がすれ違った時の葉菜の顔を思い出すんですよ。だからどんなにセリフを書いて書いて尽くしても、あの顔を見るためにたくさん書いてるんだ、と。セリフを書かなきゃいいというわけでもないんだけど、何も喋らずにただすれ違ってる場面のあの顔を見るために、たくさんセリフを書いたりしてるんだなと思うし。セリフじゃないんだけど、やっぱりいい顔を見るためにはセリフをいっぱい書かなきゃいけないいんだな、と思いますね。
水田　作品だからね、両方の側面がありますよね。瞬間もあるし。でも、いきなりそこだけ見せられてもってことですよ。第3話の、奈緒がまだ葉菜が実の母親だと知らずに喋る長い長い自分の人生、あれなんか特にそうだと思うんですよね。ただ、その奈緒の人生じゃなくて、視聴者のみなさんは自分自身のことをふと思い出したりするんだろうなと思うし。葉菜は一言もセリフがなくて聞いてるだけだしね。
坂元　そのあと葉菜が顔を洗いながら、嗚咽《おえつ》して泣くじゃないですか。あれも素晴らしかった。
次屋　好きなもののノートとかもね。
水田　どう撮れっていうんだってね（笑）。
次屋　自転車の荷台とかね（笑）。
坂元　ふたつに結ぶ髪とか。
次屋　音楽もよかったですよね。
坂元　よかったですよね。そうそう、エンディングで、ちょうど悪いことが起きる時にいつも僕の名前がテロップで出るんですよ（笑）。
一同　（笑）。
水田　そうそう（笑）。
坂元　一番ラストに必ず何かが起きるじゃないですか。ちょうどそのタイミングで僕の名前が出るって言われましてね。お前の名前が出ると悪いことが起きるって（笑）。
水田　たまたまね（笑）。
次屋　そういうことにしておきましょう（笑）。

（二〇一四年九月二七日）

あとがき

当時を振り返ると、苦労したことしか思い出せないので、正直に苦労話を書きます。

書いてみないことにはわからない。脚本を書く時はいつもそんな状態です。何を書くのか、どんな風に書くのか、どうなってどうなってどう終わるのか。わからないまま書きます。このドラマのテーマは何ですか?とプロデューサーたちに聞かれても答えられません。何が伝わるかなんてもっとわからない。書くというより、記すという感じに近い。教室や取調室の書記係として誰かの言葉を書き取ってるような。多分記すということは、登場人物と共に生きることなのかなと思います。

このドラマが放送されて四年半。奈緒。怜南。仁美。籐子。芽衣。果歩。葉菜。登場人物たちに対して今思うのは、たくましい人たちだったんだなということです。決して意図してそう導いたからではありません。彼女たちがたくましくなかったら、最後まで書けなかったからだろうと思います。励まされながら書記を続けていたんだなと思います。

全11回の連続テレビドラマの脚本を書き出すのはいつも放送がはじまる三ヶ月ほど前です。その少し前にプロデューサーに企画書を渡します。「Mother」の場合は四月期のドラマで、僕が企画書を書いたのは前年の秋の終わり頃です。頭の中には、雪の降りしきる中でバスを待っている女性とリュックを背負った幼い子供の姿だけありました。どこかで見かけたのかもしれない、単なる風景です。それが連続ドラマになるのかはわかりませんでしたが、旅の予感のようなものだけがありました。旅をはじめてすぐに、その幼い子供が実の母親から暴力をふるわれていることがわかってきました。

児童虐待が題材となるのか。そう思い当たりました。物語に登場する事象すべてを掘り下げる必要が必ずしもあるとは思いませんが、勿論躊躇《ちゅうちょ》しました。書けるんだろうか。書いていいんだろうかと。第1話にこんな場面があります。

○　道木家・居間

怜南「ママ！」

安堵して仁美に向かって駆けだす怜南。

怜南、仁美の胸に飛び込もうとした時。

仁美、レジ袋を振り上げ、怜南の顔を打った。

倒れる怜南。

仁美「汚い！」

仁美、尚もレジ袋で倒れた怜南を叩く。

何度も何度も叩き、中の弁当がこぼれ、怜南の髪や体にも飛び散る。

仁美「汚い！　汚い！　汚い汚い汚い汚い！」

僕の書記生活は毎日ごく淡々と行われます。朝仕事場に入り、最早《もはや》同僚と呼んでもさしつかえのない全自動エスプレッソマシンでコーヒーを入れます。はじめの一杯を一気に飲み、すぐに二杯目を入れ、パソコンの前に座ります。何を考えるわけでもなく、とりあえず書きはじめます。テキストエディタ上に、母親が七歳の娘を虐待する場面が書き込まれていきます。ひとしきり書くと、コーヒーを飲みながら字面《じづら》を眺めます。また書いて、コーヒーを飲んで、眺めます。飲み終わると三杯目を入れ、書き続けます。取材ノートを広げたり、資料を読み直したりします。夜になるとパソコンの蓋を閉め、仕事場を出ます。夜ご飯を食べ、風呂に入り、ベッドに入ります。その日書いたことを思い返します。母親が七歳の娘を虐待する場面の幾つか。書けているんだろうか。書いていいんだろうかと。どれほど覚悟したところでその不安は消えないし、どれほど取材してもその罪悪感は生まれ続けます。そのまま眠りに就きます。次の朝また仕事場に入り、一杯目のコーヒーを飲み、書きます。答えがないのに書けるわけがない。答えがあったら書く必要がない。そんないびつな思いで書き続けます。淡々としているはずの書記生活から逃げ出したくなります。コーヒー飲んでる場合かと。

当時、企画書から脚本の初稿に移る時、登場人物の名前を変えました。道木怜南の名前は僕自身の娘の名前から一字貰《もら》って付けました。虐待を受ける子供のことを自分の娘のように思うためです。彼女の身に起こった出来事を他人事にしてはならないと自分に戒めるためです。自己満足に過ぎませんが、逃げ出したくなる中で何か繋ぎ留めてくれるものが欲しかったのだろうと思います。

テレビドラマは架空の物語だから嘘をつきます。この物語の中で一番の嘘は、鈴原奈緒と道木怜南が出会ったことだと思っています。奈緒はたくましく、その周囲にいた人たちもみんな強かった。だから道木怜南は救われた。だから僕も書き終えることが出来た。現実では多くの場合そうなりません。道木怜南は鈴原奈緒と出会いません。救われません。僕には救われない道木怜南の物語など書くことが出来なかったでしょう。嘘で良かったなと思います。そして同時にこうも思います。目を逸らした。嘘をついた。嘘をついたことで道木怜南は救えたけど、道木仁美は救えなかった。本当はたくましい人なんていない。現実は救われないままだ。このドラマを思い返す時、様々なイメージが浮かびます。奈緒と葉菜がすれ違った表参道の歩道橋。仁美が海の見えるホテルの部屋から怜南にかけた電話。ウッカリさんという名前。スミレ理髪店に差し込む光。だけどそれらより、書き終えた頃に生まれたあるイメージが僕にはより強く残っており、四年経った今もますます大きくなっています。現実の道木怜南は死んでいると。

このドラマは二〇一〇年の四月から六月にかけて放送されました。児童虐待は今も起きています。そこでは多くが父親の不在に要因があります。このドラマの題名は「Mother」ですが、主題は“Father”の不在でもありました。

テレビドラマには作者がいない。それこそが一番の利点で美点だと思っています。スタッフ、キャストの誰ひとりとして代表者ではなく、誰ひとり欠けることなく作者なのだと思います。脚本は作品の設計図とよく言います。ドラマが作られていく途中の段階にあるもので、それをこうして人前に出すことは少しルール違反なのかもしれません。慣れないと読みにくい形式だと思います。手に取って戴いた方には感謝の言葉しかありません。ありませんと言いながら、本心はもうひとつあります。出来れば、テレビドラマの脚本というものに少しでも関心を持ち、書いてみようかなと思って戴けたらこんなに嬉しいことはありません。登場人物と一緒に生きること。こんなにも心の震える経験はなかなかないと思うんです。

二〇一四年一〇月

坂元裕二

番組制作主要スタッフ

脚本　坂元裕二
演出　水田伸生／長沼誠
プロデューサー　次屋尚／千葉行利
音楽　REMEDIOS
製作著作　日本テレビ
出版プロデューサー　小塩真奈／齋藤里子（日本テレビ）

JASRAC　出2305367-301

本書は、日本テレビ系列にて放送された「Mother」全11話（二〇一〇年四月一四日〜六月二三日）のシナリオブックです。

初出

「Mother」第1話〜第5話　河出文庫『Mother 1』（二〇一四年）
「Mother」第6話〜第11話　河出文庫『Mother 2』（二〇一四年）
履歴書　『脚本家・坂元裕二』（二〇一八年、ギャンビット）
巻末座談会　河出文庫『Mother 2』（二〇一四年）
あとがき　河出文庫『Mother 1』（二〇一四年）

坂元裕二
（さかもと・ゆうじ）

1967年、大阪府出身。脚本家。1987年第1回フジテレビヤングシナリオ大賞を19歳で受賞しデビュー。以降、数多くのテレビドラマを手掛け、「わたしたちの教科書」（フジテレビ）で第26回向田邦子賞、「Mother」（日本テレビ）で第19回橋田賞、「Woman」（日本テレビ）で日本民間放送連盟賞最優秀、「それでも、生きてゆく」（フジテレビ）で芸術選奨新人賞、「最高の離婚」（フジテレビ）で日本民間放送連盟賞最優秀、「カルテット」（TBS）で芸術選奨文部科学大臣賞など受賞も多数。映画「怪物」（監督・是枝裕和）の脚本で、第76回カンヌ国際映画祭脚本賞を受賞。そのほかの主な作品に、ドラマ「いつかこの恋を思い出してきっと泣いてしまう」（フジテレビ）、「anone」「初恋の悪魔」（以上、日本テレビ）、「大豆田とわ子と三人の元夫」（カンテレ）、映画「花束みたいな恋をした」（監督・土井裕泰）、朗読劇「不帰の初恋、海老名SA」「カラシニコフ不倫海峡」「忘れえぬ忘れえぬ」、舞台「またここか」など。

Mother

2023年9月20日　初版印刷
2023年9月30日　初版発行

著者　坂元裕二
発行者　小野寺優
発行所　株式会社河出書房新社
〒151-0051
東京都渋谷区千駄ヶ谷2-32-2
電話　03-3404-1201［営業］
03-3404-8611［編集］
https://www.kawade.co.jp/
組版　株式会社キャップス
印刷　株式会社暁印刷
製本　株式会社暁印刷

Printed in Japan
ISBN978-4-309-03135-4

坂元裕二の本

『Woman』

「わたし、死ねないんです。わたし、生きなきゃいけないんです」

夫を列車事故で失い、二人の幼い子どもを抱えながら、仕事を掛け持ちしてたった独り奮闘するシングルマザーの小春。しかし、貧しくも強く生きる彼女に病魔が迫り——。

『いつかこの恋を思い出してきっと泣いてしまう 1・2』

幼い頃母を亡くし北海道で養父母に育てられた杉原音。ある日、盗まれた彼女の財布を手に東京から練という男がやってくる——。辛い過去を抱えながらも前向きに生きようとする音と蓮、そして二人を取り巻く男女4人の、苦しく切ない思いを描く群像劇。

『カルテット 1・2』

女ふたり、男ふたり、全員30代。演奏者として夢が叶わなかった彼らは、ある日偶然出会い、軽井沢でひと冬の共同生活をおくりながらカルテットを組むことに。しかし、その「偶然」には大きな秘密があって——。大人たちの片想いと秘密の行先は？

『anone　1・2』

ネットカフェに住むハリカ、印刷所を営んでいた亜乃音、余命宣告を受けた元カレー屋店主の舵とその客のるい子。
大量の偽札をきっかけに出会い、血のつながりを超えて結ばれ寄り添うように暮らし始めるが、
新たな偽札を持って現れた男に彼らの穏やかな日々が狂わされていく――。

『大豆田とわ子と三人の元夫　1・2』

しろくまハウジングの社長・大豆田とわ子はバツ3で、最初の夫との間に生まれた娘と二人暮らし。
未だに何かと関わってくる三人の元夫に振り回されながらも、自らの幸せを求めて奮闘するとわ子に新しい出会いが――。
たまらなく愛おしいロマンティックコメディー。

『初恋の悪魔　1・2』

「僕と君はたった一つだけ共通点があって、親しくなったよな。何だっけ？」「……警察が嫌いなことです」
警察で働く、部署もバラバラの4人の男女。自分たちには関係ない事件のためになぜかいつも協力して
奔走する彼らの、こじれた恋と友情の行方は――？

『最高の離婚　1・2』

「離婚の原因第一位が何かわかりますか？　結婚です。結婚するから離婚するんです」
趣味も性格も正反対の光生と結夏は、ある日、ケンカの勢いで離婚してしまう。
実はお互いを想いあっているのにすれ違ってばかりの二人は、果たしてよりを戻せるのか？